사타 이네코

佐多稲子

사타 이네코

佐多稲子

사타 이네코 지음

송혜경 옮김

어문학사

사타 이네코(佐多稲子)

본 간행 사업은, 고려대학교 글로벌 일본연구원 〈일본 근현대 여성문학연구회〉가 2018년 일본만국박람회기념기금사업(日本万国博覧会記念基金事業)의 지원을 받아 기획한 것이다.

차례

한 봉지의 막과자

1

6학년인 헤이지는 작문 시간에 과연 우리 집 근처에는 공장과 막과자 집 중 어느 쪽이 많을까 생각했다. 칠판 구석에는 '마을의 감상'이라는 작문 제목이 쓰여 있다.

헤이지는 가볍게 팔꿈치를 괴고 연필 잡은 손을 입에 대고서 지금까지 생각해본 적이 없는 의문을 쫓았다. 헤이지가 자기 집 나가야長屋[1] 앞뒤에서 옆길까지 세어 본 양쪽의 개수는, 그때 공장이 세 칸이나 더 많았다. 공장은 나가야와 나가야 사이에 끼어 있었지만, 고철이 공장 앞에 쌓여있고 작지만 기계소리가 계속 주변에 울려서 막과자 집보다 자신의 존재감을 더 드러냈다. 때문에 유리문 안쪽으로 작은 상자가 진열된 막과자 집보다 세기 쉬웠을지도 모른다. 헤이지는 물론 자기 가게도 잊지 않고 막과자 집으로 포함했지만 말이다.

단지 헤이지는 자기가 발견한 것에 관해서는 쓰지 않고, 마을 남쪽과 북쪽, 그리고 동쪽에도 자색 기름이 떠서 흐르는 하천가에,

---

1 벽을 공유하는 각각의 독립된 세대가 수평으로 이어져 한 동(棟)을 이루는 주거 형태.

마을을 둘러싸듯이 늘어서 있는 큰 공장으로 눈을 돌렸다.

"우리 마을은 주변이 아주 커다란 공장으로 둘러싸여 있다. 하늘은 거기서 나오는 연기로 뿌옇다. 학교 2층에서 밖을 내다보면 거의 굴뚝 숲이다. 도쿄에서 가장 큰 공장 지대라고 하는데, 정말 그렇다"고 써냈다.

오늘은 날씨가 맑았다. 헤이지가 작문에서 솔직하게 쓰고 있는 것처럼, 하늘은 '연기로 가득' 찼지만 맑았기 때문에 멀리 굴뚝 연기가 점차 엷어져서 흩어져 가는 것까지 구분할 수 있었다. 동쪽으로 흘러가는 하천 제방에 서서 마을을 보면, 마을 전체가 마치 철공장 직공의 작업복처럼 온통 어둡고 찌든 때에 절어있는 것을 알수 있었다. 그러나 마을 안에 있으면 머리 바로 위만은 파랗게 보였다. 먼지가 옅게 껴있는 것처럼 둔탁한 소리를 내는 범종이나, 혹은 햇볕에 색이 바래버린 성기게 짠 모슬린을 생각나게 했다. 하늘은, 들판과 늪을 지나 멀리 아래로 내려가면서 뿌옇게 되어 버렸다.

방금 S 공장의 11시 사이렌이 길게 꼬리를 끌며 사라졌다.

전면에 들판이 있는 헤이지네 막과자 집 앞에는 아직 학교에 다니지 않은 조그만 아이들 열 명 정도가 모여 있었다. 아이들 무리는 직사광선을 받아 찜통에 찐 것처럼 시큼한 악취를 내뿜었다. 아이들은 현미빵 아저씨를 에워싸고 있었다. 헤이지 집인 막과자 유리문은 몰려든 아이들에 부딪혀서 가끔 소리가 났다.

"잘한다, 잘해."

아이들 속에 웅크리고 앉아 땅바닥에 놓인 작은 코린트 게임기에 자기가 직접 굴린 구슬을 쫓고 있는 현미빵 아저씨는, 그렇게 까불면서 분위기를 띄우고 있었다. 작은 아이를 업은 열두세 살의 여자아이가 쫓아와서 얼굴을 들이밀면서 높고 카랑카랑한 목소리로 말했다.

"다음은 누구 차례야? 하나코? 맞춘다, 맞춘다."

주변이 와, 와, 하며 일시에 술렁거렸다. 아저씨는 일어서서 얼굴을 찌푸렸다. 헐렁헐렁한 코트를 입은 작은 체구의 아저씨 얼굴은 눈꼬리가 처져서 사람 좋아 보였고, 술을 마신 것처럼 둥근 코끝이 빨갰다. 헤이지의 동생 쓰네오는 아저씨의 찡그린 얼굴을 진지한 눈초리로 지켜보았지만, 얼른 옆으로 고개를 돌려 친구들의 얼굴을 보고 "나도 요전에 성공했어" 하며 굵은 목소리로 말했다.

"하나코, 너 아주 짱이던데."

하나코는 참으려 해도 웃음이 나오는 듯 주걱턱 입을 벌리며 빵을 두 개 받았다. 아저씨는 현미빵을 팔 때 호객으로 사용하는 나팔을 입에 대고 큰 소리로 불었다.

"아, 지금 당첨자가 나왔어요, 당첨."

하나코가 빵을 받는 것을 곁눈으로 보고 골목길 안으로 달려간 두세 명의 아이들이 다시 되돌아와서 "저도 주세요" 하고 1전 동전을 내밀었다. 1전을 넣고 구슬을 다시 돌렸다.

"자, 자."

방금 카랑카랑한 목소리로 맞춘다, 맞춘다, 외쳤던 오기미는 이번에는 심술궂은 눈을 부라리며 숨죽이고 지켜보았다. 하나코는 자기에게는 먹을 권리가 있다는 듯이 빵을 먹으면서, 더 이상 구슬 굴리는 것에는 관심이 없는 얼굴로 무리 속에 앉아있었다.

아저씨는 거기에서 네댓 명에게 빵을 팔았다. 헤이지 엄마는 옆집 아줌마가 아기를 안고 밖으로 나오는 것을 창문 너머로 보고는, 자기도 집중하던 '뽑기판' 부업에서 생긴 종잇조각을 무릎에서 털어내면서 막과자 상자가 한쪽에 늘어서만 있는 흙 마당으로 나왔다. 방금 쓰네오가 1전만 달라고 코맹맹이 소리로 졸랐을 때 무슨 소릴 하는 거냐며 등을 찰싹 때렸던 손을, 지금은 한텐(짧은 겉옷) 위에 두른 앞치마 밑으로 넣고 있다. 헤이지 엄마는, 옆집 아줌마에게도 현미빵 아저씨에게도 다가가지 않고 사이타마 주변 사투리를 울리면서 살짝 불쾌감이 섞인 말투로 말했다.

"현미빵은 쉽게 먹기 힘드니까, 아이들이 샀나 봐요."

"그렇지요, 아주머니. 덕분에 고마워요."

아저씨는 상자를 어깨에 지고 살짝 거북한 듯했으나, 매상을 올린 건 내 능력이라는 듯 애교 섞어 말했다. 헤이지 엄마는 홍, 하는 어조로 물었다.

"어디로 가요? 지금부터."

"고마쓰 강 쪽으로 갑니다. 이쪽 다리는 순경이 까다로워서요. 좀 멀긴 하지만, 마루하치 다리 쪽으로 돌아볼까 생각합니다."

"그래, 그렇군."

헤이지 엄마는 일부러 더 이상 아저씨 얼굴은 보지 않고 적당하게 응대했다. 마지막까지 현미빵 장수에게 홍미를 보이던 한두 명의 아이들도 뒤처져서 들판으로 달려갔다. 조선 아이 진구도 빵을 받아들고 따라서 뛰어갔다. 아저씨는 이를 기회로, "신세졌네요. 고마워요" 하며 장사꾼다운 인사를 하고 가려고 했다. 그때 헤이지 엄마는 천만에요, 하며 의미 없는 대답으로 배웅했다. 그러나, 집에 들어와서는,

"그 현미빵 아저씨 사기꾼이지. 맞지?"

하고 옆집 아줌마를 돌아보며 농담하듯 흥분해서 목소리를 높였다.

"막과자 집 바로 앞에서 빵을 파는 사람이 어디 있어. 그렇지?"

"정말이요. 하하하"

옆집 아줌마는 자색 옷깃에 빨간 셔츠로 여러 겹 겹쳐 입은 부푼 가슴을 열어서 아기에게 젖을 물리며, 굳이 말하자면 남의 일이라서 재미있다는 듯 웃었다.

조금 조용해지자 철공장 기계 소리가 들려왔다. 공간이라는 곳은 항상 이런 소리가 난다고 생각할 정도로, 변함없이 규칙적으로 진동하는 소리가 어딘가라고 할 것 없이 울렸다. 비가 내리면 기계소리는 이상하게 감정이 담긴 듯 쓸쓸하게 들렸다. 그러나 오늘처럼 맑은 날에는 공장이 문을 열고 작업해서 시끄러운 소리가 더욱 크게 들렸다.

"들어와 봐." 맛있는 매실 절임 있어.

"아침부터 날씨가 이렇게 좋으면 늘어져도 어쩔 수 없지요."

옆집 아줌마가 이유를 대며 헤이지 집으로 들어갔다. 막과자

집 앞에는 지금까지 유리문에 등을 붙이고 친구들이 싸우는 것을 보고 있던 이사무만이 홀로 남겨졌다.

다섯 살이 되는 이사무는 색 바랜 감색의 헤진 누비를 짧게 입고 겉옷은 입지 않은 채 거무스름한 자색 띠를 매고 있었다. 애나 어른이나 이 동네 사람 대부분이 하는 머리 모양을 한 이사무는 머리통에 바싹 붙은 머리칼이 먼지를 뒤집어써서 불그스름한 갈색을 띠고 있었다. 주변이 눈물과 때로 검게 더럽혀진 눈은, 영리하게 동글동글 구르고 있었지만, 아무래도 영양실조 때문인지 얼굴 피부는 거칠었다.

이사무는 특별히 누구에게 토라져서 혼자가 된 게 아니었다. 따돌림을 당할만한 겁쟁이도 아니다. 단지 현미빵 장수가 흥미로워서 마지막까지 남아 있었다. 현미빵 장수가 가버리자 갑자기 노는 것에도 흥미를 잃어버려서 친구들을 따라가고 싶지 않았다. 그는 어른들의 대화를 그대로 무심결에 듣고 있었다. 친구 중 누구도 현미빵을 갖지 못했다면, 그의 흥미 없음은 친구와의 놀이로 사라져 버렸을지도 모른다.

이사무는 흥미 없는 기분을 한 몸 가득 보이며 손을 주머니에 넣은 채로 등을 쓱쓱 유리문 나무 창틀에 비볐다. 빵을 계속해서 생각하고 있는 것은 아니다. 멍하니 있는 것이다. 만약, 이렇게 어린 개구쟁이에게 이미 이런 쓸쓸한 표정이 있구나, 하고 눈치 챈 사람이 봤다면 헉, 하고 깜짝 놀랄만한 그런 표정이었다.

공장 작업 소리는 공기 속에 녹아들고 있었다. 쿵쾅쿵쾅, 흐릿한 태양 광선이 흔들리는 것 같았다.

문득 이사무는 생각난 듯이 서둘러서 주머니에 넣은 손을 다시 빼고 달리기 시작했다. 작은 고무신이 찍찍 발소리를 내며 들판 옆으로 가로지른 길로 나아갔다. 그때 S 공장의 정오 사이렌이 굽이치며 점차 소리 높여 울리기 시작했다. 그러자 이어서 굵은 소리, 가는 소리로 일제히 마을 전체에 공장 사이렌가 울려서, 때마침 논처럼 양쪽이 웅덩이가 되어 길을 뛰어가는 이사무의 귀에는, 마치 땅속에서 소리가 뿜어 나오는 것처럼 들렸다. 이사무는 작은 턱을 쭉 가슴 쪽으로 당기고 고무신 안의 발을 좁게 그리고 빠르게 바꾸면서, 길게 꼬리를 끌며 사라지는 사이렌의 여음을 쫓듯이 달렸다.

이 마을에서는 공장 사이렌에 의해 공장만이 아니라, 마을 전체가 정오의 통지를 받는다. 자, 점심밥이다, 하며 들판에서 놀던 아이들도 자기 집으로 돌아간다. 단지 다섯 살인 이 남자아이는 밖을 향해 달리고 있다.

이사무는 평상시라면 이미 도착해 있을 것을, 오늘은 현미빵 장수에게 정신이 팔려 시간이 지체되어 작은 발로 달려가고 있다. 소학교 2학년인 형 노부는 학교에서 도시락을 받는다. 그리고 이사무도 형과 함께 학교 사환의 배려로 남은 도시락 중 하나를 받는다.

'벌써 받았을 텐데'라고 생각하자, 시간에 늦은 것이 이사무는 안타까웠다. 학교 지붕이 보이지만, 늪지 주변은 넓었다.

2

나가야는 저녁때가 되면 학교에서 돌아온 큰 아이들 목소리까지 섞여서 시끄러워졌다. 사진 딱지 묶음 속에서 헤이지도 입을 삐죽 내밀며 뭔가 소리쳤다. 소리칠 때도 웃는 것 같은 눈을 하는 헤이지는, 위를 올려다볼 때 사람 좋아 보이는 듯 커다란 주름이 이마에 몇 개나 생겼다. 늘어진 볼 살이 부드러워 보였고, 불만이 있을 때는 큰 입이 작게 오므라져 문어처럼 앞으로 튀어나왔다.

반장인 요시오도 섞여 있었다. 반장답게 키가 크고 눈썹이 긴 아이였다.

바깥쪽에 있는 헤이지네 부엌 입구는 안쪽 요시오네 집안 입구가 통해 있어서 둘은 사이가 좋았다. 헤이지는 성격 좋은 반장을, 아첨하는 의미에서가 아니라 진짜로 존경하고 있었다.

그들은 서로의 집 사이에서 딱지를 쳤다. 머리통이 둥글게 솟아 있어서 까까중이라는 이름을 가진 철공소 집 아이도 섞여 있었다. 나가야의 왼편 끝에서는 진구가 무슨 장난을 쳐서 혼났는지, 닫힌 유리문 앞에 바싹 붙어 부은 눈과 눈물 젖은 얼굴로 엉엉 울고 있었다. 고무공을 안고 있는 하나코와 얼굴에 종기가 난 종이 연극 집 여자아이가 멀찍이 진구 뒤에 서서 바라보았다. 바로 옆집에서, 장갑 만드는 부업을 하는 조선인 젊은 새댁이 적갈색 조선옷을 입고 유리문을 열고 나왔다.

"무슨 일이니?" 하고 일본말로 물었다.

"이리 와봐. 아줌마가 1전 줄게."

진구는 돌아보지도 않고 머리와 어깨를 앞뒤 좌우로 격하게 흔들면서 계속해서 울었다. 하나코와 아이들은 콩콩하고 습관처럼 하는 발소리도 내면 안 된다고 생각했는지 쭉 쳐다만 보았다.

저녁에는 공장 기계 소리가 유독 시끄럽게 들리는 것 같았다.

이 마을 일대는, 비가 오면 공장 뒤편 공터가 금방 이전의 늪지로 돌아가고, 땅속에 박혀있는 나가야의 골목길은 어느 새인가 개천으로 변하는 땅이었다. 그리고 커다란 공장과 큰 거리의 상점을 빼면 대개 6칸 정도의 나가야가 단위가 되어 마을을 이루고 있었다. 때문에 나가야가 끊어진 부분은 곧 골목길이 되어 금방이라도 어느 쪽으로도 나갈 수 있었다.

헤이지네 나가야도 굳이 말한다면 이 마을에서도 늪지가 많은 동남쪽에 있었기 때문에, 대부분이 들판과 늪지를 전면에 두고 늘어서 있었다. 이 늪지는 들판의 반이 이전 모습으로 돌아온 것이었다. 들판에서는 점심시간에 여기저기 공터에서 새카만 작업복을 입은 직공이 삼삼오오 나와서 볼을 던지기도 하고 씨름을 하기도 했다.

헤이지네 나가야는, 바깥쪽 6칸과 바로 뒤에 딱 붙어있는 단층 6칸이 한 동으로 되어 있었다. 나가야 우측에는 공동수도가 있는 마당이 있고 좌측은 바깥으로 나가는 길로, 이곳에도 역시 나가야에 푸른 페인트를 칠해서 개조한 작은 철공소가 있었다. 그 앞에는 가는 철사가 몇 개나 굴러다녔다. 마에모토 철공장이라는 이 철공소는 밤 11시까지도 작업 소리가 들렸다. 안쪽 나가야 맨 끝 집에 사는 진구네 집에서는 주변이 잠든 고요한 시간에도 기계 소리에 섞인 직공들의 피곤한 일본어도 들을 수 있었다.

안쪽 나가야의 진구네 집 옆에는 역시 김 씨라는 조선인 노동자가 젊은 새댁과 살았다. 이 마을에서는 어디에나 옛날 그대로라고 할 만한 처마가 낮은 나가야가 있었는데, 그 끝쪽에 옷차림이 다른 조선인 가족이 살았다. 조선 여자가 공동수도에서 앞치마를 두른 아줌마들에 섞여, 바짓가랑이를 걷어 올리고 쌀이나 채소를 씻었다. 이 모습은 나중에 수선하려고 일단 부분적으로 새 나무판을 끼워 넣은 낡은 담장을 생각하게 했다. 나무 색은 다르지만 결국은 운명을 함께하는 하나의 담장인 것이다.

두 칸의 조선 노동자 옆집에는 반장인 요시오가 근처 철공장으로 일하러 다니는 젊은 형과 이미 정년이 되어 해고 통보를 받은 가운데 비누공장에 다니는 노년의 부모님과 살았다. 그다음은 독신 직공 세 명이 사는 집으로 낮에는 항상 열쇠가 채워져 있었다. 그리고 아기가 있는 하나코의 집. 그 이웃이 종이연극 집이다. 이 종이연극은, 서로 간에 정해진 구역을 침범했다는 이유로 요전에 동종 업자에게 된통 맞아서, 지금은 하는 일 없이 놀고 있다. 얻어맞았을 뿐 아니라 아스팔트 위에 내동댕이쳐져 머리가 어딘지 이상해졌다며 들판에서 햇볕을 쬐면서 우울한 눈으로 아이들이 노는 것을 보며 지냈다. 하지만, 흙 마당에는 종이연극 하러 다닐 때 쓰는 장사용 자전거가 세워져 있었다. 카랑카랑한 목소리의 오키미는 이 집 딸로 학교에는 다니지 않고 뒷길 주물공장에서 남의 집 애를 돌보았다. 마지막 집이 낮에도 덧문을 열어 출입하는 이사무네 집이다. 엄마는 40전을 벌기 위해 하천가 공장으로 벽돌 씻으러 다녔고, 아버지는 등록 노동자로 일이 없는 날은 어두운 덧문 안쪽에서 외투를 입은 채로 잤다.

그래도 낮은 처마 아래에서 반장인 요시오나 하나코의 집에는 화분이 늘어서 있었고, 부부만 사는 김 씨네 문지방 옆에는 커다란 오징어를 닮은 깨끗하게 세탁한 조선 신발이 새 일본 남자 신발과 나란히 널려 있었다. 김 씨네 새댁이 깨끗하게 정리된 방에서 일본 경대를 꺼내 머리를 빗는 모습도 자주 목격되었다. 각각의 집 앞에는 빨래걸이 기둥이 서 있어서 어느 집에나 아버지 작업복과 통째로 세탁한 아이 옷과 기저귀가 널려 있었다.

빨래걸이의 세탁물에 바로 붙어서, 바깥쪽 헤이지의 나가야에는 타르를 칠한 함석을 붙여놓은 판잣집 같은 부엌 입구가 보였다.

바깥쪽 나가야는 2층집으로, 앞 들판에서 보아 여섯 칸이 이어진 지붕은 중간이 푹 꺼져 있었다. 이 때문에 어느 2층 방바닥도 한쪽으로 내려앉아 있었고, 주의 깊게 보면 찻잔의 물조차 기울어져 있었다.

맨 끝에 있는 진구네 맞은편 집이 까까중의 집. 아래층의 마룻바닥을 들어낸 새까만 흙 마당에서 항상 정돈하지 않은 수염을 그대로 방치한 아버지가 아침부터 같은 자세로 쇠망치를 두드렸다. 입구에는, 천정에서 한 장 떼어낸 것 같은 판자에 단지 철공소라고

만 쓰여 있고, 옆에 조그만 글씨로 '주主 다카하시 에이이치로'라고 되어 있는 간판이 있었다. 문자 그대로 이름 없는 철공소이다. 아버지는 언제나 술상머리에서 까까중에게 이런 조그만 철공소 말고 더 정교한 기계를 취급하는 멋진 공장을 만들라고 말했다.

다음은 고물상에서 모은 넝마를 선별하는 집, 즉, 조금 상등의 고물상이다. 들판에서 지저분한 넝마 조각을 골라내는 마흔 정도의 아버지는 퍼런 얼굴에 목이 앞으로 조금 굽어 있었다. 옷섶이 맞지 않는 옷을 입은 여자아이가, 아버지 옆에서 고무신을 신고 찍찍 걸고 있는 여동생과 놀아주고 있다. 아버지도 웃음기 없는 얼굴로 넝마 조각을 줍다가 가끔 고개를 들어 아이들을 신경 썼다. 헤이지 엄마가 현미빵 장수 때문에 같이 웃었던 사람이 이 집 부인이다.

그 옆집에 사는 할멈은 이미 성년이 된 아들과 딸을 공장에 보내고, 2층은 아들 친구에게 빌려주어 편안하게 지냈다. 편안하게 지내는 것은 자식들이 모두 목공소에서 일하기 때문이라고, 할멈은 입버릇처럼 말했다. 딸은 벌써 스물네 살이었다. 시집 가야 하는 나이지만 아들만으로는 아직 모친을 부양할 수 없어 못가고 있었다. 할멈은 딸을 걱정하면서 좋은 혼처만 있다면 이쪽에는 장애가 될 만한 조건은 아무것도 없다는 듯이, 이제 보내야 할 텐데, 하고 입버릇처럼 말했다. 말이 없는 딸은 그때마다 혈색도 안 좋은 얼굴을 살짝 붉혔다.

그 옆집은 헤이지 집이다. 요전에 아버지 조카딸이 가정부로 일하던 곳에서 돌아와서 우울한 얼굴로 바느질을 했다. 요즘 유행하는 식으로 가르마를 7대 3으로 반듯하게 갈라서, 머리를 위로 작게 모아 올린 처자는, 어디 공장에라도 일자리를 찾고 있었다. 일 잘하는 헤이지 엄마는 막과자 집 옆에서 '뽑기판' 만드는 부업을 했다. '뽑기판'이라는 것은 막과자 집에서 파는 경품을 받기 위한 제비뽑기이다. 헤이지 엄마는 자신의 두툼한 손가락으로 집는 것이 신기할 정도로 작은 종이를, 반만 길게 꼬아서 솜씨 좋게 크고 빳빳한 종이에 붙였다. '뽑기판 만드는 데 풀을 써야 하니까, 여름이 돼서 파리가 꼬여도 어쩔 도리가 없네' 하고 헤이지 엄마는 경험자의 견식을 보였다.

그 옆집은, 남편이 골목길에 있는 마에모토 철공장 사모님 남동생이라서인지, 3학년이 된 아들은 구멍 나지 않은 양말을 신고 딸은 에프론 같은 것을 두르고 있었다. 아내는 언제나 머리를 올려 장신구를 꼽고, 목덜미에는 손수건을 매고 있었다. 2층에는 마에모토 철공장 직공 6명이 하숙하고 있었다. 6엔의 방세를 받고 있는데도 부인은 자기가 돌봐준다는 식으로 '우리집 직공'이라고 불렀다.

맨 끝 집은 다시 막과자 집이다. 항상 옷자락이 긴 옷을 입고 있는 이곳 아줌마는, 수건을 머리에서 벗는 일이 없었다. 대머리가 점점 심해졌기 때문일 것이다.

"아줌마 대머리는 어쩐 일이래요?"

개구쟁이가 일부러 물었다.

"심한 병을 앓았거든. 약을 너무 많이 먹어서 그런 거야."

어라, 모르는 사람이 지나가네, 하는 얼굴로 바깥을 내다보아 항상 개구쟁이의 관심을 다른 곳으로 돌리면서 대답했다. 남편은 간지로(가부키 배우)라는 배우를 축소한 것 같은 얼굴로 외투를 입고 염색공장에 다녔다. 2층은 공장에 다니는 젊은 맞벌이 부부에게 빌려주었다. 바로 옆 늪지 가운데 있는 활동영화관에 가면 자주 이 젊은 부부를 발견할 수 있었다. 휴식 시간에 전등불이 켜지면 초라함이 갑자기 그대로 드러나는 장내 어딘가에서 두 사람은, 나란히 앉아서 서로 아무 대화도 나누지 않고 무심하게 주변을 두리번거렸다.

공동수도가 그 옆에 있었다. 돌로 된 개수대는 깨진 채로 반쪽이 하수구로 연결되어 있었다. 골목길을 끼고 판잣집 같은 집이 있는데 여기에도 조선인 가족이 살았다. 눈이 작고 둥근 부채 같은 얼굴의 아줌마는 땋은 머리카락을 뒤통수로 말아 올렸는데, 홑 눈꺼풀을 한 맑은 얼굴의 남자아이를 엉덩이 위에 업고 자주 길모퉁이에 서 있었다. 뒤에는 그을린 유리창으로 벨트 돌아가는 것이 보이는 작은 목공장이 있었다.

"진구야, 묵찌빠 할래? 빵 사서 군함 타고 돌아가라,[2] 놀이 말이야."

그때 골목길에서 진구와 같은 나이의 조선 여자아이가 얼레리

---

2 묵찌빠 놀이를 말한다. 묵찌빠 발음에 맞추어 묵(구)은 군함(군칸), 찌(조키)는 조선(조센), 빠(파)는 하와이라고 불렸고, 이 놀이는 '빵 사서 군함타고 돌아가라'는 박자로 시작했다.

꼴레리를 부르면서 나가야 안쪽으로 들어왔다. 자기들이 들어야 할 노래를 여자아이다운 목소리로 부르는데, 뛸 때마다 싸구려 인형의 단발머리처럼 위쪽까지 밀어낸 머리통이 살짝살짝 머리카락을 통과해서 보였다. 길고 붉은 셔츠 아래 남자아이처럼 헐렁헐렁한 바지를 입은 모습은 바로 그림에서 보는 중국 아이와 닮았다.

"조선인"

"빵 사서 군함 타고 ……"

입을 쑥 내밀고 이제까지 져서 빼앗긴 딱지를 단번에 쓸어오려는 듯 헤이지가 득의양양하게 딱지를 세면서 여자아이의 노래를 듣고 있었다. 그러나 그쪽으로 고개는 돌리지 않고,

"쳇, 자기네들 얘기하고 있네."

라고 말하며 굵은 목소리로 콧노래를 부르듯이 따라 불렀다.

"조선인, 빵 사서, 군함 타고 돌아가라."

들판에서 돌아온 이사무가 여자아이를 놀렸다. 여자아이는 바보, 하며 화를 냈다.

"헤이지, 목욕 갔다 와라. 쓸데없는 소리 하지 말고."

부엌 유리 안쪽에서 엄마가 소리쳤다.

수건과 비누갑을 하나씩 가지고 남자아이 서너 명이 모여서 목욕탕으로 갔다.

"뭐야, 마쓰노 탕으로 가자. 아사히 탕에는 중국 사람이 다니거든. 냄새나서 싫어.

그렇게 말하는 까까중에게 헤이지는 입을 내밀면서 대답했다.

"쳇, 마쓰노 탕에는 거지가 온다고. 빈대를 툴툴 털면서 들어오거든. 들어온 다음에도 빈대가 슬금슬금 기어 나오지.

"바보, 내가 요전에 아사히 탕에 갔을 때, 내 얼굴 앞에 확 하고 하얀 게 떠올랐어. 바로 중국 사람이 들어왔을 때였지."

"무슨 소리야. 중국 사람이다, 조선 사람이다 말하지만, 중국 사람은 일본 보통 사람보다 부자야. 우리 집 건너 마을에 중국 사람이 많이 살거든. 아침에 일하러 갈 때 다같이 1엔짜리 택시를 타고 가지. 정월에는 일본 기모노에 반짝거리는 구두를 신고, 아주 취해서 신났더라고. 깜짝 놀랐잖아. 마작 클럽에서 기분 좋게 마작패를 섞고 있었거든. 아주 느긋하게.

그러자 요시오가 말했다.

"그렇지만 중국 사람은 아이를 싫어해. 목욕탕 같은 데서도 자기들끼리는 사이가 좋아서 '여, 영화 한턱 내봐' 하며 큰소리로 일본말로 말하지만, 아이하고 말하는 것은 본 적이 없어."

"중국 사람도 조선 사람도 근육이 튼튼하고 대개는 몸집이 커. 웬일인지 일본 사람은 작단 말이야. 아주 안타까워."

헤이지는 교장 선생님 말투를 흉내냈지만, 눈부신 듯 눈을 위로 치켜떠서 이마에 주름이 생겼다. 진지할 때의 표정이다.

어두워진 골목길에 종이연극의 쥐어짜는 듯한 목소리가 '자자, 얼른 와요' 하면서 진지하게 울리고, 차가운 바람 속에 아이들이 한가득 길을 막고 있었다. 목욕탕에 갔던 아이들은 종이연극 앞에 멈추어 섰지만, 그냥, 가자, 하고 반장이 움직이기 시작하자 헤이

지는 좀 흥미 없다는 투로,

"쓰네, 가자."

하며 모인 사람들 뒤에서 까치발을 하고 서 있는 동생을 불렀다.

3

종이연극이 생활권 다툼에서 두세 번이나 냅다 얻어맞고, 끝내는 아스팔트에 내동댕이쳐진 사건도 바로 요전 일이다. 생활에 부침이 많은 나가야에는 사건이 아주 많았다.

아직 정오가 되기 전이었다. 때마침 종이연극은 병문안 온 동업자와 집 앞에 서서 이야기하고 있었다. 이야기하면서, 눈으로는 자전거 무대 위에 세워진 종이 연극 틀 속의 그림을 한 장 한 장 넘기며 바라보았다. 언제나처럼 머리에 두건을 두르고 염색이 바랜 한텐을 입은 모습은, 심하게 나온 뻐드렁니와 검은 피부가 합쳐져서 뱃사람을 생각나게 했다. 졸린 눈을 한 이 남자는, 앗 어머니! 하는 식으로 목소리 연기를 잘 한다고는 생각되지 않았다. 한텐 아래로, 집에서 보라색 염료라도 뿌린 듯한 희한한 바지가 보였는데, 그것만이 종이연극다울 뿐이었다.

"어때? 그림을 보고 있으니 떠들고 싶은 마음이 생기지."

목소리 톤도 벌써 배우가 되어버린 건방진 듯한 젊은 동업자가 말했다. 종이연극은 버드렁니를 내밀고 무기력하게 웃었다.

"그런 기분을 말할 때가 아니야. 왠지 아직 머리가 흔들거려 안정이 안 돼."

라고 말하면서, 그로테스크하게 눈알이 튀어나온 분홍 옷을 입은 단발머리 여자아이 그림을 순서대로 넘겼다.

"그것참. 인간은 역시 묘한 동물이야. 많이 사용해서 익숙해진 그림을 보면 기분이 좋아. 보고 있는 동안 기분이 맑아지거든."

"역시, 그렇지. 자기가 사용한 그림은 역시 반갑다니까."

젊은 남자는 끄덕끄덕 고개를 흔들면서 맞장구쳤다. 미이 짱인지 하나 짱인지 눈알이 그로테스크하게 튀어나온 여자아이는 공중으로 구르기도 하고, 악한에 쫓기기도 한다. 그때 젊은 종이연극은 귀에 익숙한 소리에 고개를 들었다.

"뭐야, 무슨 일이지? 너무 소란스러운데?"

"무슨 일이 있나?"

차를 마시러 집으로 들어가려던 두 사람은 골목길 쪽을 보고 걸음을 멈췄다.

철공소 주인이 달려간다. 넝마주이도 뭔가 알아차렸는지 판자 소리를 내면 급하게 뛰어간다.

넝마주이 아내가 아기를 안고 안쪽에서 나왔다.

"아줌마, 무슨 일 있어요?"

"헤이지네 집에, 오세쓰라고 있잖아요. 요전에, 왜, 같은 고향 사람이라고요. 그 아가씨가 쥐약을 마셨대요. 헤이지 엄마가 발견하고 새파래져서 달려왔지요."

가정부로 있던 곳에서 돌아와서, 일할 곳을 찾던 처자를 말하는 것이다. 귀를 기울이고 있었는지, 고물상 아내의 말이 끝나기 무섭게 하나코 엄마가 나왔다. 김 씨 아내도, 진구 엄마도 엉덩이에 아기를 걸치고 튀어나왔다. 요시오 할머니도 추운 듯이 한텐 외투를 여미며 나왔다. 물론 종이 연극의 황소 같은 아내도 커다란 장신구를 꽂은 올림머리를 하고 뛰어나왔다.

젊은 종이연극은 장사 도구를 팽개쳐둔 채로 뛰어왔다.

한바탕 심하게 싸우고 온 것처럼 흥분해서 눈을 올려 뜬 헤이지 엄마는, 일단 집에 들어갔다가 다시 나왔다. 아줌마들은 헤이지 엄마에게 걱정하는 말을 건넸지만, 아무리해도 그 말에 걸맞는 표정을 지을 수 없어 힘들어했다. 결코 웃을 일이 아닌데, 생리적으로 웃음이 나올 것 같았다. 그러나 이유는 알 수 없었다.

무슨 일일까. 일자리를 찾고 있었는데, 남자가 있었던 게 아닐까, 등등 아줌마들은 심각한 흥미에 한껏 휘말려서 흥분하고 있었다.

헤이지의 사촌누이는 병원으로 실려 갔다. 마셨던 것은 쥐약이 아니라 수면제였다. 전날 밤 사촌누이는 일자리를 못 찾으면 시골로 돌아가겠다고 말해서, 헤이지 부친에게 '뭐야, 일 하나도 제대로 해결 못하고', 하며 잔소리를 들어서 아침부터 풀이 죽어 있었다. 오늘 정오가 됐는데도 사촌누이의 모습이 보이지 않자, 헤이지 엄마는 같이 점심 먹으려고 언제나처럼 찾으러 나갔다. 자주 가는 지인 집에 가서 보니 안쪽으로 문이 잠겨 있었다. '거기 없니?' 하고 창문으로 손을 넣어 보니 스르륵 문이 열리고 고다쓰(난방기구) 안에 반쯤 몸을 젖힌 사촌누이 오세쓰가 보였다.

고다쓰 안은 불을 세게 했는지 아주 뜨거웠다. 오세쓰는 불을 뜨겁게 한 고다쓰 안에서 조용하게 자는 것처럼 죽으려고 했다. 분명 조용하게 자는 사후의 자신을 상상했을 것이다. 가슴을 쥐어뜯으며 뒤틀리는 죽음의 고통을 그녀는 알지 못했음이 틀림없다.

헤이지는 학교에서 돌아와서 이 이야기를 듣자 마셨다는 세 개의 수면제 중 한 개가 열흘 전에 자기가 심부름으로 사 온 것이라는 게 생각났다. 그러자 헤이지는 죽음을 각오하면서도 입 밖으로 말하지 않는 어른 세계의 괴로움이 느껴졌다. 그 때문에 헤이지는 사촌누이에게 대한 부친의 매도를 내심 용인하지 않았다.

4

들판에서 노는 여자아이가 두 명 늘었다. 둘은 자매였다. 이사무는 아홉 살 정도 되는 언니를 어디서 본 것 같아 얼굴을 뚫어지게 쳐다보았다.

눈썹도 목덜미도 가릴 정도로 자라버린 붉은 단발, 뭔가를 볼 때 눈을 가늘게 뜨는 버릇, 넓고 붉은 얼굴, 각진 어깨.

이 여자애가 고개를 아래로 숙이고 뭔가 하려는 순간, 머리카락이 얼굴을 가렸고, 그걸 보자 이사무는 생각이 났다.

이사무가 학교 사환실 구석에서 다 먹은 도시락으로 만족하지 못해서 칭칭 거리고 있을 때였다. 형 노부는 이사무와 정반대로 목덜미가 깊게 패이고, 그 위에 빨간 털이 자라는 약한 아이였다. 노부는 아직 2학년이라 고학년처럼 배급 도시락 먹는 것을 부끄러워하지 않아서, 한입 먹고는 위를 쳐다보면서 시간을 들였다. 노부는 처음에는 칭얼거리는 동생을 모른 척했지만, 그러나 그래도 형답게 자, 하고 밥을 한 젓가락 떠서 동생에게 내밀었다.

"싫어, 싫어" 하고 이사무는 계속 싫다고 하면서, 여기서도 판자벽에 몸을 문지르면서 눈을 치켜뜨고 노부가 주는 밥을 먹으려 하지 않았다. 남은 것을 모두 다 내놓으라는 것이다. 열대여섯 명의 아이들은 사환실에서 교사로 연결된 돌로 된 복도 손잡이 밑이나, 선생님 화장실로 가는 좁은 길 사이에서 고모쿠메시(여러 재료를 함께 넣고 지은 밥) 도시락을 앞에 끼고 모여 앉았다.

노부 앞에 두 명의 여자아이가 같은 모습으로 나란히 앉아 도시락을 먹고 있었다. 그런데 그중 한 명이 바닥으로 도시락을 헤까닥 뒤집었다. 순간 손이 미끄러져서 바닥에 떨어뜨렸다. 여자아이는 바닥 위에 떨어진 것이라도 주우려 했지만 이미 흩어진 고모쿠메시를 물끄러미 바라볼 수밖에 없었다. 이제 의미 없어진 젓가락을 그냥 놓을 수 없어서 훌쩍훌쩍 울기 시작했다. 그때 얼굴에 어지럽게 붙은 그녀의 긴 머리카락이 이사무의 인상에 남았다.

새 도시락을 하나 더 받고 안심하는 그녀의 붉고 큰 얼굴.

여동생은 작은 입과 아담하고 야무진 얼굴을 하고 있었다. 자매가 어느 집으로 이사했는지 이사무는 어린아이의 촉으로 가장 먼저 알았다. 여동생과 닮은 젊은 오빠는 다섯 명과 하숙하는 집으로 동생들을 데리고 갔다.

"좁은데 미안하네. 좀 부탁할게"

그렇게 말하며 오빠는 데려온 자매를 2층에서 함께 재우기로 했다. 오빠는, '우리집 직공'은, 하는 얼굴로 있는 아래층 아줌마가 마음이 쓰였다. 엄마도 없는 이 어린 자매는 이곳에 오기 전까지 아버지의 오랜 실업으로 밥을 먹네, 못 먹네 했지만, 그래도 아버지가 데리고 있었다. 그런 아버지가 이번에 뱃사람의 면허장을 받아서 배를 타게 되었다.

어린 두 딸은 첫날밤 젊은 남자들의 기름 냄새 나는 체취 속에서 벽에 붙어 아버지를 그리워했다. 여동생은 코를 훌쩍거린다고 오빠에게 혼나며 잠들었다. 드디어 오늘 밤부터 한방에 6명이던 인원은 8명이 되었고 몸도 뒤척일 여유도 없어졌다. 그러나 젊은 직공들은 언제나와 마찬가지로,

"어이, 화투 치자."

하고 아이들의 잠자리를 등 뒤에 두고 둥글게 모여 화투를 치기 시작했다.

공장을 끼고 있는 나가야 공간은, 아침의 썰물로 오징어 먹물 같은 도랑물이 일어나고 그와 동시에 생선 내장과 같이 악취가 풍겨서 마치 어촌의 공기가 감도는 것 같았다. 아침의 분주함이 진정되고 정오가 되기까지 잠시 조용한 시간이었다.

'탕탕 탕탕'

좁은 작업장에서 새어 나와서 길거리까지 압도하는 압착기의 기관총 같은 울림은 물론 멈추지 않고 있었다. 그 사이로,

"안 돼. 이 멍청아, 싫어."

여자애의 날카로운 울음소리가 일어났다. 반면 상대방 소리는 조금도 들리지 않았다.

"저 아이가 그랬어."

하면서 다시 울음소리가 들렸다. '우리집 직공' 얼굴을 한 아줌마 아이이다.

"왜 그래? 무슨 일이야?" 날카로운 아줌마 목소리가 들렸다.

"저 아이가 내 껌을 채가서 버렸어."

"채가서 버렸다고? 무슨 짓을 한 거야. 자기도 먹고 싶어서 그랬나 보네."

아줌마는 정당한 판단을 내리면서 모성의 감정에서 내 아이를 위해, 내 아이와 같은 나이의 2층 아이를 혼냈다.

"네가 잘못했네, 미요코, 친구를 울리면 안 되지."

동생인 미요코는 아줌마의 잔소리가 들려도 등을 돌려 웅크리고 앉아 흙을 만지작거리며 돌아보려고도 하지 않았다.

"뭔가 꼬인 애구나."

그러자 옆에서 수건을 쓴 막과자 집 아줌마가 전병 가판 위로 몸을 내밀었다.

"어쩔 도리가 없네요. 당신네 기요 짱이 가지고 있던 껌을 계속 보고 있더니, 갑자기 '탁' 쳐서 떨어뜨리고 달아났지요."

"심술궂은 아이라 방법이 없네. 엄마 없는 아이는 저렇게 된다니까."

유모차를 밀고 온 종이연극 집 딸인 오키미가 멈춰 서서 두 사람의 이야기를 들었다. 의자와 같은 유모차에 앉아 있는 주물공장 주인 집 아이는 오키미의 부스스하게 땋은 머리와는 아주 다르게 새 솜옷을 입고 있었다. 쭉 지켜보는 오키미의 눈은 중년 어른처럼 아주 당찼다. 이런 시선을 받으면 어른이라도 묘한 위압감을 느낄 정도였다. 오키미에게는 엄마가 있다. 그럼에도 이 아이도 뭔가 꼬인 사람 중 하나였다.

유모차에 앉아있는 아기가 졸려운지 안전바에 기댄 눈이 쌍꺼풀이 되었다. 다시 걷기 시작한 오키미는 아기가 자는 걸 알아차리고 히죽 웃으며 갑자기 솜옷의 목덜미를 잡아끌었다가 얼른 놓았다. 기분 좋게 자고 있던 아기는 머리를 흔들며 깨어나서 콩 하고 안전바에 머리를 박고 놀란 눈으로 오키미를 바라보았다.

"하하하하"

하고 오키미는 아기를 힐끗 보더니 아무렇지 않다는 듯이 웃었다.

5

요시오는 장롱 서랍을 밝은 계단 입구 방으로 가지고 와서 고치고 있었다. 거무튀튀한 서랍 바깥쪽 판자가 손잡이 부분에서 떨어져 나간 것이다. 안쪽으로 널빤지를 대고 못을 박았다. 부엌에서 못을 찾던 엄마가 적당한 못을 찾지 못한 듯, 못이 더 필요하니? 하고 물었다.

"아직 두 개 정도 필요해요, 엄마. 아니, 내가 찾을게요."

김 씨 집에서 조선식으로 탁탁 하고 빨래 두드리는 소리가 벽을 넘어 전달되었다. 소리를 듣고 있던 요시오는, 김 씨 새댁이 두드릴거라 생각했다. 새댁은 항상 곱게 적갈색 저고리를 입고 있거나, 하얀 저고리를 입을 때는 가슴에 빨간 천을 하늘하늘 매달고 있었다. 조선 아줌마들은 모두 촐랑촐랑 걸었는데 그녀는 성큼성큼 바지를 차면서 걸었다. 공동수도에서 물을 콸콸 틀어놓고서 아는 사람이 앞으로 지나가면 손을 높이 흔들어 부르기도 했다.

요시오는 아이다운 호기심으로 언젠가 김 씨에게 지도를 가지고 가서 물어본 적이 있었다.

"아저씨는 어디서 태어났어?"

"대구."

눈이 치켜 올라가서 광대뼈가 나온 김 씨는 웃으며 대답했다. 나이는 서른일곱이었다. 그리고 아내는 열일곱이었다. 조선인 모두 그렇다는 게 요시오를 놀라게 했다. 일본인은 스물이나 나이 차이가 나는 사람과는 결혼하지 않는데, 하며 조선인의 결혼을 요시오는 특이하다고 생각했다.

부서진 장롱 서랍은 경첩 소리가 시끄러웠다. 그때 밖에서 말소리가 들렸다.

"우리 엄마 여기 있지 않아요?"

하고 헤이지가 들여다보았다. 없다는 것을 확인한 헤이지는 좀 불안한 얼굴이 되었다.

놀다 들어오니 가게 문이 닫혀 있었다. 그런 일이 전혀 없는 것은 아니지만, 헤이지는 묘하게 불안해졌다. 사촌누이 사건이 있고 난 뒤였기 때문인지 모른다. 옆집도 뒷집도 모른다는 것이 신경이 쓰여서, 만일 무슨 일이 있으면 얼른 순경을 불러야지, 하고 생각했다. 헤이지는 스스로 자기 얼굴이 새파래진 것 같은 느낌이 들었다. 요전에 소년 잡지에서 읽은 〈리어왕〉의 미쳐가는 장면을 상상했다. 고물상 집에도 물어보았지만 엄마는 없었다. 헤이지는 픽 하고 쓰러지는 자신을 상상하며 헝겊 운동화로 마구 달렸다.

헤이지 엄마는 근처 지인 집에서 차를 마시고 있었다.

"뭐야, 칫."

헤이지는 문어처럼 입을 쭉 내밀었다.

요시오는 그날 밤 다 완성한 엄마의 일감을 가지고 큰길로 나갔다. 타이완 장례식에서 한 개씩 꽂는다는 장난감 같은 박쥐우산으로, 엄마는 나팔꽃 모양의 옷감을 우산살에 꿰매는 일을 했다. 아사 옷감에 강렬한 청색과 적색의 화조 문양은, 어찌 봐도 타이완행이라 생각되었다. 그런데 반드시 장례식용이 아니라 상품을 팔때의 장식이라는 사람도 있었다. '어느 쪽이 정말인지, 실제 본적이 없으니까. 모르겠네' 하고 요시오 엄마는 타이완행이라고 믿는 것 같았다. 타이완으로 간다는 것이, 이곳 아이들 손에 뽑히는 헤이지 엄마가 만드는 '뽑기판'과 비교해서 요시오 엄마를 기분을 좋게 했을 것이다. 그녀는 이 일에서 1일과 15일에 2엔씩 수입을 올렸다.

　아직 대부분 공장이 야근하고 있어서, 전기용접의 격렬한 푸른 빛이 흔들리면서 거대한 철관 한끝을 비추었다. 늪지 건너편에 있는 공장 지붕에서 직선으로 방사되는 빛이 분주하게 깜박이는 것도 보였다. 열여섯이 되는 요시오 형은 아직 공장에서 돌아오지 않았다.

　안쪽은 반쯤 도랑물에 잠긴 것처럼 늪지 가장자리에 서 있는 나가야 불빛이, 늪지 물에 선명하게 비쳤다. 쓰레기장이 되어서 낡은 다다미까지 버려져 있는 늪지 물은 바람이 불어 밤에는 잔잔한 주름을 만들며 움직였다. 넓은 늪지 건너편 물에 비친 장지문의 등불 그림자는, 여름 부채에 그려진 그림을 생각하게 했다. 지저분한 한낮의 인상과 다른 이러한 연상은 물에 비친 집이 부채에 그려진 그림처럼 작기 때문일 것이다.

　다음 늪지에서는 건너편 거리의 변전소 전등이 물에 흔들려서 분주하게 눈에 들어왔다. 그러자 요시오는 언제나처럼 번잡스러운 아사쿠사 상영관을 생각했다. 집안 가득 밝은 불빛 그림자가 물에 비쳐서 떠오르는 연상은 습관이 되었다. 그리고 오늘도 여느 때와 마찬가지로 고개를 들었을 때 아사쿠사의 환상은 사라졌다. 서양식 건물 변전소 창에는 모두 밝은 전기가 켜져 있었다. 그 때문에 폐허와 같은 건물 색, 늪지 속의 마른 풀, 납죽 엎드려 있는 주변의 나가야, 그런 것들은 활기찬 연상을 하고 난 다음이라서인지 요시오를 더욱 쓸쓸하게 만들었다.

요시오는 학교 앞에서 몇 번이나 읽어서 완전히 외워버린 야학의 세움 간판을 큰길에서도 또 읽었다. 아직 이월 중순이지만 그날 밤은 흐린 가운데 묘하게 따뜻한 바람이 불었다. 봄을 기다릴 필요가 없다는 느낌마저 들었다.

이제 3월이 온다. 이런 생각은 반장인 요시오에게 대충 넘길 수 없는 비애를 가져다주었다. 이제 이 마을 소학교에서는 수험준비가 시작된다. 동급생 중 몇 명이 시험을 치른다고 한다. 대부분 소공장 주인이거나 상인의 아들이다. 어느 정도 돈이 있으니까 단지 형식적으로 상급 학교에 보내려 하겠지만, 선생님에게 희망을 품게 하는 학생들도 아니었다.

세 평과 한 평 방이 있는 집에서 요시오는 이미 성인 생활을 부모와 함께 하고 있었다. 요시오는 누구에게 들은 것은 아니지만, 자신이 가야 할 길을 알고 있었다. 요시오의 표정에는 때때로 정년을 앞둔 아버지와 똑같은 그늘이 보였다.

아버지가 돈류사마(양육의 신) 잿날, 공장 퇴근길에 수금하러 멀리 돌아서 돌아온 적이 있었다. 그때 엄마는 멀리 돌아온다는 것을 이미 알고 있으면서 귀가가 늦다고 얼마나 걱정을 했던지. 차에 치인 것은 아닐까 하고 걱정하다가, 요즘 피곤해, 피곤해 하던 아버지를 또렷이 떠올리기도 했다.

9시 잔업을 끝내고 피곤함에 지쳐 들어온 형은 성난 표정으로,
"좀 옆으로 가" 하고 요시오의 머리를 발로 찼다. 집에 돌아오면 무엇이든 화난 나는 모양이다.

소년은 이런 상황도 자신이 어깨에 짊어져야 한다고 생각했다. 발로 차는 형에게도 아무 말도 할 수 없었다. 엄마가 장을 보고 와서 바구니에서 사과를 꺼내주기라도 하면, 그는 소년의 감수성으로 자신의 건강에 대한 엄마의 배려를 느끼기도 했다.

그건 그랬지만, 현실을 생각하지 않을 수 없어서 어른들의 상식을 모방해서 자신의 불행을 남몰래 한탄했다.

"애늙은이는 손해 보게 돼 있어."

공장마다 야근은 아직 끝나지 않았다.

무거운 모터의 소음 속에서 아직 변성기도 오지 않은 소년공의 날카로운 말 소리가 무슨 조각이 날라 온 것처럼 갑자기 들렸다.

6

마에모토 철공장의 직공 여섯 명은 일을 마치고 언제나처럼 식당에서 저녁을 먹고 자기 방으로 돌아왔다. 여동생인 미요코만이 방바닥에 엎어져 있고, 언니 도미코가 동생을 흔들고 있었다.

"무슨 일이야?"

목욕을 끝내고 밥까지 먹어서 이제 겨우 기분이 편안해진 직공 중 하나가 물었다.

"싸움이라도 했니?"

"밥 먹으러 아래층에 안 내려갈 거야?

"뭐야. 먹고 와, 먹고 오라고."

'자' 하고 언니가 다시 어깨를 붙들고 일으켜 세우려 하자 여동 생은 열나는 듯한 얼굴을 힘껏 아래로 숙인 채 언니 손을 뿌리치고 다시 엎드렸다. 언니는 미요코가 저녁을 먹으러 내려가지 않는 이 유를 알고 있었다. 점심 무렵 미요코가 막과자 집에서 전병을 사 왔을 때 자기가 하나 빼먹었기 때문이다. 결국 미요코는 저녁때까 지 밥 먹으러 아래층으로 내려가지 않았다. 몸이 아프기라도 한 게 아닌가 생각했지만, 그것도 아니었다. 오빠가 2층으로 우동을 시 켜주자, 훌훌 소리를 내며 깨끗하게 비워버렸다.

그때 안쪽 하나코 집에서는 언제나처럼 축음기를 틀어놓고 있 었다. 어느 쪽이 잘못되었는지, 아마 기계도 음반도 양쪽 다일 것 이다. 주걱으로 밥통 바닥을 몇 번이나 긁으면 바로 나올 것 같은 이상한 소리가 났다. 한 장만은 품질 좋은 음반인 듯, '이영차, 이 영차' 하는 소리만을 알아들을 수 있었다. 가사를 알아들을 수 없 는 잠꼬대 같은 구사쓰부시(일본 전통곡)이다. 나가야 사람들은 이 기괴한 소리에 하나코 집의 현재의 평화를 상상했다.

헤이지 집에서는 술자리가 시작되었다. 아버지는 공장으로 갈 때의 작업복을 그대로 입은 채로 이미 취기가 올라와 있었다. 그의 눈은 평소의 그늘이 사라지고 기분 좋은 듯 눈꼬리에 주름이 모여 빛나고 있었다. 술 상대는 헤이지 아버지를 시골풍으로 만든 것 같 은 큰아버지였다. 큰아버지는 입원한 지 일주일이 되는 딸 오세쓰 를 시골로 데려가려고 왔다. 두 사람의 이야기는 각자 집안 일에서 시작해서 이제 소학교를 졸업한 헤이지에게로 옮겨졌다.

"그래 뭐라고 할까. 헤어지는 네 집안 기둥이잖아. 자식이 많지도 않은데 될 수 있으면 중학교에 보내는 게 부모의 도리라고."

시골의 형은 동생이 도회에서 생활한다는 생각 때문에 뜻밖에 큰일을 말하기 시작했다. 그러자 동생은 술 취한 김에 나오는 본심에서 슬픈 얼굴이 되어 한탄하듯이 고개를 흔들었다.

"형님, 그건 그렇지요. 헤이지 놈, 우리 집 기둥이지요. 중학교에 보내고 싶어요. 보내주고 싶어도 들어갈 수 없으면 그건 어쩔 수 없지만요. 나한테 오기가 없다고 한다면 그럴지도 몰라요. 그러나 나는 어렸을 때부터 고생하며 수련해서, 이제 겨우 어엿한 직공이 되었어요. 그래도 내가 글을 못 읽어서 얼마나 주눅들었는지. 그걸 생각하면 내가 혹여 술 한 방울 마시지 못하더라도 헤이지만은 반드시 고등교육까지 시킬 거예요. 혹여 술 한 방울 마시지 못하더라도 보낸다면 보내는 거지요."

"음, 너는 괜찮아. 자식이 적으니까. 부모님 은혜는 자식을 낳아보면 안다고 하는데 정말 그렇지."

"정말 그렇지요."

절임을 내오기 위해서 부엌으로 가는 엄마도 맞장구를 쳤다.

"어두워서 뭘 할 수가 없네. 헤이지, 양초하고 성냥 가지고 와라."

안쪽에서는 밥통 바닥을 긁는 것 같은 축음기 소리가 아직 계속되고 있었다. 갑자기 오른쪽 옆집 부엌에서 날카로운 부인 목소리가 들렸다. 헤이지 엄마는 부엌에서 취한 손님의 푸념에 맞장구를 치면서, 옆집으로도 귀를 기울였다. 미요코가 사는 옆집에서는 국수집 그릇 위에 놓아둔 돈 이야기를 하는 것처럼 들렸다.

'뻐딱한 성격에 손버릇까지 좋지 않으니……'

들으란 듯이 빗대어 말하는 목소리 상태로 보아 2층 여자아이에게 무슨 일이 있었나 보다, 하고 헤이지 엄마는 생각했다.

헤이지는 방금 2층으로 자러 갔지만, 아래층에서 아버지와 큰아버지가 하는 이야기 소리에 얼른 잠이 들 수 없었다. 어른들이 자기 학교 일에 대해 열심히 이야기해 주는 것이 기뻤다. 언젠가 촛불이 흔들리는 아침, 부엌에서 엄마는 아버지 식사 준비를 하면서 역시 헤이지를 고등학교까지 보내는 일에 대해 구시렁구시렁 아버지에게 부탁했다. 울고 있는 듯 코를 훌쩍거리는 소리가 아침 추위를 한층 차갑게 만들었다. 방안에서는 소등 전의 전등이 이상하게 붉게 변하여 아직 개지 않은 이부자리를 비추었다. 아버지가 털고 있는 담뱃대 소리와 그의 힘없는 목소리가 소곤소곤 들렸다.

그때 헤이지는 이미 잠에서 깨어 이불속에서 혼자 울었다. 나중에 요시오에게 전달했던 헤이지의 표현에 의하면,

'조용한 울음'이었다.

동생을 괴롭히기도 하고 죽마로 뛰어다니기도 하고, 딱지로 소란을 피우는 자신이 부끄러워서 오늘부터 공부하겠다고 생각했다. 공부해서 비행사가 되고 싶다, 아버지와 어머니에게 비행사가 된 자신을 보여주고 싶다. 우리 시골 밭을 날아서 모두가 저건 우노 헤이지의 비행기다, 하는 소리를 듣고 싶다. 헤이지는 아래층의

이야기 소리에서 멀리멀리 날아가서, 태양이 빛나는 시골 풍경으로 상상을 넓혔다.

문득 정신이 돌아오니 옆에 깔아놓았던 이부자리에 큰아버지가 들어와 있었다. 취한 술에 숨은 거칠고 기침을 하기도 했지만, 금방 잠이 들었는지 이빨 가는 소리가 들렸다. 시계는 두 시를 쳤다.

헤이지는 소변을 누러 아래층으로 계단을 삐걱거리며 내려갔다.

아버지는 벌러덩 누워서 기름기 떠 있는 얼굴로 코를 골았다.

엄마는 아직 치우지 않은 밥상을 구석으로 밀어 놓고 그 옆에서 밀감을 먹으며, 계단을 내려오는 헤이지를 손짓해서 불러서 밀감을 내밀었다. 헤이지는 엄마와 둘이서 조용히 밀감을 먹었다. 뭔가 할 말이 있는데 제대로 나오지 않았다. 그냥 눈이 부셔서 그런 것처럼 눈만 깜박거렸다. 야간작업을 하는 H 공장 사이렌이 이상하게 인간적인 힘을 느끼게 하며 마을 가득 길게 울렸다.

미요코 자매는 오빠와 1개월 정도 같이 살다가 어느 날 아침 오빠와 함께 어디론가 이사를 갔다. 아래층 아줌마는 막과자 집 아줌마에게 그 일을 길게 말했다.

"어쩐지 돈이 없어졌다고 생각했는데 두 아이 모두 손버릇이 나빴어요. 한번은요. 뭔가 부엌에서 가지고 나가는 느낌이 드는데 딱히 이렇다 할만한 게 없었어요. 뭐 가지고 가냐고 물어보았지요. 아무 말 없이 나가더니 그날 밤에 밥 먹으러 내려오지 않는 거예요. 나한테 혼날 거라 생각했나 봐요. 나중에 보니까, 국숫집 그릇

위에 14전을 딱맞게 올려놓았는데 돈이 두 개 부족했지요. 우리 집 애가 배우면 안 되겠다고 생각하니 정말 싫었어요."

"그건 그래요. 하지만 우리 가게에는 그다지 뭘 사러 오지 않았어요."

"그랬군요."

아줌마는 특별히 나쁜 마음은 없었겠지만, 뚫어지게 쳐다봐서 막과자 집 대머리 아줌마의 숨을 막히게 했다.

진구 아버지가 오후에 공장에서 허벅지를 다쳐서 집으로 돌아왔다. 올 때는 괜찮다고 했는데, 집으로 돌아와서 의사에게 가려니 더 걸을 수 없게 되었다. 진구 엄마가 손수레를 빌려왔다. 어른이 손수레에 타는 게 신기했는지, 아이들이 모여들어 손수레를 둘러쌌다. 김 씨네 새댁도 열심히 도왔다. 진구 엄마는 주변을 둘러볼 겨를도 없이, 때때로 뭔가 날카로운 모국어로 말하면서 남편을 손수레에 태웠다. 세차게 손수레를 밀고 나가면서 뭐라고 말하는데, 그 말은 순간 덮친 생활의 위협에 대해 가진 게 아무것도 없는 사람이 할 수 있는 최선처럼 보였다. 여전히 엉덩이 위에 아기를 업은 채로 남편을 태운 리어카를 밀면서 골목길을 나서고 있다. 진구는 다른 아이들 속에 섞여 바깥쪽에서 자기 아버지를 보고 있었다. 김 씨네 새댁이,

"이 녀석아, 넌 집 지키고 있어"하고 고함치자, 진구는 혀를 내밀고, 모여 있는 구경꾼들에서 빠져나와 도망가서 숨었다.

마에모토 철공장에서 미요코 자매의 오빠와 또 한 명의 친구가

해고되었다. 일감이 없어진 것은 아니었다. 야간 일은 여전히 계속되고 있었다. 철공장은 마을 소학교에 아주 싼 급료로 졸업생을 고용하려고 일곱 명이나 신청한 상태였다.

해고당한 두 사람은 오래 일해서 임금이 비교적 높았다. 비교적 임금이 높다는 것이 그들이 직업을 잃게 된 숨은 이유였다.

해고된 직공과 원래 동료는 때때로 식당에서 만났다.

큰 공장에 들어가라고 모두가 부추겼다.

"나도 정말 싫어졌어. 급료도 정해진 날에 주지 않는 주제에, 대단한 척하기는."

남겨진 동료가 말했다.

"요전에 이야기한 XX 공장은 어떻게 할 건데?"

"글쎄" 하고 미요코 오빠는 열의 없는 퍼런 얼굴로, 그 XX 공장은 들어가면 동시에 강제적으로 노동조합에 가입시킨다고 말했다.

"상관없지 않아. 어차피 회사에서 허락해 주겠지."

"그 공장은 평생 일을 시키지도 않을 거면서. 또 해고라도 당해봐, 조합에 들어가 있으면 다른 공장으로 옮길 수도 없어."

건강은 노동에서 나오고 행복은 건강에서 나온다는, 망치를 들고 있는 노동자가 환하게 웃고 있는 포스터 아래에서 살아남은 젊은 노동자가 힘없이 자포자기가 되어 말했다.

요시오는 아직 6학년 재학 중으로 옆 마을 큰 공장에서 사환 일을 찾았다. 선생님의 배려로 3월 한 달 동안은 오전 중에만 학교에 나오고, 도시락을 먹은 후 새로운 직장으로 출근했다. 사환은 노력만 하면 사원이 될 수 있다는 것이 요시오의 커다란 희망이었다. 요시오는 자신의 노동자 생활이, 정년을 신경 쓰는 아버지의 현재 상황에서 선택할 수 있는 운명이라고 생각했다. 사원 생활에는 아버지의 오늘날의 불안은 없다고 머리부터 믿고 있어서 깊게 생각해보지도 않았다. 현재의 생활에서 다른 방향으로 발전하는 것이 요시오를 즐겁게 했다.

헤이지 집으로 시골 큰아버지에게서 오세쓰에 관한 편지가 왔다. 자살하려고 했던 이 여식이 아이를 가졌다, 태어나는 아이를 책임지라고 시집과 담판을 지어달라는 편지였다.

흐린 날씨에 차가운 바람이 불었다. 늪지 주변과 들판의 풀이 파랗게 오르고 있었다.

바람이 강하게 부는 어느 날, 늪지 주위의 나가야에서 들판으로 사람들이 모여들었다. 마치 종이연극이 끝나서 흩어질 때처럼 많은 아이들이, 지금부터 시작하는 가라쿠神樂(일본 전통 종교인 신도 神道에서 신에게 제사할 때의 가무)라도 기다리고 있을 때의 기분으로 웅성거렸다.

마에모토 철공장 부인이 갑자기 뇌출혈로 쓰러졌는데, 오늘은 그녀의 장례식이다. 빈약한 주제에 허세 좋게 높은 다리가 달린 큰 조화환 서너 개가 오늘만 문 닫은 공장 앞에 놓여졌다.

나가야 아줌마들은 벌써 삼삼오오 길가와 들판에 모여 있었다. 금박을 한 영구차가 골목길로 들어오자 주변이 술렁거렸다.

중절모를 써서 얼굴이 더 초라해 보이는 남자, 매년 정월에만

신문지 꾸러미에서 꺼냈을 것 같은 오래된 하얀 끈의 짚 나막신을
신은 남자, 한텐을 입은 인부들이 그 사이를 뛰어다녔다. 직공들의
모습은 그다지 보이지 않았다.

금박으로 된 영구차가 들판 중앙으로 나오고, 근조화환도 그쪽
으로 옮겨졌다. 친척 일동이 모여 영구차 앞에 늘어서기 시작했다.
'우리 직공' 얼굴을 한 부인도 오늘은 검은색 옷을 입고 단정하게
서 있었다.

나가야 아줌마들은 모두 밖으로 나와 그 광경을 보면서 끼리끼
리 모여 평가하기 시작했다.

정중앙의 중절모가 장남이래, 저 딸은 요전에 돌아왔다지, 아,
저 사람이 이번에 죽은 할머니 여동생이구나, 하는 식이었다.

"이왕 보려면 더 가까이 가서 보자."

도전적으로 종이연극 아내가 말해서 한바탕 웃고, 우르르 들판
쪽으로 자리를 옮겼다.

그때, 한텐 입은 인부에게 백발 남자가 업혀 나왔다. 가늘고 초
췌한 발이 걷어 올린 바지 아래로 흐느적거리는 게 보였다. 환자는
예의 정중앙 의자에 앉혀졌다.

"저기 저 사람이 죽은 여자의 남편이래."

"그렇군, 공장 주인이구나. 갑자기 부자가 되었다고 하더군."

"중풍으로 다리를 못 쓴다고 하더라고."

"오, 머리에 가르마를 탔네."

자, 하고 사진사가 끈을 잡고 긴장하자 공장의 노주인은 어깨

를 펴고 오쿠마 시게노부(일본의 정치가이자 교육자)처럼 입술 양 끝을 살짝 내렸다. 슬펐는지, 말을 듣지 않는 다리가 흐느적흐느적 흔들리는 것을 멈추지 않았다. 몇 명의 머리를 밟고 성공한 다리가 말이다.

사진을 찍고 영구차 앞의 검은 상복 입은 대열이 흐트러지자, 구경하는 사람들도 어쩔 수 없이 움직였다. 드디어 기다리던 일이 시작됐다. 인부가 버들고리를 지고 나왔다. 아이들이 와 하고 모여들었다. 이사무의 진지한 얼굴도 섞여 있었다. 때와 눈물로 범벅된 진구 얼굴도 있었다. 오늘도 주인집 아이를 업은 오키미가 카랑카랑한 목소리로 자기 동생들에게 똑바로 있으라고 소리쳤다. '조선인 빵 사서 군함 타고' 하면서 자기 얘기를 노래하는 조선 여자 아이가 달려가고, 하나코도 엄마 손을 잡아끌었다. 옆에 있던 빨래 걸이 기둥이 끼익 끼익 흔들렸다. 인부는 뭐라고 외치면서 더 뒤로 물러서라는 의미로 손을 흔들었지만 아무 효과가 없었다.

아이들 속에 아줌마도 아저씨도 섞여 있는 가운데 한텐 입은 인부와 두세 명의 남자가 드디어 봉지를 전달하기 시작하자, 사람들 무리 전체가 전후좌우로 흔들려서 빨래걸이가 쓰러지려고 했다. 여러 가지 막과자를 모아 포장한 작은 종이 봉지가 사각사각 소리를 내며 광적으로 내민 손에 격렬하게 잡혔다. 빨래걸이 대나무 장대가 마른 소리를 내며 사람들 위로 떨어졌지만, 집중하느라 사람들 얼굴이 전혀 변하지 않았다. 하늘을 향한 밀고 밀리는 아이들의 진지한 얼굴 위로 여자들의 뻗은 굵은 팔이 겹쳐졌다. 결국에 인부가 한마디 외치며 종이봉지를 군중 머리를 지나 들판 건너편으로 던졌다. 봉지는 찢어지고 막과자가 찌부러져서 노란 가루를 흩뿌렸다. 와, 하고 잡으려는 손이 두세 개 겹쳐졌다.

아이가 울었다. 흥분한 여자가 헐떡였다.

이것은 장례식에서 새를 놓아주는 '방조放鳥'의 의미일 것이다. 이 공장에서 해고당한 오빠와 미요코 자매는 이날 막과자 행사에 없었다. S 공장과 H 공장의 사이렌이 점심시간이 끝난 것을 알리며 울렸다. 마을의 작은 사건과 상관없다는 듯한 바람이 휙 하고 마을을 흔들었다.

신록의 계절

1

아침나절 한쪽으로 몰려가던 커다란 구름이 끊어지면서 거칠
게 움직이고 있었다. 때때로 반짝 햇살이 비치는가 싶더니 곧 흐
려져서, 요즘 기분 좋게 늘어진 마음을 묘하게 무겁게 만드는 거센
바람이 불었다. 한낮이 지나자 구름은 완전히 거리 위에 낮게 깔리
고, 바람은 거칠어져서 휙 휙, 하고 불었다. 길가 상점들은 봄을 준
비하는 하얀 포렴을 정리하고 곧 내릴 비에 대비했다. 전차만이 바
쁘게 삐걱거리면서 오가기를 계속한다.

길모퉁이에 있는 카페가 아직 찻집이기도 하고 주점이기도 하
고 게다가 서양 요리 집이기도 했던 시절, 카페 카나리아에는 오늘
아직 손님이 없다. 천장에 가지를 늘어뜨린 조화로 된 벚꽃도 생기
를 발휘하지 못하고, 여자들은 아침에 입은 앞치마 차림인 채로 목
욕 후 하얗게 칠한 목덜미를 드러내며 고개 숙여 잡지를 읽고 있었
다. 전등도 켜지 않은 어스레함 속에서 자신들의 편안한 시간에 잠
겨 있는 것 같다. 물을 뿌려 청소한 바닥 위에 가락 신을 아무렇게
나 벗어버린 여자들의 맨발이 무엇보다 봄의 계절을 느끼게 했다.

무나요만이 두 개의 대바늘을 움직여서 뜨개질하고 있었다. 크

림색의 가벼운 작은 스웨터이다. 방금 2층에서 선잠이라도 잔 듯 마른 어깨를 움츠리며 내려온 올림머리 여자가 무나요 앞에 서서 벽에 걸린 거울에 자신의 모습을 비추면서,

"뜨개질을 잘하는구나. 어둡지 않겠어. 다 짜서 입히면 귀엽겠다. 그런 거 직접 짜서 입히면 좋겠는걸. 나도 오빠 애한테 하나 짜 줄까? 무나요 씨 뜨개질 가르쳐 줄래?"

하고 생각나는 대로 편하게 종알종알 말했다.

무나요는 꼭 다문 입가에 살짝 미소를 띠면서 고개를 들었다. 그때까지 집중하던 뜨개질에서 깨어난 듯, 아무 말 없이 온화하게 이제 반 정도 완성된 스웨터를 테이블 위에 펼쳐 보였다. 성기게 짠 작은 스웨터 옷자락이 테이블 위에 가볍게 접히는 것을 손끝으로 눌렀다.

가게 안은 갑자기 한층 어두워졌다. 그러자 강한 바람과 함께 색유리로 된 창에 후드득 하고 부딪히면서 드디어 비가 내리기 시작했다.

"아, 정말 비가 세차게 내리네."

올림머리 여자는 나막신 굽을 바닥에 울리며 입구로 나가서 문을 열고 밖을 내다보았다. 여이, 하고 소리치며 달려가는 남자 목소리가 들려왔다. 잡지에서 고개를 들었지만,

"창문 괜찮을까? 다 닫아 두었지?"

빗소리에 문을 닫고 아래층에 들어박혀 있는데, 집안을 울리는 전화벨이 모두의 귀에 들렸다. 조용한 카운터 안쪽에서, 거기에 있

었던 듯 나이든 여주인의 목소리가 들렸다.

"여기, 무나요 씨 전화야."

"예, 가요."

무나요는 대답과 함께 일어났지만, 옆에 있는 여자에게 '나지?' 하며 의심스러운 눈초리로 다시 확인했다.

"그래, 얼른 가봐."

무나요는 카운터에서 꺼내준 전화기에 등을 움츠리고, 주변에 자기 목소리만이 두드러진 것에 살짝 당황하며 예, 예, 하고 대답만 하다가, 잘 알겠습니다, 하고 분위기를 바꾸듯이 말했다.

약간 당황해서 눈을 내리깔고, 서둘러서 뜨개질을 보자기에 쌌다. 전화를 걸어 불러낸 것이 구시모토였다는 것이 무나요를 상기시켰지만, 쓰키지에 있는 직장으로 우산을 가지고 와 달라는 용건이 그녀를 더욱 당혹하게 했다. 어쨌든 시계를 올려다보니 세 시이다.

"조금 이르지만, 저 옷 좀 갈아입고 와도 될까요?"

"괜찮아. 어차피 한가하니까."

올림머리 여자가 대답했다. 그곳에서 숙식하는 그녀에게 우산과 나막신을 빌려서 무나요는 밖으로 나왔다. 전찻길 건너 골목길 바로 안쪽에 있는 자기 집에서 카페로 다니는 무나요는, 항상 저녁 때쯤 밤에 입을 옷으로 갈아입으러 집에 다녀왔다.

앞치마를 벗은 무나요는 자기 집 쪽으로 굽어있은 골목길을 살짝 지나쳐서 작은 개울이 흐르는 다리를 건너 경사가 완만한 좁은 길로 올라갔다. 고지대로 나오는 언덕 도중에 구시모토가 빌린 하숙집이 있었다. 구시모토는 노부부가 사는 이 집 세 평짜리 방에서 가사기 야스지와 같이 살면서, 낮에는 T 관청으로 일하러 다니는 하급관리였다.

커다란 잎사귀에 비가 고여 있는 처마 끝에 오자, 벌써 방 안에서 젊은 남자 목소리가 들렸다. 이 큰 목소리의 주인공은 구시모토의 친구인 후지사와다. 무나요는 머뭇거리며 현관문을 열면서 가사기의 이름을 불렀다.

얼른 뛰어나온 가사기는, 검은 무지의 하오리(일본의 짧은 겉옷)를 작은 몸에 걸치고 커다란 눈 때문인지 적이 없어 보이는 퉁퉁한 얼굴을 하고 있었다. 그는 배려가 깊고 눈치가 빨라 무나요가 하는 말을 듣자 구시모토의 우산을 가지러 집 안으로 들어갔다. 가사기는 커다란 눈을 두리번거리며 후지사와에게 말했다.

"구시모토가 우산을 가지고 오라고 전화했대."

"뭐라고?"

친구들 중에서도 가장 키가 큰 후지사와는 넓게 책상다리를 하고 앉아, 가지런한 이를 드러내고 일부러 농치듯이 무릎 옆을 두드리면서,

"구시모토, 이놈."

하고 말했다.

친구 중에서 아무렇지 않게 이렇게 농치듯이 표현할 수 있는 사람은 후지사와뿐이었지만, 굵은 로이드 테 안경 너머의 그의 시

선은 언제나 그런 것처럼 상대에게서 조금 떨어진 지점에서 혼자만의 생각으로 달리고 있었다. 무나요는 어른스럽게 웃는 가사기 목소리를 들으며 현관 흙 마당에서 얼굴을 숙이고 있었지만, 구시모토의 우산을 받아들 때는 가사기에게 친근하게 수줍은 미소를 보였다.

2

비는 점차 세차게 내렸다. 전화로 알려준 대로 무나요는 전차를 타고 긴자 8정목에서 내려서 시오도메 역 앞에 있는 구시모토의 관청까지 걸었다. 그런데 쓰키지 건너편 높은 건물 사이로 불어오는 바람이 그녀의 우산을 뒤집어놓을 정도로 강해서, 무나요 옷자락이 흐르는 비에 젖어 발끝에 휘감겼다. 비바람은 신음 소리를 내며 닫힌 상점의 유리문을 때렸고 간판이 삐걱거렸다. 비바람 속에 호흡을 멈추고 우산에 매달려서 앞으로 나아가지 못하는 무나요가 안타까웠는지, 그녀가 서 있는 바로 앞 이발소에서 유리문이 반쯤 열리더니 주인이 무나요를 안으로 불러들였다. 담배를 피우던 주인은 말했다.

"정말 걸을 수 없을 정도네요. 좀 쉬었다 가세요."

주인은 마중 나와 여분의 우산을 가지고 있는 젊은 여자에게 호의를 보여 주었다. 무나요는 그의 친절을 느끼며 비바람을 맞았던 힘들었던 기분을 진정시켰다. 그러자 그녀는, 자신이 이발소 주인에게 비치는 것처럼 평화로운 젊은 부인이 된 기분까지 들었다. 낯선 긴자 뒷길의 비누와 향수 냄새가 가득한 이발소 구석에 혼자 고개를 젖히고 거기서만 가능한 기분에 순간 젖어 보았다.

흘러버린 시간이 신경 쓰여 무나요는 다시 걷기 시작했다. 전면에 바다처럼 되어 버린 넓은 길도 처음 오는 곳이었다. 지진 재해 이후 재건축이 아직 완성되지 않아서 커다란 빌딩이 홀로 서 있었다. 비와 바람은 어느 정도 잔잔해졌지만, 그저 커다란 빌딩 안에서 구시모토를 어떻게 찾아낼 수 있을까. 그런 염려로 무나요는 불안해하며 걸었다.

구시모토는 벌써 관청에서 밖으로 나와 있었다. 모자를 옆구리에 끼고 건축 공사장의 가건물 앞에서 '어이' 하고 지팡이를 들었다. 검은 양복을 늘씬하게 입고 있었다. 무나요는 시선을 아래로 향하며 우산을 건네주었다.

"아, 고마워. 힘들었지?"

"예."

무나요는 그렇게만 대답하고, 머금은 미소에 자신이 겪은 고생을 섞여 보였지만, 구시모토는 이미 둘이서 돌아가는 길만을 생각하는 듯 대답은 듣지 않고,

"이쪽으로 가지."

하고 걷기 시작했다. 하카마(일본의 전통적인 하의)를 입은 젊은 남자들이 구시모토가 나온 관청에서 한 사람씩 나오기 시작했다.

무나요는 왠지 몸이 움츠러들어 일부러 한 걸음 떨어져서 남자

뒤에서 걸었지만, 그녀에게는 하오리 안쪽 여며진 가슴 부분이 자연스럽게 부풀어진 여유가 보였고, 전혀 거침없는 구시모토의 젊음에 비해서 뭔가 침착한 안정감이 느껴졌다. 뭔가 주춤하는 듯한 조심스러운 태도는 그녀의 그러한 침착한 안정감에서 나오는 것이겠지만, 무나요 자신은 알아차리지 못하고 그냥 구시모토의 어깨 뒤에 붙어간다는 느낌으로 걸었다. 게다가 나이도 무나요는 구시모토보다 겨우 한 살만 적은 스물 셋이었다. 구시모토는 자신의 강한 성격과 그녀에 대한 애정으로 그런 무나요를 자기 쪽으로 끌어당겨서 걸을 심산이었다.

"벌써 비가 그쳤나보군."

우산을 접고 하늘을 올려다본 구시모토가,

"우산을 접는 게 어때?"

하고 무나요를 바라보며 말했다.

"아까는 너무 세차게 내려서 걸을 수 없어서,"

상대에게 말끝을 어떻게 정해야 할지 고민하는 듯 무나요는 애매하게 끝을 맺었다.

"그래, 아주 심했지."

단지 그렇게만 말하고, 구시모토는,

"가사기, 집에 있었어?" 하고 물었다.

"예, 후지사와 씨도요. 정말 부끄러워서."

"왜?"

구시모토의 시선에 처음으로 긴장이 풀린 무나요는, 미소를 지으며 후지사와가 무릎을 치면서 이놈, 하며 소리친 이야기를 했다.

구시모토는 말없이 듣고 나서 말했다.

"어젯밤 가사기와 싸웠거든."

"왜요?"

"그 녀석이 아이가 있다는 걸 왜 말하지 않고 숨겼냐고 나한테 추근대는 거야. 분명 히사노 씨에게 들은 게 틀림없어. 심기를 건드리기에 화를 냈지. 이번 일을 하나부터 열까지 자네에게 말할 의무가 나한테 있는 거냐고 쏘아댔어. 그랬더니 아무 말도 안 하더군."

점점 고개가 숙여지는 무나요는 캐묻듯이 물었다.

"당신, 아이에 대한 걸 왜 말하지 않았어요?"

무나요의 가슴이 저며 오는 것은 싸움, 그것 때문이 아니었다.

"아니 물론, 나도 그 녀석에게 굳이 비밀로 할 생각은 없었어. 단지 말할 마음이 생기면 그때 말하자고 생각했지. 건방지게, 아주 위압적으로 말하는 거야. 후지사와도 함께 있는데서 말이야. 후지사와는 아무 말도 안 하더군."

"그렇군요. 그럼 친구들이 깜짝 놀랐겠네요."

자신이 하는 말이 가슴에 스며드는 것처럼 말했다.

"무엇을? 내가 화낸 것?"

"네, 그것도 그렇지만, 나에 관한 거."

"뭐, 단지 그 친구들은 뭐든지 참견하고 싶었던 거야……. 하긴 이번 일로 녀석들에게 폐를 끼치긴 했어. 그래도 세상일이 다

녀석들의 생각대로 되지는 않거든."

"그건 그렇지만……. 그래도 미안해요."

솔직한 기분이 무나요에게 일어났다. 그녀는 구시모토의 기분을 실제 그의 기분 이상으로 복잡하게 추측해서, 그러한 경험을 해야만 하는 구시모토의 상황이 안타까웠다. 하지만 더 깊은 곳에서는, 친구들에게조차 아이 얘기만은 하지 않은 구시모토의 생각이 불안해서 그 불안을 조용히 숨기고 있었다.

그러자 무나요의 가슴 양 유방이 그녀의 감정에 민감하게 반응하듯이 단번에 불어났다. 저녁 무렵 항상 옷을 갈아입으러 집에 가서 무엇보다 먼저 무릎에 안아 가슴을 열고 아기 입에 물리는 유방이다. 벌써 그 시간이 된 것이다. 그러나 유방은 순식간에 살아 있는 것처럼 고동치기 시작해서 아플 정도로 근육을 당기며 부풀어 올랐다.

"왜 그래. 갑자기 아무 말도 안 하고."

그렇게 말하는 구시모토에게 수줍은 듯한 미소를 보내며, "왠지 미안해서"라고 대답했다.

"괜찮아. 뭐. 가사기가 건방진 거지. 근데 무슨 일이야?"

"신경 쓰지 않아도 돼요. 아무 일도 아니니까. 아이 이야기가 나오면 언제나 한걸음 물러나더라. 그게 싫어요. 언제나 먼발치에 서려 하니까."

"그렇지 않아."

"그래요, 알았어요."

둘이서 걷고 있는 하천은 아직 철썩철썩 물결치면서, 멀리 어딘가의 구름 조각을 반사해 하얗고 희미하게 빛나고 있었다. 비가 그친 거리는 평소의 저녁 활기를 빠르게 되찾기 시작해서 사람들도 많아졌다.

이렇게 걷고 있으면 끝이 없을 것 같아 무나요는 서두르며 말했다.

"이제 전차를 타지요. 너무 늦으면 가게에 미안하니까."

"그래. 그렇지만 어차피 가게 옮길 거잖아."

"응, 그렇지만."

"그러니까 조금 더 걷자."

그 말을 듣자 무나요는 더욱 불안해진 마음을 꾹 누르며, 주변을 의식하듯이 미소를 지어 구시모토의 시선을 피했다.

3

구시모토와 무나요가 카페 카나리아에서 알게 된 지 아직 두 달이 지나지 않았을 때이다. 구시모토와 친구들이 다니던 카나리아 가게에서 어느 날 밤 처음으로 무나요를 보았을 때, 젊은 화가 친구들은 무나요의 검정 겹옷의 취향과 이마를 전부 보이게 깔끔하게 올린 머리, 결코 소리를 내지 않고 입꼬리만으로 웃는 묘하게 침잠한 인상에 눈길을 멈추었다. 그 모습은, 트럼프 문양이 있는 모슬린 옷에 빨간 띠를 가슴 높이 메고 있거나, 올림머리에 검은색 옷깃에다 그 위에 앞치마까지 두른 여자들이 캬, 캬 소리 내는 변두리 카페로서 뭔가 특별해서 눈에 띄었다.

그러던 어느 날 구시모토가 앉아 있는 의자 뒤에 서 있던 그녀가, 검고 굵은 구시모토의 머리카락에 살짝 손바닥을 놓고 가볍게 쓰다듬으며 머릿결이 좋네, 하고 말했다. 가사기는 슬쩍 후지사와의 얼굴을 보고 거침없이 웃었고 구시모토 자신도 함께 웃었다. 후지사와는 여전히 상대를 쳐다보지 않고 단지 흠, 하고 미소를 띄워 가지런한 이빨을 드러냈고, 학교 제복을 제대로 갖춰 입은 사타는 눈치채지 못하고 본래의 독특한 목소리로 뭐야, 하고 말했지만, 얼른 아아, 하고 고개를 끄덕이고 가사이의 거침없는 웃음에 미소를 보냈다. 그런 일이 있고나서 구시모토는 무나요에게 편지를 썼다. 후지사와는, 그런 구시모토를 위해 특별히 카나리아 2층으로 올라가 회식할 비용으로 지폐 십 엔을 조달해 왔다. 또 무나요의 답장은 가사기에게는 물론 다른 친구들에게도 읽혀서 다키이까지 알게 되었다.

다키이는 검은 줄무늬의 옷을 딱 벌어진 어깨에 걸치고, 새끼줄 한 가닥을 띠를 대신해서 허리에 묶고 있었다. 그러한 모습이 하나의 의도적인 사상의 표현이라는 것은, 이마로 내려온 머리카락 아래의 빛나는 눈빛으로도 알 수 있었다. '술', 하고 한마디 외치고 슬쩍 무나요를 보고는, 구시모토에게,

"이마가 아름다운 여자군."

하고 말했다.

그런 식으로 구시모토의 연애는 네 명이 한패가 되어 바라보는 가운데 진행되었다. 게다가 세상의 습관과 상식을 깨고 자기만의 진실대로 살려는 젊은 화가들에게 이 변두리 카페의 눈에 띄는 여자는, 아주 파란만장한 과거를 가졌고 현재 험난한 인생을 살면서 뭔가를 자극하려는 것 같았다. 그런 의미에서 이 여자는 격투의 의욕까지 느끼게 했다.

당신은 내가 어떤 과거를 가졌고 어떤 현재에 있는지 알지 못하십니다.

처음 받은 무나요의 답장을 구시모토는 친구들에게 보여주면서,

"꽤 건방진 여자네."

하고 눈을 빛내면서 말했다.

편지에는 문장으로 쓰는 것을 싫어하니 직접 만나서 이야기하겠다고 쓰여 있었다.

만나서 하겠다는 이야기 때문에 가사기는 같이 쓰는 방을 비워주었고, 나중에 와서 어떻게 되었냐고 구시모토에게 물었다. 구시모토는, 상대 여자가 자신과 직접적인 관계가 없다는 투로 객관적인 태도가 되어 열심히 설명했다.

"그 여자는 글쎄, 한번 결혼한 적이 있대. 아주 돈 많은 집으로 갔었나 봐. 남자의 질투심이 병적으로 심해서 결국에는 헤어졌다고 하더라고. 게다가 한번은 자살을 시도했었대. 남자와 둘이서."

"아, 정말이야?"

"어, 정말인 것 같아."

"정사情死하려고 했구나. 남자와 함께 자살하려 했다면. 어떤 방식으로 했을까?"

"수면제를 먹었대. 그런데 그 이야기를 듣고 알게 되었지. 그녀에게 뭐랄까, 드리워진 어두움을."

"아, 그렇구나."

이때 구시모토는, 또 한 가지, 여자가 자살할 당시 이미 임신을 한 상태라서 결국 친정으로 돌아가서 아이를 낳았는데, 지금 그녀가 데리고 있는 아이가 바로 그 아이라는 것은 말하지 않았다. 가사기는 왜 아이 얘기는 하지 않았는지 나중에 구시모토에게 따졌던 것이다.

무나요는, 그러한 과거로 인해 이른바 대나무가 껍질이 벗겨져 마른 갈색 한 겹만 붙어 있을지라도, 그렇기 때문에 오히려 대나무 속은 깊고 새파랗게 자라가는 상태였다. 그것은 그녀의 의지와 상관없이 계속되는 생명의 젊은 힘이기도 했다. 그녀는 박봉의 부친에게서 세상에서 흔히 말하는 희망을 품고 부잣집에 시집갔다가, 거기에서 자신의 생을 스스로 마감하려고 했다. 그녀의 자살이 직접적으로는 눈앞의 고통에서 탈출하기 위한 의미밖에 없다 하더라도, 그녀의 인생과 그녀 자신의 관계에서는 패배의 형태이기는 하지만 하나의 투쟁으로 보였다. 때문에 그 안에서 다시 일어서기 위해서는 그녀 나름의 격렬한 힘이 요구되었다. 되돌아오는 길에서 몸부림치는 것은, 젊은 그녀가 지금까지 스스로 묶어두었던 자신을 해방하는 것이기도 했다. 그것은 환경과 생명이 가져온 자연의 작용이었을 것이다. 그녀는 젖먹이 아기를 위해서 가까운 가게를 선택했다. 그것이 카페 카나리아였다. 이렇게 결심하자, 그녀는 따스한 어느 날 머리를 감고, 아직 젖어있는 무성한 머리카락을 등에 늘어뜨린 채로 카페 카나리아의 뒷문에 섰다.

"머리도 정돈하지 못한 채로 실례합니다."

말은 상투적인 과정을 밟고 있었다. 그러나 그러한 무나요의 모습에는 뭔가 결심한 듯한 숨겨진 정열이 있었다. 그것은 손바닥으로 구시모토의 머리를 만지는 의식적인 당돌함에도 역시 보였다. 이러한 그녀의 재기에 대한 의지는 단지 젊기 때문만이 아니었다. 아이를 낳아 육체적으로도 가벼워졌고, 부풀어 오른 유방이 건강한 아기와 연결되는 것도 느꼈다. 또 아기가 통통해져 감에 따라 그녀 자신도 팔다리를 활발하게 움직일 수 있게 되었다. 이른바 모성의 아름다움이 그녀를 본질적으로 동요시키고 있었다. 그녀는 소매를 걷어붙인 두 팔로 아기를 높이 들어 올려서 아기에게서 뿜어져 나오는 웃음소리로 방 안에 채웠다. 그녀의 표정에 검은 그늘이 있다는 것을, 그녀 자신도 알지 못할 정도였다.

그러한 그녀가 구시모토 친구들의 평범함에서 벗어난 젊음에 끌린 것은 당연했다. 그녀는 한번은 형식적인 결혼을 밟아 뭉개려고까지 생각했었다. 그러나 구시모토에게 그녀와의 동침은 애정에서 나오는 자연스러운 욕망이었다. 그러자 무나요는 자신의 연애에서 진실을 추구하겠다는 마음으로 부모 허락을 받을 때까지는 같이 자지 않을 거야, 하는 등 귀여운 주장을 했다. 그러한 그녀의 본능적인 모성의 감정은 세상의 관습에 속박되어 더욱 굳어져 갔다. 구시모토는 그녀에 대한 애정에서 온몸으로 그것들과 부딪쳤다.

4

"저기, 우리 둘만의 시간을 한번 갖지 않을래? 시치켄초 마을 주변에 그런 여관이 있대."

하고 구시모토가 언젠가 말한 적이 있었다. 그가 말한 마을은 숨겨진 죄악으로 전통이 만들어져서, 약간 지저분하면서 혼잡한 곳에 있었다. 이를 말하는 구시모토의 표정에는 솔직한 애정이 담겨 있어서 무나요는 싫어, 싫어, 하는 자신의 거부가 오히려 부끄러워서 어색한 미소를 살짝 아양 떨듯이 지어 보였다.

조용한 절 안에 묘지가 있었다. 뒤편을 둘러싸고 있는 제방 숲 건너편으로 가끔 전차 달리는 소리가 들렸다. 아래로 보이는 본당 안은 쓸쓸하면서 청결했고, 그 옆에 있는 한 그루의 벚꽃은 벌써 봉오리가 올라오기 시작했다. 무나요는 그곳에 발을 들여놓은 자신들의 갑작스러운 결정에 마음이 안정되지 않았다. 돌계단에 앉아 있으니 냉기가 그녀의 허리로 전달되었다.

구시모토는 자기가 꺼낸 말을 강하게 고집하지 않고 물었다.

"아버지는 그래서 당신에게 뭐라고 하셔?"

"히사노 씨가 찾아와서 좀 놀라셨어요. 그것도 무리는 아니에요. 아직 제 호적이 완전히 정리되지 않았거든요. '아 알겠네. 좀 더 기다려보지. 서두를 필요 없어' 하고 말씀하셔서 저도 좀 부끄러웠어요."

"그래, 그렇지만 이제 괜찮지 않아? 어쨌든 일부러 히사노 씨를 보내서 이야기해 보라고 한 것이니까, 이제 집을 나와도 되지 않을까?"

구시모토는 자신과 친구들이 사사師事하는 히사노 씨를 일부러 무나요 집으로 보내서 청혼한 것을 말하고 있었다. 그러나 자신의 희망이 상대의 기분에 먹혀들지 않자 이를 돌파하기 위해 다시 말을 계속했다.

"나 같은 인간은 빨리 결혼하는 편이 좋아. 왜냐하면 나 역시 요즘 들어 결혼이란 걸 생각하기 시작했고, 게다가 히사노 씨도 찬성해 주었어. 나에게 대충 사는 독신생활의 기분은 쓸데없거든. 내가 다른 사람보다 색色에 빠지기 쉽기 때문인지도 몰라. 어렸을 때 가정을 잃은 데다가 몸이 약하기도 하지만, 시종 뭔가를 추구해서 가만히 있을 수 없는, 그런 정열의 발산에 나는 성장을 느낄 수 없어. 어떤 유의 인간은 독신 시절의 방종에서 성장을 느낀다고도 하지만, 그러나 나는 그런 게 싫어. 나에게 그런 것은 조잡한 감상에 불과하지. 쓸데없는 발산이라고 생각해."

"저도 뭔가 생각이 있으니 조금 더 기다려 주세요."

"누구에게나 다 좋은 방향으로 하는 건 쉽지 않아. 자신을 중심으로 해야 해."

마지막 한 마디는 무나요에게 안하무인으로 들렸고, 세속적이지 않은 진실로도 들렸다.

"이번 토요일에 내 방에서 밥 먹지 않을래?"

구시모토는 그렇게 말하면서, 무나요의 가슴에 만져지는 딱딱한 것을 손으로 눌렀다.

"이거 뭐야?"

구시모토의 얼굴 아래에서 무나요는 지갑이라고 대답했지만, 갑자기 생각난 듯이 몸을 빼서 주머니에서 그것을 꺼냈다. 금실의 자수가 있는 자색 종이 지갑이었다.

"미치요의 사진이 들어 있어요. 보여 줄까요?"

갑자기 생생해져서 미소를 띠며 말했다.

"그래."

하고 구시모토는 대답하며 무나요의 지갑에서 꺼낸 사진을 받아들었다. 작은 입술을 다물고 둥근 볼을 늘어뜨리고 살짝 고개를 기울이고 있는 어린아이 사진이다. 항상 무나요가 주머니에 넣고 있었기 때문인지, 사진 가장자리는 너덜거리고 아이 얼굴 주변에 접은 흠이 있었다.

"어때요. 귀엽지요?"

무나요는 구시모토의 얼굴에 볼을 대고 함께 사진을 보았다. 구시모토는 레이스가 달린 아기 옷의 바지춤으로 나와 있는 작은

발가락이 안쪽으로 살짝 오므라져 있는 것을 보면서,

"남자아이? 여자아이?"

하고 물었다.

"아휴, 여자아이이지요."

무나요는 말할 필요도 없다는 식으로 얼굴을 들었다. 그러나 이제 와서 그런 것을 묻는 구시모토의 얼굴을 살피며, 전혀 표정의 변화가 없다는 것을 확인했다. 그러자 무나요는 도발적인 교태까지 보였던 것을 싹 걷어치우고 자신도 거기에 지지 않겠다는 태도로 차갑게 사진을 지갑에 넣었다. 구시모토에게 안겨 있던 그녀의 손 끝에 지갑이 그대로 쥐어져 있었다. 그녀 마음의 반을 구시모토 등의 반대편에 몰래 남겨두고 있는 것처럼.

구시모토의 방은 현관으로 올라가서 바로 오른쪽으로 직각으로 도는 곳에 한 칸만 따로 떨어져 있었다. 바깥 언덕에 면한 쪽의 구석 다다미 위에 한 척 정도 되는 오래된 창이 있었다. 가사기는 창 옆을 자신의 거점으로 하고 있었다. 도코노마(일본식 방 한쪽의 족자나 화분을 놓는 장식 공간)와 정원으로 향해있는 툇마루 가까이는 구시모토가 점하고 있었다. 작은 화로와 책상이 각각 있었고, 도코노마에는 두 사람이 이제까지 그린 그림과 이제 그리기 시작한 캔버스와 물감 상자가 난잡하게 놓여 있었다. 벽에는 세잔 그림 복제와 드가의 무희 그림 사진이 붙어 있었다. 이 방은 히사노 고조의 아틀리에가 가까이 있어서 항상 집합장소로 쓰였다. 후지사와는 거의 매일 멀리 교외에서 전차를 갈아타고 다녔고, 요코즈나초의 커다란 쌀집에 형제도 없이 아버지와 둘이 사는 사타도 학교에서 돌아가는 길에는 이곳을 들렀다. 벌써 학교를 졸업한 다키이는 히사노 씨 아틀리에로 다니는 것 외에도 요즘에는 다른 새로운 그룹과도 관계를 맺고 있었는데, 그쪽의 다른 분위기도 가져오면서 역시 계속 만나러 왔다. 그룹 내에서 가장 나이가 어린 가사기는 외국에 있는 큰 누나에게서 생활비를 받으면서, 히사노 씨에게는 이미 십 대 때부터 출입하고 있었다. 구시모토만은 고향에 이미 부모님이 계시지 않았고, 한 명 있는 형이 친척 돈으로 의과 대학에 다니고 있을 뿐이라 자기 마음대로 학교를 중퇴해 버리고, 이후로는 전혀 그림과 관계없는 관청에 다니고 있었다.

젊은 남자들은 집주인인 노부부에게는 인사도 하지 않고 세 평짜리 방 가득 담배 연기를 뿜으며, 가사기 누나가 보내온 담뱃가루를 파이프에 넣어 삐딱하게 입에 물고 바깥 언덕길까지 들릴 정도의 큰 소리로 자신들의 예술론을 격렬하게 주고받았다. 어떤 때는 가사기의 넉살 좋고 재기 넘치는 유화가 아직 기름이 마르지 않는 날 것의 감촉인 채로 모두의 앞에 놓여 비판의 대상이 되기도 했다. 또 언제나 정력적으로 그리는 후지사와의, 어딘가 어두운 기분이 느껴지는 풍경이 놓이기도 했다. 사타는 프랑스 감각의 아름다운 정물화를 때로 옆구리에 끼고 오는 일도 있었다. 다키이는 풍자적인 필치로 그린 신사나 통통한 볼을 한 담배 가게 아줌마의 스케치를 모두에게 돌려보게 했다. 구시모토에게는 뱃사람 부부가 함께 배를 타고 노를 저으며 나아가는 풍경이나 관청 급사의 졸린 얼굴을 스케치한 것이 있었다.

어떤 때는 그날 보고 온 전람회 비평에 말도 안 되는 기개로 한층 목소리를 높이기도 했다. 그런데 또 어떤 때는 후지사와가, 모험심 있는 아버지 때문에 완전히 도산해서 그 나이에 새삼스럽게 물장사를 하는 어머니 얘기를 하는 경우도 있었다. 그런 어머니를 위해 후지사와는, 꾸어준 돈을 회수하러 뻔뻔스러운 주식 매매업자 집에 말없이 들어가서 반나절이나 있었다는 등의 이야기를 했다. 구시모토가 괘씸한 주식 매매업자에게 분노해서 자기 일처럼 흥분하자, 후지사와는 주식 매매업자는 원래 그렇다며 양반다리로 앉아 무릎을 흔들면서 천정을 올려보았다. 가사기는 거침없이 웃고 거기에 구시모토도 우스웠는지 별안간 소리 내어 웃었지만, 알지도 못하는 주식 매매업자에 대한 험담은 계속해서 이어졌다.

다음 토요일 오후 구시모토는 방을 혼자 독차지했다. 방은 고약한 남자의 체취와 그림물감 냄새가 섞여서 독특한 냄새에 절어 있었고, 오만한 가난과 묘하게 정리된 난잡함에서 일종의 분위기가 만들어져 있었다. 무나요는 처음부터 그 방에 왠지 모를 매력을 느꼈다.

무나요는 그날 올림머리를 하고 왔다. 남자에 대해 자신을 보여주는, 그런 화사한 기분이 없는 것은 아니었다. 구시모토는 책상 앞에 앉아 닫아놓은 방의 어스름한 빛 속에서 시선을 모아 무나요의 새로운 모습을 바라보았다.

"일본식 머리네. 이 머리를 뭐라 부르는데?"

"이초가에시(은행잎 모양의 일반여성이 하던 올림머리)라고 부르는데, 맘에 안 들어요?"

"아니야. 머릿기름 냄새에 어머니 생각이 나서."

봄이 한창 물오른 오후였다. 살림집만 있는 언덕은 정체된 듯 고요했다. 옛스런 표현을 간단한 대화에 섞어서 말하는 노부부의 목소리가 안방에서 들렸다.

구시모토가 안경을 벗어 조심스럽게 책상 위에 놓았다. 그러자 이마보다 튀어나온 눈썹 아래에 창백한 눈꺼풀이 달려있고, 평소보다 눈매가 강해서 모르는 사람으로까지 보였다. 긴장된 피부가 풀어지듯이 유혹하는 울적한 고요함이 흘렀다. 두 사람은 드디어 몸을 감추듯이 아무 말도 하지 않았다. 그러자 무나요는 지금 이 순간 드디어 주변으로부터 떨어져서 두 사람만의 세계가 갖고 싶어졌다.

저녁이 가까워지자 바깥에서 아이들 목소리가 시끄럽게 들렸다.

사이조 산은 안개가 깊고 지쿠마 강은 파도 거칠고
멀리서 들려오는 저 소리는…

제멋대로 부르는 여자의 노랫소리가 정원 울타리 밖에서 들렸다. 통통통 하고 공을 떨어뜨리는 가벼운 소리까지 들렸다.

"왜 그래?"

구시모토는 불안한 얼굴로 자기에게 등을 보이고 고개를 숙인 무나요에게 물었다.

"왜 그쪽을 보고 있어. 이쪽으로 오지 그래?"

무리하게 무나요의 얼굴을 들게 하자 그녀는 어색하게 호호, 웃었지만, 구시모토는 무나요의 표정 속에 담긴 감정을 끄집어내고 싶어 화가 났다. 무슨 일이야, 하고 구시모토는 그녀의 얼굴을 흔들었다. 무나요는 울먹이는 얼굴이 되어 당신 눈에 띄지 않는 곳으로 가고 싶다고 중얼거렸다.

구시모토는 그러한 무나요의 표정에서 과거와 연결되는 허무적인 것을 발견하고,

"왜?"

하고 강하게 물었다.

"나는, 역시 하찮은 여급인가봐요."

"적어도 나와의 관계에서 그런 이상한 말은 하지 않았으면 좋겠어. 자신을 더럽히면 안 돼. 정말 쓸데없는 짓이야."

"정말이요?"

하고 무나요는 연극과 같은 자신의 말투가 부끄러워서 쓸쓸하게 고개를 끄덕였다.

"저, 이제 가볼게요."

"안 돼. 확실하게 하지 않으면."

구시모토는 정말로 이 여자가 어디론가 가버리는 것이 아닐까

초조해져서 무나요의 시선을 자신의 시선 속에 붙잡으려 다시 그녀의 어깨를 붙잡았다.

무나요는 자기 집으로 서둘러 돌아갔다. 현관문을 조용히 열고 들어가니, 거실 외할머니 옆에서 펼쳐놓은 장난감 속에 다리를 뻗고 앉아 있던 여자아이가 엄마 얼굴을 보자 순간적으로 성급하게 코를 그렁거리며 젖을 찾았다. 짧은 양 팔을 한껏 엄마 쪽으로 뻗어서 어리광부리듯 웃었다 울었다 한다.

"그래, 얼른 와봐, 얼른."

무나요는 부엌에 서서 유방을 닦았다. 감정이 가늘게 흔들렸다.

"배가 그렇게 고프지 않을 텐데 웬일이지. 얼굴만 보면 젖이 먹고 싶지. 엄마가 얼마나 좋으니."

무나요의 모친이 아기에게 말했다.

카페 카나리아 2층에는 대학생과 동거한다는, 짙은 화장으로 착한 성격을 덮고 있는 여급이 따스한 밤바람을 맞으며 노래를 부르고 있었다.

산 정상에 올라
슬퍼지는 나의 마음
아, 내가 새가 된다면…….

그녀는 봄의 마음을 담은 듯한 애조로 노래하고, 무나요는 무나요대로 그것을 자신의 감정으로 들었다.

"좋은 노래네, 무슨 노래야?"

"하이네의 시야. 배웠거든. 불러줄까?"

하고 다시 노래하기 시작했다. 약간 취해 있는지 눈가가 젖어
있었다.

산 정상에 올라
슬퍼지는 나의 마음
아, 내가 새가 된다면…….

무나요는 복잡한 자신의 마음을 그렇게 흐르는 듯한 선율에 맡
기면서 들었다.

여름이 되었을 때 무나요는 카페 카나리아에서 아사쿠사의 큰
레스토랑으로 가게를 옮겼다. 아기도 이제 만 일 년이 지났기 때문
에 젖을 떼도 괜찮을 것 같았다. 또 일하는 가게가 집에서 멀리 떨
어져 있는 것이 구시모토와의 시간을 만들기 좋았다.

그때까지 아기를 안고 잤던 것을, 이제 떨어져서 레스토랑 후
지 안쪽 2층에서 많은 여자와 함께 자게 되자, 밤사이 먹이지 못했
던 젖으로 유방이 다음날 팽팽하게 부풀어 올라 시큰시큰 근육이
아팠다. 그것이 마치 무나요의 감정과 서로 뒤엉킨 것 같았다. 무
나요는 아픈 유방에 공허함이 느껴져서 어제까지 손에 안고 있던

아기의 무게감을 피부로 그리워했다. 그러자 유방은 근육이 끊어질 정도로 더욱 불어서 그 고통 때문에 무나요의 얼굴색이 파래졌다. 결국 젖이 뚝뚝 떨어져서 미지근하게 피부를 적셨다. 젖은 옅은 자색 옷의 가슴에 스며 나왔다. 무나요는 변소에 들어가서 아픈 유방을 눌러 짰다. 젖은 너무 불어있어서 처음에는 내뿜을 정도로는 나오지 않았다. 단맛의 젖 향기가 변소 안에 섞였다. 호흡을 가볍게 한다는 느낌으로 겨우 다 짜내고, 마지막에는 바닥에 떨어진 젖을 가락 신 끝으로 문질러 지우고 무나요는 휴, 하고 한숨을 쉬었다.

그러나 아기에 대한 그리움은 가락 신으로 밟아 지울 수 있는 정도의 것이 아니었다. 헤어져 나와 있어서 오히려 더 절실하게 아기가 그리웠다. 자신이 구시모토에게 끌려간다는 자책의 고통과 섞여서 아이에 대한 애정은 비애를 띠고 있었다. 내 아기가 보고 싶어, 하는 것은 피부로 직접 느끼는 아픔이었다.

아기, 아기, 아기, 세상에는 이렇게 아기가 많았나, 하고 무나요는 처음 거리로 나온 사람처럼 당황해서 길을 걸을 수 없었다. 내 아기의 얼굴을 내 손으로 닦아주고 싶다는 바람, 그것은 아기와 헤어져서 처음으로 깨닫는, 깜짝 놀랄만한 갈망이었다. 혼자 떨어져 나와 있어도 아이가 불행하지 않다는 것을 무나요는 자신의 경우로 충분히 알고 있었다. 그런데도 아기에 대한 애정이 그녀를 몸부림치게 했다.

5

전화벨이 울렸다. 앗, 하고 구시모토는 고개를 들었다. 이럴 때 고개를 숙인 채로 귀만 깨어있는 일은 결코 할 수 없는 것이 그의 성격이다. 비스듬히 마주 앉은 여사무원이 탁상전화 위로 몸을 숙여서 엉거주춤한 자세로 전화를 받았다.

전화는, 이번에도 구시모토에게 걸려온 것이 아닌 듯 여사무원은 상대의 용건에 자기가 답했다. 구시모토는 거친 숨을 꾹 누르듯이 다시 책상 위에 놓인 업무상의 편지에 눈길을 주었다. 하지만 그것도 얼른 그만두고 호주머니에서 배트 상자를 꺼내서 한 개비집어 들었다. 남쪽 창밖은 밝은 햇살로 가득했다. 오후가 되면 더워질지도 모르겠다. 거무스름할 정도로 무성해진 느티나무가 시원한 그늘을 만들고, 그 아래로 불어오는 바람이 살결에 상쾌하게 닿았다. 구시모토는 창 쪽을 바라보며 담배 연기를 뿜었지만, 눈꺼풀이 무거운 기분은 어찌할 수 없었다. 눈을 애써 떠보려고 하자, 기분에 휘둘리지 않으려는 자신이 그대로 느껴져서 오히려 초조해졌다.

어젯밤 무나요가 약속도 하지 않고 구시모토 방으로 찾아왔다.

"저 집에 돌아가려고요."

방 입구에 앉아서 같은 방에 있는 가사기가 신경 쓰였는지 무나요는 그렇게 말했다. 그런 것도 구시모토에게는 그녀의 쓸데없는 마음 씀씀이에서 오는 표면상의 인사치레라고 생각되어 괴로웠다. 하지만 어젯밤은 생각지 않은 기쁨으로 구시모토는 오히려 말이 없어져서 대야에 찬물을 받아 그녀에게 수건을 짜주었다. 그 후 꺼낸 오늘 일도 지당하다고 생각되어 아무 말도 하지 않았다. 이유인즉, 한여름에 무나요는 구시모토와 함께 니혼바시 백화점으로 가게에서 입을 얇은 옷을 맞추러 갔었다. 오늘은 늦게 출근하는 날이라 그 시간을 이용해서 완성된 옷을 무나요 혼자서 찾으러 가겠다고 했다.

"미안해요."

하고 무나요는 가볍게 말했다. 왜냐하면 일전에 완성된 옷을 찾으러 갈 때도 함께 가자고 무나요가 말을 꺼냈기 때문이다.

오늘 아침 구시모토는 이부자리 위로 몸을 반쯤 일으켜서 넥타이를 매고 있었다. 무나요가 옆에서 손거울로 얼굴을 보고 있는데, 거기 뭔가 들떠있는 게 느껴져서 구시모토는 마음이 쓸쓸해져 몸을 기대듯이 다가가 말을 꺼냈다.

"무나요, 몸이 피곤할 테니 이런 날은 푹 쉬는 게 좋지 않을까. 옷은 다음에 찾으러 가면 되잖아. 차라리 가사기에서 말하고 이 방에서 책이라도 읽는 게 어때? 아니면 네 시에 긴자까지 나오면 나와 만날 수 있으니까 거기에서 가게로 가도 늦지 않을 거야."

"하지만."

하고 눈을 다른 곳으로 돌리는 무나요의 어색한 미소를 보니 구시모토는 머리에 확하고 열이 올라오는 것 같았다. 항상 그런 식으로 말해서 무나요의 기분에 억지로 들어가려는 자신이 분명 비난 받는 것이라 생각되었다. 흥분된 감정을 꾹 누르고 있었지만, 무나요는 아무 말도 하지 않았다.

"무슨 소리야. 아니, 오늘 옷 찾으러 같이 못 가게 돼서 내가 이러는 게 아니야. 그런 건 중요하지 않아. 그리고 무나요 네가 오늘 누구랑 같이 가든 그건 나와 상관없어. 그렇지만, 나와 같이 가자고 말을 꺼낸 것은 무나요잖아. 그렇게까지 말해 놓고 나중에 '미안해요' 한마디로 끝내다니, 변덕을 부려도 정도가 있어야지. 이런 일이 지금까지 한두 번도 아니고. 나는 이제 네가 무슨 말을 해도 거기까지 생각할 정도로 신경이 예민해져 있다고."

"내가 무슨 그렇게 약속을 꼈는데요."

단순하게 이해가 가지 않는다는 투로 무나요가 말했다.

"무나요가 그렇게 생각한다면 그것으로 됐어. 하지만 그런 카페에서 일하니까 책 읽을 시간을 만들어야 한다고. 자신도 모르는 사이에 거칠어지니까 말이야."

그런 말을 듣자 무나요는 갑자기 치욕이 느껴졌다.

"내가 거칠어졌다고요?"

하고 항의하듯 말하고 구시모토의 얼굴을 응시했다.

"가끔 그렇게 느꼈나 보지요? 당신도 꽥 하고 소리를 질렀잖아요. 그건 아주 심한 예이지만,"

"그렇지만, 그건 내가,……"

어릴 적 고생한 생각이 나서,라고 말하려는 것을 그만두고 입을 닫아버렸다. 그리고 갑자기 자신이 가엾어지면서, 밀려드는 비애를 자기 혼자의 감정 속으로 에워쌌다.

방 하나에 가장 떨어진 위치에서 베개를 베고 자던 가사기가 깨어났는지, 반대편을 향한 채로 이불을 얼굴 위로 끌어올렸다. 구시모토는 낮은 목소리로 말했다.

"어쨌든 나는 나갈 거야."

"예."

무나요는 어긋나버린 감정 그대로 고개만 끄덕였다.

"예라니, 어떻게 할 건데? 만나려면 장소를 정해야 하잖아."

"네 시에 만나는 것은 무리예요."

"자, 역시 친정에 갔다가 옷을 찾으러 가겠다는 말이군."

그러자 무나요는 한숨을 휴, 하고 내뱉으며 말했다.

"가도 되지 않나요?"

"그렇게 하고 싶다면 맘대로 해."

구시모토는 밖으로 나와 언덕을 내려가기까지 뒤따라오는 무나요를 상상했다.

걸음마를 시작한 미치요를 데리고 외출했을지도 모르는 무나요가, 아침의 언쟁 때문에 슬픈 얼굴을 하고 있을 거라 생각되었다. 밤바람을 맞으며 달을 보느라 눈을 깜박거리는 무나요의 얼굴이 쓸쓸한 모습으로 떠올랐다. 그녀의 쓸쓸함은 구시모토의 가슴에 기대어 다가오지 않고, 등져서 고개를 숙이고 있다. 그녀의 손에는 무심한 전 남편 아이의 작은 손이 잡혀 있다.

지금 바로 무나요의 가슴을 두드리고 싶은 충동에 사로잡혔지만, 이쪽에서는 어디로든 전화라도 걸만한 단서가 없다는 현실적인 불안이 구시모토의 가슴이 동요시켰다. 업무상의 편지에 신경 쓰지만, 먹구름처럼 마음을 덮고 있는 생각으로 구시모토의 몸은 지쳐 있었다.

책상 위의 편지는 중등학교 교원다운 고지식한 정중체로 적혀 있었다. 관청 앞으로 온 것이지만, 편지의 성격상 자질구레 이야기들이 쓰여 있었다. 두 명의 아들에게 부모의 직업상 공부를 많이 시켜야 한다든지, 큰딸도 체면상 작은 마을에서는 직업을 갖게 할 수 없어서 혼기를 앞두고 돈 드는 일만 남았다든지, 후처에게도 어린아이가 있다는 등의 이야기가 예의 바르고 우직하게 쓰여 있었다. 나이든 교사의 부침 많은 생활과 깊은 생활의 주름이 펼쳐져 있는 것이다.

전국에서 몇 통이랄 것도 없이 구시모토 부서로 모여드는 편지는, 일단 퇴직해서 연금을 받게 된 관리가 다시 직업을 가졌는데도 연금을 그대로 계속 받는 경우, 그 사실이 알려져서 연금의 반환을 요구받는 경우의 것이었다. 구시모토는 이러한 각각 편지의 사정에 응대하여 월부 등의 반환 방법 등을 설명하는, 교섭을 위한 편지를 써야만 했다.

바람이 잘 통해서 편지지 위에 잉크병을 무거운 돌 대신 올려놓았다. 살랑살랑 종이 끝이 바람에 흔들렸다.

혹시나 무나요가 어딘가에서 전화를 걸어주지 않을까. 그대로 뛰쳐나온 구시모토를 무나요는 어떻게 생각할까. 구시모토의 괴로운 기분을 그녀에게 호소할 수 없을까. 애정을 갈구하는 마음이 토라진 것처럼 표현되어 괴로워하는 구시모토의 마음을 무나요는 짐작할 수 있을까. 네 시에 어디에서 기다리고 있겠다고 무나요가 전화를 걸어주지 않을까.

구시모토는 몸이 긴장될 정도로 괴로운 기대를 하면서 한순간 한순간을 보냈다. 담배를 많이 피워서 갈라진 혀끝이 치근에 부딪혀서 더더욱 구시모토의 신경을 건드렸다. 다섯 시가 되면 이제 가게에 도착한 무나요가 이쪽으로 전화를 걸어 온갖 욕설을 퍼부을 것도 같았다. 이치에 맞는, 배려가 깊은 어른의 감정은 나와는 무관하다고 무나요에게 대항해야지, 하고도 생각했다.

6

점심시간에 구시모토는 의자를 나란히 붙여 그 위에서 잤다. 마른 얼굴은 한층 핼쑥해 보였고 피곤에 절었는지 낮잠을 자는 사이에도 끽끽 이를 갈았다. 옆자리 남자가 책상 위에서 연필 끝에 1전짜리 동전을 올리고 입술을 뾰족하게 말아 후후, 바람을 불었다. 여사무원과 급사가 이를 둘러싸고 웃고 있었다.

요즘 관청에서 구시모토는, 쉬는 시간에 종종 잠을 자는 일이 있었다. 스스로도 한심하다고 생각했다. 밤에 깊은 잠을 못자서 꿈만 꾸고, 때로는 무서운 것에 가위눌려서 잠이 깨는 것을 보니 생활의 피로에 지쳐있는 것을 알 수 있었다. 이삼일 전, 한 밤중에도 구시모토는 꿈속에서 가사기의 이름을 부르며 발버둥쳤다. 구시모토와 가사기 두 사람 모두 잠에서 깼다. 가사기는 귀찮은 듯한 목소리로 왜 그래, 하며 일어나서 전등을 켜는 구시모토를 눈이 부신 듯 올려다보았다.

"무서운 꿈을 꾸었어. 꿈속에서 너를 깨웠지. 그렇게 괴로운 적이 없었어."

하고 꿈 이야기를 하자, 가사기는 엎드려 누워 담배에 불을 붙이며 부드럽게 말했다.

"피곤한가 보구나."

구시모토도 베개를 앞에 끼고 팔꿈치를 괴었다. 가사기에게 머리를 들이밀고 함께 담배를 피웠다. 안채의 벽시계가 세 시를 치고 방안은 두 사람의 소곤거리는 소리로 가득했다. 그런 일도 지금은 구시모토의 기억에 남아 있었다.

"구시모토 씨, 전화 왔어요. 구시모토 씨, 계세요?"

건너편 자리에서 구시모토를 부른다. 연필 끝의 1전짜리 동전을 불고 있는 남자가 그 소리를 듣고 사환에게 말했다.

"구시모토 군은 저쪽에서 자고 있어요. 깨워 주지요?"

구시모토는 예, 하고 대답하며 일어나서 전화를 받았다. 전화는 다키이에게서 온 것이었다. 이번 일요일에 이사할 예정이니 도와달라고 한다. 어디로 이사하는지 묻자, 사쿠라기초 쪽이라고 대답했다. 방 빌렸냐고 묻자 그렇지 않다고 해서, 그럼 뭐야, 하고 구시모토가 되묻자, 그냥 합숙하는 거라고 한다.

"여보세요."

하고 구시모토는 분위기를 바꾸어 다시 다키이를 불렀다.

"자네, 돈 좀 있나?"

지금은 없지만 만들려면 못 할 것도 아니라고 다키이가 대답했다.

"오늘 저녁 이쪽으로 와 줄 수 없겠나? 아사쿠사에 가고 싶은데."

……'아아, 그래? 좀 기다려봐.'

다키이는 의미를 알아챘는지 그렇게 말하고, 곧이어 '그래, 가자' 하고 대답했다. 구시모토는 만나는 장소를 정하고 전화를 끊었다.

제자리로 돌아오자, 옆자리 남자가 여전히 연필 끝의 1전 동전을 불고 있었다. 구시모토는 그 옆에 서서 안경을 손수건으로 닦으며 처음으로 웃었다. 위태롭게 1전 동전을 부는 남자의, 머릿기름을 발라 깔끔하게 나눈 머리카락과 진한 수염 자국이 남아있는 턱을 내민 괴상한 모습이 구시모토의 기분을 울고 웃게 했다.

관청에서 나와서 구시모토는 도중에서 다키이와 합류했다. 한마디씩밖에 대답하지 않는 다키이의 말을 쫓아, 구시모토는 다키이가 이번에 이사 간다는 합숙이라는 것이 어떤 학생들 그룹과 함께라는 것을 알게 되었다. 이쪽 친구들 외에 다른 그룹과 점점 깊어지는 다키이의 생활을 구시모토는 가까이서 느꼈지만, 다키이가 뭔가 으스대는 듯한 태도로 다른 그룹 이야기를 하려 하자, 한층 목소리를 높여 다른 화제로 이야기를 돌렸다.

가미나리몬 가까이에 야시장이 서서 어수선해진 전찻길을 조금 들어간 골목길 모퉁이에 레스토랑 후지가 있었다. 무나요는 벌써 가게에 나와 있었다. 아직 전등이 다 켜져 있지 않지만, 새하얀 테이블보가 가게 주인의 성격을 보여 주었다. 안쪽으로 하늘색 줄무늬 옷에 새하얀 에이프런을 두르고 서 있던 무나요는 , 들어오는 두 사람을 보자 얼른 몸을 움직였다. 구시모토는 들어오면서 순간적으로 무나요의 얼굴을 알아챘지만, 그녀가 안내해주는 의자에 앉을 때까지 다키이와의 화제를 그대로 큰 소리도 이어갔다. 무나요는 말없이 서 있었다.

"자네, 뭐 좀 먹을래? 나는 밥이 먹고 싶은데."

처음으로 무나요를 올려보았다.

"오늘은 전화하지 않았더군."

하고 소리를 낮춰 말했다.

가게는 아직 비어 있고 여급들도 다 나오지 않았다. 화장실에 간 다키이의 나막신 소리가 바닥에 부딪혀 따각 따각 울렸다. 구시모토는 무나요가 오늘 밤에도 집에 오는 것이 당연하기라도 한 듯이 갑자기 말을 꺼냈다.

"오늘 밤 10분 정도 일찍 나올 수 있지. 10분 차이로 앞 전차가 가버리면 30분을 기다려야 하거든."

"오늘 밤이요?"

하고 무나요는 깜짝 놀라 되물었다.

"그러면 가사기 씨에게 미안하잖아요."

"가사기는 신경 쓰지 않아도 돼. 내가 가사기에게 잘 말해둘 테니까."

구시모토는 단호하게 말했지만, 무나요는 동의하기 어렵다는 기색을 눈가에 띄우며 옅은 미소를 보였다. 다른 사람의 눈을 의식해서 더욱 거리를 두고 서 있는 무나요의 모습을 보니, 구시모토는 막연한 초조함에 몸이 굳어졌다.

"어쨌든 가게가 끝나면 얼른 나와. 내가 그 시간에 와서 기다리고 있을 테니까."

그 후에는 손님들 속에서 무나요에게 더 할 말이 없다는 듯 그녀와는 아무 말도 하지 않았다.

7

이런 날이 매일 계속되었다. 연애 속에서 자신의 성장과 생활의 근거를 찾으려는 구시모토는 순수하게, 순수하게, 자신이 원하는 대로 무나요를 밀어붙였고, 그때 그녀는 새로운 자신의 인생을 복잡하게 엮이는 쪽으로 방향을 틀어 버렸다. 새롭게 살아간다기보다 다시 살아간다는 편에 해당하는 무나요의 경험은, 본능적인 생활력으로 서로를 자극했고 그녀의 생활에 그녀 자신도 알아채지 못하는 하나의 색조를 만들어 갔다. 자신을 옭아맨 상식의 굴레에 대항해서 모든 감정을 구시모토에게 쏟아 부은 무나요였다. 하지만 이와 동시에 세속적인 인생에서 패한 사람의 비틀린 이성이 그녀의 버팀목이 되었다.

무나요는, 아무렇지 않게 양쪽 손바닥을 마주쳤을 때 그 오른 손 손가락이 항상 위로 올라가는 것을 직접 시험해서 구시모토에게 보여주면서,

"이렇게 되면 이성적인 사람이래요."

하고 말하며 옅은 미소를 지었다.

그러한 소녀 같은 동작도 구시모토는 그냥 웃어넘길 수 없어서 가슴이 먹먹했다.

후지사와와 가사기와 함께 있을 때,

"자네, 여자가 이성적이라는 게 무슨 의미일까?"

"누가 말했는데?"

하고 후지사와가 악의 없이 내뱉는 말에 가사기가 찡긋 눈을 움직이며,

"무나요 씨가 그랬어?"

하고 웃었다.

구시모토는 마치 자기가 제삼자가 된 듯한 말투로,

"인간이 항상 이성적이라니, 쓸쓸하고 슬픈 일이 아닐까? 나는 이성 옆에 있는 진정하지 않은 이성 같은 것은 경멸해."

"아니, 그렇게 흥분하지 마, 그것은 이성적이지 않은 거라고."

후지사와는 농담으로 수습하려는 듯이,

"그건 뭐야. 이른바 차가운 정열같은 것이겠지."

하고 자신의 표현을 즐겼다.

구시모토는 잠시 생각하는 듯 아무 말 없었지만, 마치 논쟁이라도 하듯이,

"아니, 나는 정말 모르겠어. 차가운 정열이라니, 그런 것은 모르겠어"라고 대응했다.

그러자 후지사와는 음, 하고 말하고 옆구리 쪽으로 돌아보며 덜덜덜 무릎을 흔들기 시작했다.

구시모토의 뭔가 완성되지 않은 생각은 그녀에 대한 일변도의 욕망을 부추겼다. 일요일 아침 구시모토는 무나요를 카페 가까이까지 데려다 주었다. 두 사람이 가미나리몬 정류장에서 헤어지고 나서 구시모토는 언제까지나 뒷모습을 배웅하고 있었지만, 무나요는 고개 한 번도 돌아보지 않고 골목길로 들어가 버렸다. 그러자 구시모토는, 시간에 엄격한 카페가 신경 쓰여 조급해하는 무나요를 가능한 한 붙잡아 두어 그녀 마음을 불편하게 한 것은 깨닫지 못하고, 골목길로 사라져버린 무나요의 뒷모습에 자신의 가슴이 내려앉는 것을 느꼈다. 그러자 구시모토는 순간적인 동작으로 눈앞에 달려가는 전차를 쫓아 손잡이를 잡았다. 나막신 소리를 격렬하게 내면서 달리는 그보다 전차가 더 빨랐다. 순간 위험하다는 생각이 들어 손을 놓았다. 그러자 그는 도로의 물웅덩이 속으로 빠져버렸다. 손을 놓지 않았다면 전차에 끌려가서 어떻게 되었을지 모를 일이라고 그는 생각했다. 진흙탕을 뒤집어쓴 옷은 솔로 문질러도 진흙 자국이 빠지지 않았다. 언제까지 이런 생활을 계속할

수 있을까 생각했다. 그는 작은 셋집이라도 마련해서 아침 햇살 속에 무나요를 앉히고, 무나요의 얼굴을 관통하는 일종의 우울한 그늘 같은 것을 캔버스에 옮기고 싶었다. 그를 위해 그녀가 준비한, 그리고 그녀 자신도 그 속에 빠져버리는 둘만의 조용한 작업 시간, 그는 그 밖에 달리 바랄 게 없었다. 그러나 그의 월급으로는 관청에서 먹는 점심값과 방값을 지불하고 나머지로 약간의 그림 도구를 살 수 있을 뿐, 전당포의 이자까지 내고 나면 그날로 지갑은 텅 비었다. 자신들의 연애가 매일 괴롭게 느껴지는 것도, 육체의 피곤함과 돈의 궁색함에서 오는 경우가 많은 것 같았다. 돈이 필요하니까 매일 악착같이 벌지만, 이것으로 장래 두 사람의 생활 계획도 세울 수 없다고 생각되자, 매일 속세의 티끌에 뒤엉켜 버리는 그런 불안도 느껴졌다. 구시모토가 잠자면서 이빨 가는 게 마치 다른 사람에게 도전하는 것 같다는 다키이 말에, 구시모토는 자신 기분이 바로 그렇다고 대답하기도 했다. 그 즈음 관청의 급사가 투신자살하기도 하고 젊은 사무원이 연속해서 세 명이나 병사하는 것을 보고, 그는 자신의 사상이 나쁜 쪽으로 고개를 돌리는 것을 느꼈다. 후지사와는 구시모토의 그림에 대해, 자네 그림에는 지금의 피로와 고달픔이 자네의 운명인 것처럼 모여 있어, 하고 구시모토의 요즘의 일상을 지적하듯이 비평하였다. 하지만 구시모토는 그런 평가를 인정할 수밖에 없었다.

그러나 구시모토의 연애에서 추구하는 것은 생활 속에서 뿐이었다. 허무라든가 염세 같은 것은 단지 사상으로만 머무를 뿐, 그 자신은 역시 살고 싶었다. 이러한 기분은 무나요의 과거 사건과 상관없이 젊은 그의 사상으로써 드러났다. 허무와 염세가, 사상이 나오지 않는 생활과 분리된 점에 모순이 있다고도 생각했다. 결국, 자신은 생활의 애호가라고 생각했다. 때로 다른 사람도, 자신도 내쳐 버리는 무나요의 태도에 연애 감정으로 반발했다. 자신의 손으로 자신의 감정을 살포시 감싸 안아 무나요에게 가져간다. 그때 불현듯 품어내는 무나요의 불손한 말,—그런 당신의 열정이 언제까지 계속될까요—라는.

그러자 구시모토는 그런 무나요가 왠지 싫어지고 동시에 자신의 모습도 자조적으로 떠올랐다. 그러나 자조가 비굴과 통하는 것이 두려워서 자조 같은 것에 내가 빠질소냐, 하고 생각했다.

이러한 구시모토였기에 같은 방을 쓰는 가사기에게도 그의 생활에 대한 배려는 전혀 없고 오히려 자기 마음대로 무례하게 행동했다. 무나요에게 전화 걸러 들어간 공중전화 부스 안에서 문득 오늘 낮잠 자던 가사기의 얼굴이 떠오르는 일도 있었지만, 본인 문제 때문에 잠 못 자겠지, 하는 식으로 생각했다.

어느 날 밤 구시모토는 약속 장소에서 무나요를 만나지 못했다며 그냥 집으로 돌아왔다. 하지만 무나요가 그 장소에 나오지 않은 것을 알자, 열두 시가 넘은 시간인데도 밖으로 나갔다. 다시 포기하고 가사기 옆에서 이불을 펴고 자는 것 같더니, 다시 일어나기도 해서 가사기가 점잖게 말을 꺼내는 일도 있었다.

"오늘은 이제 오지 않을 거 같아. 그렇게 혼자서 끙끙 앓아도 어쩔 수 없어. 내일이 되면 알게 될 테니 이제 좀 자자."

그러자 구시모노는 덤벼들 듯이 응수했다.

"너는 오지 않을 거라 생각할지 몰라. 그러나 나는 끙끙 앓아도 어쩔 수 없다는, 그런 식의 사고는 할 수 없어. 혹여 그것이 나의 우직한 정열이라고 해도 나는 나의 감정에 충실할 뿐이야."

"내 말은 그런 의미로 한 게 아니라고."

구시모토는 점점 열을 올려 말했지만 결국 피곤해서 머리가 지끈거리는지 관자놀이를 손가락 끝으로 누르며 마치 울며 잠드는 것처럼 잠들어 버린다.

그리고 어느 날 밤 구시모토는, 가사기가 이제 모기장을 쳐야겠다고 말을 꺼낼 때, 트집 잡는 식의 말투를 했다며 방을 나가겠다고 말을 꺼냈다.

"그렇게 하는 게 좋겠어."

하고 가사기가 턱을 옆으로 당기며 말했다.

"그래."

하고 구시모토는 자기 일이기 때문에 얼굴에 피가 끓어오르는 것을 미간으로 누르며 계속해서 말했다.

"내 생활의 변화 때문에 자네한테는 너무 내 멋대로 했다고 생각해. 그런데 이제 와서 지금까지 있었던 일까지 비난받을 이유는 없어. 그것을 자네가 알아주지 않으면 곤란하지. 이른바 자네의 호의를 쉽게 받아들였던 것은 내 잘못이지만, 어쨌건 나로서는 진짜 호의로서 받아들였으니까."

"그건 그래, 그러나 자네의 방법은 좀 과했다고 생각해. 어쨌든 집을 나가겠다니 나는 상관없어. 나가야 한다면 내가 나가야 할 이유는 없으니까."

"맞아. 그런 식의 태도가 너의 방식이거든."

구시모토의 마음에는 구시모토의 일에 관한 것은 이제 손을 떼겠다고 말했던 히사노 씨의 말도 생각났다. 그들 모두의 모습에 무나요가 겹쳐서 떠오올랐다. 바람이 강하게 불던 날, 때마침 언덕 아래에서 소방차 사이렌이 강풍과 경쟁하듯이 들려오자 구시모토는 무나요가 일하는 곳에 만일 불이 났으면 어떻게 하지, 하는 생각까지 들었다. 하지만, 더는 가사기와 다투지 말아야겠다는 마음이 생겨 이달 말까지 돈을 만들어 주는 것으로 부드럽게 매듭지었다. 그러자 두 사람은 마음이 누그러져서 드물게 열 시 반이라는 시간에 전등을 끄고 잠자리에 들었다.

8

7월 말이 되어 히사노 씨가 가족과 함께 신슈의 산으로 피서를 하러 가서 가사기는 히사노 아틀리에에서 집을 지키게 되었다. 이로써 구시모토와의 방 문제는 당분간 해결이 연기되었다. 구시모토는 관청에서 반나절만 일하게 되어 가을에 열릴 예정인 히사노가 주재하는 전람회에 출품할 그림에 집중하였다. 그는 다바타와 고마고메 사이에 걸쳐있는 육교 끝에서, 선로 제방 위로 굽어진 나무가 무성한 언덕길의 한낮 풍경을 선택했다. 무나요는 아직도 매일 구시모토 방에서 아사쿠사의 가게로 다녔다.

점심이 지날 무렵 구시모토와 무나요는 함께 방으로 돌아왔다. 무더위 속을 걸어왔기 때문만이 아닌 피곤함이 두 사람의 비애로 그늘진 얼굴에 드러났다. 마치 종착지에 도착한 것처럼 무나요는 다다미에 앉았다. 구시모토는 하얀 상의를 벗고 툇마루에 화로를 꺼내 와서 신문지를 둘둘 말아 넣고 불을 지폈다.

"띠를 푸는 게 어때? 얼른 물 퍼올게."

구시모토는 방금 자신의 행위가 부끄러워 애정을 담고 말했다. 무나요는 고개를 끄덕이며 열려 있는 장지문을 피해서 구석 벽 쪽에 몸을 감추고 연보랏빛 하카타 띠를 풀었다. 무나요는 이 집 노인 부부와 얼굴을 마주치지 않으려고 될 수 있는 대로 방 밖으로 나가지 않았다. 구시모토도 그것을 알고 있어서 부엌에는 습관적으로 언제나 자기가 나갔다.

둘이서 차를 마시며 이런 더위에도 상관없이 불을 피우고 물을 길어 오는 구시모토를 무나요는 가여운 눈으로 바라보았다. 어째서 그렇게까지 마치 미친 사람처럼 열정적일 수 있을까. 그녀는 구시모토의 기분을 알 수 없었다. 그녀는 요즘 친정에 가지 않아 부모님에게 의심받는 느낌이 들었고 미치요가 보고 싶다는 바람이 가슴속에 몰래 쌓여 있었다. 오늘은 늦게 출근하는 날이라 그 시간을 이용해서 부모님께 다녀올 심산이었다. 그 계획은 그녀 혼자 마음속에서 굳어 있었다. 그것은 구시모토도 알고 있어도 괜찮을 일이었다. 구시모토는 관청에 갔다가 돌아오는 길에, 가게에 일단 나 갔다가 청소만 하고 돌아오는 무나요와 도중에서 만나서 식사했 다. 구시모토는 오늘도 무나요를 자신의 방으로 데리고 돌아갈 욕 망을 억누를 수 없었다. 이를 거절할 때의 무나요 얼굴은 구시모토 의 끓어오르는 열정을 꺾어 버렸다. '하지만' 하고 말할 때의 무나 요는 마치 자기 집을 배후에 감싸고 구시모토의 이기심을 힐책하 는 것 같았다. 구시모토에게는, 이렇게 너하고만 같이 살 수 있을 까, 집에는 아버지도 어머니도 있고, 아기까지 있어, 너의 뜨거운 애정은 네 멋대로 하겠다는 이기심이야, 하는 것처럼 보였다.

두 사람은 불쾌한 기분으로 식사를 끝내고 음식점을 나와서 어 물어물 헤어지지도 않고 우에노의 야마시타 공원 쪽으로 걸어갔 다. 완만하게 경사진 넓은 길은 한적했고, 오른쪽 떡갈나무 아래에 서 매미가 계속 울었다.

"어쩔 건데. 집에 오지 않는다면 언제까지 함께 걸어도 소용없 을 걸."

화가 나서 콧날이 더더욱 뾰족해 보이는 얼굴로 구시모토가 말 했다. 무나요는 제발 이제 구시모토가 집에 보내주면 좋겠다는 기 대로 부탁하는 듯한 표정을 지었다.

"예."

"예라니 무슨 소리야. 그럼 오지 않겠다는 거로군."

"아니, 여전히 그런 식으로 말하는군요. 항상 자기가 시키는 대로 하라고요. 한 번 정도는 내 마음대로 하게 해줘도 되지 않나요. 정말 싫어."

하고 무나요의 말이 아직 끝나기도 전에 구시모토는,

"뭐라고"라고 소리치며 갑자기 펄쩍 뛰었다. 순간적으로 무나요 앞으로 가서 발로 무나요의 발밑을 걸어찼다. 무니요는 앗, 하고 구시모토 옷의 가슴팍에 매달려서 넘어지는 것을 막았다. 그녀가 쓰고 있던 호박감으로 짠 새하얀 양산이 갑자기 옆에 떨어지고 새파랗게 된 구시모토의 얼굴이 무나요의 눈에 커다랗게 비쳤다.

"죄송해요. 갈게요. 갈게요."

자신도 숨을 몰아쉬며 열심히 구시모토를 안정시켰다.

순간적으로 일어난 광적인 행동은 지나가는 사람들의 시선을 모을 정도의 시간도 되지 않았다. 하지만 무나요는 몸을 숨길 수도 없는 한낮의 광장에서 앞뒤 가리지 않는 구시모토의 행동이 무섭기까지 해서, 환자를 데리고 온 것처럼 구시모토의 팔을 잡고 서둘러 돌아갔다.

격앙된 감정이 있고 난 뒤 방으로 돌아온 구시모토는 사랑을 나누고픈 감정이 넘쳐났다. 벽에 기대어 옆으로 앉아 고개를 숙이고 천천히 띠를 풀고 있던 무나요는 더는 참을 수 없다는 듯 훌쩍거렸다.

"울지 마."

구시모토는 몸을 거칠게 움직이면 마음도 같이 격앙될 것 같아 억제하는 듯한 조용한 발걸음으로 다다미 위로 다가왔다.

"지금 우물에서 떠온 차가운 물이야. 자 얼굴을 닦아봐. 피곤하지. 좀 쉬자. 이제 곧 물이 끓으니까 그러면 차라도 마시자."

포기한 듯한 어리광으로 무나요는 구시모토의 품 안에서 눈을 감았다.

"계속 이렇게 아이 때문에 다투고, 당신에게도 미안하네요……. 그런데 나도 불쌍하지요."

"아냐, 괜찮아, 괜찮아."

"당신이 좀 더 빨리, 이삼 년 전에 내 앞에 나타나지 않은 게 잘못이에요."

"그러니까 지금부터 잘 해나가면 되지 않을까. 그렇지?"

"그러면 이런 아이가 있는 여자가 분명 싫어질걸요?"

"그만둬. 서로 피곤할 때는 자기도 모르는 사이에 격앙되니까. 네 시 정도까지 낮잠을 좀 자. 내가 깨워 줄 테니까."

언덕으로 향한 벽 아래 구석에 작게 열린 창으로 살랑살랑 불어오는 바람은 이상하게도 차가웠다. 구시모토는 무나요를 위해 베개를 꺼내서 그녀 몸을 눕혔다. 하루 종일 길에서 피곤해하던 그녀의 다리는 부어 있었다. 무나요는 감은 눈 위에 감정의 그늘을 남겼다. 그러나 어느 틈엔가 불어오는 바람에 평온한 숨소리를 내며 잠들었다.

9

가을 전람회에서 후지사와는 상을 받았다. 여름 한 철을 보냈던 하치조시마의 늙은 농부農婦와 그녀의 불구인 손자를 그린 대작이었다. 손자는 축 처져서 아기처럼 할머니 손에 안겨 있고, 거기만 발달했는지 큰 머리가 화면 정면을 꽉 채우고 있는 것이 기분 나쁠 정도로 강렬하게 다가왔다. 손자를 안은 할머니의 손에 껍질을 깐 옥수수가 쥐여 있었다.

구시모토 친구들은 모두 후지사와가 입상하기를 바랐기 때문에, 그가 상을 받게 되자 모두 기분이 좋았다.

"저 불구 아이 머리를 정면으로 가지고 온 것이 이 그림의 성공 요인이야. 그런데 그 점에 후지사와의 약점도 숨겨져 있지."

친구들이 후지자와를 축하하는 의미에서 우에노 야마시타의 카페에 모였다. 그 자리에서 구시모토는 그렇게 말했다. 푸른 리노리움이 깔린 넓은 2층 구석에서 후지사와를 중심으로 해서 가사기, 구시모토, 사타가 앉아 있고 다키이도 와 있었다.

"음"

하고 후지사와는 다음 말을 기다리는 듯이 고개를 끄떡였다. 다키이는 테이블 위에 빈 담배갑을 가늘게 찢어 놓고 그것을 다시 맞추면서 구시모토에게 시선을 돌렸다.

"그러니까 그건 뭘 의미하는 걸까?

"아니"

하고 구시모토는 목소리를 높여서 말했다.

"저 아이의 머리 선은 후지사와의 신경 굵기라고 생각해. 동시에 그 신경의 굵기 안에 있는 약함이라고 해도 좋겠지. 어떤 어둠 같은 것이 있는 것 같아. 나는 그것을 후지사와를 위해 경고하는 거야."

"글쎄, 그러니까 자네가 하는 말은 저 불구의 남자아이 머리를 그린 선에 후지사와의 니힐리즘이 있다는 말이군. 그렇다면 알겠어."

"니힐리즘이라고 해도 되겠지. 그런데."

구시모토는 자신이 받은 느낌을 제대로 표현하지 못해서 다른 면에서 이야기를 계속했다.

"저 노파의 표정에는 그러니까, 그 슬픈 표정 속에는 주관적으로 어떤 안이한 어리광이 인정되지 않을까. 조금 가혹한 평이지만 말이야."

그러자 살짝 더듬는 버릇이 있는 사타가, 자신의 인간성을 보여주는 것 같은 독특한 부드러운 목소리로 이어나갔다.

"그렇게도 말할 수 있지. 저 노파의 얼굴을 조금 멍하게 만들어도 좋았을 것 같은데, 너무 슬프게 만들었단 말이야."

그리고 자기가 말하고 자기가 웃었다. 가사기는 사타와 전혀 다른 굵은 목소리로 말했다.

"아니야, 저 노파의 얼굴을 너무 그늘지게 했어. 후지사와가 니힐리즘이면 니힐리즘으로 철저하게 하는 게 좋지."

라고 말하자, 병에 담긴 술을 다키이가 자작하면서 응수했다.

"아니 저 그림에는 애정이 있어. 니힐리즘의 그늘이 있다고 해도 그것은 니힐리즘이 아니냐."

그렇게 말하는 다키이는 이번 전람회에 작품을 출품하지 않을 것처럼 말했다가 기한이 가까워져서 신경이 예민해져서 남색을 기조로 한 책상 위의 정물을 제출했다. 그 무렵 그가 만년필 공장에서 연설을 했다는 소문을 들은 히사노 씨는, 구시모토 친구들이 아틀리에에 모여 있을 때 불안한 얼굴로 정말이냐고 확인했다.

"정말입니다."

하고 가사기는 히사노의 염려에 웃는 듯한 가벼운 감각으로 그 자리에서 대답했었다.

후지사와는 여급에게 또 술을 달라고 말했다. 후지사와는 이야기 사이사이 때때로 자신의 의식이 이 여자의 뒤를 쫓고 있는 것을 깨달았다. 초록색 바탕에 검고 흰 잣나무가 뻗어 있는 문양의 비단을, 목덜미가 나오지 않게 옷깃을 높게 해서 반듯하게 입고 있는 젊은 여자였다. 이 친구들은 왠지 이 여자 때문에 후지사와의 오늘 모임을 이 가게로 정한 것 같았다.

후지사와는 넓은 등을 뒤로 젖히고 있었지만 시선만은 계속 한 곳에 머물러 있었다.

"역시 그 대상에 어딘가 지고 있어."

하고 웃으니 아름다운 하얀 이빨이 드러났다.

"아니야. 그런데 잘도 그곳까지 추구했더군. 쉽지 않았을 텐데."

하고 구시모토는 이번에는 후지사와의 어깨를 두드렸다.

그날 밤 모두와 헤어지고 구시모토는 우에노 산을 통해 다카다니로 나가서 네기시의 새 방으로 돌아갔다. 간에이지 언덕과 도중에서 닛포리 쪽으로 통하는 길은 때마침 넓은 아스팔트 도로를 만드는 포장 공사 중이었다. 구시모토는 진흙과 자갈이 쌓여있는 썰렁한 길을 조금 걸어가서 오토나시가와 하천이라는 명칭만 옛날 그대로 전해져온 커다란 개울에 붙어 왼쪽으로 돌았다. 조금 더 가서 오른쪽 뒤에 구시모토가 이번에 2층만 빌린 허름한 일본 화가의 집이 있었다.

일본 화가의 처는 언제나와 마찬가지로 아래로 기울인 전등 옆에서 바느질하고 있었다.

"아, 어서 돌아오세요."

익살스러운 목소리로 말하며 돌아본 일본 화가는 벌써 마흔을 넘은 나이로 보였다. 부인 옆에서 엉거주춤하게 앉아 아직 재봉하지 않은 화려한 비단을 다다미 위에 펼쳐서 끝에서부터 그것을 봉에 동이는 작업을 하고 있었다.

"집사람을 돕고 있어요."

하고 먼저 말을 꺼낸다. 그러자 광대뼈가 나온 남편과 닮은 부인도 얼굴을 들었다.

"남편이 미리 이렇게 해주면 재봉할 때 아주 수월하지요."

"쓸데없이 하나라도 헛수고할까봐 도와주는 거지요. 가난한 화가 아내 하느라 이 사람도 고생이 많아요."

구시모토는 헛웃음을 짓고 2층으로 올라갔다. 전등을 켜자 변색한 다다미는 어쩐지 쓸쓸하지만, 네 평짜리 방에는 도코노마도 텃마루도 있었다.

아직 무나요가 돌아올 때까지는 한 시간이 남아 있다. 11시에 가게를 닫고 12시 가까워져 돌아온다. 구시모토는 아침부터 방 청소가 안 돼 있는 것을 보고 장지문을 열고 청소하기 시작했다. 전 깃불이 건너편 벽에 반사되어 구시모토의 그림자가 크게 움직였다. 이 주변답게 머리빗 냄새가 풍겨 왔다. 가을밤의 썰렁한 공기였다. 얼마 지나서 구시모토는 다시 간에이지 언덕을 지나서, 사카모토 2정목으로 가는 길모퉁이에서 언제나와 마찬가지로 무나요의 귀가를 기다렸다.

돌아올 때는 서둘러야 해서 무나요는 결국 가게에서 입었던 옷을 그대로 입은 채 돌아왔다. 그러면 늦은 시간에 비추어 얼른 그녀의 직업을 알 수 있었다. 그러한 여자를 매일 밤 마중 나가는 자신의 모습이 다른 사람의 눈에는 어떻게 비칠까, 구시모토도 상상한 적은 있지만 스스로 비하한 적은 한 번도 없었다. 오늘 밤은 날씨가 약간 쌀쌀해서 옆구리에 무나요의 하오리를 대충 끼고 있으면서, 머릿속으로는 일에 대한 불확실한 희망과 막연한 두려움을 생각했다. 오늘 밤 후지사와의 모임과 주인집 부부의 모습이 구시모토의 뇌리에 스쳐서 그것을 자극했다.

전차에서 심야의 승객같은 사오 명의 남자, 여자와 함께 무나요가 내렸다. 무나요의 얼굴을 확인하자 구시모토는 앞으로 걸어가서 뒤에 오는 무나요에게 하오리를 건넸다.

"오늘 후지사와 씨의 모임 어땠어요?"

옷 위에 견직 하오리를 입으니 어깨 끝이 살짝 내려앉았다.

"음"

하고 구시모토는 말하고 추웠지, 하고 뒤돌아보았다.

"벌써 추워졌어요. 얼른 당신 누비옷을 만들어야겠어요."

"아니야, 아직 괜찮아."

구시모토는 서지로 된 옷깃을 차면서 걸었다. 무나요는 이제는 아내다운 마음 씀씀이를 보이며, 구시모토의 모습을 살짝 옆에서 바라보려 했다.

"하지만 이제 서지는 날씨에 맞지 않아요."

그렇겠지, 하고 말했지만, 구시모토는 그것에는 관심이 없어 어찌 됐든 상관없다는 태도였다. 그러자 무나요도 느긋해져서 구시모토에게 다가가서 함께 걸었다.

"오늘 밤 재밌었어요?"

"음"

하고 구시모토는 말했다. 자신의 마음속의 막연한 불안에는 조금도 관심이 없는 듯이 가볍게 말하는 무나요의 말투에 반발해서, 그녀의 마음을 자극하려는 듯 자신의 재능이 장래에 대해 아무런 보증도 돼 주지 못한다는 것과 그럼에도 불구하고 하는 일 없이 지내는 자신에 대한 불만 등을 말하기 시작했다. 불만을 말하면서 동시에 얼른 그것을 뒤엎을 만한 자신에 대한 신뢰의 말도 잊지 않았다. 친구 각각에 대한 기대와 이와 함께 자신 혼자 느끼는 은밀한 인식 등 밤길에 목소리는 울렸고 발걸음도 이에 맞춰 높아졌다.

"어쨌든 낮에는 일하고 있으니 안 돼."

누구에게 딱히 해당하는 것은 아니지만, 마지막에는 그렇게 말했다.

"그렇지요. 그럼 일하는 거 그만두지요?"

무나요가 가볍게 말했다. 구시모토는 '뭐야' 하고 말하려던 것을 '그래' 하며 정리했다. 그러나 혹시 자신이 그렇게 말하고 싶었는지도 모른다. 그러나 지금 자기가 하는 일에 익숙해졌으니까 당신은 일을 그만 두라는 무나요의 말조차 아무 불안과 집착 없이 말해서, 구시모토는 진지하게 눈을 바라볼 뿐 얼른 대답하지 않았다.

"그래요. 그렇게 해요. 괜찮을 거야. 생계는 어떻게든 될 거야."

"그건 그렇겠지. 그런데 당신도 언제까지나 그런 곳에서 일할 수 없잖아."

"나? 나는 괜찮아요."

두 사람은 방으로 들어갔다. 이 방으로 이사 오면서 무나요는 지금까지 자기가 갖고 있던 친정에 대한 불안, 가사기에 대한 불편함, 아이에 대한 애정과 그에 대한 자책 같은 것에서 멀리 떨어져 나온 느낌이 들었다. 단순히 집이 새로워졌다는 것, 그 이상으로 다시 태어난다고 느껴서, 매일 밤 돌아와서는 방바닥에 앉아 주변을 둘러보았다.

"난 우리 방이 정말 맘에 들어요."

하고 말했다. 친정에서 몰래 가져온 화장대조차 지금은 창가의 장지문 앞에서 빨간 덮개를 하고 자리 잡고 있었다.

"자 이리 와 봐."

화로에서 데우던 주전자 물을, 접은 수건에 부어 적시면서 구시모토는 무나요를 불렀다. 급하게 옷을 갈아입어서인지 옷매무새를 만지면서 무나요는 구시모토 앞으로 갔다. 뜨거운 수건으로 그녀의 얼굴을 덮으니 흰 분의 달콤한 냄새가 구시모토의 얼굴에까지 날렸다. 드디어 수건을 치우니 빨갛게 상기된 볼이 촉촉하게 수증기를 발하며 드러나고 구시모토는 손끝으로 감싼 수건으로 정성껏 코끝에서 볼로, 눈가로 흰 분을 지워갔다. 향기가 나면서 반들반들하게, 두릅처럼 혹은 과일 껍질처럼 벗겨져 가는 그날 하루의 카페 먼지를, 기분 속까지 닦아내려는 심산도 담겨 있었다.

무나요는 구시모토가 피부가 아플 정도도 문질렀지만, 그에게 그대로 맡기면서 아래로부터 구시모토를 올려다보며 말했다.

"집에 와서 한 걸음 방 안으로 들어가면 순간 이상하게 머릿속이 가려워져요. 오늘 가게에서 이 말을 했더니 모두 웃더라고요. 뭔가 묘한 분위기로 웃었지만 뭐라 변명도 할 수 없어서 아주 부끄러웠어요."

거기에는 응대도 하지 않고 구시모토는 말했다.

"내가 관청을 그만두면 당신 불안하지 않겠어?"

"아니요. 그만두는 게 오히려 좋을 거 같아요."

무나요는 아주 자연스럽게 구시모토의 생활에 자신의 희망을

하나로 연결 지으며, 엄청난 기대는 아니더라도 그가 나아가는 길
에 어떤 불안이나 위험도 방해하지 않을 거라는 듯이 말했다.

10

연말부터 정월까지 아사쿠사의 무나요 카페도 바빴다. 연시 동
안에 무나요는 가게의 화려한 맞춤옷을 입고 돌아왔는데, 비단으
로 된 연보랏빛 띠를 풀자 띠와 가슴 사이에 끼워져 있는 그날의
수입은 구시모토의 일 개월 급료를 능가할 정도였다. 구시모토는
양손으로 은화를 건져 올리듯이 들어 올리고,
"왠지 무섭네, 이렇게 받아도 돼?"
하고 말했다.
"맞춤옷 값만 받는데도 엄청나네요. 값을 내지 않는 사람이 있
을까 싶을 정도예요."
요즘 와서 무나요는 이제 여급들 한명 한명의 생활과 함께 아
사쿠사 카페의 내부 사정도 알게 되었다. 젊은 보통 아가씨 같은
게이샤를 낙적해서 첩으로 두고 있는 카페 사장은, 카페 수입을 다
른 관계 회사에 쏟아붓고 있어서 가게 수리는 전혀 하지 않고, 대
신 카페의 화려한 공기를 여급들의 의상으로 꾸미고 있었다. 또 여
급들은 얼핏 영락한 집안의 딸로 보이고 또 당사자도 자신을 그런
식으로 꾸며서, 재빠르고 억척스럽게 돈벌이를 했다. 게다가 작은
여자 혼자 짊어진 생계의 무게는 무한해서, 작은 몸은 마지막까지

춤을 추면서 눈은 매와도 같았다. 모두 부모에게 순종하고 형제자매를 생각하고, 그리고 남자에게도 반했다.

이들의 사정을 무나요는 거의 반년이나 지나서야 알게 되었다. 그만큼 이 세계는 속사정을 알 수 없고 또 격렬하기도 했다. 가끔 "아까 어머니가 와서 오늘 중으로 어떻게든 30엔을 만들어 달라고 하네요" 하고 삭은 얼굴로 말하는 아가씨도 있었다. 이 아가씨는 핏기 없는 얼굴에 붉은 칠을 하고는 있지만, 약한 몸에 눈만 크고 두터운 띠를 매고 있는 가슴은 부러질 정도로 가늘었다. 점심이 지나 주방 입구에서 작은 아이를 업고 온 사람이 어머니였구나, 하고 무나요는 생각했다. 그날 밤 어딘가로 손님과 외출한 것 같은 아가씨의 행동도, 그날 오후 있었던 일을 듣고 나니 애처로울 뿐이었다.

아침에도 전차를 타는 곳까지 함께 오고 밤에는 반드시 마중 나오는 구시모토에게 무나요는 점점 여급 아가씨의 이야기를 들려주었다. 구시모토는 젊은 남자들이 주관적인 화려함과 달콤함만을 추구하는 것을 여자 입장에서 바라볼 때도 있었다.

"후지사와 씨는 그 여자와 그다음에 어떻게 됐대요? 요즘 별로 말이 없는 것 같아서요."

"자연히 멀어진 것 같아. 한번은 아가씨가 후지사와 하숙집에도 왔다니까. 후지사와가 더 적극적으로 나왔으면 좋았을 텐데. 글렀어. 그 녀석은 샌님이라서."

후자사와의 축하 모임을 열었던 우에노 카페의 여자를 말하는 것이었다. 무나요도 언젠가 구시모토, 후지사와, 사타와 함께 그 카페에 가서 여자를 본 적이 있었다.

"괜찮은 사람이었는데."

"괜찮은 여자지."

구시모토는, 후지사와가 일부러 그의 하숙집까지 찾아온 여자와 같은 방 안에 있으면서 오히려 말도 못 붙이고 천정만 올려보며 다리를 떨고 있었다고 답답해했다. 부친에게 비밀로 후지사와의 그림물감 값을 대주던 모친을 위해서도 집을 나온 것은 잘한 일이고 생활의 전환도 된다고 생각해서, 후지사와는 가을 전람회 바로 직후 우에노 산 뒤편에서 하숙하기 시작했다. 그러한 상황에서의 연애였기 때문에 구시모토는 후지사와의 소심한 행동을 겨우 그거, 하고 웃어넘길 수 없었다. 후지사와가 처음으로 밖에서 여자와 만난다는 그날도 무나요는 때마침 시간이 맞아 구시모토와 함께 우에노 공원까지 가서 후지사와와 같이 만났다.

"안 돼. 정신 차리지 않으면."

지금부터 여자와 만날 약속 장소로 가는 후지사와에게 구시모토는 등을 두드리며 말했다. 후지사와는 음, 고개를 끄덕이며 미소 짓고 혼자 시노바즈이케 쪽으로 돌계단을 내려갔다. 무나요는 구시모토와 벤치에 나란히 앉아 키가 큰 후지사와가 걸어가는 모습을 멀어질 때까지 지켜보았지만, 생각을 가슴속으로 감추고 있는 듯한 후지사와의 얼굴은 쓸쓸한 그늘이 어려 있었다. 처음으로 밀고 당기러 가는 친구를 놀리고 싶은 마음은 전혀 일어나지 않고, 상냥한 배려에 눈물이라도 날 것 같은 뒷모습이었다.

게다가 이 일을 전후로 후지사와는 하숙집에서 보기 좋게 쫓겨 났다는 이야기도 들렸다. 짐이 너무 적어서 의심스럽다고 하숙집 사람들 모두가 이야기했다고 한다. 체구가 크고 용모는 훌륭한데 어딘지 어두워서 접근하기 어려운 그의 인상이 하숙집 주인 아줌 마에게 공포로 느껴졌음이 틀림없다. 후지사와는 구시모토의 도 움을 받아 하숙집을 바꾸면서 인생의 상처를 거기에서 받았다.

어느 날, 무나요는 늦게 출근하는 날이라 2층 복도에서 둘만의 식사를 준비하고 있었다. 몸을 일으키니 집 바깥쪽에 깔린 돌길로 다키이가 걸어오는 것이 보였다. 양쪽 팔에 보따리를 들고 있는데, 무거운 듯 팔이 길게 쭉 뻗어 있다. 양복에 신고 있는 나막신 굽이 돌길 위에서 다급한 소리를 냈다. 2층을 올려다보지도 않고 들어 왔다.

"다키이 씨에요?"

"아아, 예."

구시모토는 캔버스 앞에서 일어났다. 처음으로 무나요의 얼굴 이 그려져 있다. 무나요는 방금까지 모델 의자에 앉아 있었다.

"시골에서 떡이 왔어."

보따리를 풀자 무거운 소리를 내면서 맛있어 보이는 금이 간 떡이, 검은콩과 파란 김 등을 넣은 가키모치와 함께 펼쳐졌다.

"이렇게나 많이?"

이렇게 받아도 될까 하는 듯이 무나요의 시선이 다키이에게서 구시모토로 옮겨갔다.

"나는 구워 먹을 일도 없으니까."

"자, 그럼 지금 구워볼까."

남자들은 떡을 구우면서 이야기를 꺼냈다.

자네는 요전에 편지로 예술을 버릴까 생각한다고 말했지."

"아, 그거?"

하고 다키이는 긴 손가락으로 구워진 떡을 두 개 끌어당겼다.

"아니, 그건 아니야. 마음을 고쳐먹었어. 예술을 버린다는 게 쉽게 할 수 있는 것도 아니고, 우선 무엇보다 잘못된 일이지."

"그렇군. 그렇다면 다행이지만. 자네는 역시 그림을 그려야 할 사람이라고 생각해. 새로운 사회에 예술이 없다는 것은 생각할 수도 없고, 오히려 예술에도 자유라는 것이 없다면 새로운 것도 의미가 없다고 생각하거든."

"아니, 자네가 말하는 의미와도 좀 다르다고 생각하는데."

"그럴까?"

"어쨌든 나는 예술을 버리지 않겠어."

"다카쓰카사 씨가 사타에게서 자네 이야기를 듣고 아주 걱정한다더군. 자네와 만나고 싶다고 하던데."

"그렇군. 다카쓰카사 씨 집에 가도 될까?"

"같이 갈까?"

두 사람의 이야기를 들으니, 무나요는 어느 날 밤 구시모토와 함께 다바타 역에 갔을 때 다카쓰카사 요스케와 자리를 함께 했던 게 생각났다. 그날은 무나요가 친정에 간다고 해서 구시모토가 그녀를 친정 앞까지 배웅하려고 야심한 시각에 다바타 역까지 왔을 때였다.

"저기 다카쓰카사 씨네."

언덕 위로 나오는 역의 남쪽 입구는 야심한 시각이기도 해서 달리 함께 내린 사람도 없었다. 구시모토는 하오리가 커 보일 정도로 마른 다카쓰카사의 뒷모습을 확인하고 무나요에게 알려주며 그의 뒤를 쫓았다.

무나요는 육칠 년 전에 다카쓰카사 요스케를 가끔 본 적이 있었다. 무나요가 어떤 서점에서 일하고 있을 무렵, 다카쓰카사는 거기에 자주 외국 화가들의 화집을 사러 왔고, 당시 이미 화단에서 신선한 존재였던 다카쓰카사는 소녀인 무나요에게도 다가가기 어려운 동경의 대상으로 강한 인상을 남겼다. 구시모토와 친구들이 사사하는 히사노 씨가 다카쓰카사 요스케와 친하게 지냈기 때문에 구시모토 그룹도 다카쓰카사의 아틀리에에 출입하기도 했다.

다카쓰카사와 나란히 걷는 구시모토를 조금 뒤에서 따라 걸으면서, 무나요는 과거 동경했던 인물과 가까운 연결로 만나는 것이 무슨 운명의 해후처럼 느껴졌다. 그것은 구시모토와의 결합을 그녀가 운명적으로 느끼기 시작했기 때문이기도 했다.

그렇게 감격해서 무나요는 다카쓰카사의 뒷모습을 살짝 바라보았다. 그런데 그녀는 의심이 들 정도로 깜짝 놀라서 눈을 크게 떴다. 다카쓰카사 다리에 무슨 일이 있었단 말인가. 작은 전신주 끝에 달린 투명한 전구가 불을 밝히는 가운데, 진흙으로 된 경사가 급한 좁은 언덕길을 내려가는 키 큰 다카쓰카사의 몸이 조금 앞으로 굽어져서 흔들흔들 떠 있는 것처럼 보였다. 떠서 흔들거리는 것은 상하만이 아니라, 좌우로도 그랬다. 양쪽 다리가 똑바로 앞으로 나가지 않고 뒤섞여서 서로 엉키는 것 같았다. 몸을 지탱하기 위해서 애써 상체를 세우고 있어서, 마치 온몸을 비틀거리며 휘젓는 것처럼 보였다. 그것은 술에 취해 흐트러진 걸음걸이와 달랐다. 허공에 떠 있는 것 같은 어깨 골격에도 깊은 피로감이 보인다고 무나요는 생각했다.

과거 건장했던 모습에 비해 다카쓰카사가 심하게 변해 있어서, 무나요는 막연하지만 예술 세계의 격렬함 같은 것을 느꼈다. 그때 받은 인상이, 다키이의 사상적인 예술관 동요에 관해 관심을 보이는 다카쓰카사에 합쳐져서 떠올랐다.

구시모토와 다키이는 다시 새로운 사회인식과 예술에 관해 이야기했다.

11

혹한의 시기도 지나갔다. 그러나 야심한 시각에 돌아오는 사람에게는 피부를 찌르는 듯한 찬 바람이 몸으로 느껴졌다. 항상 무나요가 전차를 갈아타는 구루마자카 정류장은, 아직 시골처럼 휑해서 안쪽까지 어두운 우에노 역과 목책으로 경계 지어 있었기 때문에 어딘가 변두리의 거칠고 쓸쓸한 느낌이 났다. 산바람조차 부는 것 같았다. 얼음 속 같은 차가운 달밤에 발끝이 시리는 정류장 돌길 위에서 아사쿠사 번화가로 껌을 팔러 가는 조선인 여자들과 같이 전차를 기다린 적이 있었다. 그녀들의 흰 저고리 입은 어깨를 움츠리며, 서너 명이 모여 뭔가 소곤소곤 이야기하고 있었다. 달빛은 그녀들의 흰 저고리에 집중해서 쏟아지듯이 보여서, 추위가 거기에서 응결되어 버리는 게 아닌가 생각될 정도였다. 어떤 때에 센쥬나 미카와시마 방향으로 돌아가는 야점 상인이나 노동자들이 꾸벅꾸벅 졸고있는 전차 안에서, 혼자 탄 조선 소녀가 고무공을 치기 시작한 적도 있었다. 껌을 넣어둔 사각형 공 상자를 싼 보자기를, 짧은 다리를 매단 것 같은 무릎 위에 놓고 있었다. 뭔가 생각이 났는지 보자기의 매듭을 풀고 상자를 위로 살짝 흔들었다. 그랬더니 고무공이 안에서 튀어 올라 전차 바닥에 통통 튕겼다. 거칠어 보이는 남자들이 별안간 졸린 눈을 떴다. 소녀의 튀어 오를 듯한 강한 성격이 고무공으로 상징되는 것 같았다. 튀어 오른 고무공을 어떤 노동자가 줍자, 안돼요, 안 돼, 하고 콧소리로 따지고 다시 천천히 일어나서 고무공을 치기 시작했다. 승객이 적은 전차는 흔들리며 달렸다. 조선 소녀의 등에 길게 땋아 내린 머리 끝에 묶여 있는 빨간 천은 그녀의 몸이 움직이는 대로 따라 춤췄다.

무나요가 특히 조선 여자나 소녀에게 끌렸던 것은, 그 무렵, 구시모토와 함께 읽기 시작한 독서 경향 때문일 것이다.

무나요를 그린 구시모토의 그림은 완성되었다. 구시모토답게 감정의 선이 약한 색으로 표현되어 있었지만, 상냥한 느낌의 그림이라는 것은 당연했다. 무나요는 그림으로 표현된 자신을 보고 구시모토의 애정과 기대에 부응하리라 생각했다. 이처럼 그림 속의 그녀는 실제보다 사랑스럽고 귀여웠다. 그러나 그것은 그녀 자신이 그림을 보고 느낀 인상이기도 했다. 그런 의미에서 하나의 틀에 갇혀서 보았던 자신에 대한 시각을 무나요는 이 그림에서 깨뜨렸다고도 말할 수 있었다.

무나요 그림을 완성하자 구시모토는 이제 그다지 그림을 그리지 않게 되었다. 후지사와나 가사기의 왕래는 점점 잦아졌으나, 그들 역시 매일의 감정을 그림 제작에 쏟아붓기 보다는 뭔가 혼돈 속에서 거칠게 의미 없이 돌아다니는 식이었다. 구시모토의 나막신은 언제 보아도 납작했다. 머리를 자르러 이발소에 가는 것 외에 귀찮아서 수염도 깎지도 않고 언제나 검게 기르고 있었다.

무나요를 마중 나갔다가 돌아오는 길에 스쳐 지나가던 젊은 남자가 놀리는 말을 한 적이 있었다. 그러자 구시모토는 '뭐라고' 하면서 걸음을 멈추었다. 무나요가 말리려고 팔을 붙잡은 채로 빠르게 발걸음을 옮기면서 '이상한 사람이네요' 하며 남자를 나무라자, '진짜로 덤빌 생각은 없었어' 하고 구시모토가 웃었다.

그 즈음 무나요의 가게로 무나요와 결혼하겠다며 찾아오는 남자가 있었다. 역시 화가라는 이 사람은, 무나요가 이미 결혼했다는 것을 다른 여자에게 듣고,

"남편 있는 여자에게 반하는 게 뭐가 나빠."

하고 화냈다.

이 이야기는 구시모토도 알고 있었다. 어느 날 밤 구시모토가 가사기와 함께 무나요 가게로 들어갔을 때, 혼자서 술을 마시는 양복 입은 건장한 남자가 있었다. 무나요에게 전해 들은 인상으로 보아 얼른 이 사람이라는 것을 알 수 있었다. 가사기에게도 저 사람이라고 알리고, 일부러 건너편 테이블에 앉아 안정되지 않은 채로 그 남자의 얼굴을 응시했다. 무나요는 모른 체했지만, 표정은 굳어져 갔다. 상대 남자도 뭔가 느끼는 것 같았다.

남자들은 대립하기 시작했다. 구시모토와 가사기는 둘이 함께한다는 든든함으로 큰소리치면서 어깨를 으쓱거리며 힐긋힐긋 그 남자 쪽으로 시선을 보냈다. 상대는 굳은 웃음으로 두 사람의 시선을 받고 있었다. 가사기가 특별한 모략이라도 있는 것처럼 대담하게 옅은 미소를 보인 것이 드디어 상대의 신경을 건드렸다. 갑자기 컵이 맥주 거품과 함께 가사기 뒤로 날아와 바닥에 떨어져 쨍그랑하고 깨졌다. 동시에 작고 다부진 가사기의 몸이 순식간에 벌떡 일어나서 의자와 테이블이 넘어졌다. 스탠드에서 바텐더가 달려들어 상대 남자의 커다란 등을 덮쳤다. 큰 소리로 욕을 퍼붓는 구시모토와 태세를 갖추고 달려들려는 가사기는 매니저 방으로 끌려 들어갔다. 바텐더에게 붙잡힌 채로 날뛰는 남자의 팔이 스탠드 위의 유리그릇을 깨트려서 어마어마한 소리가 가게 안에 울렸다. 무나요는 연극에서나 나오는 난봉꾼 같이 보여서 남몰래 부끄러웠지만, 구시모토의 행동을 책망할 마음은 없었다.

이런 일이 있는가 하면, 또 어떤 날에는 구시모토가 우구이스

육교 옆에서 길흉을 점치는 제비에 홀려서 5엔 가까이 들어있는
지갑을 소매치기당한 적도 있었다.

"이 책 사이에 끼워서 주머니에 넣어 두었어야 했어. 소맷자락
에 대충 넣고 다녔으니 이런 일이 생기지."

책을 가리키면서 스스로에게 얘기했다.

12

어느 날 아침 무나요는 잠이 깨고 나서 왠지 모를 비애에 젖었
다. 학교로 직장으로 다 나간 후의 조용한 시간이다. 덧문을 열자
바람도 없이 온화한 햇살이 비쳤다. 부드러운 하늘로 쭉 시선을 옮
겼더니 뭔가 붉은 것이 눈에 들어왔다. 그 방향으로 시선을 집중시
켰다. 그것은 창끝으로 나온 플라타너스 가지에 움튼 작은 새싹이
었다. '귀여워, 요런 조그만 것이' 미치요와 한동안 만나지 않은 것
이 생각났다. 깨어났을 때의 슬픈 마음은 미치요와 연결되어 있었
다. 오늘 아침에는 따뜻한 햇볕을 받으며 놀고 있을까? 그러자 미
치요의 하얀 얼굴이 아이의 발랄함이 아니라 가련한 슬픔으로 떠
올랐다.

뒤쪽 단층집 툇마루 안쪽에서 물이 톡톡 튀는 것처럼 신선한
여자아이의 목소리가 들려왔다. 무나요는 창에 몸을 기대고 아래
를 내려다보았다. 그녀 뒤의 방안에서는 구시모토가 아직 자고 있
었다.

지난달 말 친정에서 한밤 묵고 돌아왔을 때 구시모토는 심술궂게 말했다.

"정말로 들썩들썩 신이 났군. 집으로 돌아갈 때나 돌아온 직후는 아주 기분이 좋다니까. 난 그게 맘에 안 들어."

하고 일부러 다른 쪽을 보았다. 무나요는 들통났다는 미안함을 감추려는 듯 몸을 기대며 달랬다.

"무슨 소리예요. 당분간 이것으로 마음이 편해진 거지."

"거짓말하지 마, 미치요하고 놀다 와서 기쁜 거지. 우리 둘이 있을 때도 가끔은 그런 얼굴 좀 해봐."

"지금 그런 얼굴 하고 있지 않나요?"

"그걸 여파라고 하는 거야."

"심술쟁이."

구시모토는 더 이상 말을 하지 않고 무나요를 안으려다가 갑자기 얼굴을 들어 표정을 바꾸며 무나요 어깨를 밀쳤다.

"뭐야 이 옷 어깨는. 잘도 이런 상태로 돌아왔군. 무신경한 것도 정도가 있어야지. 도대체 어떻게 된 거야."

무나요는 검은 견직 하오리를 얼른 벗어 방구석으로 던졌지만 부끄러움으로 얼굴이 후끈거렸다. 하지만 곧 반짝반짝 빛나는 시선으로 구시모토에게 달라붙으며 말했다.

"미안해요. 정말 미안해요."

"그렇게 무신경한 상태로 이 방에 들어오면 곤란하지. 혹여 집에서는 미치요를 업어줄 수는 있어도 아이 침이 묻은 옷을 그대로 입고 나에게 안기려 하다니, 너무 심하군."

"그러니까, 그러니까 미안해요."

무나요는 구시모토가 내뱉는 말이 고통스러워서 그렇게 말했지만, 마음속에서는 어제 미치요가 웬일인지 평소처럼 귀엽지 않았던 것이 생각났다. 코코 자장, 하고 안겨서 자고 싶을 때 하는 말을 미치요는 무나요의 모친에게만 하고, 무나요가 달래는 것에는 싫어, 하면서 얼굴을 옆으로 흔들었다. 그래도 괜찮다고 생각하면서도 귀엽지 않아, 하는 것으로 끝나지 않고 화가 났다.

오늘 아침 다시 왜, 미치요가 이렇게까지 생각나는 것일까. 묘하게 약해지는 마음으로 무나요는 구시모토를 깨웠다. 구시모토는 무나요가 눈물을 멈추는 것을 보고 몸이 안 좋은 것은 아닐까 하고 이마에 손을 대었다.

"오늘 하루 쉬는 게 어때? 피곤한 것 같으니."

무나요는 가게에 나갈 마음이 생기지 않아 다시 이불에 들어갔다. 그러자 감각이 오히려 깨어나서 꿈속의 기억도 생생하게 살아났다. 오늘 아침의 슬픈 미치코에 대한 애정은 꿈의 연속이었다. 미치코를 안고 있던 꿈에서 깨어나 뭔가 공허감을 느꼈다. 꿈속에서 쏟았던 애정이라는 것을 알면서도, 마음에 남은 감정은 얼른 사라지지 않았다.

그날 밤 둘이서 사카모토 2정목 쪽으로 산책하러 나갔다. 큰 길에서 들어간 골목 안쪽에 건축 중인 소학교 교사가 있고 그 아래 아직 가건물인 곳에 호기심으로 모여 있던 사람들과 맞닥뜨렸다.

공사장에서 도박판이 열렸는데 거기가 지금 밟고 있는 곳이라고 한다. 옥상 부근을 남자 두세 명이 달리고 있었다. 건물이 높고 크기 때문에 다른 사람에게 쫓겨서 도망가는 것이 멀리 보여서 현장감 없이 기이하게 느껴졌다. 구시모토를 따라온 무나요가 갑자기 탕탕 하고 영화 음향을 입으로 내서 뒤돌아본 구시모토를 웃게 했다. 무나요의 그런 세세한 활발함이 구시모토는 신기했다.

두 사람의 생활은 미묘한 변화를 보이며 봄에서 여름으로 옮겨 갔다.

7월 들어선 어느 날 밤 무나요는 구시모토와 함께 다카쓰카사 요스케의 서재에 앉아 있었다. 거칠게 짠 검은 명주 옷감이 무나요의 조심스러운, 뭔가 안으로 숨기고 있는 인상을 더욱 눈에 띄게 했다. 다카쓰카사 요스케는 구시모토의 그림을 비평하고 있었는데, 회색의 홑옷에 가는 끈을 매고 있어서 마른 허리 주변이 불안정하게 보였다. 언젠가 밤에 보았던 다카쓰카사의 피곤했던 인상보다 한층 깊었다. 그것은 더 이상 피곤함이 아니라 신경과 육체를 파먹는 무엇인가였다. 누렇게 검은 이빨이 덜컥덜컥 움직이는 것 같아서 작은 동굴처럼 보였다.

다카쓰카사는 덜덜 떨리는 손으로 무나요 앞에 있는 컵에 사이다를 따랐다. 그리고 시선을 무나요의 얼굴로 옮기며 물었다.

"이제 죽고 싶다는 생각은 들지 않나요?"

무나요는 엷게 미소 지으며 고개를 흔들었다. 구시모토를 탓할 기분으로 다카쓰카사의 무례함을 생각했다.

"뭘 마셨나요?"

그리고 아 그래, 하고 고개를 끄덕이고 수면제에 대한 간단한 비평을 했다.

"몸은 괜찮은가요?"

무나요가 괜찮다고 대답하는 것을 듣고, 그것은 큰 변화네요, 하며 고개를 끄덕였다. 호의가 담긴 모습이기도 했고 다시 거리감이 느껴지는 평정이기도 했다.

다카쓰카사의 자살이 크게 보도된 것은 그로부터 사흘이 지난 조간신문에서였다. 주방에서 남자들이 신문을 펼쳐서 감정적으로는 아무 관계가 없다는 목소리로 그 일을 이야기했다. 2층 식당에서 나이프와 포크를 닦던 무나요는 좁은 계단을 콩콩거리며 주방으로 달려 내려왔다.

어느 날 새벽녘, 구시모토는 무나요를 밖으로 불러냈다. 차가운 공기가 흐르는 듯이 움직여서 굳어진 볼에 따뜻하게 스쳐 갔다. 현관 밖에 일본 화가가 정성 들인 정원수가 이슬에 젖어 있었다. 구시모토는 비비추 앞에 쭈그리고 앉아 무나요에게 손짓했다. 넓은 비비추 잎 위에 매미 유충이 껍질을 벗으려는 찰나였다. 투명하고 움츠리고 있는 듯한 부드러운 초록빛이 이미 상체만 바깥 공기에 닿아 있다. 눈에는 보이지 않게 움직이고 있지만, 그것은 그대로 조각처럼 보였고 생生 행위의 순간으로도 보였다. 귀여운 갑옷처럼 껍질은 아직 진주색을 띠고 있어 아름다웠다.

조선 아이들과 그 외

　어린 아이들의 모습은 풍경과 마찬가지로 여행자의 눈에 강하게 들어온다. 이번에 기회가 생겨 쓰보이 사카에壺井栄[3] 씨와 또 다른 두 사람까지 더불어 조선을 둘러보았다. 그 사이에 이곳저곳에서 보았던 조선 아이들의 모습이 인상에 남는다.

　얼마 전 다른 지면에서도 살짝 언급한 이야기를 해 보겠다. 조선신궁 경내에서 아이들 셋이서 가위바위보 해서 이긴 사람이 그 수만큼 앞으로 나아가는 놀이를 하고 있었다. 가위바위보 소리의 박자가 일본과 아주 비슷해서 아이들의 목소리가 상쾌하게 들렸다. 가위바위보의 방법도 마찬가지인 것 같았다. 그런데 가까이 다가가 들어보니 가위바위보 말은 완전히 달랐다. 박자는 비슷한데 전혀 알아듣지 못하겠다.

　말이라는 것이 이렇게도 다른가 하여 묘한 기분이 들었다. 아이들이 입고 있는 옷도 좀 달랐다. 그렇다면 얼굴은 어떨까. 단발머리 스타일, 부드러운 볼 색, 온화한 눈의 반짝임. 이곳 아이들은

---

3 쓰보이 사카에(壺井栄, 1899~1967): 일본의 소설가, 시인.

일본과 그다지 다르지 않았다. 그러나 들려오는 말은 전혀 다르다. 언어의 방면에서 그 계통 등을 조사해 보면 또 다른 대답이 나오겠지만, 귀로 전달되어 들려오는 조선말을 우리들은 전혀 이해할 수 없었다.

말이라는 것이 이렇게 완전히 다를 수 있는가 하여 놀라울 뿐이다. 다소 변화한 생활양식, 다소 다른 인정 습관 등은, 말이라는 것에 비하면 그다지 놀랄만한 것도 아니다.

이런 것에 새삼스럽게 놀라는 것이 이상할지도 모르겠다. 조선에서 가장 크게 느낀 것은 말이 다르다는 것이다.

조선호텔 식당에서 조선 지식인 처럼 보이는 일고여덟 명의 여성이 모여서 활발하게 이야기하고 있었다. 뭔가 직업을 가진 여성들처럼 보였다. 이야기하는 한 사람 한 사람의 얼굴을 보고 있으니, 모두 내 일본인 친구나 지인같은 표정을 짓고 있었다. 보기 드물게 분주히 뭔가 이야기하는 것 같지만, 이야기 내용은 알 수 없었다. 나중에 우리 자리에 온 조선 여성에게 물어보니, 모여 있던 여성들은 소학교 선생인 것 같다고 한다. 서양이라면 처음부터 말이 다르다는 것을 인지하고 시작하지만, 얼굴색과 표정이 얼추 비슷한데 말이 이렇게도 다른가 하여 신기하게 생각되었다.

게다가 이렇게 느낄 정도로, 조선 사람들은 자신의 표정에서 조선다움을 보여주기보다는, 오히려 자신이 처지나 직업에 따라 같은 입장에 있는 일본인과 닮았다.

물론 생활상 필요에 의해 일본어가 상당히 구석구석까지 사용되고 있었다. 버스 여자 차장은 대부분이 조선의 젊은 여자이고, 금강산에서 가마를 지는 인부와도 어느 정도 일본어가 통했다. 경주로 유적을 보러 갔을 때는, 민가 근처에서 일고여덟 살 되는 여자아이들 여러 명이 제각각 우리들을 쫓아와서, 손에 기와 조각이나 작은 수정 조각을 내밀며 '고센 가이나사이 니센, 니센(5전 사세요. 2전, 2전)' 하며 불러 세웠다.

일본어가 이렇게 곳곳에서 사용되기까지 조선도 참 힘들었겠구나, 하고 생각했다.

내금강에서 외금강으로 돌아보려고 이른 아침 숙소를 출발했다. 마침 산길에서 등교하는 많은 소학교 학생들과 만났다. 학생들은 좁은 산길을 지나가는 자동차를 피해 길 가장자리로 한 줄로 걸어가고 있었다. 남자아이 중에는 잿빛 학생복을 입고 멜빵가방을 등에 지고 있는 아이도 있었다. 여자아이는 대개 조선옷을 입고 보자기를 옆구리에 차고 머리를 땋아 늘어뜨렸다. 이런 산길에서 소학생들과 만난 것은 여행자인 우리에게 기분 좋은 인상으로 남아 있다.

외금강 산 입구에 있는 신계사에 가보니 절 안에 소학교가 하나 있었다. 아이들은 때마침 내리는 비 때문에 밖에 나가지도 못하고 교실에서 떠들고 있었다. 우리들이 교실 안을 들여다보자 아이들은 누가 먼저라 할 것 없이 신기한 듯 얼굴을 돌려 이쪽을 쳐다보고는 곧 책상 위에 엎드려 버렸다. 우리들이 한 아이에게 뭔가 물어보려 하자 그 아이를 도와주려는 듯 아이들이 몰려와서 함께 대답하기도 했다. 쉬는 시간이어서인지 선생님은 보이지 않았다.

책상에는 일본어와 조선어로 된 교과서 두 권이 있었다. 일본어 교과서를 읽어봐 줄래, 하고 부탁하자 살짝 방언이 섞인 말투로 술술 읽어 주었다. 읽고 있는 아이 옆으로 와서 책상 위에 앉아서 같이 읽는 아이도 있었다. 다른 쪽에서는 '흰 바탕에 빨갛게' 하며 창가를 불렀다.

교실이라고는 하지만 절 건물의 일부를 사용하는 것이라 교실이 두 개밖에 없었다. 한 교실에는 1학년생과 4학년생이 함께 사용하고 있었다. 전부 합쳐 서른 명 정도 되는 학생에 선생님은 남자 선생님과 여자 선생님 각각 한 명씩이었다.

소학교에서는 처음부터 일본어로 가르친다고 들었는데, 일본어를 가르치기 위해 조선어책도 있다고 한다. 경성에 있는 동물원에서 소풍 온 학생과 만난 적이 있었다. 소학교 1학년이라고 했다. 잠시 옆에서 보고 있자니, 선생님은 '모여', '앞으로나란히' 등은 일본어로 말하고 자잘한 주의사항만 조선어로 했다.

신계사는 조선의 역사를 말하면서도 섬세한 채색이 풍우에 씻겨서 건물이 그대로 자연 속에 녹아들어 간 듯이 적막했다.

점차 비가 세차게 내리는 가운데 우리들이 학교 교실에서 나오자 뒤쪽에서 학생들은 모호한 일본어로 계속해서 창가를 불렀다.

우리들은 그러한 풍경을 미소를 지으며 보았다.

그 후 나는 한 지식인 조선 여성을 만났다.

그녀는 마흔 가까이 되어 보였다. 특히 조선 여자는 의상과 머리형이 모두 같아서 나이를 판단하기 어렵다. 아니면 좀 더 젊었을지도 모르겠다.

그녀는 일본의 도시샤 대학에서 교육을 받고 현재는 문필가가 되어 있었다.

그녀 말에 의하면 조선 아이 중에서 소학교 교육을 받을 수 있는 사람은, 희망하는 사람의 2할에 불과하다고 한다. 나머지 8할은 소학교 교육을 받고 싶어도 들어갈 수 있는 학교가 없다. 왜 조선에서도 일찍 의무교육 제도를 시행하지 않았을까. 그녀의 말투는 정열이 넘쳤다. 희망한다고 해서 학교에 다닐 수 있는 것도 아니라서 8할의 아동들은 문맹이 될 수밖에 없다고 했다. 그녀는, 식모가 되더라도 글을 읽을 수 있는 편이 좋다고 생각한다고 심각하게 말해서, 이쪽이 가슴을 얻어맞은 듯한 느낌이 들었다.

중등학교는 적고 사립 여학교 등의 허가도 거의 나지 않는 상황이라 웬만한 여유가 있는 사람은 일본으로 공부하러 가고 나머지 젊은 사람은 조선에서 하는 일 없이 생활하는 상태라고 했다.

도쿄의 소학교에도 동네에 따라서는 입학하는 조선 아이들이 많다고 한다. 노동자의 자식들이 많아 성적이 일반적으로 좋지는 않다는 것에 수긍이 가지만, 개 중에는 반장을 할 정도로 똑똑한 아이도 있다고 들었다. 이것은 일본인 선생에게서 들은 이야기이다. 혹은 유학하기 위해서 이동하는 것처럼 소학교에 들어가기 위해서 아이만을 보내는 경우도 있다고 한다.

조선 아동의 의무교육에 대한 문제는 우리들도 깨닫지 못한 것이다. 그러나 조선의 문학 등에 관해 일본 문단의 관심이 높아지는 것을 생각한다면, 이를 호소하는 조선 여성의 절실한 목소리에도 귀를 기울여야 한다.

경성에서 또 다른 젊은 지식인 여성을 만났다. 지금은 신문기자로 일하고 있지만, 일본에 있는 학교에 입학했을 때부터 작가 지망생이었다고 나에게 말해 주었다. 입학할 때, 교사가 공부하는 목적이 무엇이냐고 물어서 작가라고 대답했더니, 질문한 교사가 의외라는 표정을 지었다고 한다. 그녀는 그때 일을 다음과 같이 이야기했다. '저도 좀 대담했습니다만, 선생님은 조선에도 이런 말을 하는 처자가 있네, 하는 표정으로 저를 찬찬히 바라보았습니다.'

그 지식인 여성은 아주 솔직하고 호의가 느껴지는 열정적인 사람이었다. 그녀는 어떻게 하면 작가가 될 수 있을까 생각하면서 지금도 때때로 운다고 했다. 일본에서 공부하고 일본의 고전도 대충은 읽는데, 그녀는 일본어 문장도 조선어 문장도 어중간하다고 고민하고 있었다. 일본어 문장을 술술 쓸 수 있을 정도로 일본어가 능통하지 않고, 그렇다고 이미 조선어 문장도 자유롭게 쓸 수 없게 되었다고 했다.

그녀는 지금 일본에서 공부하고 고향으로 돌아와서 일본 문장을 쓰는 신문사에서 일하고 있다. 그녀의 그러한 고민은 단지 문장이라는 문제에만 있는 것은 아니다. 고향에 있으면서 일본계 신문사에서 일하는 것 자체가 주변 사정에서 본다면 뭔가 어중간한 처지에 있는 것이다.

어느 좌담회에서 〈창씨〉에 관한 문제가 제기되자 장내가 갑자기 조용해졌다. 드디어 드문드문 이야기들이 나왔다. 성姓이라는 것은 조선에서는 집안을 표현하는 것이 아니라 선조를 표현하는 것이기 때문에, 성을 바꾸는 것은 결국 선조를 말살하는 것이라고 했다. 이것은 감정적으로 곤란한 문제인 것 같다. 게다가 섣부른 〈창씨〉가 표면상으로 임의의 형태를 취한 것이라 주변의 사정 속에서 어떤 한 사람의 〈창씨〉는 곤란하고, 전체를 대상으로 한층 강제적으로 집행하는 편이 더 수월하다는, 아주 달관한 의견도 있었다. 왠지 듣고 있는 것만으로도 괴로웠다.

이것을 딜레마라고 해야 할까, 어중간한 입장이라고 해야 할까, 이러한 경험을 하는 사람이 많을 거라 추측할 수 있었다.

일본어를 쓰는 신문사에서 일하면서 필연적으로 자기가 하는 일에서 의의를 만들어내고 스스로 격려하는 젊은 사람이 겪는 문화적인 고민은, 지금 이 시대에서는 어쩔 수 없는 것일까. 문장이 유창하지 않더라도 그녀는 생활을 써가는 것 외에 달리 방법이 없을 것이다. 아직 젊은 그녀의 솔직함이, 그러한 괴로운 처지 때문에 상처받지 않기를 기원하는 마음뿐이다.

이처럼 말이 다르다는 점에서 이 여자와 같은 고민을 품은 사람도 있다고 생각하니, 우리들에게도 뭔가 책임감 같은 것이 느껴졌다. 나와 같이 자국어 하나밖에 모르는 사람도 불행하지만, 그 불행과 그녀의 불행은 같은 계통이 아니다.

금강산에서

1

조선인들은 한번 금강산에 가보는 것이 평생에 가장 큰 소원이라고 한다. 수월하게 금강산에 가는 것이 여행자만이 누릴 수 있는 행복이라, 아직 가보지 못한 조선인들에게는 왠지 미안한 마음이 든다. 서둘러서 얼추 돌아보고 온 여행자의 마음에서는 금강산도 표면적인 것밖에 볼 수 없어서 금강산에도, 평생소원으로 여기는 조선인에게도, 미안하게 생각된다. 단지 멍하게 있으면서 웅대하다고 느끼고 왔을 뿐이다. 그 웅대함 속에 여러 가지 변화가 있었다는 생각만이 남아 있다. 따라서 경치에 대해서는 글을 쓸 수가 없다.

작년 초여름의 일이다. 사치스러운 피서객들도 체재한다는, 조선 철도국이 운영하는 내금강 산장에는 그때 이미 두 팀의 외국인 피서객이 와 있었다. 아무리 외국인이라지만 아직 피서하기에는 이른 시기였다. 한 팀은 혼자 온 노부인, 또 한 팀은 두 명의 소녀를 데려온 중년 부인이었다. 소녀들에게는 여자 가정교사가 딸려 있었다.

산장 뒤쪽에는 금강산 폭포의 물줄기가 이 주변까지 흘러오니 완만해져서, 바위 사이에 괴어 있거나 바위에 부딪혀서 흘렀다. 그 주변에서 소녀들의 비명에 가까운 웃음소리가 들려왔다. 밖으로 나가보니 이 외국 소녀들이 가정교사의 손을 잡고 물놀이를 하고 있었다. 가정교사는 어느 나라 사람인지 모르겠지만 외국 여자처럼 크고 뚱뚱한 체구에, 피부가 희고 머리에는 꼭 끼는 수영 모자를 쓰고 물에 들어가서 외국어로 소리쳤다. 분명 살이 에일 정도로 물이 차가울 텐데, 그 속으로 용기 내어 들어가는 두 소녀의 용모가 특이했다. 열네다섯 살과 열한두 살 정도로 보이는 소녀들은 아직 몸은 가늘고, 단발머리를 한 동생으로 보이는 소녀의 얼굴은 완전히 동양인이었다.

　나중에 들어보니 모친은 독일인, 부친은 중국의 대관이라고 한다. 저녁 식사 후 밤이 되어 로비에 와서 쉬고 있는 이 가족을 보았다. 다른 투숙객인 노부인과 이야기하면서 뜨개질을 하는 모친은 사진에서 보았던 퀴리 부인과 아주 많이 닮았다. 기분 좋은 소박한 얼굴에 친절함과 현명함이 엿보였다. 언니는 모친과 얼굴이 닮았는데 땋은 머리카락을 머리 위로 둥글게 말아 올렸다. 말랐지만 큰 키에 간편한 옷을 입고 다정하면서 아름답게 소녀다움을 뽐내고 있었다. 동생은 부친을 닮았음이 틀림없다. 얼굴색이 일종의 말쑥하게 창백한 게 중국인 특유의 것이다. 그러나 애교가 있는 듯 산장 사람들에게도 말을 거는 얼굴이 일본 소녀와도 닮았다. 코가 짧고 입술이 말린 것같이 귀엽다. 뚱뚱한 가정교사도 함께 있었다. 모친은 느긋하게 뜨개질하고 노부인과 이야기하면서 딸들의 목소리를 즐기고 있는 듯이 보였다. 소녀들의 대화 상대가 되어주고 있는 산장 지배인은 일본 사람이다. 대화에서는 분명 영어를 사용하고 있을 것이다.

왠지 아주 흔치 않은 정경을 보는 것 같았다. 부친인 중국의 대관이라는 사람은 어디에서 어떤 식으로 활약하고 있을까 궁금해졌다.

조금 전 아직 날이 저물지 않은 조용한 산장 정문에서 모친은 조선인에게서 하얀 천을 샀다. 딸들이 모여들어 보았다. 분명 조선 모시를 샀을 것이다.

2

금강산에는 국보로 지정된 오래되고 아름다운 절이 많이 있다.

금강산은 외금강과 내금강으로 나뉘어 있고 두 곳에 모두 절이 있지만, 내금강은 여성적 우아함을 자랑하고 외금강은 남성적이고 웅대하다고 알려져 있다. 내금강 계곡 옆 민가에서 하얀 옷을 입은 젊은 여자가 쌀을 씻고 있는 풍경이 아름다웠다. 계곡 옆으로 나 있는 길 앞에 나무들과 바위 사이를 다람쥐가 날아다니듯 도망가서 숨는다.

이런 산속에 전혀 생각지 않게 절 한 채가 나타났다. 층층의 돌계단은 이미 허물어져 있었다. 누문과 본당은 비바람에 맞아 세월의 역사로 고담한 아름다움을 드러내고 있었다. 적색, 청색, 황색의 섬세한 색채가 씻겨 나가 모두 섞여서 복잡하게 거의 하나의 색이 되었는데, 그 고색창연한 색에는 아무 말도 할 수 없었다. 누문 위에서 하얀 모시옷을 입은 스님이 느긋하게 가부좌를 하고 돌계단으로 올라가는 우리들을 내려다보았다. 돌계단을 올라가니 안뜰에 마침 한창인 목단과 작약이 선명한 색을 드러내고 있었다.

불상이 있는 본당으로 가기 전에, 불심 없는 우리들은 먼저 스님들이 거처로 사용하는 곳을 살짝 엿보았다. 방에 있던 젊은 스님이 밖에 무슨 일이 있나 하고, 우리 일행의 발소리를 듣고 밖을 내다보았다. 그때 우리들은 조심스럽게 온돌로 된 방안을 엿볼 수 있었다. 책상 옆 책장 사이에 아베 도모지阿部知二[4] 와 시마키 겐사쿠島木健作[5] 의 책이 있었다.

아니, 하고 놀란 나는 젊은 승려의 얼굴을 다시 보았다. 그러나 젊은 승려는 내가 이런 책이 여기 있는 것에 놀란 것을 알아차리지 못한 듯, 상냥한 표정을 지어 보였다. 그러자 나는 왜랄 것도 없이 젊은 승려의 상냥한 얼굴에 안심이 되었다.

외금강 입구 부근에 있는 큰 절에서는 마을 소학교도 겸하고 있는 듯, 스무 명 정도의 아이들이 작은 책상에 둘씩 앉아 있었다. 초여름, 속이 후련해지는 비가 좍좍 소리를 내며 내렸다. 학생들

---

4 아베 도모지(阿部知二, 1903~1973): 소설가, 영문학자, 번역가. 전시하에 주지적인 작품을 남겼다.
5 시마키 겐사쿠(島木健作, 1903~1945): 소설가. 전향문학을 대표하는 작가 중 한 사람이다.

은 밖에 나가지도 못하고 일단 교실 안에서 자유롭게 있었다. 교과서는 일본어와 조선어 두 종류를 가지고 있었다. 삽화는 양쪽 책에 공통으로 있는 것도 있고, 조선 책에는 조선의 풍속이 그려진 것도 있다.

읽어 볼래? 창밖에서 들여다보는 우리들이 부탁하자 조금 다른 입 모양으로 일본어를 읽어 주었다. 일본 아이들과 마찬가지로 부끄러워하면서. 이방인이 희한한 듯이 이쪽을 쳐다보았다. 그 안에는 상급생처럼 보이는 학생이 책상 위에 몸을 걸치듯 앉아 자, 읽자, 하며 지도했다.

우리들이 그 방 창문에서 떨어져서 걷기 시작하자 흰 바탕에 빨갛게, 하며 역시 모가 나지 않은 목소리로 우리에게 들으라는 듯 창가를 부르기 시작했다. 우리들이 근처에 없어서 대담해졌는지 아아 아름답구나, 일본 깃발은, 하고 부를 때에는 그 목소리도 커졌다. 나는 너무도 안쓰러운 마음으로 그 노랫소리를 뒤통수로 들으며 걸어 나왔다.

조선 인상기

경성

부산을 들르지 않았기 때문에 처음 발을 디딘 조선 땅은 경성
이다. 그러니 우리들이 이곳 경성에서 뭔가 〈조선〉적인 것을 보고
싶은 마음은 당연했다.

총독부 철도국의 초대를 받고 아주 단순하게 조선을 볼 수 있
다는 기쁨으로 방문한 우리였기에 무엇을 보면, '어머나' 하고 감
탄할 뿐이었다. 역 근처 대로를 걷고 있자니 경성은 일본의 도회지
와 다르지 않다는 느낌이 들었다.

우선 아마테라스오미카미[6]와 메이지 천황 두 분을 모신 조선신
궁에 참배하러 갔다. 푸른 산 정중앙에 넓게 쭉 뻗어 위에까지 연결
된 돌계단을 올려보니, 마치 구름 속으로 올라가고 있는 것 같았다.
돌계단 위에는 신궁의 지붕은 보이지 않고 하늘에 떠 있는 구름이
보일 뿐이었다. 그 돌계단을 흰옷 입은 조선 부인이 아이 손을 잡고
올라가고 있었다. 그때 아, 조선에 왔구나 하는 실감이 밀려왔다.

산 정상의 넓은 경내에서 조선 여자아이 세 명이 가위바위보

---

6 아마테라스오미카미(天照大神)는 일본신화에 등장하는 여신으로 일본 황실의 조상신이다.

해서 이긴 사람이 그 수만큼 앞서가는 놀이를 하고 있었다. 가위바위보는 우리의 가위바위보와 같은 듯하다. 말하는 어투도 어쩐지 비슷하다. 여자아이 목소리는 귀여웠는데, 가까이 가서 들어보니 그 말이 완전히 달랐다. 왠지 이상한 기분이 들었다.

경내에서 내려다보이는 경성 시내는 주위가 석산으로 둘러싸여 있어 일본과 다른 풍경이다. 크고 작은 서양 건물이 시내 구석구석까지 세워져 있다.

조선답다는 것은 아주 복잡하다는 의미라고 한다. 이것 역시 일견 일본과 비슷해 보이는 대도회지 경성에서 나온 말이라는 것을 점점 깨닫게 되었다. 만일 창덕궁, 경복궁 부근만을 본다면 조선의 세련된 거리 모습을 강하게 느꼈을 것이다. 저녁 시간 치마에 저고리를 입고 종로통을 걸어가는 직업부인들의 발걸음이 가볍다. 한낮 길가에서 팔베개하고 누워 있는 노인들, 활기 띤 밤의 노점, 또 원색의 삼베 천, 채소나 레몬주스, 그림책을 팔고 있는 노점이 늘어선 길을 사람들이 가득 메우고 있었다. 머리 위로 축음기 가게에서 〈중국의 밤〉이라는 노래가 일본어와 조선어로 흘렀다.

한 조선 여자가 냉면은 조선계 백화점 식당보다도 일본계 모 백화점 식당 쪽이 훨씬 맛있다고 말해 주었다.

조선의 어느 지식인 여성은 조선에 사는 일본인 여성이 더 손을 내밀어 주어야 한다고도 말했다.

조용한 조선호텔 식당에서는 다니엘 다리유(프랑스 영화배우)와 아주 닮은 조선 부인이 남편과 아이와 함께 식사하고 있고, 그 옆으로 부유한 조선 가족이 모여서 양식을 먹고 있었다. 호텔 정원에는 이태왕 전하(고종)가 만들었다는 팔각형의 황궁우皇穹宇가 아름답게 세워져 있었다.

개성

조선 땅의 색은 붉다. 그런데 조선의 옛 도읍 색이 회색이라는 인상을 받게 된 것은 개성에서였다.

여행자가 추구한 〈조선〉다움은 개성에 와서 발견할 수 있었다. 개성은 개성 자신의 자부심으로 살아 있는 느낌이 들었다. 그리고 스스로 살아 있는 도읍의 색은 회색이었다. 회색이라는 것은 도읍의 모습을 표현해서 형용한 것이 아니라, 시각적으로 들어오는 도읍의 색이다. 그리고 조선 회색의 느낌은 개성뿐 아니라 옛 조선다움이 깃들여진 곳에는 어디서나 느낄 수 있었다. 경주 도읍에서도, 불국사의 건물에도, 금강산의 아름다운 몇몇 절에도, 조선의 민가에도, 입은 옷은 진흙으로 더럽혀 있고 정강이까지 걷어 올린 다리에 머리에만 우아한 관과 같은 모자를 쓴 할아버지의 모습에도.

조선다운 회색은, 조선의 옛것에 살아 있는 자부심까지 느끼게 했다.

개성은 그런 곳이었다. 우리들은 개성에 와서 처음으로 조선에 왔다는 느낌을 받았다. 남대문의 낡은 돌계단을 올라가서 자물쇠로 잠겨있는 문을 열고 위로 나오면 조선 4대 범종 중의 하나로, 고려 시대에 만들어진 굵은 느낌이 나는 종이 있다. 이 종루에서 내려다보이는 개성의 마을은 조용하게 호흡하는 것처럼 보였다. 집들은 낮고 회색빛이다.

왼쪽으로 약간 높은 곳에 박물관이 눈에 띈다. 박물관의 옅은 분홍색 건물은, 색이 좀 새로워서 일찍이 비바람에 씻기지 않았다면 이 마을 색과 조화되지 않았을 것이다. 그러나 이 건물 역시 그 안에 과거의 아름다움을 조용하게 품으면서 고즈넉하게 서 있는 느낌이다.

여기에 전시되어 있는 백자, 청자의 아름다움은 섬세하고 고귀해서 하나하나 손으로 감싸 안아 보고 싶은 충동을 느끼게 했다. 도기만큼 소유욕을 끄는 것도 없을 것이다. 여기 관장은 조선 사람인데, 이곳 박물관 관장답게 너무나도 조용하고 슬픈 분위기를 띠고 있었다. 박물관 돌계단에 관장의 두 딸이 놀고 있었다. 다섯 살, 여섯 살의 나이로 인형과 같은 하얀 피부에, 뺨이 부드러울 것 같은 품위 있는 여자아이들이다. 돌계단은 지저분하지 않아 맨발로 놀았다. 여기에 오면 안 돼, 집에 가, 라고 일본어로 하는 관장의 말에 아이들은 우리를 올려다보고 서둘러 내려갔다. 긴 원피스를 입은 아이들을 보니, 나는 문득 그 아이들의 엄마가 보고 싶다는 욕망에 사로잡혔다.

박물관 뒤쪽 언덕에서는 이날 궁 시합이 열렸다. 모여 있는 사람들 속에 양복 입은 남자는 하나도 없었다. 모두 조선옷을 입고 있고, 관 같은 것을 쓴 할아버지도 있다. 각각 팀을 대표하는 여러 가지 색깔의 긴 깃발과 사수들의 얼굴도 흥미로웠다. 활은 일본 것보다 반 정도 짧았다. 화살은 계곡을 넘어 건너편 과녁으로 향했다. 과녁을 맞히자, 건너편 산에서 신호로 큰 북을 쳤다. 그러자 이제까지 땅바닥에 앉아 있던 깃발 든 사람이 소리를 길게 지르며 깃발을 흔들었다.

마을을 벗어나자 지붕을 덮어 만든 조선 인삼밭이 펼쳐져 있었다.

평양

평양역에 도착한 것은 밤이었다. 개찰구를 나오자 노동자 같은 조선 사람들이 하얀 옷을 입고 모여 있었다. 역한 냄새가 났다. 조선에 와서 처음 느끼는 악취이다. 그것은 뭔가 왕성한 느낌을 느끼게 했다. 역전의 왕성한 조선 냄새는 그대로 평양을 인상 짓고 있는 것이었다.

능라금수라고 불리는 금릉산 아래, 능라도를 눈앞에 두고 서 있는 부벽루에 와서 서보니, 팔백 년 과거 고려왕이 군신과 만나 화려한 연회를 펼쳤다는 풍경이 그려졌다. 대동강은 과연 일본의 강과는 정취가 달라서, 육지와 경계가 없는 것처럼 넓게 흐르고 있다. 저녁 무렵 때마침 바람을 맞으며 배가 강으로 나왔다. 어느 배에서든지 쿵쿵 하는 큰북과 종소리가 울리고, 목소리가 신기해서 다시 듣게 되는 노랫소리가 산 위까지 울려왔다. 남자 목소리, 여자 목소리, 그것은 단지 우리들이 아리랑으로 느끼는 애조와는 달랐다. 알아듣지 못하기 때문일까, 생활과 동떨어져서 추상적으로 '인간'이라는 것을 느끼게 하는 그런 목소리이다. 아, 인간에게서 이런 소리도 나는구나, 생각하게 했다. 특별한 날도 아닌데 누가 즐기고 있는 걸까, 라고 생각될 정도로 많은 배가 떠 있었다. 기생도 있는 듯했다. 그리고 놀잇배 근처로 새까만 석탄을 운반하는 배가 석탄으로 새까맣게 된 돛을 올리고 지나갔다. 뱃사람도 또한 피부색은 보이지 않았지만, 온통 새까맣다. 뱃사람이 거칠게 나아가는 모습이 마치 대동강의 주인이라도 된 듯했다.

놀잇배 너머로 쭉 보고 있으니, 대동강 아래쪽의 멀리 지평선 주변에 개미처럼 연이어서 사람들이 지나가는 것이 보였다. 옷이 하얗기 때문에 사람이라는 것을 알 수 있었다. 그곳은 굴뚝이 늘어서 있는 커다란 공장 주변이기 때문에 분명 공장에서 돌아오는 사람들일 것이다. 뭔가 뾰족한 것은, 달리는 속력으로 보아 트럭인 것 같다. 오른쪽 가까운 곳에 대동문의 커다란 지붕이 보였다.

평양의 일본인 주택지는 어딘가 일본의 조카마치(일본 영주의 거점인 성을 중심으로 형성된 도시) 와 닮아 조용하면서 고풍스럽다. 왠지 그것이 슬픈 감정을 일으켰다. 밤거리에 나가면 경성처럼 일본식으로 정돈되지는 않았지만, 조선 사람들로 왕성하게 넘치고 있다. 만일 개성이 조선의 전통적인 긍지로 살아있는 곳이라면, 평양은 신흥 조선의 격렬함이 넘치는 곳이라고 말할 수 있다.

평양의 박물관은 삼천 년에 이르는 역사를 말해준다. 온몸을 금과 옥으로 장식한 왕비의 미라나 정교한 화장품 함, 바늘과 직물 등, 문화는 과연 앞으로 나아가는 것일까 하는 우문우답의 느낌조차 일어났다.

발굴을 위해 파견된 고이즈미 관장은 그날 많은 유물을 발굴하는 데 성공했다며 신문에 나왔다.

사토 부윤은 친절하고 열정적으로 우리에게 새로운 공업 도시로서의 평양의 도시계획에 관해 설명해 주었다.

나는 평양역 앞에서 느낀 그 왕성한 조선 냄새를 다시 떠올렸다.

조선 회고

수원행

수원이라면 나는 얼른 청과 백이 떠오른다. 묘한 말이지만 청과 백이라는 것은 그대로 모내기를 끝낸 부드러운 푸른 논 위에 백로가 천천히 춤추듯 내려와서 날개를 접고 서 있는 풍경이다. 새하얀 날개는 햇살에 비쳐 빛날 뿐이다. 수원에는 백로가 많다고 들었는데, 역시 산위 소나무 가지에 백로가 무리 지어 앉아 있다. 초여름, 아름다운 햇살과 하늘 아래 부드럽게 흔들리는 푸른 논 주변을 천천히 날고 있는 백로의 날개 색은 조금의 더러움도 없는 흰색이었다. 그 아름다움은 잊을 수 없다.

수원은 평양의 대동강에 면해 있는 목단대 주변의 경승에 비교할만한 크기는 아니지만, 시골풍인 채로 과거의 우아함을 어딘가에 남기고 있어 마음에 들었다. 여행 중에 기록하고 있기 때문에 잊어버린 지명을 알아볼 방법은 없지만, 소나무 가지에 백로가 무리 지어 있는 것을 올려다보면서 연못가 버드나무 옆에 서 있는 누각에 앉아 옛날의 모습을 떠올렸다. 누각은 버드나무 옆의 누각이라는 이름이었다.

누각 위에서 두 명의 조선 여자아이가 공놀이하고 있었다. 아홉이나 열 살 정도 되어 보이는 아이들이다. 하얀 저고리에 분홍색 치마를 입고 있었다. 공놀이하면서 노기 장군[7] 의 수사영[8] 창가를 불렀다.

'뤼순旅順 성문 열고, 조약 맺은 적장 스테셀' 하며 부르는 이 창가를 우리도 어렸을 때 공놀이 노래로 불렀다. 멀리 건너편 시골 외곽에 소학교가 보이고 교정에 있는 그네가 흔들리고 있다.

수원의 성벽도 무엇인가를 말하고 있는 느낌이다. 성벽은 군데 군데 무너져 있고 큰 소나무가 가지를 뻗고 있다. 성벽 위에 서보 니, 아래는 한 면이 푸른 논이다. 그리고 다른 쪽 아래에는 농가의 둥글고 두꺼운 짚으로 만든 지붕이 거북이 등을 말리고 있는 듯한 모양으로 모여 있다. 성벽의 둑길 소나무에는 소가 매여 있다. 성 벽 위에서 내려다보는 마을 안에는 강도 흐르고 있다. 마을 건너편 으로도 오래된 탑이 보인다.

정류장은 마치 박람회장 입구 같아서 마음에 들지 않지만, 역 장은 좋은 사람인 듯했다. 역에서 쉬고 있을 때 역원 하나가, 딸아 이가 태어났는데 오늘쯤 아기 이름을 짓는 날이라고 하면서, 그때 함께 있던 하마모토 히로시浜本浩[9] 씨와 나를 알아보고 이름 하나

---

7 노기 마레스케(乃木希典, 1849~1912): 일본의 육군 군인.

8 수사영(水師營)은 원래 청나라 때 수군(水師)의 주둔지를 가리키는 이름이다. 여기서는 뤼순의 수사영으로, 러일전쟁 중인 1905년 1월 15일, 뤼순 공방전의 정전(停戰)조약이 체결된 곳이다. 당시 대표는 일본의 노기 마레스케 대장과 러시아의 아나토리 스테셀 중장 이었다.

9 하마모토 히로시(浜本浩, 1890~1959): 일본의 소설가, 저널리스트.

생각해달라고 부탁했다.

이곳 역장은 조선 사람인데, 이는 아주 드문 일이라고 한다. 그러나 조선 사람이라고 가르쳐 주지 않으면 전혀 알 수 없을 정도로 얼굴도 표정도 이른바 조선인답지 않은 사람이었다. 역장이라는 직업상 안정되고 산뜻한 얼굴을 하고 있었다. 나는 일본에서도 자주 시골 역 같은 곳에서, 붉고 금색 줄이 들어간 모자를 쓰고 홈에 똑바로 서 있는 역장의 얼굴을 보는 경우가 있다. 표정에는 대개 어딘가 공통점이 있다. 역장들에게 보이는 공통된 표정이 마음에 들었다.

수원 역장도 역장으로서 공통된 호감이 느껴졌다. 요전에 개성에서도 역장과 만났다. 그 사람은 일본 사람이었는데, 역시 산뜻하면서 온화한 사람이었던 것이 생각난다. 우리에게 아기 이름을 생각해 달라고 하면서, 지금까지 자기가 생각해둔 세 개의 이름을 종이에 써서 건네준 사람은 일본 사람이다.

'나의 아이여, 아름답고 행복하거라' 하는 바람으로 생각해낸 이름에는 젊은 남자의 부친으로서의 애정이 담겨 있었다. 나는 내 취향대로 내 아이에게도 평범한 이름을 붙였던 터라, 그 세 개 이름 중에서 고른 것 역시 내 방식대로였다. 그런데 그 후 역원은 아기에게 어떤 이름을 붙였을까.

경성으로 돌아가서 부산으로 가는 길, 다시 수원역을 통과할 때 하마모토 히로시 씨는 기차 입구에 나가 수원 역장과 서로 알아보고 인사를 했다고 한다. 나는 그 기회를 놓쳐서 아쉬웠다.

말의 음영

새롭게 배우는 말에서, 음영과 어조에 담긴 미묘한 부분을 느끼거나 표현할 수 있게 되기까지는 아주 힘들다고 생각한다.

조선 사람 중에는 이미 이러한 것을 완전히 체득한 사람들이 상당히 많다. 내가 만난 경성의 부인이나 여학교 선생님, 또 부산에서 만난 소학교 여자 선생님들은 일본어를 하는 표정까지 완전히 몸에 배어 있었다. 도쿄나 교토 주변으로 한 번쯤은 공부하러 간 사람들이 많기 때문에 그것은 당연할지도 모르지만, 여학교 선생님은 선생님답게, 소학교 선생님도 또 선생님답게, 또한 부인들도 너무나도 부인답게 일본어를 표현했다.

기생 중에도 또한 많다. 일본인 손님을 많이 상대하기 때문일지 모르겠지만, 어쨌든 기생도 역시 도쿄에 간 적이 있다고 했다. 복장은 조선풍으로 앉은 자세도 그러한데, 말과 표정에는 전혀 조선다움을 드러내지 않고 상대한다. 동료끼리 말할 때는, 갑자기 격렬하게 빨리 돌아가는 것처럼 들리는 조선어로 바뀌어 오히려 이상한 기분이 들 정도였다.

조선 사람들

나는 조선이라는 나라에 대해 그다지 지식이 없다. 그러나 일본에 와 있는 조선인 중에 몇 명 정도 친구가 있다. 그러나 내 친구들은 대개 남자이고 여자 중에는 아는 사람이 없다.

그런데 소설 속에서 나는 조선인 여성을 등장시킨 적이 있다.

〈한 봉지의 막과자〉라는 소설 등에 조선인 여성이 나온다. 이 소설은 도쿄 공장 마을에 있는 한 동의 나가야 생활을 그린 것이다. 나는 조선 여성을 무리하게 나가야 속에 넣으려고 한 것이 아니다. 두 열로 된 열대여섯 칸의 세대 중에서 두 칸은 조선인 가족이 살았다.

배 모양으로 생긴 깨끗하게 빤 조선 신발을 말리고 있고, 일본 경대가 현관방에 놓여 있어서, 젊은 아낙이 경대를 보면서 화장하는 것을 본 적이 있다. 그 아낙은 집에서 부업으로 봉투를 만들었는데, 윗도리의 가슴팍에는 언제나 빨간 천이 길게 늘어져 있었다.

그 옆집에는 아이 두 명이 있었는데, 오빠는 달처럼 둥글고 예쁜 얼굴을 하고 있었다. 성격도 아주 활발해서 언젠가 엄마에게 혼나서 문 앞에서 울고 있었다. 머리를 앞뒤 좌우로 강하게 그리고 천천히 흔들면서 울었는데, 분명 일본 아이들이 발을 동동 구르며 떼를 쓰고 우는 것과 마찬가지 심리 상태일 것이다. 이 아이의 이름은 진구라고 했다.

이 소설은 나가야 전체의 생활을 스케치풍으로 묘사한 것으로, 조선의 가정을 특별히 깊게 추구한 것은 아니었다. 그러나 공장 마을에는 내가 다루고 있는 나가야에만 조선인 가족이 살았던 것이 아니라, 거의라고 해도 될 정도로 나가야에 조선 가족이 섞여 살았다. 공동 수도장에서는 일본인 아낙네들에 섞여 흰 저고리를 입은 조선 여자가 쌀이나 채소를 씻고 있었다.

　이러한 조선인 여성의 일본에서의 생활을 깊게 파고들어 글을 써보고 싶다는 희망을 오래전부터 가지고 있었지만, 아직 실현하지 못했다. 몇 월이었을까. 아마 2월 정도이지 않았나 생각한다. 조선 사람들이 외출복으로 갈아입고 꼬까옷을 입힌 아이들을 데리고 걷고 있었다. 반짝거리는 옷감으로 만든 바지를 입은 할머니도 있었다. 이것은 분명 조선의 명절이 아닐까 해서, 고향을 떠나온 사람들의 심정에 다가가서 생각해본 적이 있다.

　최승희의 무용을 본 적이 있다. 제목은 잊어버렸지만, 조선의 슬픈 곡조에 맞춰 부부의 헤어짐을 춤으로 표현한 것이었다. 헤어지기 싫은데 헤어져야만 하는 절절함을 보며 나는 멀리 조선 땅을 생각했다.

　펄벅의 〈대지〉에서 중국 농부 아란이 아주 생기 있게 묘사된 것은, 중국 생활을 잘 알고 표현했음이 틀림없지만, 근본이 되는 것은 아란의 여성으로서의 힘든 생활에 대한 펄벅의 이해와 동정이다. 이러한 이해와 동정을 바탕으로 아란을 가장 생기 있게 그렸음이 분명하고, 여기에 독자인 우리들의 슬픈 감정도 함께 연결되어 간다. 아란은 어디까지나 중국에서 생활하는 여성이지만, 여성으로서의 고통은 우리들에게도 또한 공통으로 통하는 면이 있다. 역으로 말하면, 아란의 괴로움은 우리들과도 통하는 고통이지만, 그것을 생기 넘치게 느끼게 하는 것은 어디까지나 중국 농촌 생활의 구체적인 묘사를 통해 전달되기 때문이다.

펄벅이 외국 여성으로서 중국 생활을 생생하게 묘사한 것에 대해, 외국인임에도 불구하고,라는 말을 자주 한다. 그러나 외국인이기 때문에 처음으로 객관적으로 정리할 수 있었다는 사정도 없지는 않다. 자신과 너무 가까운 것은 오히려 떨어져서 보기 어려운 경우도 있다. 그러나 이것은 하나의 경우이고, 자신의 생활에 대한 깊은 인식이 결여되었기 때문이라고 생각한다.

조선 문단을 전혀 알지 못하지만, 문학적인 것으로는 〈춘향전〉이 있어서, 이를 통해 아름답고 강한 조선 여성을 알고 있을 뿐이다. 이 외에, 일본에 와 있는 장혁주 씨의 작품에서 조선 여성을 그린 것을 읽고 있다.

여성 작가가 여자만 쓰면 안 된다는 것만큼 어리석은 것은 없다. 하지만, 훌륭한 여성 작가라면 여성으로서의 공통의 생활에 대해서, 자신을 포함해서 느끼는 것이 가장 많을 것이다. 조선 여성에 대해서도 그러한 것을 읽고 싶다. 〈대지〉의 아란에 의해 중국 여성을 상당히 믿음직하게 느낄 수 있듯이, 조선 여성의 생활에 대해 공감을 일으키는 작품과 접하고 싶다. 그리고 우리들도 또한 일본 여성의 생활뿐 아니라, 일본에 와 있는 조선 여성의 생활을 한 번은 깊게 그렸으면 좋겠다고 생각한다.

허위

1

아직 갑판으로 나가면 안 되었다. 그러나 어쨌든 배가 무사히 목적지에 도착해서 도시에는 안도감이 들었다. 안도하는 감정은 분명 죽지 않고 왔다는 생각 때문일 것이다. 그러나 그건 그렇게 깊지 않고, 여드레 동안 숨 막힐 정도로 더운 선창에서 지내다 이제 목적지에 도달해서 단순히 숨을 돌릴 수 있게 되었다는 생각 쪽이 강했다. 그 증거로 그녀는, 현창舷窓에 까치발을 해서 작고 둥근 구멍으로 밖을 내다보며, 몇 일만에 배 바깥의 생활 모습을 느끼니 마음이 춤을 추었다. 배는 생각보다 훨씬 항구 안쪽으로 들어갔다. 현창 바로 옆으로 짙푸른 작은 섬이 움직여서 그 짙푸른 나무 사이로 빨간 지붕의 집들도 확실하게 눈에 들어왔다. 작은 배도 푸른 바다 위에서 움직이고 있었다. 배가 항구로 들어갈 때, 멀리서부터 육지 전모를 시야에 두고 점점 그곳으로 다가가는 항해가 아니었기 때문에, 도착했다는 알림을 듣고 현창 밖을 보니 갑자기 섬과 집이 손이 닿을 만큼 가깝게 움직이고 있어, 마치 얼굴 앞으로 별안간 이들 경치가 떠오르는 것처럼 느껴졌다. 며칠 동안 현창 밖은 거칠 것 없이 넓은 바다였다. 그녀가 현창으로 얼굴을 내밀 때까지도 창밖으로 멀리 육지가 보이지만, 눈앞은 바다뿐이라고 생각했다. 요 며칠 동안 때때로 까치발을 하고 본 현창 밖은 항상 솟구치는 파도뿐이었다. 어쨌든 죽지 않고 살아왔다는 생각은 지금 이 순간 육체적으로 한숨 돌렸다는 생각으로 사라졌다. 하지만 현창에서 눈 아래 넘실대는 바다를 바라보며 자신의 몸이 파도 위에 있는 것을 상상했었다. 해면은 힘차게 솟구치고 있지만, 몸을 그 위에 눕혀도 제대로 떠 있을 것 같았다. 떠 있다기보다 바다의 솟구치는 힘 쪽이 강해서, 그녀 몸은 고무로 만든 것처럼 가라앉을 리 없고 서서 걸을 수도 있을 것 같았다. 이 넓은 해원海原 위이지만, 파도는 물이다. 몸은 가라앉을 것이고 해수는 얼굴에 부딪혀 숨을 막을 것이다. 그러자 철썩하고 솟아오른 해면이 묘하게 친근하게 느껴졌다. 어뢰에 대한 소문은 배 앞뒤에서 들려와서 튜브를 계속 가까이 두고 있어야 했고, 남쪽으로 내려갈수록 옷도 두껍게 입고 잤다. 언제부터인가 도시에의 상상 속에는, 배가 가라앉은 후 거무칙칙한 파도 위에 나무토막 등 자질구레한 것만이 떠있고 그 사이로 인간이 떠 있거나 가라앉은 광경도 제대로 구성되어 있었다. 자신도 또한 넘실거리는 파도에 얼굴이 부딪치는 사람 중의 하나이겠지만, 도시에의 머릿속에 이러한 상상이 완성되기까지 선창에서의 이야깃거리는 몇 번이나 거기에 소비되어, 혹시 모를 일에 대한 마음가짐을 농담으로 달래거나 혹은 불안이 엿보이는 쓴웃음으로 폐쇄된 무료한 시간도 견뎠다.

파도에 떠 있는 상상이나 죽을지도 모른다는 도시에의 생각에는 어딘지 묘하게 대담한 면이 있었다. 죽는 것이 두렵지 않다는 감각은 그녀의 성격 구석에 자리잡고 있는 이상하게 강한 고집에서 나왔다. 그것은 지금까지 그녀가 거쳐 온 거친 경험으로 굳어져서, 그녀의 정신을 덮는 두꺼운 거죽이 되었다. 때로 그녀는 왜 죽는 것이 두렵지 않은지, 자신을 쭉 추적한 적이 있었다. 권총을 가지고 있을지 모르는 형사에게 추격받고 있을 무렵, 공산당이 가장 어려웠던 시절에 비밀 연락책이었던 그녀는, 매일 바깥과 지하를 연결하는 역할을 감당했지만 한 번도 공포로 망설인 적이 없었다. 구치된 그날부터 유치장의 변변찮은 도시락도 잘 먹고, 밤에는 잠도 잘 자는 대범함은, 그때까지의 격렬한 그녀의 생활에서 키워졌음이 틀림없다.

그런데 그런 도시에가 지금은 병사와 함께 전쟁터로 향하는 배 안에서 역시 죽는 것을 두려워하지 않고 있다. 이는 그녀의 대담함이 사상에 뿌리를 두지 않고 이른바 도박꾼의 배짱과 닮았기 때문일 것이다. 분명 오늘 그녀가 보여주는 대담함은, 이 배에 타기 전에 몇 번이나 비행기를 타고 총 소리가 나는 참호 속에서도 잤던 경험이 그녀의 대담함을 더욱 견고하게 해주었기 때문이다.

그러나 도시에는 자신의 대담함에 대해 당시 여기까지 생각한 것은 아니었다. 오히려 그녀는 병사와 함께 전쟁터로 간다는 허위를 의식적으로 드러냄으로써, 그 대담함을 이해했다. 따라서 만일 남쪽으로 향하는 배에서 죽게 된다면, 그녀의 마음속을 알지 못하는 사람들이 '배를 타지 않았으면 좋았을 것을' 하며 웃을 거라 생각하니 그녀는 머쓱해졌다.

　그러나 어쨌든 배는 무사히 도착했다. 선창은 갑자기 술렁거리기 시작했다. 여러 명의 여성 작가와 저널리스트로 구성된 한 조는 2000톤이 넘는 화물선 배 바닥 한쪽에 한 무리로 뭉쳐 있었다. 그곳에는 취사장 가까운 한쪽에 폭이 길게 열두세 장의 낡은 다다미가 깔려 있고, 좁은 통로와의 경계에 난간 정도 높이로 판자가 둘려 있었다. 이곳 위는 선장실이었다. 갑판 밑에 해당하는 넓은 쪽 선창에는 군무원으로서 남방 섬의 관청으로 사무를 보러 가는 열네다섯 명의 젊은 여자도 있었다. 또한 장사를 시작하러 가는 요릿집 한 조는, 주인에게 이끌려온 요리사에 여러 명의 여종업원은 물론, 신발 정리하는 영감으로 보이는 노인과 고우타(민간에서 부른 짧은 가요) 선생님이라는, 목덜미 보이는 옷깃의 노파까지 모여 있었다. 만담가와 같은 예능인도 있었다. 모두 달콤한 생활을 꿈꾸는 것을 최소한의 위로로 하고 있겠지만, 흐르는 슬픔은 웃통을 벗고 땀을 닦는 고우타 선생의 마른 어깨에도 보였다.

　도시에는 넓은 선창 쪽으로 문득 배가 무사히 도착해서 다행이라는 생각이 스쳤다. 도시에 일행이 있는 곳도 가방을 꺼내서 짐을 꾸리기 시작했다. 도시에도 그 술렁거림에 섞여 한가득 들떠서 상어 밥이 되지 않아 다행이라며 얼굴을 닦기 시작했다.

　그때 따각 따각 하고 넓은 선창 쪽에서 처자 두세 명이 달려왔다.

　"도착했어요. 도착했어요."

　하며 신발을 벗고 다다미 위로 올라와서 그중 한 명이 도시에의 무릎에 얼굴을 묻고 울기 시작했다.

"기뻐요. 기뻐요. 무사히 와서 기뻐요."

라고 말하면서 소리 높여 울었다. 같이 온 처자들도 또한, 이곳의 다른 여성 작가와 무사히 도착한 것을 같이 기뻐하며 흥분되어 목소리를 높였다.

도시에는 자신의 무릎에서 울고 있는 젊은 처자의 행동에 깜짝 놀랐다. 도시에는 너그러운 얼굴을 한 이 처자를 배에 탈 때부터 특별히 기억하고 있었다. 작은 포구인 우지나 선착장에서 그녀들이 승선할 때, 이 처자는 반장으로 뽑혀서 모두에게 번호를 부르도록 호령했다. 반소매의 흰 블라우스에 감색 스커트에다 챙이 넓은 여름 모자 끈을 턱 아래로 묶고 있는데, 눈코가 큼지막한 얼굴이 사랑스러우면서 야무져 보였다. 그녀가 호령하는 목소리는 가을 한밤의 해변에 맑게 울렸다. 남방으로 가는 처자들을 보는 도시에의 눈에 어떤 불안도 숨어 있지 않은 것은 아니었다. 그러나 이 처자의 호령을 들으니 그녀는 왠지 안심이 되었고, 병사처럼 씩씩하려는 그녀들의 마음씨가 사랑스럽게 느껴졌다. 배 안에서 한번, 위안을 위한 숨은 장기자랑이 있었을 때, 이 처자는 또한 만담이나 고우타의 본편에 섞여 병사들도 춤추는 가운데 혼자 서서 노래를 불렀다. 악보를 양손에 들고 가느다란 목소리로 부르는 노래는, 돌아오라 소렌토라는 곡이었다. 이 처자의 활달한 성격과 여학생처럼 부르는 청정한 노래가 통로에 서서 듣고 있는 도시에를 미소 짓게 했다.

이러한 인상은 대체로 아주 상쾌한 것이었다. 그런데 갑자기 뛰어들어 도시에의 무릎에 얼굴을 묻고 소리 내서 울기 시작하는 이 처자를 보니, 도시에는 뜻밖에 가슴이 철렁했다. 이 순수하고 사랑스러운 처자가 남방으로 일터를 찾으러 온 속마음은 무엇일까, 하고 도시에는 처자의 등에 손을 얹고 그녀 자신도 또한 희미하게 눈물을 머금었다.

"글쎄, 남방에는 우리 같은 타이피스트가 없어서 곤란하대요. 이 정도라면 우리도 역시 가야겠지요."

언젠가 이 처자가 이런 말을 했을 때 도시에는 그 순진함이 느껴져서 당황했던 기억이 난다.

도시에가 당황하는 것은 자신이 이 처자들과 한배에 타고 있다는 것이 그녀들의 순수함을 기만한다고 생각했기 때문은 아니었다. 도시에 역시, 전쟁터에 있는 병사에게 가려는 심정은 이 순진한 처자의 어린 순정과 닮아 있었다. 단지 이 전쟁의 본질을 알고 결말의 양상에 대한 상상도 불령해서, 처자들의 순수한 표정에 자신의 얼굴을 나란히 하는 것이 당황스러웠다. 도시에는 지금 처자의 따스한 얼굴을 무릎으로 느끼고 자신도 눈물을 보이면서 마음속에서는 또 한 번 당황스러워졌다.

2

말레이, 자바, 수마트라 일대에서 요즘에는 전면에서의 전투는 일단 중단되고, 싱가포르에는 새빨간 꽃이 피어있는 가로수 아래를 붉은 칠에 쇠 장식을 박은 인력거가 일본인을 태우고 달리고 있었다. 밝은 햇살을 가득 받아서 뜨거웠지만, 거리 한 면이 바다로 향해 있는 이곳에서 바다에서 불어오는 바람이 공기를 바꾸고 있었다. 걷고 있는 일본 남자들의 반소매 반바지의 차림은, 항구를 구경나와 두리번거리는 촌사람의 모습을 연상시켰다. 다른 섬으로 가려고 기다리는 사람도, 일단 여기에서 모이기 때문에 실제로 항구 마을에 들른 기분이 만들어졌을 것이다. 여기에 오기 전에 상하이를 보고 와서인지 도시에의 눈에조차 싸구려 파는 가게로밖에 보이지 않는 가게 장식 창에 얼굴을 대고 구경하는 남자들의 모습을 보자, 동포에 대한 슬픔이 느껴졌다. 그러나 그런 도시에 일행도 이 거리에서는 뭔가 눈에 띄었고, 눈에 띈다는 것은 부정한 여자 모습으로 비춰지는 것이기도 했다. 해안에 면해 있는 오피스 거리에서 철교 건너편 끝에 미색의 창고처럼 보이는 고풍스러운 건물에 '군 우체국'이라는 문패가 걸려 있었다. 마침 그 안에서 나온 한 병사가 저금통장을 펼쳐서 확인하며 걷고 있었다. 이를 보니, 도시에는 그 병사의 고향이 느껴졌다. 고향으로의 연결 없이 어떻게 전쟁터에서 저금할 마음이 들겠는가. 도시에가 한층 강하게 전쟁터에 있는 병사에게 가겠다고 한 데에는 요전에 그녀가 중지나(중국 화중지방)로 갔던 때의 일이 있었다. 그녀와 일행은 이창宜昌의 양쯔강 건너편의 작은 산을 타고 산속으로 들어가서 만터우산이라고 이름 지어진 전지의 참호까지 밤길을 더듬으며 도착했었다. 거기에서 병사들과 만난 경험은, 그녀를 눈물짓게 만들기 충분했다. 원래 여기까지 오게 된 것도 보내준다면 가보자, 하는 내면에 숨겨진 의도 외에, 앞에도 옆에도 건너편도 전지로 육친을 보낸 비통함을 견디고 있는 환경이 그녀를 이곳으로 내몰았기 때문이다. 파도 같이 작은 산 정상이 연결된 중지나의 오지에서 벌레소리조차 없는 한밤중의 정적은 산 중턱에 있는 참호를 고요히 죄고 있었다. 촛불이 흔들려서 산면에 모포를 친 벽에 사람 그림자가 크게 흔들리는 가운데, 젊은 중대장을 중심으로 십여 명의 병사는 격앙된 감정을 누르며 아무 말도 하지 않았다. 이곳이 자기 무덤이라 결심했다는 병사는, 당시 일본에서 한다는 전직轉職에 대해 걱정하며, 자기 장사는 더 이상 시작할 수 없는지에 대해 궁금해 했다. 정혼자의 변심에 얼굴을 부들부들 떠는 사람도 있고, '너도 그렇지, 말해' 하고 분노가 섞여 흥분한 목소리를 들어도 더더욱 대답하지 않으려는 사람도 있었다. 날이 새고 참호 속에 흉~ 하는 총소리가 들리자, 보고하는 전령의 목소리에서 절박한 상황이 전해졌다. 이런 분위기 속에서 생과 사가 미묘하게 엮인 인간의 진실이, 참호 가득 팽배해 있는 것처럼 다가왔다.

도시에의 당시 감정이 그녀를 다시 남방으로 향하게 한 것은, 그녀가 전쟁이 가진 비장함과 전쟁터의 감상感傷에 빠져있기 때문이기도 했다. 그 때문에 그녀는 서양과 동양의 문화가 섞인 항구의 햇살 밝은 길 위에서 저금통장을 보면서 걷는 병사의 그을린 얼굴에 눈길이 멈추었다. 그리고 바다가 보이는 부킷티마 언덕에서 벌어진 격전의 흔적을 밟으면서, 또 싱가포르의 긴 다리 중간에 누군가 바친 약간 엉클어진 화환이 물 위에 떠 있는 것을 보고, 그리고 고무나무 숲으로 이어진 도로 끝에 몇 개나 세워진 철모를 씌워놓은 불탑을 보면서 도시에는 단지 여기에서 죽은 병사와 그 병사 고향의 모친과 아내에게만 마음이 전율했다. 이번 전쟁의 본질을 안다고 생각하는 그녀의 이성은, 생생한 전쟁의 참상에 휩쓸리고 눈물에 무너져서 목표를 잃어버렸다.

그러나 지금 싱가포르는 일단 전쟁이 끝나고 군정이 실시되어, 군인과 관리 사이에는 가족이라 불러야 할지 어떨지의 문제도 제기되고 있었다. 도시에 일행이 배에서 내렸을 때 싱가포르 부두는 저녁 무렵 조용한 하얀 빛에 감싸여 있었는데, 배에서는 여러 장의 다다미가 공중에서 떨어졌다. 고우타 선생까지 데려온 요리점이 리놀륨 바닥에 깔려고 준비한 것이다.

싱가포르 거리는 전화戰禍로 타격을 입었다고 할 정도는 아니었지만, 두세 개 건물 벽은 무너진 외벽을 보수하고 있고, 중국인 여자 노동자가 진흙과 돌을 나르고 있었다. 그녀들은 파란색이나 검은색 일색의 윗도리와 바지에, 재미있는 모자 같은 쓰개를 쓰고 있었다. 그 색은 온통 붉은색이거나 파란색이었다. 아직 햇볕이 있는 저녁, 인기척이 없는 현지인의 주택가를 도시에는 걷고 있었다. 앞쪽에서 나란히 걸어오는 네다섯 명의 여자는, 푸른 바지와 붉은 쓰개로 보아 일하고 돌아오는 노동자라는 것을 멀리서도 알 수 있었다. 너무나도 하루 일을 끝냈다는 모습으로 느긋하게 걸어온다. 남쪽 석양은 어딘가 우수를 품은 채, 이층집 목조가옥이 늘어선 이

길을 넓게, 그리고 조용히 비추었다. 여자들은 누구도 말을 하지 않았지만, 그렇다고 지친 걸음걸이도 아니었다. 모두 남방 중국인 같은 넉넉한 얼굴에 표정은 없었지만 아주 침착해 보여서, 마치 이곳 석양의 색조를 인간의 얼굴에 담뿍 받아놓은 것 같았다. 인력거 타고 지나가는 일본 여자도 쳐다보려 하지 않는다.

도시에가 이 여자들의 생활을 보고 싶다고 생각했던 것은 이른바 뭐든지 보고 오겠다는 그녀의 탐구심이 발동한 것이었지만, 일본의 군정이 실시되는 이 땅에 와서 토목공사를 하는 중국 여자 얼굴에 감탄하며 그 생활까지 보려는 것은 주제넘은 참견에 불과한지도 모른다.

매일 아침 붉거나 푸른 쓰개를 쓴 여자들이 모여서 트럭을 타는 마을 모퉁이는, 싱가포르의 서쪽에 해당한다. 이 모퉁이 주변에 서 있으면, 거리 위에 퍼져있는 생활의 왕성한 펄럭임에 우선 놀란다. 2층과 3층 어느 집 창문에서도 빨래 널린 장대가 거리로 튀어나와 있다. 빨래에는 거의 검은 천이 많았다. 그 때문에 거리는 폭 넓은 검은 깃발로 덮여 있는 것처럼 보였다. 그것을 머리 위에 두고 있는 도로는 집안에서 내놓은 생활의 잡동사니로 좁아져 있고 아기조차 나와 있어, 노점은 모두 차도 위에 펼쳐졌다. 채소가게는 호박도 몇 개로 잘라 나눠서 한 토막에 2전 정도에 팔고 있었다. 도시에를 안내하는 멋지고 결기 있는 이 중국인은, 마을을 경계 짓는 모퉁이에 사무소를 가진 이 지역 유지였다. 이 남자는 어떤 집으로 말없이 들어갔다. 3층 건물인 이 집은 각 층이 똑같이 한 쪽은 통로로 통하고 안쪽으로는 깊었다. 방은 침대가 하나씩 아무렇게나 구획되어 있고, 길 쪽으로 향해 빨래 장대가 튀어나온 창 이외에는 햇볕이 들어오지 않았다. 지붕과 판자벽이 있다는 것만으로 방이라고 부를 수 있을 뿐이다. 통로는, 각 방의 부엌으로 쓰이고 있다. 거기에서 취사하는 처자는 도시에를 데려온 남자를 조심스러워하며 몸을 피했지만, 인사는 하지 않았다. 침대에는 누워있는 병든 노인도 있고, 일하러 나간 여자들은 아직 돌아오지 않았다.

도시에가 사무소로 돌아가니, 이곳까지 도시에를 데리고 온 중국인 처자가 기다리고 있다가 일어났다. 도시에는 이 지역 유지인 중국인 남자에게 고마움을 표하고 이 처자와 밖으로 나왔다. 처자에게 뭔가 감사의 마음을 표현하고 싶어서 근처 작은 식당으로 들어갔다. 처자는 일본어를 할 수 있어서 시청에서 접수 일을 보았다.

어깨를 움츠리고 있는, 내성적인 듯이 보이는 처자는, 갸름한 얼굴이 파랗게 맑았다. 일본어는 광둥에 있을 무렵 배웠다고 한다. 오빠가 이번 전쟁 중에 행방불명되었고, 자신은 부모님과 살고 있다고 한다. 이런 이야기는 처자가 먼저 말을 꺼내서 알게 된 게 아니다. 이런 사정을 미리 들어서 알고 있는 도시에가 질문을 하면, 그녀는 많은 말 하지 않고 고개만 끄덕일 뿐이었다.

이곳에서 하루에 만 명에 가까운 중국인이 며칠에 거쳐 살해당했다는 이야기를 들었던 도시에는, 처자 오빠의 행방불명을 그것과 연결해서 생각했지만, 처자는 아무 말도 하지 않았다. 표정을 감추듯이 시선을 내리고 있는 것은 도시에를 책망하고 있기 때문일 것이다. 일본어를 할 수 있기 때문에 오빠를 행방불명으로 만든 일본 정부의 관청에서 일하는 심정을 도시에는 도시에 나름대로 살피려 했지만, 그녀가 그런 도시에의 마음을 알 리가 없다. 적의조차 드러내지 않는 처자의 조용함 속에 도시에는 슬픔을 느꼈고, 거기에 밥이나 사고 있는 자신의 행동이 부끄러웠다. 그렇더라도 도시에가 그 이상의 뭔가로 이 여자와 속닥거릴 수 있겠는가. 도시에는 이러한 사정에 있는 처자를 단지 만났다고 마음에 남겨두는 것에 만족했다.

3

이렇게 시작된 도시에의 남방 구경은, 그녀가 어떻게 생각하건 구경과 같은 여행에 불과했다. 말레이반도 가는 곳곳에 일본 병사가 흘린 피의 흔적은, 병사들이 손으로 직접 만든 초라한 나무 기둥이나 판자 조각의 불탑으로 기념되어 있었다. 일본 병사의 피의 흔적에는 또 수많은 외국인의 피도 흐르고 있을 터이다. 도시에는 그들의 불탑 앞에서 몰래 일본 일부 상층부의 야망에 가슴속으로 분노했지만, 먼저 분출되는 것은 우선 눈물이었다. 도시에는 그 눈물로 그녀의 의식적인 허위의 껍질을 두껍게 했다. 그러나 그 과정에서 무의식적으로 자신을 기만하는 것은 깨닫지 못했다. 일본 군벌은 여러 명의 작가와 저널리스트를 남방으로 불러들여, 일본 민중에게 점령의 성과가 자신들의 것인 양 착각하게 만드는 역할을 부여했다. 게다가 군은, 교묘하게 이런 일들을 저널리즘 자비로 수행하게 했다. 신문사나 잡지사에 자리가 없는 작가들은, 이들 저널리즘에 접근할 수밖에 없었다. 하지만 이들 일행은 가는 곳곳에서 어려움을 조금도 겪지 않았다. 예컨대 쿠알라룸푸르의 시정 장관은 원래 부자 화교 집안으로, 고지대에 분홍색으로 외벽을 칠한 요란하고 호화로운 저택에서 살았는데, 도시에 일행은 거기에서 묵었다. 이 집에서 보이는 경치는, 검을 정도로 짙푸른 무성한 수목이 꼬리 짧은 제비가 훨훨 날아다니는 밝은 하늘에 떠 있는 것 같아서, 마치 앙리 루소의 그림을 연상하게 했다. 페낭에서는 붉은색 돛단배가 미끄러지듯이 석양 안으로 들어가는 해변의 호텔에서 묵었다. 호텔 비용은 군의 회계로 처리되었다. 도시에 일행이 타고 가는 자동차는 병사가 운전했다. 도쿄 내기라는 이 병사는, 다리가 안쪽으로 굽은 작은 체구에 목소리도 가늘었지만, 혀끝을 말듯이 또렷하게 말하는 직인과도 같은 기질을 갖고 있었다. 손바닥에 올릴만한 작은 애완용 원숭이가 있었는데, 이 작은 원숭이는 작은 체구의 주인 이외에는 익숙하지 않은지, 목이 마르면 차창 밖으로 살짝 손을 내밀어서 빠져나간 스콜로 실처럼 젖어있는 빗줄기 흔적을 문질러서 그것을 입으로 가져가서 마셨다. 배가 고프면 껍질로 만든 의자 위에서 킥킥킥 이빨을 드러내며 발을 동동 구르듯 전신으로 흥분했다. 그러면 주인인 병사는 여느 때와 마찬가지로 혀 말린 어투로,

"그럼 안 되지. 너, 그러면 안 돼."

라고 경고하면서 한 손으로 원숭이를 안아 올렸다. 어떤 곳에서는 싱가포르에 있는 보도부장이 보낸 특산물이라면서, 살아있는 새끼 악어가 상자에 담겨 도시에 일행 앞으로 배달되기도 했다.

이들 남방 색으로 채색된 여행은, 도시에 일행에게 굳이 짊어진 역할을 서로 승인한다는 것 위에 성립된 것이었다. 태국 국경 가까운 알로스타라는 마을에서 장교나 관리와 함께 하는 식사와 호텔 음식에 질려서, 도시에와 또 한 사람의 여성 작가 F, 둘이서 빠져나가 시골 길바닥의 작은 식당에서 배를 채우고 드디어 맛있는 것을 먹었다고 실감하며 옆 식탁에서 식사하는 두 병사에게 요리를 나누어주기도 한 것은, 죄어있는 여행에서 한숨을 돌릴 수 있을 만한 것이었다. 그러나 남방의 실체는 일행의 극히 소수를 제외하고는 강력한 것이 되지 못했다. 남방의 일본군 정부는 고무나무와 야자나무, 주석을 손에 넣었지만, 말레이의 술탄이나 화교에 대해 영국 시설을 배경으로 위엄을 발휘하는 데에 급급했다. 말레이 큰 길에서도 해가 저물면 일본 고급 자동차는 중국 공산당의 습격을 받는다는 말도 있었다. 도시에의 중국 이창 산속에서 밤새 들었던 총성도 중국 공산당의 것이었다. 이곳 말레이 산속에도 중국 공산당원이 숨어 있다고 들었을 때, 도시에는 중국 공산당의 폭 넓은 활동을 칭찬하는 마음이 생겼지만, 그것을 칭찬하는 은밀한 마음은 그녀가 아직 자신의 허위에 대해 안심하고 있기 때문이었다.

도시에는 일행과 동행하는 사람들에 대해서도 이른바 허위를 가장하고 있었다. 동행한 사람들은 달이 뜬 말라카해협을 건너서 수마트라로 이동했지만, 우리 일행은 수마트라 북부의 아체를 돌아 타케곤이라는 산속에 있는 호수로 들어갔다. 어두워진 산길을 들어가면서, 자동차의 헤드라이트를 향해서 코끼리가 나오고 호랑이가 다가온다는 안내 신문기자의 농담에 여행의 기분이 고조되어 이야기하는 동안, 이윽고 경비대로 꽉 차 있는 숙사에 도착했다. 때마침 입구에서 한 병사가 전갈에 발가락을 물렸다며 얼굴색이 변해서 동료 어깨에 의지해서 치료받으러 나와 있었다. 그런 산악지방의 작은 시골이기 때문에 배당받은 숙소도 중국인이 경영하는 어두운 여관이었다. 악취에 절어 있는 방은 몸이 쉴만한 의자도 없었다. 산속이기 때문에 밤공기가 차가워, 반소매 입은 팔에 닭살이 돋을 정도였다. 일행은 장시간 차 안에서의 흔들려서 피로했지만, 식사를 끝내고 휑한 방으로 들어가지 않고 복도 같은 식당에 남아서 잡담하며 느긋하게 쉬었다. 창밖은 어둠에 감춰져서 아무 풍경도 보이지 않았다. 그것은 한층 이 방의 공기를 쓸쓸하게 했다. 안내역을 맡은 신문기자가 일행의 기분을 풀어 주려고 이곳의 전설을 이야기했다. 이 산 호수는 신기하게 염분을 갖고 있어서 마을 사람들은 호수를 바다라고 믿고 있다는 이야기, 옛날 어떤 소년이 호수로 물고기를 잡으러 왔다가 물고기가 미인으로 변해서, 두 사람은 부부 생활을 영위해서 아이를 얻었는데, 어느 날 아내가 육지에 있을 수 있는 약속된 기간이 다 되어 울면서 호수로 돌아갔다는 전설 등을 이야기했다.

지금도 아이가 호수를 향해 외치면 호수 속에서 물고기 우는 소리가 난다는 등의 이야기이다.

그런 이야기 이후에 도시에 일행 중 한 사람이 여행하는 동안 뭔가 느꼈다는 듯이 진정을 담은 투로 말했다.

"그러나 이번 전쟁은 정말 성전聖戰의 목적을 달성해야만 해요. 이번 여행을 하면서 절실하게 느꼈습니다."

"왜 그렇지요?"

하고 도시에는 솔직하게 약간 놀라는 표정을 드러내며 반문했다. 상대인 U는 마음 약한 미소를 살짝 띠며 말했다.

"원주민 생활이 너무나 형편없지 않습니까?"

그러자 또 한 여성 작가인 K가 등을 앞으로 내밀 듯이 대응했다.

"그렇게 생각하시는 거예요? 저는 그렇게 생각하지 않습니다."

"저도요"

하고 도시에도 뒤를 이었다. "일본에도 여기 원주민보다 더 형편없는 생활을 하는 사람이 많아요."

"그럴까요?"

"그렇지요. 가메이도나 오시마 같은 곳은요……. 그렇지요?"

하고 K를 돌아보자 K가 다시 말을 이었다.

"농촌을 보세요. 일본의 농촌도 형편없어요. 여기보다 낫다고 할 수는 없지요."

"하지만 그렇더라도 시작된 전쟁의 목적은 달성해야 하지요.

병사는 그것 때문에 고생하는 거니까요."

"병사는 성전을 믿고 있을지 모르지만요. 그것 때문에 괴로워하는 병사는 불쌍해요."

알로스타에 갔을 때, 말레이 아이들에게 일본어를 가르치는 병사가 진심으로 아이들을 사랑하려 노력하던 모습이 도시에 머릿속에 떠올랐다. 병사는 야마구치 현에 있을 때 소학교 선생님이었다. '오늘은 여러분들이 우리가 공부하는 것을 보러 와 주셨습니다. 정말 기쁩니다, 하고 그 군복 입은 선생님은 말레이 아이들에게 교단에서 발돋움하면서 말했다. 이 병사는 말레이 아이들을, 일본에서 가르쳤던 아이들과 마찬가지로 대하는 것에 자신의 정신을 집중시켜서, 거기에서 살아가는 의미를 발견하는 것 같았다. 따라서 이 병사의 진지한 표정은 결코 밝지 않았다. 어딘가 자신을 기만해야 하기 때문일 것이다. 원주민에게 먹을 것을 줘야만 한다는 문제에 당면해서 괴로워하는 병사도 있었다. 이처럼 타민족 대중과 직접 접하는 병사가 느끼는 모순이 U에게 뭔가를 느끼게 했을 것이다. 그는 자신의 정의감으로 더욱 강하게 주장했다.

"그렇지요. 병사들는 순정을 가지고 원주민들과 접촉하고 있지요. 남방 민족에게 약속된 성전은 ……."

"성전은 아닙니다. 성전이라고 섣불리 말하기 때문에 쓸데없이 병사는 괴로워합니다. 이중의 괴롭힘을 당하는 거지요. 이번 전쟁은 성전이 결코 아닙니다."

도시에는 U에 대한 우정으로 본심이 담긴 말투가 되어 있었다.

게다가 비슷한 말을 K도 말해서, 이곳에 있는 두 사람만이 말을 맞춘 듯이 전쟁에 대해 부정적인 언사가 되어 버렸다.

그러자, 지금까지 말이 없던 연장자인 H가 갑자기 두 여자를 힐책하듯이, 게다가 한마디로 중심점을 적발하듯이 말을 꺼냈다.

"그러면 결국, 두 사람은 이번 전쟁이 이겼으면 하고 바랍니까? 아니면 지면 좋겠다고 생각합니까?"

도시에는 이 남자의 질문에 분노를 느꼈다. 이번 여행으로 처음 얼굴을 본 이 대중잡지 편집장은 가끔 여성 작가를 간단히 부리는 여자 취급했다. 숙소에 도착했을 때 말레이인 운전사에게도 음료수를 갖다 주라고 지시하는 도시에게,

"아니, 정말 훌륭한 부인의 태도네요. 여자는 그런 마음가짐이 없으면 안 되지요."

그리고 자기 집에 있는 가정부의 예의범절을 자랑삼아 계속 얘기했다.

도시에도 K도 순간 말문이 막혔다. 다른 사람도 말이 없었다. 그러자 H는 고개를 갸우뚱하며 한술 더 떠서 말했다.

"여자가 그것만 잘하면 되지 뭐."

"그건" 하고 도시에는 부딪히듯이 "시작한 전쟁인 이상 이겨야만 하지요."

말이 끝나자, 도시에는 꿀꺽 괴로운 침을 삼키며 옆을 보았다. H는 고개를 끄덕이며 이 논쟁의 매듭을 지르려고 말했다.

"아니, 그렇다면 좋습니다. 그것으로 서로의 심정은 같습니다."

도시에는 자신의 허위를 친구가 있는 앞에서 태연하게 말로 표현했다는 자신에 대해 굴욕을 느꼈다. 그리고 H에 대한 증오를 포함해서 가슴속에서 아아, 하고 신음했다. 그녀의 콧속이 쿵, 하고 울렸다.

4

도시에가 표면의 허위를 내심 의식할 때도 그 표면의 역할은 그녀를 가끔 익살적인 입장에 세웠고, 거기에 서면 그녀는 연기를 잘 해냈다. 그녀가 일본을 대표하는 한 사람의 역할에 세워졌을 때였다. 파당은, 수마트라에 사는 민족 중에서 가장 문화적이라고 일본 관리 누구나가 말하는 미낭카바우 사람이 사는 곳인데, 이곳 관리들은 미낭카바우의 지식인 여성이 유명한 미인이기도 하다며 도시에 일행에게 소개하고 싶어 했다.

파당 호텔에 도시에 일행이 도착했을 때, 이미 여러 명의 소학교 선생과 여학교 경영자 부인과 영어를 할 수 있는 아가씨까지 기다리고 있었다.

"일본인은 학교에서 일본어를 가르치라고 말합니다. 우리는 우리들의 언어로 교육하면 되지 않을까 생각하는데요?"

이 말이 통역으로 전달되어 일본을 대표하는 여성 작가인 도시에와 K에게 대답이 요구되었다.

"당연하다고 생각합니다. 그러나 일본과 손잡고 간다면 일본

말을 배우는 것이 편리하겠지요."

그때 새빨간 말레이 옷을 입은, 키가 크고 어딘가 서양인 피가 섞여 있는 듯한 얼굴의 젊은 여자가 흥, 하고 막말에 가까운 말을 했다.

ー다시 네덜란드가 했던 대로 돌아가는 거네.ー

"일본에서는 우리를 구제한다고 말하지만, 일본에서도 연공으로 바쳐지지 않은 농민의 딸은 몸을 판다고 쓴 것을 읽은 적이 있지. 그건 뭐란 말이야."

"실제 그렇습니다. 대단히 유감입니다. 우리는 정부를 향해 이러한 것을 없애 달라는 항의 문서를 쓰고 있습니다."

하고 일본 측 여성이 대답했다. 그러자 옆에 있던 일본인이 정말입니까, 하고 기묘한 질문으로 끼어들었다. "정말로 그런 항의문을 쓰고 있습니까?"

"정말입니다" 도시에는 불쾌한 표정을 그 일본인에게는 그대로 드러냈다. 그래도 그는 다시 물었다.

"동아공영권이라면 일본은 수마트라를 독립시켜야 하지 않나요."

"독립의 시기가 중요하지요. 지금은 위험하다고 일본은 생각하고 있는 게 아닐까요?"

아냐! 라고 말하려는 듯, 몇 명의 여성이 식탁을 두드렸다. 그러나 도시에는 마음속까지 진정한 연기자가 되어 거의 일본 정부를 대표하는 것 같은 오만한 감정으로,

"이제 적당히 끝내지요."

하고 일본인에게 거침없이 말했다.

나중에 도시에 일행에 대해 여자답지 않게 담배를 피웠다, 술도 마셨다는 험담이 오갔다는 이야기를 듣자, 도시에는 반항의 한가운데 서 있는 자신의 모습을 거울에 비춰보듯이 생각했다. 자신의 눈에도 그것은 결코 호감을 주는 겸허함으로는 비치지 않았다.

다음날 밤, 이곳 해안 길을 말레이 사람이 끄는 마차로 지나갈 때, 노인 마부가 뭔가 말하며 어떤 건물을 채찍으로 가리켰다. 그곳은 포로수용소였는데, 함께 타고 있던 신문기자가 노인의 말을 알아듣고,

"이곳은 뭐야?" 하고 일부러 물었다.

"지난번 장관이 지금은 상황이 바뀌어 이 안에 있지요."

그는 그렇게 말하고, 그것이 도시에 일행에게도 통했다고 알았을 때, 아하하 하고 소리 높여 느긋하게 웃었다. 그것은 뭔가 무서울 정도로 얼빠진 듯한 웃음소리였다. 그 때문에 듣는 사람인 일본인에게 절대 추종하지 않겠다는 것이 확실히 느껴졌다. 노인 마부는 그대로 말없이 흔들림에 몸을 맡기면서 쳇, 쳇 하고 말을 달래는 듯이 혀를 차며 채찍을 휘둘렀다. 인도양 바다는 심해에 고기잡이 불빛 하나 보이지 않고, 파도 소리조차 들리지 않았다.

도시에가 경험한 미묘한 심리는, 여행 기간 중 계속되었다. 메단(인도네시아 수마트라 주의 주도) 근교는 이른바 보고寶庫라고 저마다 선전하는 고무나무 숲과 연초원, 시살라나 밭으로 메워져 있었

다. 메단이라는 이름 자체가 밭이라든지, 평지를 의미하는 말이고 게다가 전쟁터라는 의미도 포함하고 있지만, 주변이 너무도 농원으로 둘러싸여 있어 전쟁터라는 표현은 반드시 들어맞지는 않는다고 생각되었다. 메단에서 남쪽으로 두 시간 정도 자동차로 달린 지점에 샹탈이라는, 공원과 같은 마을이 있었다. 거기에 네덜란드 사람이 경영하는 호텔이 있고, 이곳 주인인 네덜란드 일가는 억류를 피해 경영을 계속하고 있었다. 적령기인 딸은 머리를 유행하는 스타일로 묶고 가게에도 모습을 드러냈다. 특별히 애교 있어 보이지 않았지만, 턱을 끌어당기 듯이 인사하며 다가왔다.

샹탈은 메단보다 훨씬 농원 한가운데 있었다. 마을을 벗어나면 이미 거기부터 끝없이 이어지는 고무나무 숲이나 대왕야자 숲이었다. 큰길로 나가지 않고 안으로 들어가면, 거기도 마닐라삼과 비슷한 섬유가 되는 시살라나 밭이었다. 도시에는 이곳 농원에서 사오 일 체재했다. 시살라나는 용설란과 닮았는데, 그것보다 잎의 길이도 폭도 크다. 시살라나 농원 안에는 제품을 완성하는 공장도 있고, 밭 안에는 가솔린 차가 달리고 있으며, 쿨리(중국인 노동자)의 나가야(일본의 집합 주거 형태)에는 학교도 있을 정도로 넓었다. 가운데에는 과거 농원장을 시작으로 그 외 기사들이 살았던 여러 칸의 서양 가옥이 있었다. 지금은 이 집 두세 칸에 일본인 관계자가 살고 나머지는 비어 있었다. 숙사 앞에 서서 바라보니, 시야 한 면이 청록색 바다와 같았다. 바다라고 생각했던 착각이 이어져서인지, 뭔가가 바다 위로 날아가는 하얀 갈매기처럼 보였다. 도시에는 무슨 새일까 하고 눈을 응시했지만, 더욱 훨훨 날아 숨어 버렸다. 잠시 지난 후 드디어 확실히 보이는데, 그것은 자전거를 타고 달려오는 남자의 하얀 와이셔츠 자락이 바람에 날리는 것이었다. 도시에가 있는 곳에서 자전거에 탄 남자 얼굴은 보이지 않았다. 방 안에 있는데, 윙 하고 집 앞으로 자전거가 들어오는 소리가 났다. 그것은 시살라나 잎끝을 울리며 지나가는 바람 소리였다.

고급 사택 길에는 두 길이나 될 것 같은 자귀나무 가로수가 양쪽 길 위를 덮고 있어, 태양 빛조차 차단하고 있었다. 멀리 떨어져서 보면 잎사귀 색에 섞여 있었지만, 가까이 올려다보면 옅은 분홍색 꽃이 가득 피어 있었다.

농원에 직접 관계된 일본인은 소장과 거기에 또 한 사람, 청년이 있을 뿐이었다. 이 두 사람이 말레이 사람이나 중국인 공장 노동자 그리고 사무원와 쿨리에게 일을 시켰다. 소장은 검은 턱이 나온 서른 일고여덟의 남자였다. 눈은 한 점을 응시하고 있었지만, 단순히 착할 것 같은 느낌은 그가 원래 이 주변 고무나무 숲에서 일했던 일본이라는 것으로 수긍하게 했다. 그는 생각지 않게 이 전쟁에서 광대한 농원의 소장이 되었다. 아담하면서 사랑스러운 아내와 아들과 함께 찍은 사진이 그의 숙사 책상 위에 장식되어 있었다. 아내는 고향인 구마모토에 있는 상태였다.

"이렇게 기쁜 일이 다시 없을 거라는 기분을 저 이상으로 느끼시는 분은 없을 것입니다. 옛날에 우리 일본인이 이곳에서 얼마나 고통을 받고, 아이들은 밖에 나가서 괴롭힘을 당했는지요. 집에는 비가 새고 있는데, 녀석들은 멋진 자동차로 그 앞으로 휙 하고 지나가서 밥 먹으러 샹탈 호텔에 들렀으니까요. 이런 분한 느낌을 일본인이 가지면서 살았어요. 일본 정부가 우리 해외에서 일하는 사람에게 전혀 신경 쓰지 않았으니까요. 하지만, 지금은 괜찮아요. 이 생활을 한번 아내와 자식에게 누리게 하고 싶어요."

"고생이 많으셨네요. 그래도 지금도 힘드시지요?"

"무슨요, 할 수 없는 일이 없어요. 단지 식료품이 문제네요. 글쎄요. 이전에는 태국이나 미얀마에서 왔던 쌀이 오지 않아서요. 쿨리들의 식료품이 문제지요. 옥수수를 지금 많이 경작시켜야 해요. 어차피 쿨리도 그렇게 바쁘지는 않으니까요. 게다가 이렇게 여러 분들처럼 반듯한 일본 여성을 이곳 사람들에게 보여준 것은 과연 대단한 효과라고 생각합니다."

말레이 가정부가 옷자락을 차는 듯한 걸음걸이로 방으로 들어오자 그는 갑자기 표정이 굳어져 뭔가 지시했다. 그 말 속에서 멘이라는 발음이 들렸는데, 이에 대해 그는 스스로 설명했다.

"여기에서는요, 니요니야라고 말합니다. 부인이라는 의미지요. 그런데 녀석들은 자신의 아내를 말레 사람에게 니요니야라고 부르게 하지 않습니다. 멘이라고 부르게 하지요. 나도 여기에서 당신을 멘이라고 부르게 했습니다."

한 청년이 소장의 어딘가 아이와 같은 말투를 들으며 자신은 이미 아는 이야기라는 듯이, 나에게 다른 이야기를 하려고 했다. 도시에가 이 청년을 어디선가 본 듯하다고 느꼈던 것은, 그가 도시에와 처음 만났을 때 도시에의 책을 잘 읽고 있다고 말했기 때문일 것이다. 이런저런 이야기를 들어보니, 이 청년은 이름이 알려진 어떤 무역회사의 아들로, 사업을 배우기 위해 이곳에 와 있다고 했다. 그러나 색이 희고 온화한 서생 풍인 그는 소장과는 다른 착한 느낌과 인품을 가지고 있었다.

"이 사람은 무역회사의 자제분이지요. 지금은 고생만 합니다만."

하고 여기서는 상관의 위치에 있는 소장도 그에 대해 그렇게 말했다. 그 후 방금 들어왔던 가정부가 다시 와서 가는 허리를 굽히고 '니요니야' 하며 뭔가 도시에에게 말을 걸었다. 도시에가 그쪽으로 고개를 돌리려 하자, 이를 저지하듯이 소장은 쿵 하고 바닥을 차고 얼굴색조차 바꾸며,

"니요니야가 아니야. 멘!" 하며 나중에는 매우 화내며 째려보았다. 그것은 이상한 고집이었다.

청년은, 일본 학자들이 남방으로 처음 갔을 때 도중에서 침몰한 배에서 신기하게 구조된 사람이라고 했다. 도시에와 둘만 있게 되었을 때, 여기에서 죽어버리면 다시 일본에 아비 없는 자식이 하나 늘어나겠지, 하고 생각했다고 자신의 심경을 말했다. 그가 도시에와 쿨리의 나가야를 걷고 있을 때, 개 한 마리를 발견하자,

"어이구, 아직 남아 있었어"하고 말했다. 개는 주인을 잃고 쿨리 집 처마 밑에서 목숨을 부지하고 있는 것 같았다. 하얗고 덥수룩한 꼬리를 가진 개가 옆으로 누워있는 모습은 당당해서 쿨리 여

자보다 훌륭해 보였다.

"제가 개를 아주 좋아해서요."

도시에에게 그렇게 말하고 쿨리 여자에게 뭔가 말했더니, 예, 하고 여자가 고개를 끄덕였다.

그는 다시 걸으면서 지금 있던 일을 설명했다.

"먹을 것을 주겠다고 했지요. 보레 마칸, 먹어 버리라는 의미입니다."

"개를요?"

"말레이 사람은 개를 먹습니다. 지금까지 대부분의 개를 먹어 버렸지요."

그렇게 말하면서 그는 자신의 거친 태도에 신경이 떨리는 듯했다.

"저는 여기 오기까지 여러 일을 당했습니다. 인간을 고문하는 일도 했습니다. 이곳 공장에 원래 있던 기사와 직공들이 공장 기계의 중요한 부분을 빼내서 회전 불능하게 만들어놓고 가버렸지요. 어떻게 해서든 분명하게 해야 한다는 명령을 받았습니다."

"어디서지요?"

"안내해 드릴까요?"

그는 불끈불끈 얼굴 근육을 긴장시켰다. 자신의 죄업을 드러냄으로써 마음의 짐에서 해방되려는 것 같았다.

청년이 안내하는 곳은 얼마나 후미진 곳에 있는 무서운 곳일까, 하고 도시에는 생각했다. 야생 고무나무의 뱀 같은 뿌리가 늘어져 있는 숲을 지났다. 창고 앞도 통과했다. 사무소 앞에서부터는 평탄한 자귀나무 가로수 길로 이어진다. 자귀나무가 어둠에 감싸일 때 이 무성한 잎이 일제히 손을 합장하듯이 닫혀버리는 게 아닌가 생각하자 갑자기 섬뜩한 느낌이 들었다. 줄기는 굉장히 크고 잎은 너무나 무성했기 때문이다. 이 잎의 어둠과 함께 쓱 닫히는 모습이 묘하게 살아 있는 것처럼 느껴져서, 꿈같은 희미한 꽃 색깔까지 유령의 하늘거리는 옷깃을 생각나게 했다.

그 주변은 이미 도시에의 숙소와 가까웠다. 오늘은 그만두시지요, 하고 말하려 할 때 청년은 가로수 아래에서 길 외측에 늘어서 있는 서양식 건물 쪽으로 들어갔다. 이 주변의 집은 이전에 기사들이 살던 곳으로, 바깥은 푸른 페인트로 칠해진 판자벽에 창이 도로를 향해 나 있었다. 나무 그늘 때문에 집은 확실히 어두웠다.

"이 집입니다."

하고 청년은 서너 계단을 올라가서 끽 하고 문을 밀었다. 열리자마자 그는 앗, 하고 당황했다.

"뭐야, 아직 청소를 안 한 거야."

그렇게 말하며 그는 굵은 밧줄과 굴러다니는 양동이를 허리를 굽혀 줍기 시작했다. 그러나 금방 정리할 수 있는 정도가 아니었다. 굵은 밧줄은 길게 똬리를 틀고 있고, 바닥 위에 굴러다니는 양동이는 한둘이 아니었다.

빈집의 난잡함이 당시 그대로 지금까지 남아있는 것이다. 그는 포기한 듯이 손에 있던 밧줄을 다시 그곳으로 던지며, 아이와 같은 말투가 되었다. 그 방은 그가 말하는, 인간을 고문한 장소였다.

"저도 뭐가 뭔지 모르겠습니다. 글쎄 지금까지 배운 것과 정반대로 하고 있어요. 타인에게 친절해라, 난폭하게 대하지 말아라! 저희는 여기에서 도둑질조차 공공연하게 하고 있으니까."

"글쎄요. 이른바 이 전쟁 자체가 도둑질이지요."

도시에는 처음으로 거기에서 자연스러운 표현을 입에 올렸다.

청년은 원래대로 방 문을 살짝 닫고 도로로 나오면서,

"자본주의 모순과 흉포 속에 저희가 휩쓸린 것이지요.……그런 점에서."

라며 그는 소장의 이름을 말하고, "그 사람은 행복합니다. 저희의 고통을 모르니까요."

자귀나무 아래를 걷고 있는 두 사람 뒤로 소장이 자전거로 달려와서, 헬멧 아래로 눈을 빛내며 하얀 이를 드러내고 웃었다.

"당신이 걸어가는 모습을 쿨리들이 보고 있어요. 나는 가슴이 부풀어 오르는 기분입니다. 당당하게 좀 더 걸을까요?"

5

일본으로 돌아온 후 도시에의 생활은 일에서는 가기 전과 변한 것이 없었다. 오랜 친구가 한번 천천히 도시에의 남방 이야기를 들려달라고 하면, 도시에는 서로 이해하는 느낌이 들어 그 편안함에 기대었다. 그리고 실제 장소를 보고 왔다는 자신감 같은 것으로, 신문 기사의 이면을 들추기도 하고 뒤엎기도 하면서 전쟁의 추이를 지켜보았다. 그런데 전쟁에 대해서 하는 그녀의 말은, 내용은 다르지만, 그 분위기가 어딘가 여장부와 닮은 구석이 있었다. 그녀의 전쟁 종극에 대한 판단은 흐려지지 않았지만, 그녀는 자신도 포함하는 그 후에 일어나는 일에 대해서는 무관심했다. 하지만 그것은 친구의 태도로 알 수 있는 것이었다.

도시에는 찌릿 가슴이 저렸다. 도시에가 이때처럼 깊고 강렬하게 가슴저린 적은 없었을 것이다. 그것은 찌릿 하는 그 순간부터 처음으로 의식 위에 선명한 사고력을 가지고 멀리 확대되었다.

두 평 되는 방에 여덟아홉 명의 남녀가 담소를 나누고 있었다. 그들은 서로의 오늘까지의 고통에 대해 웃으며 이야기했다. 특히 최근에 일어난 일에 관해 이야기했다.

"외식권(태평양 전쟁과 그 후 식량부족으로 쌀 배급 대신으로 받던 식권) 식당에서 3인분을 늘어놓고 먹기 시작해서 다른 사람이 깜짝 놀랐대."

"그래서 모두 먹었어?"

"아니, 기차 안에서 먹을 도시락을 준비하려 했거든."

마지막에 그렇게 말하는 것은 아바시리 형무소에서 혼자 도쿄로 돌아온 M이었다.

"자네는 병사들에게 갔었지. 종전으로 돌아왔지만 말이야."

"그래, 그래"하고 N이 대답하고 거기에서 병영 이야기로 고조되어 오랜만에 큰 웃음이 터졌다.

"그런데 모두 변하지 않았어."

자신도 이상할 정도로 변하지 않은 또 다른 N 역시 17년간의 옥살이에서 나온 상태이다. 그렇게 말하면서 주변을 둘러보았으나, 그 시선이 자신의 지점에서 그냥 지나쳐가는 것을 도시에는 느꼈다. 도시에는 그 자리의 이야기 속에 끼어들 수 없었다. 다른 사람이 들여 보내주지 않는 것이 아니라, 그녀 자신이 무리하게 끼어들려 하면 자신만 말투가 달라질 것 같아 스스로 입을 다문 채로 있었다. 도시에는 그때까지의 생애에 자기 손으로 초래한 치욕에 몸을 드러내는 경험을 한 적이 없었다. 도시에는 이 방에 모인 사람들 외에 달리 마음을 털어놓을 정도의 친구도 없었다.

도시에는 그날 밤 비틀거리며 돌아갔다. 찌릿, 하고 깨달은 생각은 가슴 깊이 스며들 뿐이었다. 함께라고 생각한 곳에서 자신만이 멀리 떨어져 나왔다고 생각하자, 수치심과 함께 어깨 끝이 축 내려앉는 고독이 느껴졌다. 그러나 도시에는 어제까지의 우정을 더듬어보며 '하지만', 하고 반발했다. 도시에는 아침까지 잠들지 못하고, 잠들어도 다시 눈이 떠졌다. 눈을 뜨면 마치 꿈속에도 같은 생각을 하고 있던 것처럼, 한순간의 틈도 없이 다시 같은 생각 속으로 빠져들었다. '하지만', '하지만',이라고 반문했다. 그녀의 주관으로 나쁜 일을 했다고 생각할 수 없는 지점에 '하지만', 하는 반문이 일어났다. 그녀가 가장한 허위에 대해, 친구는 알고 있지 않았을까?

"프롤레타리아 작가의 슬픈 말로."

싱가포르에서 어떤 관리가 도시에에 대해 속삭이며 험담하는 것을 이렇게 확실히 들었을 때도 도시에는 자신의 허위를 믿음으로써 웃어 넘겼다. 분명히 그렇게 보였겠다고 웃어넘기는 근거는, 이렇게까지 허위로 행동할 수 있는 기반을 도시에는 여러 명의 친구 위에 두고 왔다고 생각했기 때문이었다. 내가 몸이 가장 가볍지요. 날아서 다녀오겠습니다……. 이렇게 자신에게 허위를 가장하는 습관은 그녀가 요 수년 동안 문단과 계급운동의 표리부동한 활동에서 가져온 것이기도 했다. 그녀는 실제 이상으로 몸이 가벼워 보였다.

그러는 사이 도시에는 일본 병사를 인민 대중과 동일하게 보아버려 그 안에서 스스로를 납득시키기도 했다.

내가 오류를 범했는가 하고 도시에가 눈을 뜨고 있을 때는 언제나 뭔가를 응시하고 있었다.

그러한 도시에의 귀에 그녀의 남방행이 돈 때문이었다는 소문이 들려왔다.

"그럼 왜 갔지?"

날카로운 말투로 질문 받고, 도시에는 말문이 막혀 말할 기력을 잃어버렸다.

돈 때문이 아니라면 왜 갔을까?

이런 생각도 존재하는 것일까.

그것은 도시에 방에서 친구 M과 이 문제에 관해 이야기하고 있을 때의 일이었다.

도시에는 한숨을 쉬듯이 말했다.

"나는 보고 싶었습니다."

"그렇지만요. 작가는 단지 보고 싶으니까, 하는 입장만으로 갈 수 없지요."

"그래요. 그럼 알겠습니다."

라고 말하고 고개를 끄덕이면서, 도시에는 마음속으로 그럼 알겠습니다, 하고 다시 반복했다. 그러나 전쟁이 끝나기 직전에 이 친구가 자신의 식량인 쌀 포대를 메고 도시에 집에도 들러 주었던 것은 뭐란 말인가, 하는 생각이 났다.

그러나 어쨌든 이 순간에 도시에의 마음속에 허위만이 떠올랐다. 중지나에서, 남방에서 드러내고 온 허위만이 쓱 하고 떠올랐다.

그러자 이에 대한 수치심은 단순히 자신의 오류에 대해서가 아니었다. 굳이 허위의 자세로 대했다. 상대방에 대해서까지 그녀는 부끄러웠다. 근본도 없이 잘도 그런 얼굴을 드러내며 왔다고 생각하자, 도시에는 시선을 내리깔고 싶었고, 뻔뻔스럽게 허위를 연기했다고 상대방에게 욕을 먹어도 거기에 대답할 수 없었다. 그것을 지탱하는 것은 다 없어져 버렸다.

도시에는 M을 배웅한 현관에 서서, 벽에 얼굴을 기댔다. 이중으로 쌓인 수치심에 실체가 드러나서 추궁을 받아들일 수밖에 없다고 도시에는 생각했다. 그러나 도시에의 지기 싫어하는 성격은 바드득하고 이를 갈 듯이 성격 그 자체가 삐걱삐걱 울렸다.

백색과 자색

　손님과 나, 두 사람은 마침 거실에서 들려오는 3시 뉴스 방송에 이야기를 중단하고 침묵했다. 오사와 요시코가 '아, 뉴스를 시작하네'라고 말하자 자연스럽게 이야기가 끊겨서 나는 거실 쪽으로 고개를 돌리고, 그녀는 정원으로 시선을 보내면서 뉴스를 들었다. 두 사람이 나눈 이제까지의 이야기가 뉴스 방송으로 끊겼지만, 완전히 새로운 이야기를 다시 시작할 수도 없었다.

　뉴스가 끝나고 다음 방송을 소개하는 아나운서의 목소리가 바뀌는 순간, 거실의 라디오는 꺼지고 그 대신 무성한 잡목림 건너편에서 아나운서의 큰 목소리가 희미하게 울리듯이 들려왔다. 오사와 요시코는 지금까지 듣고 있던 뉴스에 대해서는 아무 말도 하지 않고 잠시 하늘을 올려다보며,

　"들비둘기가 울고 있네."

　라고 말했다.

　이미 꽃이 떨어진 밤나무가 처마 옆까지 무성하게 뻗어 있다. 하늘은 흐리다기보다는 오히려 검은 구름이 한 면에 펼쳐진 것처럼, 어둡지만 아름다운 모양을 하고 있다. 그 아래에 밤나무와 상

수리나무의 낮은 수풀이 초록빛에 쌓여서 앞쪽까지 가느다란 가지를 검게 뻗치고 있다. 어딘가 가까운 곳에서 들비둘기가 구 구 구 울고 있다.

요시코는 어깨 주름이 뚜렷한 갈색 홑옷에 세련된 명주 하카타 띠를 매고 있었다. 옷깃도 띠 주변도 가능한 한 단단히 여며진 단정한 모습이다. 그 모습은 어딘지 겨드랑이가 짧은 통소매 옷을 입고 있는 소년 같았다. 거무스름한 뺨으로 다져진 얼굴, 언제라도 힐끗 상대를 응시하다가 얼른 스치는 눈매, 자신감 있을법한 얇은 입술, 그것은 영리하게 장난기 어려 보이지만, 육친 같은 친근한 느낌은 찾을 수 없는 모습이기도 했다. 흔히들 말하는 〈사가佐賀사람〉의 힘 있는, 고집스러운 담백함이기도 했다. 하지만 여자대학에 다닐 무렵 동향이라는 이유로 가끔 우리 집에 드나들던 때부터 시작해서 알고 지낸지 십 년이 넘어가는 지금, 그녀의 이러한 강한 인상은 점차 굳어지는 것 같았다.

그녀는 나에게서 시선을 피한 채로 이야기하기 시작했다.

"그곳은 아름다운 도시였어요. 도시라기보다 마을이었지요. 아름다운 마을이었어요."

이야기할 때면 그녀는 언제나 상대에게서 시선을 피하는 버릇이 있었다. 그렇다고 해서 결코 우울한 빛을 띠는 것이 아니라 시종 농담을 던지는데, 농담할 때도 상대와 눈을 마주치지 않았다. 그래서 그녀의 농담은 언제나 무엇인가로부터 도망치기 위한 것이라는 느낌이 들게 했다. 하지만 지금 이야기를 시작하는 말투는 농담이 아니었다. 그것은 방금 한 이야기의 연속으로, 평소와 달리 본심이어서 나는 조용히 그다음을 기다리고 있었다.

"지금 내가 그곳 도시나 마을 풍경에 관해 이야기한다면 좀 묘하게 느껴질 거예요. 묘하다는 것은, 내 안에 있는 가장 확실한 감정이지요. 나는 그런 비꼬는 듯한 입장에 서고 싶지 않아서, 지금 직장에서는 절대로 그곳 이야기는 하지 않지요. 이렇게 운을 떼니 말하지 않을 수 없겠네요.

라디오를 들을 때마다 나는 그곳 도시와 마을의 모습을 떠올립니다. 방금 수원이라고 말했지요. 그곳은 작은 마을이에요. 무너진 성벽이 남아 있는 농촌이지요. 그러나 조선의 오만한 흔적이 남아 있는 수원은 아름답고 조용한 마을이었어요. 초여름의 밝은 햇살 속에서 지금은 잠든 것처럼 남아있는 성벽은, 그 나름대로 이 조용한 땅을 지배한 과거의 권력을 과장해서 상상하게 만들기도 했지요. 높고 넓은 돌계단, 그 위에 층마다 지붕을 거꾸로 한 누각, 성벽의 기와로 된 울타리는, 아래를 내려다보며 무엇인가에 대비할 태세를 취하고 있었습니다. 당시 일요일을 이용해서 팔달문 성벽을 구경하러 갔던, 나와 두 명의 친구 외에 성벽에는 인적이 없고, 노란빛 햇살을 품은 오후의 하늘만이 넓게 보였습니다. 성벽에는 여름풀이 무성한데다 벌레까지 울고, 성벽은 반쯤 무너진 채로 멀리 끝까지 이어져 있었습니다. 소나무가 성벽의 흙둑 위에서 하늘로 헤엄치듯이 가지를 뻗치고 있었지요. 성벽에서 내려다보이는 인가에는 키 작은 나무들 사이로 거북이 등처럼 둥글고 평평한 모양의 초가지붕이 보였습니다.

　화홍문이나 방화수류정은 마을 가까이에 섞여 있었습니다. 그 때문에 누각과 정자는 아름다움을 감추고, 푸른 밭 가운데 이른바 홀연히 서 있는 느낌이었습니다. 그것도 묘하게 조용한 풍경이었지요. 모내기를 막 끝낸 수전은 부드럽게 흔들리고, 그 연한 푸른 빛 속에 백로가 천천히 내려와 날개를 접고 살짝 섭니다. 수원에는 백로가 많다고 들었는데, 역시 높은 소나무 가지에 백로가 무리 지어 있었습니다. 그 주변에서 천천히 날아오르는 백로의 새하얀 날개 색은 맑은 하늘색과 대조되어 우리에게 통속적인 그림을 연상시키면서 살아있는 아름다움을 그려냈습니다. 그러나 화홍문이 전혀 마을 사람들의 생활과 관계없는 것은 아니었어요. 한쪽 돌계단에서 위로, 위로 올라가니, 붉은 칠이 벗겨진 둥근 기둥이 커다란 지붕을 받치고 있는, 사방이 내려다보이는 넓은 누각 안에서 열 살 정도 되는 두 소녀가 공놀이하며 놀고 있었습니다. 하얀 저고리에 분홍빛 치마를 입고 있었는데, 한 소녀는 땋아 내린 머리끝에 빨간 끈을 매고 있었지요. 공놀이할 때 빨간 끈이 팔딱팔딱 튀어오르는 모습이 기억에 남아 있습니다. 살짝 귀를 기울여보니, 공놀이하며 부르는 노래는 일본어였습니다. '뤼순 성문 열고, 조약 맺은'이라는, 우리가 어렸을 때 공놀이 노래로 불렀던 노기 장군의 노래입니다. 그러나 이런 것은 그때 나에게는 신기하지도 특별하지도 않고 오히려 일상적이었습니다. 단지 조선의 유적을 보고 있던 기분에 공놀이 노래가 노기 장군의 노래였다는 것이 무심코 마음에 남아 있을 뿐입니다.

총독부 철도국의 영업과에서 일했던 나는 조선인 생활에 대해 각별히 관심이 있지도 않았습니다. 아시는 바대로 여자 대학을 졸업하고 한번은 고향으로 돌아가야만 해서, 규슈로 가서 이삼 년 동안 고향에 있는 학교에서 일하다가 다행히 연고가 있어 훌쩍 경성에 와 버렸을 뿐입니다.

처음에는 좀 다른 것을 기대했던 나는, 경성이 너무나 일본의 도회와 비슷해서 실망했어요. 생활도 특별히 다르지 않았지요. 모토마치(현 서울 충무로)의 일본인 집 2층을 빌려서 용산 철도국으로 다니고 있었는데, '내지'內地, 그때 저쪽에 사는 사람들은 모두 일본을 '내지'라고 불렀습니다만, 내지의 생활과 표면적으로는 차이가 없었습니다. 그렇지만 경성에 가서 역시 일종의 해방감 같은 것을 느낀 것은 사실입니다. 이것은 혹은 일본인 촌놈 같은 감각일지도 모르겠습니다. 고향 집에서 여학교 교사로 일했던 것과 비교하면, 하는 일도 적당히 밖으로 확대되었고, 또 일본의 도회와 많이 닮았다고 생각한 경성 거리 역시 익숙해지면서 조선다움이 드러났습니다. 총독부의 커다란 배경을 이루고 있는 북악산은 백산호 색깔과 좀 달랐습니다. 백산호처럼 산의 표면은 딱딱하지만 아름답고, 산꼭대기가 이어져 있어 도회의 바깥쪽을 크게 둘러싸고 있었습니다. 멀리 있는 산의 색에 단색의 조선옷은 저절로 조화를 이루고 있었습니다.

그런데 한강로에서 경성역을 향해서 달리는 전차 속에서의 일입니다.

"아이. 냄새나, 좀 저쪽으로 가지 않을래."

소녀의 목소리였습니다. 그것은 어떠한 망설임도 없어 오히려 솔직하게 들렸습니다. 아니, 심술도 거만함도 느낄 수 없을 정도였지요. 서너 명의 여학생 옆에 앉았던 할아버지는 그 말을 듣자 다시 일어났습니다. 옅은 웃음을 띠며 짧은 바지 입은 다리를 벌리듯 전차 끝으로 걸어가는 할아버지의 조선옷은 더러워서 누랬습니다. 소녀들은 슬쩍 그의 뒷모습을 보았습니다만 그것은 아주 한순간이었고, 그녀들은 곧 자신들이 했던 말에도 그래서 일어나서 피해 가는 할아버지에게도 아무런 관심도 없었습니다. 다시 여학생다운 그녀들의 통통 튀는 대화를 이어갈 뿐이었습니다. 그것은 실로 자연스러운 모습이었습니다.

그곳에서 살면서 전쟁이 끝나 귀환하여 오기까지 7년 동안 이런 일은 아주 흔했습니다. 단적인 하나의 기억에 불과하지요. 나자신에게도 그것은 대단치 않은 정경일 정도입니다. 나는 주로 혼자 자신의 생활을 관리하면서 살았습니다. 여자 혼자서, 게다가 타국에서 살면서 나는 어느 사이엔가 으스대는 옹고집쟁이가 되었습니다. 으스댔던 것은 의식적으로는 일본인에 대한 것이었습니다. 그리고 그것을 한층 오만하게 만든 것은, 나는 알아차리지 못했지만 '아이 냄새나, 저쪽으로 좀 가지' 하는, 그런 감각이었습니다. 내가 의식적으로 일본인에 대해서 어깨를 폈던 것은 아마도 나만은 아니었겠지요. 이것은 숙명과도 같은 것이었다고 생각합니다. 그곳에는 학창 시절에도 그 후에도 내가 얼마나 성실한 사람이었는지 아는 사람은 아무도 없습니다. 내가 조선에 온 것이 단지 조금 자유롭게 살아보고 싶었기 때문이라고 설명해도, 그 이유는 묘하게 들렸을 테니까요. 일본을 떠나온 여자의 독신생활, 그것에는 뭔가 이유가 있을 거야 라고까지는 생각하지 않더라도, 무시하는 시선과 만나는 일도 종종 있었습니다. 병합되고 삼십 수년, 지금은 희미해졌지만 〈조선으로 하행〉까지 했다는 감정은 미묘한 축적 위에 전통이 되어 지금도 남아 있지요. 일본인끼리 암묵적으로 자신을 과시하면서 상대를 무시하고, 게다가 무례하게까지 대하고, 그랬었지요. 그리고 그들의 불행한 감정이 조선인에게 향했을 때, 그것이 자신을 지탱하는 것처럼 그들에 대한 우월과 모멸을 드러냈습니다. 이른바 일본인 한 사람 한 사람은 조선인을 대할 때조차 일종의 비하감을 가지고 그 변형된 형태로서 우월을 과시했을지도 모릅니다. 그것은 또 뿌리 깊은 저항에 대한 계산적인, 혹은 무지한 공포의 변형이기도 했겠지요. 이른바 전차 안에서 여학생들조차,

"우리 명란은 어차피 일본에서는 결혼할 수 없으니까"라는 자기 인식을 부여받았습니다. 조선의 특산물인 명태의 자식 즉 명란이라는 것은, 조선출생 혹은 조선에서 자랐다는 의미였지요. 이러한 자기인식 위에서 명란은 거침없이 조선인에 대해 우월감을 보였습니다.

나는 내 생활에서 밥 먹고 사는데 필요한 만큼만 일에 충실했

고 그래서 인간관계에 대해서는 적당히 무관심했습니다. 나는 조선인 동료에 대해서도 나의 이런 태도를 바꾸지 않았다고 생각합니다.

전정희는 여자로서는 유일한 조선인 동료였습니다. 동료라고는 하지만 같은 일을 했던 건 아닙니다. 전정희는 영업과에서 나오는 관광잡지 일에 채용되었는데, 그것은 그녀가 조선에서 상당한 경력의 소유자라는 것을 증명해 주는 것이었어요. 전정희는 일본으로 건너가 어느 여자 전문학교를 졸업하고 돌아온 지식인이었습니다. 무심한 듯 뒤로 머리를 묶은 둥근 얼굴에, 눌린 것처럼 옆으로 퍼진 작은 코는 조선인다운 용모였습니다. 야무지게 이를 물고 있는 것 같은 다문 입, 항상 무언가를 안으로 제지하려는 듯 미간을 모은 좁은 눈, 그것은 밝은 표정은 아니었습니다. 하지만 그녀 내면이 자연스럽게 드러난 것에 불과해서, 특별히 어둡다고 할 만한 강한 인상도 아니었습니다.

전정희는 애써 나와 친해지려 했습니다. 그녀의 진지한 말투는 나와는 정말 맞지 않았지요. 나는 순간순간을 농담으로 피하고 해야 할 일만 얼른 정리하자는 주의였습니다. 남자들에게 대항하기 위해서 나는 언제부터인가 그렇게 되어 있었습니다. 대항이라고는 하지만, 나의 그러한 태도는 남자들에게 어느 정도 나라는 인간을 인정시키는데 기여했습니다. 나는 과장의 마음에도 들어서 비서 같은 자격으로 외부의 응대나 일본 관광객에 대한 사무 일체, 또 접대 준비 같은 일을 했습니다. 또 나는 과장 부인과도 사이가 좋아서 그녀가 미쓰코시나 혼마치로 옷을 사러 나갈 때면 그녀의 상담역이 되기도 했습니다.

과장은 어깨가 솟아오른 듯한 거구로 입매가 작고 내심은 기가 약한 남자였습니다. 히로시마 출신으로 총독부 철도국에서 일한 지 십수 년, 지금의 지위까지 착착 올라온 사람이었습니다만, 그는 여자 대학을 나온 나를 부하로 두고 있는 것을 자랑스러워하는 것 같았습니다.

"오사와 군은 독신주의지. 그렇지 않은가. 어떻게 할 작정인데."

과장은 그 나름의 기질로 부모 마음 반, 놀림 반으로 물어보기도 했습니다.

"독신주의라니요. 요즘 그런 거 유행하지도 않아요. 농담하지 마이소."

하며, 규슈 사투리는 이곳에서 통용되기 때문에 일부러 놓치는 말투로 되받아쳐 대답했습니다.

"음, 그렇지."

라고 이번에는 완전히 부모님이 되어 안쓰러워하는 말투를 섞어 대답했습니다.

"아이 싫어요. 그런 식으로 말씀하시는 거. 불쌍한 아이 대하는 것 같은 얼굴은 하지 말아 주세요. 실례하시는 거예요. 시집가고 싶어지면 갈 거예요. 그때는 과장님도 일도 팽개치고 갈 테니까 원망하지 마세요."

늘 이런 상황이었습니다. 그런데 전정희는 일본의 고전문학에 대해, 혹은 시마자키 도손[10]에 대해 나에게 말을 걸었습니다. 내가 대놓고 이런 말을 하는 것은 좀 그렇지만 나는 문학소녀가 아닙니다.

"오사와 씨는 무라사키 시키부[11]와 세이쇼 나곤[12] 중 어느 쪽을 좋아하세요? 어느 쪽을 좋아하는지에 따라 그 사람 성격을 알 수 있다지요."

전정희의 일본어는 거의 탁음도 표현할 수 있을 정도였습니다. '−지요', 하고 말을 끝내는 버릇이 있었습니다.

"앗, 깜빡했네. 그런 선배가 있었다니."

나는 결국 가볍게 넘기는 말투가 됩니다.

"겐지모노가타리 읽으셨어요?"

"그런 책, 읽을거리인가요. 아뢰옵니다, 몸 둘 바를 모르옵니다, 같은 것을. 학교 다닐 때 맹장 수술로 누워 있었는데 그때 친구가 빌려주어 읽기 시작했는데, 조금 읽다가 신문의 3면 기사가 읽고 싶어졌어. 그래서 겨우 와카무라사키 부분에서 그만두었지."

"그런 고전은, 역시 꼭 읽어야만 하겠지요?"

전정희는 나의 반응에 상관없이 자기가 묻고 싶은 것을 물었습

---

10 시마자키 도손(島崎藤村, 1872~1943): 일본의 소설가.

11 무라사키 시키부(紫式部, 생몰년 미상): 일본 헤이안 시대(784년부터 390년간) 중기 여류작가이자 가인.

12 세이쇼 나곤(淸少納言, ? 1025): 일본 헤이안 시대(784년부터 390년간) 중기 여류작가이자 가인.

니다.

"글쎄 어떨까?"

"저는 세이쇼 나곤의 감각이 훌륭하다고 생각해요."

전정희의 표정은 이런 화제가 시작되면 생기발랄해지고 적극적으로 보였습니다. 전정희에게 일본에서 공부했다는 경력은 귀중한 것이겠고, 게다가 그녀는 고국에서 자신을 과시해서 화제로 할 만한 상대를 거의 발견할 수 없었을 겁니다. 그런 사정을 지금은 알 것 같네요.

"시마자키 도손의 〈앵두 익을 무렵〉은 읽으셨나요?"

그녀는 이 기회를 될 수 있는 대로 놓치지 않겠다는 태도였습니다. 학생이었을 당시라면, 상대가 읽었냐고 물으면 이쪽은 적어도 흥미를 가질만한 것이었습니다. 매일 책상을 나란히 하고 있었기 때문에, 전정희는 지금 그런 태도로 나를 붙잡고 있었습니다.

전정희는 항상 조선옷을 입었습니다. 나도 항상 기모노를 입었습니다. 내가 결코 양장을 입지 않는 것은 나의 무엇인가를 보여주기 위해서였습니다만, 그것은 전정희가 그리고 조선 여자가 조선옷 이외는 입지 않겠다는 것과 같은 성격이었을 것입니다. 전정희는 방금 말했듯이 항상 무엇인가를 안으로 억누르는 것처럼 미간을 모으고 있었지만, 결코 나에 대해서 비굴하지 않았고 따라서 경쟁적이지도 않았습니다. 그 때문에 내가 적어도 일본인 누구에게나 어느 정도 무관심했던 것처럼 그녀에게도 깊이 관여하지 않았고, 각별히 동정적이지도 않았습니다. 그 지점에 우리 두 사람의 관계가 있었을 뿐입니다.

　나는 혼자 사는 생활이 마음에 들어 즐겼습니다. 나는 한번 남자에게 마음이 끌린 적이 있었습니다. 상대는 철도국이 초대한 도쿄의 화가였습니다. 조선의 도시와 경승지를 이곳저곳 다니다가 몇 번인가 경성으로 와서 체재했습니다. 나는 그가 경성으로 돌아올 때면 조선호텔에 방을 잡아주기도 하고 다음 여정의 상담과 준비를 도와주었습니다. 그 일이 너무 즐거워서 가슴이 뛰었지요. 나에 대한 화가의 태도에는 이곳에서 한 번도 경험해본 적이 없는, 친절함과 정중함 그리고 즐거움이 담겨 있었습니다. 조선호텔의 그의 방으로 갈 때면 가슴이 뛰었습니다. 조선호텔 정원에서 엉겅퀴로 덮여 있는 황궁우에 나란히 서 있을 때, 나는 왠지 달콤한 꿈을 그리고 있었습니다. 그는 나에게 밤 산책을 하자고 몇 번인가 권했습니다. 나는 종로 극장에서 그와 둘이서 조선 연극을 보기도 했습니다. 주위에 일본 사람이 없는, 조선 사람만 있는 극장에서 나는 우쭐한 기분이 되어 그에게 어떤 노골적인 태도라도 보여줄 수 있을 것 같았습니다. 그가 전에 만났던 기생을 다시 만나고 싶다고 해서 나와 함께 조선 요리점에 갔습니다. 그가 푸른 비단 저고리를 입고 새하얀 치마 밑으로 한쪽 무릎을 세우고 앉은 기생을 사생하고 있을 때, 나는 옆에서 방석에 앉아 몸을 구부리고 그의 연필이 지나가는 것을 엿보고 있었습니다만, 기생의 투명할 정도로 하얀 얼굴이 나의 가슴속에 특별히 남아 있습니다. 다른 방에서는 연회가 열린 듯 덩더꿍 덩더꿍 두드리는 정력적인 북소리가 들렸고, 노기老妓가 노래라도 부르는 듯 원시적인 소리라고 생각되는 격한 박자의 노래도 들렸습니다. 그것은 아리랑 등으로 일반에게 알려진 것처럼 애조 띤 것이 아니라, 거칠고 격한 것이었습니다. 그 울림은 뭔가 나의 감정을 불러일으켰습니다. 그러나 그는 나에게 이런 기분을 불러일으킨 채 일본으로 돌아가 버렸습니다. 정면에서 이쪽 눈동자를 들여다보듯이 말하는 그의 표정은 외국 생활을 한 사람의 보통의 모습이었을지도 모르겠습니다. 나만 혼자 힘겨루기를 했던 것이겠지요. 그러나 그 후 결국 나는 주변에서 그런 감정을 다시 가질 수 없게 되었습니다. 나는 결국 굳어져 갔습니다. 마음에 드는 기모노를 사기도 하고 여행을 가기도 했습니다.

나는, 정말은 조선의 풍경을 이야기할 참이었습니다. 무책임하게 반쯤 오만해져서 돌아다닌 나의 기억에 조선은 아름다운 풍경으로 남아 있습니다. 조선은 아름다운 곳이었습니다. 그 나라의 역사가 남긴 것을 조용히 품고 자신의 품격으로 숨 쉬고 있었습니다. 내가 금강산 순례를 하러 갈 때 전정희는 평소와 같은 표정으로 말했습니다.

"조선 사람은 누구나 죽기 전에 한번은 금강산에 가고 싶어 하지요. 나도 아직 가본 적이 없어요. 분명 아름다울 거예요."

평생에 한 번은 금강산을 보고 죽겠다는 것이, 인생을 건 조선인의 바람이라는 것은 전정희가 가르쳐주지 않아도 들은 적이 있었습니다. 조선에 있는 일본인은 본국 일본에서 오는 관광객에게 금강산을 자랑할 때 무슨 증명이라도 하려는 것처럼 항상 이 말을 끌어들였습니다. 지금 생각해보면, 외국인인 일본인이 조선의 경승을 내 것이라는 얼굴로 자랑할 때, 조선인의 이러한 슬픈 바람을 끌어들이는 것은 부당하고 무참한 일이었을 것입니다. 그러나 그것은 지금이니까 말할 수 있는 것입니다. 조선으로부터 귀환해야만 하는 사태에 당면해서 처음으로 아아, 조선은 조선의 나라였구나, 하고 깨달은 것입니다. 전정희가 나에게 그 말을 할 때의 표정은 평소와 마찬가지여서, 거기에 익숙해져 있던 나는 전혀 알 수 없었습니다. 나도 아직 가본 적이 없어요, 하는 전정희의 표정에는 선망도 빈정거림도, 물론 분노도 드러나지 않았습니다. 그것은 언제나 안으로 무엇인가를 억누르고 있는 부단한 표정이었습니다. 부단한 표정 속에 이미 고정되어 버린 것을 나는 알지 못했습니다.

나는 하이킹을 할 예정이었어요. 고향에서 여학교 다닐 때 친구가 총독부 관리 부인이 되어 경성에 와 있었거든요. 이 친구와 지인 부인 2명과 나 이렇게 네 명이 왁자지껄하며 출발했습니다. 조선에 왔으니 금강산도 보고 오자는 것이었습니다. 내금강의 계곡을 따라 올라가니, 흐름을 끼고 건너편 산골짜기에 집 한 채가 있고 그 아래에서 새하얀 조선옷을 입은 젊은 여자가 계곡에 나와서 쌀을 씻고 있었습니다. 산으로 둘러싸여 있었지만, 평온하게 넓은 계곡에서 새하얀 조선옷을 입은 젊은 여자가 쪼그리고 앉아서 흐르는 물에 쌀을 씻는 풍경은 조용하고 아름다웠지요. 산기슭을 더 올라가니 갑자기 생각지도 않게 지붕을 이어놓은 절이 나타났습니다. 오색으로 채색된 넓은 절이 나무에 둘러싸인 산 중턱에 갑자기 드러났을 때, 그것은 마치 꿈속 같았습니다. 완만하게 높은 돌계단은 돌 표면조차 비바람에 씻겨서 색이 바래고 닳아 있었습니다. 누문과 본당, 회랑의 오색의 섬세한 채색도 세월에 고풍스러워져서 거의 한 가지 색으로 섞여버린 복잡한 아름다움이었습니다. 얼핏 올려다보니 그 누문 위에 흰 모시를 입을 스님 한 분이 한가롭게 가부좌를 하고 돌계단을 오르는 우리를 내려다보고 있었습니다. 안뜰에 한창 피어있는 목단과 작약의 색이 너무도 화려해서, 흐릿한 색채의 주변 건물 앞에서 이상할 정도였습니다.

장안사를 내려와서, 다시 산기슭을 따라 만폭동으로 올라갈 때 나무와 바위 사이를 다람쥐가 날듯이 뛰어다녔습니다. 이 산길을 조선인 산 사람의 팔에 의지해서 가는 아낙네 뒷모습을 보고 우리는 놀리듯 말했습니다.

"보소, 산에서는 쌍으로 가지 마소."

마음이 편할 때 우리는 항상 고향 말을 일부러 사용했습니다.

전정희의 고향은 개성이었습니다. 그러나 지금은 개성에 집이 없다고 했습니다. 개성, 그곳은 슬플 정도로 쇠락한 마을입니다. 고려 성쇠의 흔적은 충신의 혈흔까지 돌에 배게 했고, 남대문의 범종은 낡은 돌계단 위의 고색창연한 누각 안에서 슬픈 울림을 감추고 있는 것 같았습니다. 누각 위로 보이는 마을은 햇살을 받고 있는데도 그 햇살에 퇴색되어 쇠퇴한 색채를 띠고 있었습니다. 고려 왕궁터, 만월대는 약간 높은 구릉 위로 완만한 돌계단과 궁궐 초석만이 원래의 위치에 깔린 채로 잡초가 무성해서 꿈의 흔적조차 쓸쓸하게 무상했습니다. 그런데 개성은 자신의 역사를 아직도 에워싸서 품은 채로 고색의 자부심으로 살아 있는 느낌이었습니다. 햇살을 받으며 소리도 없구나, 하고 생각하는데, 약간 높은 산 사이에서는 그날 궁사의 모임이 거행되고 있었습니다. 팔로 기억하는 사수들, 강인한 남자들은 일본 활의 반밖에 안 되는 짧은 활을 당겨서 화살을 쏩니다. 건장한 남자들은 이야기 속의 용자와 같은 늠름한 얼굴을 하고 있어, 그 옛날 무인들이 궁사의 기예를 단련했을 이 언덕의 역사가 지금도 그들 얼굴에까지 남아 있는 것 같았지요. 각 조를 표현하는 색색의 긴 깃발이 소나무 사이에서 나부끼고 있었습니다. 하얀 깃발, 붉은 깃발, 온통 검은색인 깃발까지, 그것은 무사 그림과 같은 느낌이었습니다. 모였다고 하더라도 한 무리의 사람 수에 불과합니다만, 그 남자 중에 양복을 입은 사람은 한 사람도 없었습니다. 노인은 의관까지 쓰고 긴 담뱃대를 손에 들고 있었습니다. 드디어 이쪽 언덕에서 한 사수가 활을 쏘자 건너편 구릉에서 활이 표적에 맞았다는 신호로 둥둥 북이 울렸습니다. 북소리가 계곡으로 전달되어 오자, 지금까지 땅바닥에 가부좌를 하고 있던 깃발 든 사람이 와, 하는 외침을 길게 늘이며 깃발을 흔들었습니다. 그들은 어쩌다 끼어든 일본인 여자들을 쳐다보지도 않았습니다.

개성에 다녀온 후 전정회는 나에게 그곳의 인상이 어땠는지 물었습니다.

"개성은 어떤 느낌이었나요?"

"조용한 곳이더군. 마치 회색 같았어. 그렇지만 가장 조선다웠지."

나는 전정희가 문학을 좋아하기 때문에 그런 식으로 표현했습니다. 개성은 회색이었는데, 그것은 단지 개성만이 아니라 조선의 옛것이 많이 남아있는 곳은 경주도, 불국사도 그리고 금강산의 오색으로 채색된 절도 나의 인상에는 회색이었습니다. 지붕이 낮은 민가도, 또 옷은 진흙으로 더러워지고 정강이까지 걷어 올린 맨발에 머리에만 우아한 관 같은 모자를 쓰고 있는 할아버지 모습도 모두 회색으로 보였습니다. 그것이 나에게는 조선다움으로 느껴졌지요. 아니, 오히려 그런 식으로 보는 것이 내 맘에 들었을 겁니다. 평양 거리에 감도는 노동자의 강렬한 체취, 대동강 멀리 강기슭에 우뚝 서 있는 공장의 굴뚝, 그것은 낙랑군의 유적이나 조선의 영화의 흔적이 남아있는 건물에서보다 훨씬 오늘날의 활력이 넘쳐있는 것을, 내가 모를 리가 없었습니다만요.

전정희는 평소와 다르게, 정말 다르게 미간을 한층 슬프게 모으고, 약간 내뿜듯이 말했습니다.

"회색으로 말입니까. 당신에게는 개성이 회색으로 보였습니까? 저는 슬퍼요."

전정희는 그렇게 말하고 살짝 미소를 띠며 말을 이었습니다.

"개성은 나에게 백색과 자색이지요. 내가 소녀 시절 만월대에 혼자 앉아서 자주 옛날 일, 장래 일을 꿈으로 그렸지요. 개성은 아름답습니다. 당신에게 회색으로 보인다는 것이 슬픕니다. 나에게 개성은 백색과 자색이지요."

나는 항상 전정희에게 동정을 보냈습니다. 그녀가 고국에 보내는 애정은 그 색조차 아름답다고 동정했습니다. 백색과 자색, 그것은 반드시 내가 수긍하지 못할 것은 아니었습니다. 분명 개성의 어느 명문가의 자식이었을 전정희의 꿈은, 만월대의 잡초에 덮여 있던 성터의 초석을 더듬어서 어떻게 그려져 있었을까요. 백색과 자색, 왠지 알 것 같습니다. 그리고 그녀의 장래 구상도 여기에서 만들어졌겠지요. 어느 날 전정희가 업무상으로 조선 상류 가정을 방문할 일이 생겨 나를 데리고 함께 갔습니다. 창덕궁 가까운 곳에 높은 소나무가 길에 그림자를 드리우고 있는 낮은 토담이 이어진 주택가였습니다. 우리가 정문으로 들어서자 정문에서 보이는 집의 구조는 삼각형으로, 부엌에서 거실, 사랑방, 안방으로 이어지고 정문 안쪽 뜰에는 커다란 항아리와 화분이 놓여 있었습니다. 이 집 여주인은 예순 가까운 미망인이었는데, 하얀 분을 칠한 부푼 볼이 정력적이고 넉넉해 보였습니다. 작은 자개장과 정교한 작은 상자를 쌓아놓은 온돌로 된 사랑방에서 이 여주인은 우리에게 음, 음하며 고개를 끄덕였습니다. 전정희는 여기에서 그녀의 고향 말을 사용했습니다. 카랑카랑 울려 퍼지는 듯한 조선말을 들으면서 홀로 남겨진 나는 도무지 아무것도 할 게 없었습니다. 아마도 나에 대해 말하고 있는 듯 여주인은 전정희이 말에 수긍하면서 힐끗힐끗 내 쪽을 보았고, 나는 그 여주인에게도 또 전정희에게도 시큰둥해졌습니다.

돌아오는 길에 나는 전정희에게 말했습니다.

"조선말은 정말 모르겠어."

그러자 전정희가 말했습니다.

"당신들은 조선어를 배울 필요가 없잖아요."

그래서 나는 전정희의 비위에 맞추듯이 말했습니다.

"전정희 씨의 일본어는 완벽해."

그러나 전정희는,

"완벽하지 않습니다."

하고 준비라도 한 것처럼 얼른 대답했습니다.

"우리는 일본어도 완벽하지 않고 그렇다고 조선말도 역시 불완전합니다. 문장으로 쓰려고 할 때 가장 잘 알 수 있지요. 일본어로도 쓸 수 없고 조선어로도 쓸 수 없는걸요."

"그렇지만, 보통의 사용으로는 충분하지. 그러면 된 것 아닌가?"

나는 나의 거친 규수 사투리에도 별달리 신경을 쓰지 않아서 전정희의 말에 이번에는 동정할 수 없었습니다.

"보통의 사용? 그렇지요."

전정희는 고개를 숙이고 잠시 말없이 걸었습니다. 핸드백을 든 채로 양손을 앞으로 모아내리고 있었습니다. 이러니 어깨가 앞으로 움츠러들어 조신한 동양 여자의 자세가 되었지요. 가슴 옆으로 멘 저고리 끈이 저고리보다 더 길게 늘어져 있었습니다. 눌린 듯이 펑퍼짐한 작은 코, 이를 물고 있는 듯한 입 매무새, 귀를 드러내어 뒤로 바싹 정리한 머리카락은 작은 두상을 그대로 보여주고 있었습니다.

전정희는 강하게 눈부신 시선을 들고, 주저함이라든지 부끄러움 없이 일관된 열정으로 말했습니다.

"나는 작가가 되고 싶어요. 소설을 쓰고 싶지요. 어느 정도 써 보았지만요. 인간의 미묘한 심리나 바른 묘사를 하려면 나에게 표현이 나오지 않아요. 어느 쪽 말로 쓰는 게 좋을까. 일본말도 섬세하게는 나오지 않고 조선말도 어중간하게 되어 버리지요. 그러면 말뿐 아니라, 왠지 나라는 인간이 공중에 떠 버려서 아주 괴롭습니다. 나는 지금도 어떻게 하면 작가가 될 수 있을까 고민하며 때때로 웁니다."

"와아."

나는 평소처럼 익살 떠는 태도가 되었습니다. 또 실제로 와, 하고 생각하기도 했습니다. 전정희가 자신의 말을 잃어버리는 것보다, 그녀가 작가가 되고 싶다고 거침없이 말하는 게 나는 더 신기했습니다. 때문에 나는 익살스러운 태도가 되었습니다.

"전정희 씨, 소설가가 되려고 한다고? 대단하네, 나는 생각도 못 할 일인데."

전정희는 살며시 하늘을 올려 보았습니다. 내 말을 듣고 있는지 아니면 내 말은 듣지 않고 자기 생각을 쫓고 있는지, 오히려 시선을 피하는 것을 보면 내 말은 듣지 않았나 봅니다.

가벼운 말투가 되는 것은 언제나 갖고 있는 내 버릇입니다. 나는 일본인 친구와도 역시 이런 상황에서는 이런 태도로 말했을 것입니다. 내가 지금 이렇게 말하는 것은 단지 항변에 불과할까요. 어쨌든 나의 가벼운 말투는 상대의 반응이 없어 어쩐지 흥이 깨져 버렸습니다.

그 즈음 일본은 만주로 점차 집단으로 개척단을 이주시켰습니다. 여러 가지 사업이 만주로 확대되어 갔던 시기였습니다. 조선을 한층 일본화해야만 했을 테지요. 〈창씨〉라는 것을 실시하기 시작했습니다. 조선인 이름을 일본식으로 바꾸라는 지시입니다. 지방 일본인 관리는 자신의 실적을 올리기 위해 거의 강제적으로 〈창씨〉를 강요한 것 같았습니다. 이것은 조선인에게 커다란 모욕이었겠지요. 조선에서는 결혼해도 남편과 같은 성으로 바꾸지 않는 습관이 있습니다. 아내도 마지막까지 친정 성을 사용하지요. 그런데 성을 바꾸어야 한다니, 조선인에게 〈창씨〉는 가문 그 자체를 말살하는 것으로 내심의 반항은 울분같은 것이었습니다.

전정희는 그러나 〈창씨〉를 받아들였습니다. 그녀는 다무라 사다코가 되었지요. 일본에서 공부하고 총독부 관련 일을 하는 그녀는 그렇게 하는 편이 좋겠다고 생각했을 겁니다. 그러나 〈창씨〉를 끝내고 나서 전정희는 왠지 전보다도 까칠해졌습니다. 이전의 그녀는 우리를 비하하는 태도로 대하지 않았고, 그 때문에 경쟁적이지도 않았습니다. 오히려 처음부터 그녀는 일본인과 동등하게 자신을 자각함으로써 대등할 거라 생각했겠지요. 대등하다는 자각을 그녀는 오히려 일본 학교에 다닐 때 가졌을지도 모릅니다. 모국으로 돌아와서 오히려 그녀는 미묘한 입장이 되었을 것입니다. 그녀는 일본 이름인 다무라 사다코라는 명함을 만들어, 다시 나에게도 한 장 주었습니다.

"편집장님이 이름을 지어 주었어요."

이제까지와는 다른 어두운 태도에, 또 아첨하는 듯한 느낌이 드는 말투였습니다. 그 대신, 그녀는 전처럼 나에게 다가오려 하지 않았습니다. 나에게 그것은 아무 상관없었습니다.

어느 날 용무가 있어 전정희의 작업실로 들어가자 그녀는 한 일본인 남자 기자를 상대로 언쟁을 하고 있었습니다.

"아니요. 나는 그것으로 됐다고 생각하지요. 문장은 사람입니다. 그 문장에 '나'라는 것이 나온다고 생각하지요. 수정하면 그 문장은 죽어 버리지요."

상대는 문장의 문제가 아니라, 문법적인 오류라는 식으로 말했습니다. 그는 여자에게, 그것도 조선 여자에게 저항을 받고 까칠한 눈이 되었습니다.

"그렇다면 그 원고는 실리지 않아도 상관없습니다. 일본 학교에 다닐 때 나는 문법이 만점이었지요. 이상하네요."

전정희는 책상 위를 얼른 정리하고 방을 나갔습니다. 나는 편집장 책상에 양손을 짚고 그녀가 나가는 것을 뒤돌아서 보았습니다. 나의 그러한 태도는 분명 거의 일본인뿐인 이 편집실의 공기에 가담한 것이었습니다.

일본의 전쟁이 이른바 〈대동아전쟁〉으로 것으로 확대되어감에 따라 조선도 전시체제가 강화되어 갔습니다. 일 년 사이에 조선 공예품인 자개 상자라든지, 금구를 엄청나게 박은 상자 등 그 외 아름다운 것은 사치품이라 제작이 금지되어 상점 등은 급격하게 쇠퇴해 갔습니다.

전정희는 〈창씨〉를 해서 다무라 사다코가 된 이후 왠지 까칠해 졌습니다만, 이는 전시체제가 강화됨에 따라 조선 전체에 표면적 으로 드러나는 것이기도 했습니다. 그것은 어느 틈엔가 나타나서 바로 공기를 탁하게 만드는 것 같았습니다. 내가 빌려 쓰는 2층 집 조그만 중학생이 이렇게 말했습니다.

"조선인은 은혜를 모르지. 일본이 배려해 줬더니 조금도 협력 하질 않아, 하고 선생님이 말했어요."

거기에 대답하는 어머니의 목소리도 들렸습니다.

"어차피 조선인은 더 이상……."

일본인이 이렇게 말하는 태도는 특별히 전쟁이 격렬해지고 조 선의 공기도 바뀌고 있기 때문이 아니었습니다. 전차 안에서 여학 생이 아이, 냄새나. 저쪽으로 가지, 하는 태도는 그녀들이 늘 학교 로부터 주입되어 온 것이었습니다. 단지 조선인 태도는 분명 공기 를 바꾸는 것처럼 바뀌어 갔습니다.

어느 날 나는 만주에서 일하는 사촌오빠가 경성에 들른다고 하 여, 그를 안내해서 〈화신〉 백화점으로 갔습니다. 〈화신〉은 조선인 이 경영하는, 조선인을 상대로 하는 백화점입니다. 〈미쓰코시〉가 일본인 대상이라면 〈화신〉은 조선인이 대상입니다. 나는 사촌오빠에게 조선다운 토산품이라도 사는 게 어떻겠냐 해며 일부러 〈화신〉으로 갔습니다. 위에서부터 점차 내려오면서 백화점을 둘러보자고 하여 엘리베이터를 탔습니다. 2층, 3층, 하고 올라가서 이제 다음 층인가 생각해서 나는 엘리베이터 걸에게 물었습니다.

"다음이, 가장 꼭대기 층?"

"옥상입니다."

라고 어깨가 둥근 열 일고여덟 되는 소녀가 대답했습니다.

"어머, 옥상까지 올라와 버렸네. 옥상에는 특산품은 전혀 없을 텐데."

"그럼 원숭이가 있으려나?"

라고 사촌오빠가 말해서 둘은 큰 소리로 웃었습니다. 그때 엘리베이터가 옥상에 도착했습니다만, 엘리베이터 걸은 문을 열고 뭐라고 소리치며 손님보다 먼저 어깨를 뿌리치는 듯이 뛰쳐나가 버렸습니다.

뭔가 아주 이상했기 때문에, 뭐야 하고 처다보았을 때 그녀가 소리친 말이 이해되었습니다.

"웃지 말라니까."

라고 말하는 것이었습니다. 처음으로 그녀의 돌발적인 태도가 우리에 대한 반항이었다는 것을 알게 되었습니다. 그녀는 우리말 의미를 알지 못했습니다. 큰 소리로 웃는 것이 자신을 비웃었다고 생각한 모양입니다. 소녀가 먼저 뛰쳐나가버리고 나서 우리는 엘리베이터에서 내렸습니다. 소녀는 구석에 있는 의자에 앉아 거기 있던 동료 소녀들에게 호소하면서 우리를 노려보았습니다.

〈웃지 말라니까〉 하는 표현은 주부가 식모에게 사용하는 말투입니다. 그녀는 일본인 주부로부터 그러한 말을 들었던 경험이라도 있는 걸까요.

"와, 조선인 무섭네."

하고 사촌오빠가 말했습니다.

언젠가 조선인으로 사람 좋아 보이는 중년 부인이 아이를 데리고 미쓰코시에 간 적이 있었습니다. 그러자 관리자의 아내라도 되는 듯한 뚱뚱하고 강한 얼굴을 한 여자가,

"여기는 당신이 올 만한 곳이 아니야. 〈화신〉으로 가지."

라고 막아서서 조선인 여자가 아이를 데리고 나가는 모습을 바라본 일이 있었습니다.

"이 정도라면 조선인은 다루기 힘들겠는데. 만주로 가면 더더군다나."

라고 사촌오빠는 말했습니다. 지금 생각해보면 실로 이상한 일입니다.

철도국에서도 조선인 종업원이 다루기 힘들어졌다는 이야기가 나왔습니다. 하지만 조선인 내부에서는 어떤 분위기였는지 나는 알 수가 없습니다.

겨울날의 일입니다. 경성에는 눈이 내리지 않습니다만, 몰아치는 한기가 극심한 경성에서는, 일본인도 온돌은 칭찬했습니다. 내가 철도국으로 출근하자 벌써 소문이 퍼져 있었습니다. 전정희가

지난밤 자살을 시도했다는 것입니다.

"그래?" 나는 그럴 때 쪼르르 달려가서 이야기에 가담하지 않는 편이었습니다. 이미 일어난 일이니 어쩔 수 없는 게 아닐까요. 과장이 출근해서 이 이야기를 듣고 나에게 여자가 가는 게 좋겠다고 하면서 일단 병문안을 보냈습니다. 그녀는 파고다 공원에서 가까운 무슨 도로의 작은 병원에 입원해 있었습니다.

전정희는 조선 여자의 수발을 받으면서 지저분한 침대에 누워 있었습니다. 하숙집 아줌마처럼 보이는 그 중년 부인은 일본어를 할 줄 모르는 듯 나를 보자 단지 고개만 끄덕일 뿐이었습니다. 전정희는 잠든 채로 뭔가 중얼중얼 말하고 있었습니다. 접수대에 가서 그녀의 상태가 어떤지 물어보았습니다. 오늘 하루 기다리면 괜찮아질 거라고 하면서, 중간에 가끔 의식은 돌아오겠지만 아직 정상은 아니라고 하더군요. 무슨 약물을 마신 것 같다고도 했습니다.

병원 전체에 무슨 이상한 냄새가 배어 있는 것 같았습니다. 나는 다시 병실로 갔습니다. 간병인이 전정희를 보면서 뭔가 말했습니다. 나도 그 뒤에서 전정희를 엿보았습니다. 전정희는 아무것도 보고 있지 않은 듯 얼빠진 눈을 하고 있었습니다만, 간병인의 말을 알아들었는지 매서운 눈초리로 나를 쏘아보았습니다. 또 나를 응시하는가 싶더니 얼굴을 휙 돌렸습니다. 그리고,

"이 사람, 싫어."

라고 말했습니다. 이상한 말투였습니다만, 그것은 실로 분명한 의사표시였습니다. 환자가 제멋대로 말한다기보다 더 확실한 것

이었습니다. 그녀 자신이 정말로 지금 말하고 있는 것을 알고 있는지 어떤지는 모르겠습니다. 병으로 인해 잃어버린 의식이 문득문득 선명해질 때 그것은 어떠한 불순물 없이 맑게 떠올라서 그대로 표현되는, 그런 식이었습니다. 나는 뺨을 찰싹 얻어맞은 느낌이었습니다. 병간호하는 여자는 그것을 아는지 모르는지 나에게 고개를 끄덕이기도 하고 옆으로 고개를 흔들기도 했습니다.

그녀는 뭔가 중얼중얼 말하기 시작했습니다. 목소리가 점차로 급속하게 높아졌습니다.

"검정, 약을 먹었습니다아. 빨강, 약을 먹었습니다아."

라고 길게 늘이면서 말하는 것이 소학생이 책을 읽는 것 같은 말투였습니다.

"빨강, 하양, 자주"

그렇게 외치는가 싶더니 이번에는 다시 앞의 말로 갑자기 바뀌어서 분위기가 다른 조선어가 되었습니다. '아니, 저거 줘, 아니, 아니'라고 나에게는 들렸습니다. 전정희는 소리치면서 한쪽 팔을 들어 격하게 허공에 대고 흔들었습니다. 간병인은 벌벌 떨면서 그 팔을 잡아 주었습니다. 전정희는 이번에는 머리를 세게 흔들고 더욱 크게 헛소리를 이어 갔습니다. 그리고 이상한 헛소리에는 조선어 사이에 일본 말이 의미 없이 섞여 있었습니다. 조선어로 외치고 있나 싶더니, 이번에는,

"몰라, 몰라, 나는 몰라."

라고 일본어로 외치고 또다시 조선어로 외쳤습니다.

뒤로 젖힌 전정희 얼굴은 힘을 주어서 붉어졌고, 촛점 없는 눈은 미간을 모아 떠진 상태에서, 입만이 정력적으로 움직이고 있었습니다.

오카자키 선생님이라는 말도 들렸습니다. 일본 학교가 생각난 것이겠지요.

"이렇든, 저렇든 오늘까지는"

라고 하는데 무슨 말을 하는지 모르겠습니다. 조선어로 바뀌자 하하하 하는 웃음소리도 섞여 있었습니다. 또 오오, 오오, 하는, 말도 안 되는 소리로 외치는가 싶더니 피곤해졌는지 잠에 빠졌습니다. 겨울인데도 그의 얼굴은 땀으로 흠뻑 젖어 있었습니다.

나는 깜짝 놀라서 얼른 뛰쳐나왔습니다. 뭐라고 표현할 수 없는 기분이었습니다. 그러나 그것보다 그녀의 이상한 헛소리에 대한 강렬한 두려움으로 나는 추위 때문만이 아니라 몸이 떨렸습니다.

전정희는 목숨을 건졌습니다. 그러나 철도국은 그만두었습니다. 전정희가 인사하러 철도국에 한 번 들렀는데 나는 그때 없어서 결국 전정희와 만나지 못했습니다. 전정희는 평양에서 가까운 작은 마을로 돌아갔다고 들었습니다.

나는 아름다운 조선 풍경을 이야기할 참이었습니다만, 음울한 이야기를 하고 말았습니다. 나는 일본으로 돌아와서 이렇게 일하고 있습니다. 그러나 요즘 참을 수 없이 아름다운 조선이 생각납니다. 직장에서 내가 조선 이야기를 하지 않는 이유는, 전에 이런 일이 있었기 때문입니다. 내가 조선이 그립다고 말한 적이 있었습니다. 옆에 있던 젊은 남자 동료가 묘하게 냉소적으로 말하더군요.

"식민지에서 살아본 맛은 잊을 수 없는 것 같네요. 누구라도. 그러나 오사와 씨, 이제는 갈 수 없지요. 한 번 더 가고 싶겠지만. 혹여 갈 수 있다고 해도 과거와 같은 상황은 아니겠지요."

"예, 나도 다시 가고 싶지 않아요."

반발적으로 나도 대답했습니다.

나는 일본으로 돌아와서 항상 익숙해지지 않는 뭔가가 내 안 어딘가에 있는 것을 느낍니다. 그러한 기분 때문일까요. 전정희 일이 때때로 생각나는 것은. 만약 전정희에게 말한다면 그녀는 뭐라고 대답할까요.

"당신은 모를 거예요. 완전히 다르니까요."

라고 대답하겠지요.

단지 나는 전정희의 나라, 조선은 아름다운 곳이었다고 말하고 싶었을 뿐입니다.

타이완 여행

　'비의 항구'라는 별명을 가진 지룽基隆은 우리 배가 도착한 그 날도 연기가 자욱한 것처럼 가랑비에 젖어 있었다. 1시간도 걸리지 않아 타이베이 역에 도착했을 때, 이미 그곳은 4월이라는 계절에는 볼 수 없는 강한 햇살로, 이 땅에 처음 발을 들여놓은 여행자의 마음을 새롭게 했다. 이왕 도착했으니까, 하는 의욕에 넘쳐서 나는 남쪽 섬다운 강한 햇살이 반가웠다. 야자나무 가로수의 굵은 선도 익숙하지 않은 사람에게는 호사로 보여, 여기가 타이완인가, 하고 미소도 떠올랐다. 타이완은 이미 오랫동안 우리들의 가슴에 친숙해 있지만, 그 친숙함 때문에 오히려 이국적인 기대가 더해졌다.

　낯선 땅으로 여행할 때는 언제나 마음속에 미리 준비한 예상이나 기대를 하지 않고, 그곳으로 간다는 것만으로도 흥분하는 습관이 있다. 그러나 타이베이역 앞에 한걸음 내디뎌서 태양의 선명한 색을 보고, 야자 가로수에 여행자로서 만족하는 것을 보면, 언제인지 모르지만 흔한 예상을 만들어놓고 있었음이 틀림없다. 철도호텔 현관에 서 있는 네다섯 명의 소년 심부름꾼 얼굴에서조차 고사족의 골격을 하고 있다고 성급하게 인정해 버렸으니 말이다.

혼자 하는 홀가분한 여행이라 호텔 방에서 항해의 피로를 오랜 시간 풀었다. 밝은 태양 속에 한낮의 고요함이 흐르고, 내 중심적인 기분을 문을 걸어 잠근 방 안에서 발산시켰다. 여행길의 숙소 방 한 칸에서 내 생각을 퍼트릴 때, 여정旅情에는 마음을 적시는 다정함은 사라지고, 자아를 완고하게 가두어 버리는 이기적으로 말라가는 박정함만이 남았다. 나는 복도를 지나가는 구둣발 소리에도 신경 쓰지 않았다. 그런데도 여차하면 누구에게라도 맹렬하게 응대할 수 있는 마음의 준비는 해두고 있었다.

아직 여행 초반이기 때문에 그러한 나 자신의 상태를 알아차리지 못했다. 나는 단지 이제부터 보게 될 미지의 땅의 풍물에 취할 마음으로 발걸음을 내디딜 참이었다. 창문으로 들어오는 자동차 소음과 차부를 부르는 소리도 나와는 아무 관계가 없었다. 나는 침대에 누운 채로 그들 소리를 바라보는 기분이었다. 저녁때는 이곳 신문사에 초대되어 식사 대접을 받았다.

초대받아 간 일본 요리 집 정원은 시멘트벽으로 이웃과의 사이가 좁게 구획되어 있었는데, 구석에 관목이 한 그루 있었다. 나무에 피어 있는 산호 가지로 만든 것처럼 새빨간 꽃은, 본 적이 없는데다 아름다워서 여종업원에게 꽃 이름을 물어보았다.

"단향뽕나무라고 하는데요."

단향? 단향은 아니야. 그건 나무가 훨씬 더 크고 연자색 꽃을 피우지."

라고 신문사 사람이 말했더니,

"아니요. 단향과는 다릅니다. 단향뽕나무라고 합니다."

"글쎄"

하면서 신문사 사람은 옆으로 여종업원의 얼굴을 쳐다보았다.

"자네는 고향이 어디야? 류큐(오키나와의 옛 이름) 인가?"

"무슨 말씀을요. 규슈九州입니다."

라고 여종업원이 대답하며 째려보았다.

식사 후 파파야와 바나나가 나왔다.

"어때, 오늘 파파야는 맛있을까?"

신문사 사람은 검은 알알이 씨를 수저로 파내고 노란 과육을 뜨면서,

"음, 이 파파야는 맛있군."

하고 만족한 듯이 고개를 들었다.

바나나와 달리 일본 시장을 활기차게 할 수 없는 이 과일은, 이 땅에 사는 일본인의 비장의 무기인 것처럼 여행자에게 먼저 권하는 최초의 선물이다. 그러나 언제부터인가 파파야, 파파야, 하는 사이 이 사람들은 과일에 대해 이상할 정도의 정열을 가져버린 듯이 보여서 음, 파파야는 맛있어, 하는 흥분된 목소리까지 왠지 절실해 보였다.

밤거리로 나오자 포장마차의 과일 냄새가 퍼져 있었다. 인력거를 부르는 찌르는 듯한 여자 목소리가 마을을 관통했다. 검은 견직 하오리를 입은 남자가 지팡이를 짚고 걸어가고 있었다.

인력거를 부르는 여자 목소리는 호텔에 들어온 후에도 새벽까지 때때로 이어졌다. 술집 여자가 손님을 위해서 부르는 소리인 것 같다. 하지만 그 울림은 건조하고 날카로워서 언젠가 만주 여행에서 느꼈던 슬픈 감정이 문득 떠올랐다. 다른 인종의 인부에게 무례하게 거침없이 반말하는 것도, 그것을 제거하겠다는 굳은 심지가 없다면 마비되어 둔감해지겠지, 하는 쓸쓸한 생각이다. 방안 테이블에 달리아 꽃이 새로 꽂혀 있었다. 뚜벅뚜벅 복도를 걸어가는 발소리는 옆방 외국인의 아내인 듯하다. 제3국 어딘가의 사람인데, 고향으로 돌아가는 길이라고 보이가 살짝 얘기해 주었다. 왠지 전쟁이 확대되기 시작하는 분주함이 느껴졌다.

아침에 일어나서 얼굴을 씻고 나니, 책상 위의 전화벨이 울렸다.

'여보세요. 미야가와 씨인가요?' 하고 친근하게 묻는다.

"저, 후지타, 후지타입니다."

"후지타 씨?"

"예, 전에 도쿄 고탄다 진료소에 있었던 의사 후지타입니다."

'아아, 네' 하며 나도 그가 얼른 생각이 났지만, 타이완에 와 있는 것은 모르고 있었다. 그런 친구에게 금방 전화 오는 것을 보니 역시 여행 중인가 보다. 아침 신문에 내가 타이완에 왔다는 기사가 나왔다고 후지타는 말했다.

"어때요. 시간 있나요. 좀 찾아봬도 될까요?"

"네, 물론이지요. 일부러 와 주신다니 미안합니다."

"네. 그럼 곧 출발하겠습니다."

요즘 있었던 두세 번의 장거리 여행에서 언제나 생각지도 못한 사람과 우연히 만났다. 여행지에서의 해후는 아이처럼 기분을 단순하게 만들어서 최대한의 친근감을 서로에게 보여준다. 그것으로 한층 기뻐하는 것이 내 여행의 하나의 특색이 되어 있었다. 고탄다 진료소에 있던 의사 선생님인 후지타 씨. 얼굴도 알고 이야기를 나눈 적도 있지만, 신문을 보고 얼른 전화로 달려든 후지타 씨의 기분은 수화기의 말투로도 알 수 있어서, 왠지 사람에 대한 아플 정도의 그리움이 전달되었다.

서둘러 준비를 하고 있으니 벌써 후지타의 명함을 가지고 보이가 들어왔다.

계단을 내려가자 로비 의자에 앉아 있던 후지타가 얼른 일어섰다.

"아, 반갑습니다."

"잘 지내셨지요?"

"오랜만입니다. 어떻습니까. 모두 잘 계시지요?"

"덕분에요. 선생님도 변함이 없으시네요."

"아닙니다. 많이 변했습니다."

전혀 미소를 띠지 않고 언제나 어깨에 힘이 들어가 있는 후지타의 표정은 육칠 년 전과 조금도 변하지 않았다. 후지타 씨는 반듯한 얼굴이 창백할 정도로 희고, 뿔테 안경 너머로 수재다운 번뜩

임 속에 어딘가 그늘이 있는 눈빛 때문에 초면에는 차가운 인상을 주기 쉽지만, 그러나 그런 표정으로 친절하게 말을 잘 걸어주어 나도 우리 애가 아팠을 때 후지타 선생님에게 진찰받은 적도 있어서 얼핏 본 그의 차가운 인상은 아무것도 아니었다. 지금도 일부러 찾아와준 따뜻함을 짐짓 그 표정에 숨기고 있는 것처럼 보였다.

"어떠세요? 안내해 주는 사람은 있습니까?"

"특별한 예정이 있는 여행은 아닙니다만."

"아, 느긋해서 좋겠네요. 그럼 집사람이 안내해 드리지요. 준비하고 있었거든요. 저는 좀 바빠서 먼저 실례하겠습니다. 나중에 집사람을 보내지요."

"그렇지만 폐가 되지 않을까요?"

"무슨 그런 말씀을요. 집사람도 지금은 유한부인이지요. 옛날과는 다릅니다."

"저도 마찬가지입니다."

후지타가 말하는 옛날과 달라졌다는 말에 아무래도 자신을 비하하는 느낌이 들어, 나도 그렇게 말하자 그는 처음으로 하하, 하고 웃었다.

"자, 그럼"

하고 후지타는 얼른 일어났다.

"나중에 천천히 도쿄 이야기를 듣고 싶습니다."

배웅하고 방으로 돌아온 후에도 왠지 상대방의 기분만이 가슴에 남았다. 제국대학을 우수한 성적으로 졸업하자마자 집안에 여

러 가지 불행한 일이 일어났다고 한다. 괜찮은 병원에서 근무할 수
도 있었는데 일부러 마을 진료소에서 일했다. 그의 선택에는 사상
이 영향을 끼쳤을 것이다. 그리고 진료소가 폐쇄된 후 후지타의 소
식도 듣지 못한 채 시간이 흘렀다. 후지타가 타이완으로 왔다는 소
문조차 듣지 못했다. 후지타가 한창 진료소에서 일했을 즈음에는
서로에게 연결되는 친한 감정이 있었지만, 하는 일이 달라서 후지
타의 소문을 듣지 못한 것은 당연할지도 모른다. 후지타와 진료소
에서 함께 일한 사람 중에는 벌써 도쿄에서 개업한 사람도 있었는
데, 그런 사람과 도쿄의 무슨 모임 같은 곳에서 만났더니 완전히
다른 사람이 되어 있어서 오히려 어색하기까지 했다.

　나는 집으로 보내는 엽서를 썼다. 일본을 떠날 때는 겹옷에 하
오리까지 갖춰 입고 왔지만, 배에서부터 홑옷으로 바꿔 입었다. 나
흘 동안의 배에서의 생활은 시기가 시기인 만큼 안전이 보장된 것
은 아니었지만, 삼등실 쪽에 타고 있던 어린 애들 몇 명은 낮 시간
에 갑판 위로 올라와 고리 던지기 같은 놀이를 하며 걱정 없는 모
습으로 놀았다. 선장이 말하는 주의사항은 만만치 않게 긴장할 만
한 것이라, 밤에도 특히 여자는 바지를 입고 자야 할 정도였다. 이
런 위험한 항해에 아이까지 데리고 타야만 하는 생활도 있다고 생
각하니 인간의 생활이라는 게 아주 강인하다고 느껴졌다. 나 역시
타이완에 오는데는 어느 회사의 초대로 갔던 만주에 대해 이야기
한다는 방문목적은 분명하게 있었지만, 이번 기회에 타이완섬 전
체를 돌아보자는 이른바 느긋한 여행이라, 그런 느긋함을 생각한

다면 나도 질 바는 아니라고 생각했다.

창문으로 불어오는 바람이 멈추면 땀이 날 정도로 더웠다. 창문으로 보이는 정원수를 바라보니, 보통 한마디로 야자나무라고 말하지만 보기에도 여러 종류가 있는 것을 알 수 있었다. 나에게는 최소한 종려나무와 야자나무 구별조차 확실하지 않지만 말이다.

문을 가볍게 두드리는 소리가 났다. 일어나서 열어보니 갈색 견직 양장을 입은 아담하고 통통한 부인이 살짝 애교 띤 미소를 지으며 서 있었다.

"저기, 미야가와 씨 계신가요? 후지타라고 합니다만."

"아, 네."

라고 답하자 곧이어 부인이 말을 이었다.

"환영합니다. 무사히 도착하셔서서 다행입니다. 오늘 아침 남편이 들렀다고요. 모시러 왔는데, 괜찮으시면 외출하지 않으시겠어요? 후지타도 벌써 집에서 기다리고 있어요. 차를 대기시켜 놓았습니다."

"고맙습니다. 일부러 와 주셔서. 그럼 얼른 준비하겠습니다."

"네, 그럼 저는 아래에 내려가 있겠습니다."

어디에도 구애받지 않을 것 같고, 성품 좋아 보이는 모습으로 내려가는 그녀를 배웅하고, 나도 서둘러 옷을 갈아입으며 뭔가 특이한 부부라고 생각했다. 후지타의 아주 수재다우면서 조금은 신경질적으로 보이는 얼굴이나 행동에 비해, 부인은 후덕한 얼굴을 하고 있고 나이도 더 많지 않을까 생각되었다.

　현관 자동차 안에서 누군가 '어서 오세요' 하고 말을 걸며 문을 열어 주었다. 찬찬히 보니 귀여운 단발머리를 한 열대여섯 살의 여자아이가 차 안에 혼자 앉아서 통통한 볼에 미소를 띠고 여학생답게 인사했다.

　"미요 짱, 미야가와 씨야. 네가 만나고 싶다고 말했었지."

　라고 부인은 말하고,

　"제 딸이에요."

　라고 소개하며, 차가 미끄러져 내려가자,

　"집으로 가 주세요."

　라고 운전사에게도 말했다.

　"어때요. 타이완이 덥지요. 저는 미야가와 씨를 도쿄에서 한번 뵌 적이 있습니다만, 기억 못 하시지요."

　"그랬던가요. 실례했습니다. 이런 큰 따님이 있으셨군요."

　"아아, 네."

　라고 희미한 웃음으로 모호하게 답했다.

　"아, 후지타는 오늘 아침 신문 기사를 보고 정말 기뻐했어요. 밥을 먹다말고 얼른 전화를 걸었지요. 천천히 쉬다 가세요. 특별히 서두를 일은 없으시지요. 호텔에서 하는 식사는 질릴 거예요. 집으로 오서서 드세요. 아무것도 할 줄 모르지만, 지금은 후지타가 그럭저럭 하고 있으니 다른 데서 먹는 것보다 나을 거예요. 지금은 저도 유한부인이에요. 도쿄에서는 고생했지만요."

여자아이는 굳이 말한다면 후지타와 닮아서 말없이 미소만 띠고 있었다.

"저의 집은 좀 묘한 곳에 있어요. 타이완 사람만 사는 지역의 한가운데 있으니까요. 거기에서 개업한 일본인은 많지 않아요. 그래서 비교적 인기 있는 편이지요."

자동차가 그쪽으로 달리고 있어서 동네 설명을 한다.

"자, 드디어 도착했습니다. 자동차로는 금방이에요. 지금은 타이완에서도 차를 갖는 게 자유롭지 못합니다."

그런 말은 자기들에게는 자동차가 있어 자유롭다는 것을 의미하였지만, 그것이 특별히 자랑거리도 들리지 않는 것이 신기했다.

그녀는 큰길에 차를 세우고 거침없이 앞으로 걸어가서 후지타의원이라는 커다란 간판이 걸려있는 3층 건물로 들어갔다.

"여보. 미야가와 씨를 모셔 왔어요."

"그래."

하고 소리나는 2층에서 일본 옷을 입고 있는 후지타의 모습이 살짝 보였다.

"네, 어서 오세요. 올라오시지요."

"남편은요. 책을 읽는 것 외에는 달리 즐거움이 없다고 말하지요. 레코드는 대부분 가지고 있어요. 아무거나 좋아하시는 곡을 틀어도 됩니다."

부인은 바지런하게 의자를 옮기면서도 후지타가 '당신, 저기, 담배 좀' 하고 말하면, 후지타의 앞으로 백로 상자를 갖다 주었다.

"오늘은 어디로 가세요? 역시 우선 타이완 신사에 가야겠지요?"

"그렇지요. 역시 그 주변이겠지요."

어이, 시게코 라고 다시 부른다.

"식사는 어떻게 하겠소. 미야가와 씨도 점심은 아직이실 텐데."

"그건 한술 뜨고 갈 수 있게 준비해 두었어요."

"아, 그렇군."

어이, 어이, 하고 다시 부른다.

"서두르지."

"괜찮아요. 차는 이미 불러 두었으니까요."

미요 짱, 좀 도와줄래?, 하며 부인은 3층으로 올라갔다.

"어때요. 이상한 생활이지요. 3층은 부엌이에요."

후지타는 그렇게 말하고 뭔가 생각난 듯이 다시 부인을 찾았다.

"어이, 아까 야마자키한테서 전화가 왔었는데."

"아, 알겠어요. 나중에 듣지요."

하면서 시게코가 바쁜 듯이 대답했다.

"도쿄에서는 모두 어떻게 지내시는지요? 알아서들 하시겠지만요."

"글쎄요. 모두 알아서 하겠지요."

"저는 왠지 마음이 약했던 것 같아요. 당시 견딜 수 없게 되어

여기 있는 친척에 의지해서 낙향해 버렸습니다.″

″그래도 여기에서 성공하셨잖아요.″

″타이완 사람에게 친절하게 대해 주었으니까요. 먹고사는 데
는 어려움이 없고 어지간한 사치도 할 수 있지요.″

시게코가 정성 들여 차려놓은 식탁에 앉고 나서도 얼핏 후지타
는 자기중심적으로 행동하는 것처럼 보였다. 아내에게 응석 부리
듯이 의지하는 것과 시게코가 후지타는요, 후지타는요, 하고 입버
릇처럼 말할 때마다 시선이 남편 쪽으로 향하는 것이 합쳐져서, 그
것만이 확대된 것처럼 내 눈에 들어왔다.

이윽고 우리는 타이완 신사로 차를 달렸다. 부드럽게 굽어 있
는 강의 넓은 광경 속에서 타이완 신사의 참배 길은 온화한 풍경
으로 이어졌다. 목련 꽃을 빨갛게 만든 것 같은 이 이름 모를 꽃은,
한 송이 한 송이가 위로 찌르듯이 피어있어서 불이 타오르는 것처
럼 야릇하게 아름다웠다. 참배 길을 쓸고 있는 남자에게 이름을 물
으니 면화 나무라고 한다. 하루 만에 시들어 버리는 꽃이라고도 했
다.

참배 길 석등은 셀 수 없을 정도로 늘어서 있고 거기에는 모두
일본인 한 사람 한 사람의 이름과 고향 현인회의 이름이 새겨져 있
었다. 그것을 보면서 올라가자니 왠지 고향을 떠나온 사람들의 애
달픔이 절절하게 다가와서 슬퍼질 정도였다.

슬픔은 석등뿐만이 아니었다. 때마침 토요일이라 가족 동반으
로 참배하는 사람들의 무리에도 흐르고 있었다. 집안의 문장이 새

겨진 하오리 예복을 제대로 갖춰 입고, 처와 자식에게 나들이옷을 입히고 참배하러 온 사람들이 있었다. 멀리 고향을 떠나 사는 사람들에게는, 이 신사에 와서 가족의 화목을 기원하는 마음이 더욱 절실하리라 생각되었다. 넓은 경치 속에 하오리에 그려진 커다란 다섯 개의 문장이 떠오르는 것 같은 광경은 망향의 상징처럼 보였다.

후지타가 딸을 데리고 한 걸음 앞서 나아갔을 때, 시게코는 나에게 조용히 속삭였다.

"미요코는요. 후지타의 자식이 아니에요. 한번 파탄 났던 제 결혼생활에서 생긴 아이지요. 이제 후지타는 완전히 자기 자식처럼 생각해요. 나보다도 후지타와 닮았을 정도예요. 게다가 제가 후지타 보다 네 살이나 많거든요."

이런 개인적인 것을 털어놓는 시게코의 말에는 지금의 행복을 강조하려는 마음이 담겨 있었다.

"도쿄 같은 곳에 살지 않고 이곳으로 와서 정말 잘 됐어요. 물론 후지타에게는 낙향했다는 기분도 들겠지만, 이쪽에서 후지타는 제대로 활약하고 있으니까요. 요즘 후지타도 그렇게 말하면서 마음을 다잡고 있는 것 같아요."

"어이, 어이."

하고 후지타는 돌아보았다.

"당신 괜찮겠어? 언덕을 올라갈까 하는데."

"아, 괜찮아요."

"어쩌다 집사람을 신경 써야만 하게 되었지요."

그렇게 말하고 후지타는 살짝 웃어 보였다.

"아이, 싫어요. 벌써 항복하신 거예요."

시게코가 나를 보았다.

"아, 아기가 태어나는군요."

아무렴요, 하는 듯이 시게코는 고개를 끄덕였다.

후지타는 타이완에 와서 타이완 사람에게 친절하게 대하는 것을 마음의 의지로 삼는 것 같았다. 그리고 어느 정도의 사치에 자조하는 것처럼도 비쳤다. 그런 점에서, 이 땅을 여행하는 나에게도 어딘가 후지타의 외로움이 보였다.

아기가 태어날 거라고 행복해하는 그 흥분에서조차, 외로움이 안개가 끼어 있는 것처럼 보였다.

여행에서 앓는 것도 또한 여정의 하나가 된다. 나는 후지타 일가와 타이완 신사로 참배 갔던 다음날부터 열이 나서 일어나지 못했다. 배를 타고 있을 때부터 그런 기미가 보여서 양치질을 부지런히 했는데도, 한번 통증이 느껴진 편도선은 언제나 열이 나는 상태까지 발전해 버린다. 매번 있는 일이라 걱정은 되지 않았지만, 후지타는 얼른 진찰해서 조처해 주었다. 후지타의 아내인 시게코가 음식을 만들어서 의원 서생에게 심부름시켜 매일같이 호텔로 보내주었다.

"당신이 계셔서 얼마나 편한지요."

일부러 나는 편하다는 표현을 사용했다.

"여기까지 와서 신세를 지다니요."

거기에 대답하지 않는 후지타를 대신해서 시게코가,

"이 사람은 다른 사람 돌보는 걸 좋아해요. 오히려 기뻐하고 있을걸요."

라고 하면서 후지타의 얼굴을 바라보았다.

호텔에서 친해진 연배 있는 일본인 보이가 머리에 얼음주머니를 자주 교환해 주었다. 이를 거들 듯이 타이완 청년 보이가 돌봐 주었는데, 이 청년은 온화한 성격에 젊은이다운 몸을 하고 있었다. 게다가 본인은 말하지 않았지만, 지원병 시험을 쳤다고 일본인 보이가 말해 주었다.

"지원병 시험에 합격했다면서요."

하고 내가 묻자, 청년 보이는 아무렇지 않은 표정을 지었다.

"아, 아닙니다. 여러분들 덕분이지요."

하며 채용 통지를 기다리고 있다고 말했다. 그 모습이 일본의 모범청년처럼 보였다.

나는 이곳에 와서 내가 접하는 타이완 사람 누구나 이제 일본인과 닮았다는 것을 느꼈다. 여자들도 중국 옷을 입고 있지만 일본어를 말하고, 그것도 더듬거리기는 하지만 어딘지 그들 특유의 느낌이 옅어져서 굳이 말하자면 우리와 친숙하게 되어 있었다. 인간의 성격이라는 것은 환경 작용의 영향을 받는다. 그것은 인간에게 슬픔이면서, 또 인간이 잡초처럼 강하다는 것을 보여주는 것이기도 하다. 한밤중에 잠들지 못하고 미지근해진 얼음주머니를 목에

감은 채로 모기장 속에 누워서 무심코 거리에서 나는 소리에 귀를 기울이고 있으니, 인력거를 부르는 여자 목소리가 뚜렷하게 들렸다. 왜 나는 이상하게 저 소리에 신경이 쓰이는 걸까.

사오일이 지난 후에 나는 이제 일어날 수 있게 되었다. 열이 식은 뻐근한 몸을 이끌고 차에 흔들리면서 용산사 절로 나가 보았다. 이 절에서 본 불상의 얼굴은 내 몸이 지금 약해서인지 묘하게 격한 공감을 불러일으켰다. 등불 앞에 안치된 길이 2척 정도의 청동상인데, 불상이라기보다 인간에 가까운 인상을 하고 있다. 아래로 쳐진 눈꺼풀의 그늘과 말라 보이는 뺨에는, 풍요로운 자비의 빛 보다는 슬픔에 견디는 조용함과 고뇌가 드러나 있다. 게다가 얼굴은 일본인 얼굴과 닮아 있다. 듣자 하니 현대에 만들어진 작품이라고 한다. 나는 가슴이 동요되어 그 청동상을 넋을 잃고 바라보았다. 좋은 집안 출신으로 보이는 아름다운 타이완 모녀가 참배하고 있었다. 창백한 얼굴을 한 모친과 가는 허리를 가진 딸이 공양물과 등불을 바치고, 투명한 듯한 손을 이마 위로 모아서 지면에 이마를 붙이 듯이 절을 했다.

다다오청에 있는 후지타 집에서 뒤쪽을 보니, 3층 건물 밑에서 위까지 이어진 계단 옆에 각각 부엌이 붙은 작은 집이 밖으로 드러나게 쭉 늘어서 있다. 푸른 중국 옷을 입은 여자가 아이를 옆구리에 안고 2층 부엌에서 밥을 짓고 있다. 그 위 3층에서는 단발머리의 젊은 여자가 빨래하고 있다. 그 옆 3층에서도 노파가 불을 지피고 있다. 그리고 아래 좁은 골목에서는 벗겨진 흰 벽에 기대서 아이들이 놀고 있다. 돌이 깔려있는 길은 양쪽의 높은 집이 햇빛을 막아서인지 축축했다. 그런데 한 걸음만 나가면 그곳은 지붕이 이어져 있는 치러우(집 밖으로 나온 베란다가 연결된 길)로 연결된 번화한 상점가이다. 그사이에 끼어 있는 집 안 후지타 방에는 일본 서적과 레코드가 모여 있었다. 나는 거기에서 후지타의 희망과 휴식을 보는 듯한 느낌이 들었다. 후지타 뿐이 아니다. 시게코도 이미 과거 인생에서 모진 경험을 해온 사람이다. 시게코의 딸인 미요코를 사이에 두고 복잡하다면 복잡할 수 있는 부부 사이지만, 의사로서의 후지타의 지위도 이 마을에서 확실해졌는지 정돈된 형식 속에서 서로 위로하며 화목해 보였다. 그런 식으로 파악하는 것은 내가 이 땅에 여행자로서 와 있다는 심리의 동요였을지도 모르겠다.

타이베이에 체재하는 동안 하루는 부슬부슬 비가 내려 하오리를 겹쳐 입어야 할 정도로 추운가 싶더니 다음 날은 햇볕이 쨍쨍하게 맑아서 강에 띄운 배에서 식사하려고 단스이로 갔다. 거기서는 아이들이 수영하고 있었다.

그즈음 타이완에는 단향나무 꽃이 한창이었다. 자귀나무 꽃보다 더 선명하게 나무를 덮으며 피는 연자색 꽃인데, 색이 너무나 부드러워 잡을 수 없을 것같이 주변에 녹아 들어가서 꿈속에서 보는 것처럼 피었다. 타이베이의 어떤 조용한 주택가에서 담 너머로 피어 있는 이 꽃을 보았을 때, 골목길 전체가 연자색으로 피어오르는 것처럼 보였다.

이란宜蘭(타이완 북동부의 도시)으로 가는 기차 창문에서도 나는 이 꽃을 보았다. 기차는 산 선로에 걸쳐 있었다. 아래를 내려다보니 계곡 사이 강에 초라한 다리가 걸쳐 있고, 셀 수 있을 정도의 집들이 하얀 벽과 검은 지붕으로 이어져 있었다. 다리를 쌓아올린 돌담에 주변을 연자색으로 물들이며 단향나무 꽃이 피어 있고, 그 아래로 푸른 중국 옷을 입은 여자가 빨래하고 있었다. 한순간 지나가는 경치이지만 한 장의 그림처럼 남는다. 부드러운 색의 이 꽃은, 모든 것이 굵고 두터울 것 같은 이 토지의 경치에 홀로 있는 수줍은 소녀처럼 진귀했다.

이란역에 내리니, 그곳은 다시 옛날 숙소와 같은 정취가 느껴졌다. 동해안 바다에 솟아 있는 절벽을 몇 번이나 돌아가는 겁나는 자동차 여행을 이 마을에서 시작할 참이었다. 자동차 출발을 위해 모여든 사람들로 역 앞은 북적인다. 몇 번이나 꼬불꼬불 돌아가는 험준한 길에 목숨을 맡긴 자동차가 서너 대 이미 대기하고 있었다. 숙소 가게 앞에서 밥을 먹는 사람도 있고, 짐을 다시 묶고 있는 사람도 있었다. 그런 일본인들 옆으로 정류장에 깔린 돌길에 짐을 옆에 두고 죽치고 앉아있는 타이완 사람도 있었다. 가난한 타이완 여자가 등에 업은 아기가 울어서 팔에 걸친 봇짐 속에서 사탕수수 막대를 하나 꺼내 뚝 부러뜨려 허리를 돌려서 아기에게 쥐여 주었다. 아기는 가느다란 마른 손가락을 힘껏 뻗어 딱딱한 사탕수수를 잡았다. 작지만 거무스름한 아기 표정은 영리해 보였다. 어린 아기와 딱딱한 사탕수수와의 대조 때문인지 나는 얼른 눈을 피했다. 여정을 앞둔 분주한 분위기 속에서 그런 모습이 신기해서 인상에 남았을 것이다.

일본인 숙소의 딸들은 자동차 출발 시간을 신경 쓰는 손님들 앞에 익숙한 듯 서두르며 음식을 날랐다. 나는 마을로 걸어가서 길가에 있는 타이완 사람이 장사하는 국숫집으로 들어가 지저분한 선반 위에서 쌀국수를 먹었다. 아름다운 색깔의 완두콩을 나는 질경질경 씹었다.

드디어 여차장의 모습이 보이고 슬슬 출발 준비로 주위가 술렁거리기 시작했다. 여차장은 부탁받은 우편물 꾸러미를 손에 들고 있었다. 동행하는 차는 승합차만이 아니었다. 세 대의 트럭도 이어진다. 어마어마하기도 하고 왕성하기도 해서 여행의 마음을 즐겁게 흥분시켰다. 기다리고 있던 사람들이 모두 차에 타자, 역 앞은 차를 배웅하기 위한 마을 사람만이 남았다. 타이완 사람들도 마지막 차에 타고 있었다. 드디어 내가 탄 버스가 선두에서 달리기 시작했다. 잠시 달리고 나서 머리를 창밖으로 내밀어 보니 일정한 간격을 두고 뒤차가 이어지고 있다. 예닐곱 대의 자동차가 이어져 있고, 장시간 여행하는 것은 드문 일이지만 지금부터 시작되는 험로에 서로 의지하는 것 같아 아이와 같은 즐거운 마음이 들었다.

드디어 산길로 들어서자 나무의 짙푸른 잎이 눈에 들어왔다. 협곡에는 고비를 거대한 귀신으로 만든 것 같은 희귀한 식물들이 무성했다. 곧이어 산에 사는 고사족 남녀가 지나갔다. 야자나무 껍질은 산그늘에서는 신기하게 물에 젖은 듯이 생생해서 옆으로 젖혀져 있는 것이 마치 큰 뱀이 지나가는 것처럼 보였다.

그런 협곡에 지어져 있는 오두막 한쪽 처마 끝에서, 산길로 가는 버스를 올려보며 서 있는 젊은 고사족 남자는 주변의 원시적인 경치와 잘 어울리는 건장한 몸을 하고 있었다. 한쪽 팔을 야자나무에 기대고 다른 쪽 팔을 그 팔에 걸치고 있는 그는 표정은 소박했지만, 잘생긴 얼굴이었다. 집 앞에 널어놓은 천에 그려진 세련된 줄무늬도 산길에 떨어져 있는 보석처럼 선명했다.

협곡을 빠져나온 차는 드디어 한쪽이 바다를 따라 나 있는 길로 접어들었다. 바다를 따라 나 있다고는 하지만, 그 길은 깎아지른 절벽에 이어져 있었다. 절벽에서 짙푸른 망망대해를 내려다보며 가고 있으니, 지도에서 보았던 타이완의 한쪽 숲으로 내가 지금 나아가는 것을 확실히 알 수 있었다. 길은 타이완섬 그대로의 모양에 따라 작게 굽어져 있었다. 한쪽은 계속해서 넓고 깊은 바다라서 내가 여행할 타이완이 눈에 비치는 것 같았고, 마음속으로는 반대로 지도위의 타이완을 떠올렸다. 길이 섬 모양에 따라 나 있다고는 하지만, 때때로 한쪽 산기슭에서 떨어지는 작은 폭포에서는 공사가 진행되고 있었다. 몇 번이나 휘어져 있는 절벽에도 사람들이 얘기할 만큼의 공포는 느껴지지 않았다. 계곡 다리 옆에는 일본인 집이 겨우 두세 채 처마로 연결되어 있었다.

저녁이 가까워져 태양이 건너편으로 저물어갈 무렵, 버스는 예쁜 주택가 초입에 있는 화리엔花蓮 항구 마을로 들어갔다. 차들이 차례차례 역 앞으로 들어오자 하루의 여정을 끝낸 사람들의 마음이 술렁거렸고, 게다가 역 앞 숙소는 정신이 없을 정도로 번잡했다. 그날 밤 역 앞의 숙소 아래층에서 자고 있는데 머리맡 창밖에서 나막신 소리가 들렸다. 이것도 여행 중의 밤답다고 생각되었다. 타이완 사람이 해주는 안마를 받으면서 주무르는 손을 칭찬하자, 일부러 명함을 챙겨주면서 다음에 다시 불러줘, 라고 말한다.

그날 밤 타이완의 개척촌인 요시노촌을 방문해서 촌장님의 이야기를 들었다. 이곳에서 피를 흘릴 정도로 고생했다는 이야기를 듣자, 지금까지 타이완이라는 곳에 대해 단지 이국적인 흥미만을 가졌던 것이 미안했다. 작은 체구에 단단한 얼굴을 한 촌장은 고생이 씻겨 나간 듯 빛나는 젊은 눈빛을 하고 있었다.

"무엇보다 황무지가 너무 거칠어서 개간하는데 큰 빚을 졌습니다. 이제 겨우 그 빚을 정리했지요. 일본으로 돌아간 사람도 있고, 정착한 사람들도 한때는 희망을 잃어버린 상태였습니다."

밝게 말하고 있었지만, 심각한 이야기뿐이었다.

"지금은 젊은 남자들이 외지로 나가서 젊은 처자들이 결혼난을 겪고 있지요. 처자들의 결혼난은 일본에서도 문제이지만, 이 마을에서는 범위가 한정되어 있어 더욱 절실한 문제가 되었어요. 어쨌든 저는 처자들에게 우선 일을 가지라고 권합니다. 그래서 보시는 바와 같이 관청에도 처자들이 많이 일을 하고 있지요. 어떻게든 해결해야 할 문제이지만, 참 어렵습니다."

제한된 범위라는 것이 아플 정도로 수긍이 갔다. 일본의 식민지 정책에 의해 '외지外地'로 나온 사람들로 생활은 넓게 확대되어 갔지만, 그 안에서 좁게 구획되어 사는 것은 누구의 책임일까. 건네받은 명사내방기념 서명집을 넘겨보니 여러 사람이 방문한 흔적이 있었다. 그렇다면 이곳 처자들에게 닫혀 있는 문은 어떤 방식으로 열릴 수 있을까. 이 마을의 젊은 남자나 부모는 적어도 일본에서 태어난 고향 마을 처자를 신부로 얻고 싶어 한단다. 태어난 고향과 연결되기를 바라는 절절한 인간의 마음을 여행자로서 강하게 비난할 수는 없지만, 근무 책상에 앉아서 청결한 블라우스를 입고 일하는 젊은 처자들을 보고 있으니 절박한 마음이 드는 것도 사실이다. 요시노촌 가까운 길 끝에 고사족 농가가 있었다. 집 앞에서 콩을 말리는 할머니는 얼굴에 무섭게 문신하고 있었지만, 노인다운 온화한 웃음으로 우리를 쳐다보았다. 그날 밤 화리엔 항구의 고지대로 올라가니 바다와는 반대의 산기슭에서 생각지도 않은 크고 노란 달이 떠올랐다.

그날 밤 숙소를 찾아온 사람이 있었다. 국민학교 교장이라는 명함을 보고, 아아, 하고 알아차렸다. 도쿄에 있는 친구에게 화리엔 항구를 돌아 볼 예정이라고 말했더니 이전에 자신이 이곳에 살았기 때문에 뭔가 도움이 될지 모르겠다고 하면서 지인에게 편지를 써 주었다. 바로 그 사람인 것이다.

"실은 도쿄의 미도리카와에게 편지를 받았습니다. 뭔가 특산품이라도 준비해서 드리라고 부탁받았습니다만." 알지도 못하는 사람에게 달콤한 음식을 싸 와서 내미는 사람은 키가 큰 중년이었다.

"미도리카와는 도쿄에서 어떻게 지내는지요? 잘 지내고 있는 지요? 문학을 좋아해서 동경으로 갔습니다만, 아 그렇습니까. 잘 지내고 있다니 안심이 됩니다. 부디 착실하게 살도록 말해 주십시오."

이곳에서 도쿄로 나간 여자 친구들에게 자신의 희망도 담아서 말했다.

다음 여정은 타이동台東(타이완 남동부 지역)으로 가는 기차 여행이다. 작은 역에는 다른 지역으로 전근가는 초등학교 젊은 교사 일가도 있었다. 교사는 청년 같은 얼굴로 마중 나온 어린 제자들에게 기차 출구에 서서,

"정신 똑바로 차리고 공부하지 않으면 안 돼."

하고 말했다. 그 뒤에는 나이든 모친이 홀로 외출용 띠를 맨 허리를 굽히고 마중 나온 사람들에게 인사를 했다. 볕에 그을린 건강한 볼을 가진 젊은 새댁은 등에 아기를 업고 한 손으로 아이의 손을 잡고 있었다. 기차가 움직이기 시작했지만, 학생들의 "안녕히 가세요. 안녕히 가세요" 하는 외침 소리는 잠깐 동안 계속되었다. 젊은 교사는 거기에 답하기 위해 기차에서 몸을 밖으로 내밀었다. 그러나 학생들이 멀어지자 자기 아이를 안아 들어 모친과 아내에게 자리를 만들어 주었다. 아직 젊어 보이는 선생님은 가까이 있는 다른 마을로 전근가는 것 같았다. 노모와 처자를 데리고 가는 그의 어깨가 무거울 것 같다. 기차는 바로 전날 방문했던 요시노촌 부근을 통과했다. 자갈돌이 많은 땅에는 거친 잡초가 자라고 있었다.

타이동 숙소 옆에서 지친 몸을 쉬게 하고 있으니 주변이 붉게 물들면서 소리 없이 조용했다. 그 안으로 고풍스러운 칼을 허리에 찬 고사족 노인이 무슨 일이 있는지 숙소 담장 앞을 어슬렁어슬렁 걸어가고 있다.

아, 해가 지고 있구나, 생각하는데, 어딘가에서 작은 새가 우는 것 같은 고음으로 도마뱀이 울기 시작했다. 타이완의 여수旅愁는 저녁 도마뱀 소리에 의해 일어났다. 한 마리의 도마뱀 소리에 이끌린 듯 또 다른 한 마리가 집안에서도 울기 시작했다. 움츠렸던 목을 빼서 둘러보니, 천장에 한 마리가 하얀 등을 보이면서 딱 붙어 있었다. 도마뱀은 울음소리만 귀엽고, 요리조리 꼬리를 흔드는 모습은 나 역시 익숙하지 않다.

조용한 저녁이다. 이날 나는 마을의 초라한 활동 강당에서 고사족 청년단 사람에게 강연을 했다. 내 앞 차례인 신문사 사람이 연단에 섰다. 그의 연설 속에 '천황 각하'라는 말이 나오자 관내는 웅성거림이 울리듯이 동시에 소리가 일어났다. 그것은 청중들이 일제히 자세를 고쳐 앉는 구둣발 소리였다. 청년단원들의 얼굴은 검었지만, 단복으로 몸가짐을 단단히 하고 진지하게 생각하는 표정이었다. 지금도 그때 일을 생각하면 일제히 자세를 고쳐 앉을 때의 구둣발 소리가 들려온다.

타이동에서 팡랴오까지의 자동차 여행에는, 오후의 햇살이 차 안에 가득 비치고 흙먼지가 일어나서 몸은 누런 땀으로 더러워졌다. 소에 연결한 달구지 위에 밭일하고 돌아가는 고사족 부부가 아이들을 데리고 한가롭게 지나가는 것을 보는 것도 신기한 일이었다. 즈번 온천 다리 부근에서 날카로운 눈을 한, 요염하고 아름다운 젊은 고사족 아가씨가 스쳐 지나갔다. 그 아름다움은 묘하게 근대적이었다.

팡랴오는 자그마한 타이완 마을이다. 타이완 시골에서 일본에 있는 집으로 우편을 보내는 것도 또한 여행의 기념이라고 생각해서, 나는 작은 정류장에서 그림엽서를 우편함에 넣었다.

핑둥의 숙소에서는 옆방에 내일 아침 이곳을 떠나는 비행 장교가 묵고 있었다. 들으려 하지 않아도 옆방 이야기 소리로 알 수 있다. 숙소의 여종업원이 자기 신상 이야기를 시작한 것 같아, 이쪽 방 전등을 얼른 껐다.

가오시웅高雄 가까이 가자 기차 창밖으로 온통 바나나밭이 펼쳐져 있었다. 후리소데(소매가 길고 넓은 여성옷)를 옷을 펼친 듯이 커다란 잎사귀가 부드럽게 바람에 흔들렸다. 한 송이에 바나나가 풍성하게 달려 있고, 탄성이 나올 정도로 파란색이라 가루를 뿌려 놓은 것 같았다. 한 송이씩 호를 그리며 가지에 매달려 있는데, 바나나밭은 마치 숲처럼 넓어서 여러 가닥의 실을 이어놓은 것과 같이 정돈돼 있었다.

이 섬에 오고 나서 바나나는 매일 내 밥상에 얼굴을 내밀었고 특유의 풍미에 나는 드디어 질리기 시작했다. 한가득 풍부한 노란 과일은, 풍부하게 너무 많아서인지 풍미 속에 어떤 미묘한 냄새를 구별하지 못한 채 소화되고 있는지도 모른다. 이때부터 반년 후 더 멀리 있는 남양南洋 섬으로 여행을 했지만, 나는 그 섬들에서 본 피상(인도네시아의 바나나) 냄새에 타이완 바나나를 떠올렸다. 냄새와 맛의 미묘함에 있어 남양의 피상은 타이완 바나나에 미치지 못한다. 아니 오히려 남양의 피상에는 타이완 바나나의 냄새나 맛이 가지고 있는 섬세함이 없다. 남쪽 여행에서 돌아오는 길에 배가 가오시웅 항구에 정박했을 때 나는 타이완 바나나를 사 와서,

"예, 아주 다르지요. 타이완 바나나는 맛있어요."

라고 여행에 동행했던 사람들에게 말했다.

이때 배 갑판에 서서 가오시웅 마을을 바깥에서 바라보았다. 항구에는 커다란 배들 사이로 양손으로 노를 저으며 작은 배가 미끄러져 지나갔다. 타이완 여자들이 바구니를 들고 모여든 어시장의 지붕도 보였다. 우리들의 배가 더 먼 바다에 있었을 때, 무시무시한 용모의 고사족 남자들도 가늘고 긴 배 위에 벌거벗은 등과 긴 다리를 햇볕에 드러내며 물고기를 잡고 있었다. 그것은 옛날 그림을 보는 것과 같은 광경이었고, 타이동 강당 안에서 고사족 청년단이 일제히 발을 가지런히 모았을 때의 구둣발 소리를 생각나게 했다. 또한, 신문에서 선전하는 고사족 젊은이들의 남쪽 전장에서의 역할이 내 생각을 복잡하게 만들어 마음을 무겁게 했다.

가오시웅 해안 근처 숙소에서 내 시중을 들었던 아가씨들의 얼굴이 왠지 부드러워 고향을 물으니 시즈오카靜岡(태평양에 면한 일본의 현)라고 한다. 미시마 가까운 곳이라고. 멀리 여행지에서 만나는

표정치고는 부드럽다고 생각했지만, 반드시 그런 것만도 아닌 듯, 세 아가씨는 아직 시즈오카에서 온 지 얼마 되지 않았다고 했다. 시즈오카라고 하면 도쿄에서 가깝고, 친척도 시즈오카에 있어서 그 지역 여자들을 잘 알고 있어서 아가씨들의 표정이 친근하게 느껴졌다.

"용케 여기까지 왔네요. 시즈오카라면 가까운 곳에 일할 만한 곳이 있었을 텐데요."

라고 하자, '친구가 먼저 와 있었거든요'라고 한 아가씨가 자기가 와 있는 곳이 누마즈(시즈오카현 동부지역)나 하마마쓰(시즈오카현 서부지역) 주변과 그렇게 다르지 않다는 듯한 평정심 어린 미소로 대답했다. 다른 한 명은 좀 다른 곳으로 나가 보고 싶었던 차에 여행할 수 있다는 게 신기해서 왔다고 했다. 멀다는 것은 바다 건너편을 상상할 때에 먼 것이지, 막상 와보면 멀다는 것 자체도 이웃이나 어제오늘 일에 섞여 버릴 것이다.

젊은 아가씨들의 생활이 실제로 거칠지도 모르지만, 그 젊은 나이에 거친 생활을 자신의 내면으로 납득하고 살아가는 모습을 여행 중에 보면서 가슴이 저려 오는 것을 느꼈다. 하지만 뜻밖에 이 마을에서 나는 나 자신이 젊은 날들을 떠올리게 되었다.

이십 년 가까운 세월이라고 한다면 거기에는 청년 시절부터 포함되기 때문에, 한 사람의 생활은 그사이에 여러 변화를 겪으면서 그 안에 격렬함도 풍부함도 쌓여있기 마련이다. 추억은 어느새 손이 닿지 않는 곳에 있어서, 옛날 읽었던 이야기 속에 자신의 모습을 넣어볼 정도의 기억이 되어 있다.

하지만 내가 살아온 모습은 마치 어제 일처럼 그대로 남아 있다. 인간의 마음속에는 기억의 서랍이 무수하게 겹쳐져 있어서, 하나의 서랍을 빼내면 서랍에 있는 과거는 추억의 색으로 물들어져 한층 선명하게 모양을 남기기도 한다. 과거에서 생각을 끄집어내기 좋아하는 버릇이 있어서인지, 나는 시종 기억의 서랍을 이것저것 빼내어 본다. 그 때문에 사정에 따라서는 아주 깊이 친숙해져서 당시 있었던 일에 지금 기분으로 해석을 붙이기도 한다. 하지만 그런 것도 단지 나의 마음속에서 반복하는 것이지 무슨 현실적인 접촉이 있는 것도 아니다. 그 시절의 사람들조차 지금은 있는지 없는지, 이제는 나의 인생의 지나온 날에 있었던 일에 불과하다.

"아니, 오랜만입니다."

라고 말하면서 다가오는 남자에게 드물다 할 정도로 부드러운 표정이 보였다. 사람은 역시 변하지 않는다며, 그와 만나지 않은 지 이십 년이나 지났다는 것을 순간적으로 잊어버렸다.

"앗, 안녕하셨어요."

라고 말하는 첫마디에는 요 이삼 년 정도 만나지 않은 것 같은 친근함이 담겨 있었다.

앉아 있는 것 같은 느린 걸음걸이나 언제나 변함없이 생글거리는 둥근 볼과 미소, 또 이와 함께 나오는 말투는, 길거리에서 만나도 그냥 지나쳐 버리지 않을 옛날 친구처럼 변하지 않았다.

"활약상은 항상 신문, 잡지에서 보고 있습니다. 이번에 방문하신다고 듣고 옛날 생각이 났습니다."

"잘 오셨습니다. 그때는 신세 많이 졌습니다."

이럴 때의 말에도 나는 이미 마음속에 하나의 기억의 서랍을 빼내어 그 색채까지 포함하고 있었다. 만난 순간에 색채를 포함해서 말해버리는 것은, 긴 세월 동안 몇 번이나 머리에 떠올라서 나중에 만나면 꼭 변명이라도 해야겠다며 내 젊은 시절 심리의 움직임에 스스로 웃기도 했기 때문이다. 어느새인가 젊은 시절 가졌던 마음을 이야기할 만한 여유도 생겨버렸다.

"그때 당신께 여러모로 신세를 지면서도 호의를 저버린 적이 있었지요. 지금도 가끔 그때 일을 생각하면 정말 죄송한 마음이 듭니다."

"아, 그런 일은 없었습니다. 그저 당신이 활발하게 활약하고 계시다니 정말 좋습니다."

나의 현재 모습이 요시다 씨에게 강한 인상을 주는 듯 그는 그렇게 말했다.

"타이완에 온 지 저도 십 년이 되었습니다. 지금은 이곳에서 일하고 있습니다."

하고 명함을 내밀었다.

"해운 관계 일입니다만, 이 방면의 일도 점점 중요해져서 저로서는, 글쎄, 열심히 봉공할 요량으로 힘쓰고 있습니다.

"잘됐네요. 전혀 변하지 않으셨어요."

"아닙니다. 아버지가 되었는데요. 벌써 아이가 넷이나 있습니다."

말하는 투도 옛날 그대로이다.

온화하면서 끝을 올리는 말투로 이십 년 전에 요시다 씨는 나에게 이렇게 말했었다.

"나는요."

내밀한 이이기를 꺼내기 위해서 무거운 분위기로 말을 꺼냈다.

"당신을 반드시 출가시킬 요량입니다."

이십 년 전부터 요시다 씨는 이런 나이 든 사람 말투였다. 오히려 이십 년 전보다 지금이 더 젊다고 할 정도이다. 당시 요시다 씨도 아직 독신이었을 텐데 나에게 결혼 얘기를 꺼냈다.

우리는 같은 회사에서 일했다. 그때 나는 스무 살이었다. 그러나 상사라고 할 정도의 거리가 없고 오히려 동료와도 같았다. 요시다의 이야기가 아주 진지했기 때문에 나는 어쨌든 집에 가서 얘기해보겠다고 대답했다. 그의 말은 제발 그 사람과 한 번만 만나보라는 것이었다.

나는 모친과 남동생과 살고 있었는데, 모친은 내 말을 듣고 딸가진 부모의 마음에서인지 그대로 흘려듣지 못하고 한번 만나보는 게 어떻겠냐고 했다. 그때 모친도 나를 믿었고 회사에서도 나는 모범적인 사무원으로서 인정받고 있었기 때문에 요시다 씨도 진지하게 혼담을 꺼냈고 모친 또한 나에게 만나보지, 하면서 나를 완전히 신뢰하는 것 같았다.

요시다 씨가 동석하는 가운데 나는 그 상대와 만났다. 그것은 어느 큰 요리점의 객실에서였다. 이 요리점은 그 후 수년 동안 결혼식장 등의 설비도 갖추어 점차 커다란 요정으로 되었고, 나는 신문에도 가끔 그 요리점 광고를 보면서 문득 그때 생각을 하곤 했다.

당사자끼리는 그다지 말도 하지 않은 짧은 시간이었다. 일할 때와 같은 복장으로 모슬린 겹옷에 검은 공단 띠를 매고 있던 것으로 기억한다. 그 장소에서는 결혼에 관해서 어떤 이야기도 나오지 않았다. 나는 상대를 만나게 해준 요시다 씨에게 진심 어린 호의를 느낄 수 있었다. 상대가 훌륭한 사람이라고 생각했기 때문이다. 나는 오히려 그 사람이 무서울 정도라고 생각했다. 나는 단지 성실한 인상에 상대를 존중하는 사람이라고 판단할 수 있었다. 물론 거기에 근거하는 좋고 싫은 감정이 없었던 것은 아니다. 그 사람의 풍모도 지금까지 만났던 누구보다 훌륭해 보였다.

그런데도 다음날부터 나에게는 이유도 알 수 없는 우울함이 몰려왔다. 그 사람이 갖게 된 내 인상이 불안했기 때문은 아니다. 요시다 씨는 다음 날 이 이야기를 결정하는 것은 내 맘에 달렸다고 하면서 내 느낌을 물었다. 나는 분명 행복한 부인에 될 수 있을 것 같았다. 그런데도 내 마음에 그늘져 있는 외로움은 무엇일까. 젊은 날의 둘 곳 없는 마음. 나는 직장에서 평소와 마찬가지로 일은 했지만, 옆자리 친구도 알아차릴 수 있을 정도로 깊은 우울함에 빠졌다.

무서울 정도로 반듯한 그 사람의 인상이 가슴에 남아 있었다. 나는 이제 시집가겠다고 마음을 정했다. 그러자 알 수 없는 나의 마음은 깊은 곳으로 가라앉아서 괴로움에 허덕일 정도였다. 혼자 도매 창고로 들어갔다. 그 안에는 주위의 선반에 책이 가득 쌓여 있었다. 종이 냄새와 먼지, 곰팡내가 가득하고 선반과 선반 사이 안쪽은 어두워서 오싹할 정도였다. 나는 판자 사이의 작은 의자에 힘없이 걸터앉아서 자신의 우울함에 가만히 고개를 숙여버렸다. 시집가도 괜찮다고 생각한다. 그러나 결혼 생활을 제대로 해나갈 수 있을까, 하는 위태로운 생각이 들었다. 그렇지만, 아직 포기하려는 것도 아니다. 나는 누군가의 부인이 된 나의 모습을 상상해보았다. 그러자 이제 드디어 내 처녀 시절은 끝나는가, 젊은 나날은 막을 내리는가, 하고 엄습하듯이 외로움이 밀려와서 나는 조용히 울어버렸다.

사랑스러운 젊은 날의 모습, 나에게도 옛날에 그렇게 순수할 때가 있었던가, 하고 지금 와서 보니 사랑스러울 정도이다. 몇 번이나 시집가자고 마음을 정했지만 나의 처녀시절과 결별하는 것이 슬퍼서 나는 옷장에 들어가 우는 아이처럼 회사 창고 안에 몰래 들어가 울었다. 결국 상대방은 내 결정만 들으면 되고 자기는 어찌되든 상관없다고 했다. 그것이 나를 슬프게 만들었고, 다시 뒷걸음질 치게 했다.

이러한 마음의 그림자는 이제 오래된 색채에 불과한 것일까. 요즘 젊은 사람에게는 더 이상 존재하지 않는 감정의 동요인 것일까. 자신도 어찌할 수 없는 마음의 추락, 이유다운 이유도 없으면서. 단지 나의 일생이 이것으로 끝나 버린다는 생각이 밀물처럼 밀려왔다. 왠지 알 수 없는 비애, 그런데도 결코 이 비애는 그냥 지나치는 슬픔이 아니라, 더 가라앉아 버리는 우수憂愁인 것이었다. 나는 이 우수로부터 빠져나올 수 없었다. 나는 마치 나로부터의 답변만을 기다리는 사람에게 분풀이하듯이 마음을 뒤집어 버렸다.

조금 더 혼자만의 시간을 갖고 싶다는 내 답변을 요시다 씨는 어떻게 생각했을까. 내 말 그대로 받아들였다 하더라도 그것은 역시 거절임이 분명하다. 요시다 씨는 나에게 언제나 그렇듯이 상냥한 얼굴로 대해 주었지만, 몇 개월이 지난 후 왠지 말하는 어조에 살짝 불편한 기색을 비치며 말했다.

"그때 만났던 내 친구는 이번에 여학교를 졸업한 착한 아가씨와 결혼한답니다."

아아, 나는 머리를 숙이고 요시다 씨의 불쾌함을 있는 그대로 받아들였다. 나는 사과 대신에 얼굴을 숙여서 면목 없음을 드러냈다. 분명 착한 아가씨를 만날 줄 알았고 또 그것이 당연하다고 생각해서, 나에게는 주제넘은 생각도 일어나지 않았다. 연애 감정이 있었던 것이 아니라서 그때는 이미 비애도 쓸쓸함도 없이 순수하게 뒤로 물러날 뿐이었다.

그러나 싫지도 않으면서 거절의 답변을 했다는 후회는 언제까지나 내 마음 한구석에 달라붙어 있었다. 지금까지도. 아니, 그보다는 요즘에 분명하게 떠오르는 후회이기도 하다. 인간의 심리는 혼자서 제멋대로 이해하는 것이라고 어쩔 수 없다고 생각하게도 된다.

가오시웅 해변의 여관 객실에서 마주한 요시다 씨는 이미 당시의 불쾌함을 잊어버린 듯 온화한 어조로 가오시웅 마을을 안내해 주겠다고 했다. 나는 왠지 끈질기게 내 기분을 고집하고 있었다.

이번 기회에 증명하지 않으면 더 이상 내 마음의 부채는 사라지지 않을 거라 생각되었다. 내가 쭉 이런 기회를 기대하고 있었던 것같은 기분까지 들었다. 바다에서 불어오는 바람은 선선했다. 시즈오카에서 내려왔다는 젊은 아가씨들이 차를 타러 가는 게 보였다.

"가오시웅 마을은 이제 통달하셨겠네요?"

"도시 확장 계획이 세워져서요. 정거장이 마을에서 멀리 떨어진 곳에 생겨 버려서 불편해졌지요. 어때요? 타이완 사람의 생활을 조사할 계획이시면 안내해 드리지요."

요시다 씨는 눈앞에 있는 현재의 나만을 이야기 상대로 하고 있었다. 내 생각은 과거에 붙잡혀 있는데 말이다. 그렇더라도 요시다 씨는 조금도 변하지 않았다. 나도 요시다 씨를 만난 순간 이십 년 전의 미묘한 마음의 움직임에 동요되었다. 그러나 새삼스럽지만 이제 결말을 내려고 생각한다. 내 몸이 더 나이 들었을 때도 과거 추억의 서랍에 있는 의상을 건드릴 사람이 나타난다면 또다시 색채를 발휘할 것인가. 아니면 현재의 나의 마음에 아직 젊음이 남아 있는 것일까.

나는 자욱하게 끝없이 펼쳐진 바다로 시선을 돌리면서 입가에 미소를 띠웠다. 그렇지만 나는 역시 말을 꺼내지 않았다. 내가 후회하는 것은 단지 상대를 한순간이지만 불쾌하게 만들었다는 것이었다. 그렇지만 다시 더듬어보면 그 사람을 내가 절대 인정하지 않은 것은 아니라는 묘한 자신감을, 요시다 씨와 당시 상대방에게 전달하고 싶었다. 제멋대로 가진 자부심인지도 모르겠다.

가오시웅 마을에서 나는 뜻밖에도 이십 년 전의 젊은 마음을 환기하며 미소를 띠웠다. 요시다 씨는 그때 일을 생각조차 하지 않는지 어떤지 모르겠다.

"오랜만에 만나 뵙게 되어 정말 기쁩니다. 한번은 뵐 수 있으리라 생각했지만요."

이 해후가 나에게 선명한 인상을 남겼기 때문에 가오시웅은 항구 주변의 기억이 남아있을 뿐, 마을 성격은 망막하다. 체재 일수도 짧아서 다음날 이미 나는 마을 변두리에 있는 커다란 정거장에서 기차를 타고 타이난台南으로 향했다. 요시다 씨와 다시 만날 수 있을까. 타이난역에 내렸을 때 나의 마음은 벌써 새롭게 펼쳐진 마을에 매혹되었다.

야자나무의 멋진 가로수 아래를 인력거로 달리면서 드디어 이 무성하고 새빨간 꽃이 가득한 풍경을 마음에 그리며, 강렬한 햇살에 흥분되었다. 차부는 바람을 품어서 부풀어 오른 윗도리를 흔들거리며 마을을 신나게 달렸다. 타이난은 마을 순례가 가능한 역사의 흔적을 담고 있었다. 납작돌이 깔려있는 골목길에서 타이완 가족이 좁은 집 앞에 모여 식사하는 모습도 여행에서 볼 수 있는 풍경이다. 긴 젓가락과 대접을 들고 있다. 자그마한 이발소, 골목길 가운데 있는 공동 우물, 그렇게 좁은 골목길에 츠칸로우赤嵌樓(17세기 중반 네덜란드인에 의해 축성된 유적)의 흥미로운 누각이 역사를 이야기하고 있다. 무너진 석단을 올라가자 마을의 잿빛 지붕이 보인다. 나의 사랑스러운 과거를 돌아봤던 나는, 여기에서 타이완의 과거를 그려 보았다.

소형 자동차를 타고 안핑安平으로 길을 달렸다. 타이난은 이 토지 특유의 정취를 가진 마을이다. 내가 그렇게 생각하는 것은 오래된 건물 등이 남아있기 때문일 것이다. 여행자다운 취향일지도 모르겠다. 시내의 길은 넓고 완만한 경사로 굽어 있고, 커다란 가로수 잎이 지붕처럼 무성하게 덮여 있었다.

교외로 나가서 강을 따라 안핑으로 향하는 길에 펼쳐진 광경이 훌륭하다. 강에는 커다란 돛단배가 미끄러져 가고 있다. 바다 가까이 타이완 사람이 사는 어촌 마을에 유화처럼 그물이 널려 있다. 거기는 이미 안핑으로, 바다는 연기가 피어오르듯이 펼쳐져 있다.

보잘것없는 성의 흔적이지만, 무너진 벽돌담이 검게 그을어서 역사를 말하면서 여기저기 남아 있었다. 수리되었다고는 하지만, 넓은 석단 돌은 마모되어서 그것을 밟는 사람에게 감개를 불러일으켰다. 옆에는 하마다 야효에[13] 의 무용비가 세워져 있었는데, 이는 이곳에 펼쳐진 일본의 팽창하는 힘의 씨앗이라고 할 만하다. 하마다 야효에의 역사는 자본주의 일본의 역사일 것이다.

커다란 나무 아래 무너진 벽돌담은 옛날이야기라도 생각나게 했다. 비둘기가 놀고 있고, 잔디밭 나무 그루터기에 매인 산양이 음매 하며 울었다. 가까이에 제염공장 건물이 하얗게 솟아 있고, 옛날 네덜란드의 잔영은 석단과 작은 포에 남아있을 뿐, 지금은 타이완 아이가 잔디에 구르며 노는 조용한 정원이 되어 있다. 단지 역사의 흔적이 외견상으로는 허물어진 거무스레한 벽돌이나 자연 그대로 방치된 무너진 외벽으로 남아 있어, 여행자는 역사에 대한 각각의 해석으로 그 의미를 발견한다.

밤이 되어 타이난역 앞에 있는 깔끔한 여관에 도착하니, 일본식 방 천장과 벽에서 도마뱀이 울었다.

타이완을 계속 걸으면서 드는 생각은, 커다란 공장들 대부분이 제당 공장인데 그 규모가 정말 크고 근대적이라는 것이다. 그러나 생산물의 성격을 보면 농업적이다. 타이완 전체는 조용한 해질녘이 어쩐지 쓸쓸해서, 고즈넉하다고 하면 고즈넉하다고 할 수 있고 끓어오르는 것이 부족하다면 그렇게도 말할 수 있다. 이는 타이완 섬 전체가 농업적인 생산으로 만들어졌기 때문은 아닐까 하고, 문

---

13 하마다 야효에 (浜田弥兵衛 생몰년 미상) 일본 나가사키의 무역상. 네덜란드의 점령 아래 있던 타이완에서 네덜란드 총독을 인질로 하여 무역에 부과하는 관세 철폐를 요구, 타이완을 자유무역지로 만드는데 기여했다.

외한이지만 그런 생각을 해보았다.

핑둥의 메이지 제당 회사 공장에서 화물차에 산처럼 쌓여 있던 사탕수수 더미가 한순간에 빨여서 설탕이 되는 근대적인 장치를 보았을 때 행복감에 미소가 떠올랐다. 그러나 나는 문득 조선 평양의 동적인 강인함, 뭔가 힘을 숨기고 있는 넓은 광경과 대조적이라 생각해 보기도 했다.

제당 회사만으로 하나의 마을이 형성되고 있고, 또 그런 마을이 몇 개나 있으니 이 섬은 정말로 부드럽고 달콤한 토지인 것이다. 이것은 일본의 강한 지배력을 보여주는 것일까. 게다가 풍부한 바나나 송이들, 파인애플의 화려한 행렬, 그리고 쌀.

타이완 사람이 논에 들어가 모내기하는 모습은 익숙하지 않아 특이하게 보였다. 그러나 고사족은 서서 묘를 심었다. 이는 일본인이 가르쳐주었기 때문이라고 한다. 쌀의 산지인 타이완도 일본으로 쌀이 공출되어 섬 생활에서는 일주일에 하루 쌀 없는 날이 있다고 한다. 음식점에서도 쌀 대신 바나나를 주었다. 나는 바나나가 나중에는 질려버렸지만, 이렇게 풍요롭게 자연의 혜택을 받은 과일은 없을 것이다. 이것은 태양의 사랑하는 자식일 것이다. 풍부하기 때문에 존중받지 못하고 부당한 대우를 받고 있을 뿐이다. 이런 풍부한 맛을 가진 것이 이렇게 많은 열매를 맺는다는 사실이 신기할 정도이다.

후웨이虎尾에 갔을 때일 것이다. 제당 회사의 구락부에 도착했을 때 여자가 찾아왔다고 해서 나가 보았다.

우리 정도 연배의 여자는 내가 미심쩍은 표정을 해서인지 얼른 자기 신분을 밝히며 말했다.

"많이 피곤하실 텐데 죄송합니다. 저는 도쿄에 있는 미요시의 동생입니다. 여기 오신다고 들어서 기다리고 있었습니다."

아 아, 하고 나는 금방 알아차렸다. 이 사람의 섬세하고 긴 눈썹과 아름다운 눈을 보니, 만약 자기 이름을 말하지 않더라고 누구인지 생각해낼 수 있을 것 같았다.

"미요시 씨의 여동생이세요. 많이 닮으셨네요."

도쿄에 있는 내 친구도 항상 눈꺼풀이 떨릴 정도로 서정적인 눈을 가지고 있었다.

"그런가요? 언니가 항상 신세를 지고 있습니다. 멀리 떨어져 있어서 걱정돼서요. 생각만큼 도쿄로 잘 가지 못하거든요."

"잘 지내고 있어요. 여자들의 모임이 있는데 가끔 거기에서 만납니다."

이런 이야기를 하는 동안에도 마음에 떠오르는 사람이 있어서, 나는 이 사람을 잘 알고 있다는 진실한 마음으로 눈앞에 있는 사람의 얼굴을 바라보았다.

자매 모두 아름다운 눈을 가지고 있었다. 도쿄의 내 친구도 속눈썹이 가장 먼저 눈에 띄는데, 마치 눈빛을 그 긴 속눈썹에 감추고 있는 듯했다. 이렇게 같은 특징의 눈빛을 가진 여동생을 보고 있으니 마찬가지로 아름답기는 하지만, 나의 도쿄 친구는 일의 성격이나 이제까지의 생활로 아름다움의 색채가 바뀌어 있는 느낌이 들었다.

마주한 사람에게 보이는, 자신의 아름다운 눈빛도 알지 못하는 듯 슬픔을 견뎌낸 상냥함 같은 것이 나의 마음을 끌었다.

왜냐하면, 눈앞에 어깨를 축 늘어뜨리고 앉아 있는 사람의 사정을 잘 알고 있기 때문이다. 요즘 읽었던 친구의 소설은 타이완에서 홀로 사는 여자의 생활을 쓰고 있었는데, 나는 그것을 절절한 심정으로 읽었다.

아아, 여동생에 관해서 쓴 것이었구나, 하고 나는 얼른 알아차렸다.

"요전에 미요시 씨가 책을 썼어요. 혹시 읽으셨는지요?"

그렇게 묻는 동안 나는, 소설에서 읽었던 상냥하고 슬픈 여인의 생활로 끌려들어 가는 어투가 되었다.

"아 뭔가 썼다고는 하던데요."

"벌써 자녀분은 많이 컸지요?"

"덕분에 첫째는 이쪽 고등학교에 다니고 있습니다."

"중학교 4학년 때 고등학교를 들어갔다고요. 우수하다니 기대가 되는군요."

거기까지는 나도 알고 있어서 여자끼리의 대화가 이어졌다. 언니가 썼다는 소설에는, 아들만을 세 명 두고 남편과 일찍 사별해서 혼자서 아이를 키우면서 언제까지나 자신도 아이들처럼 순수한 마음을 계속 가지고 살아가는 엄마와, 자식과의 어느 날의 기억이 아름답게 그려져 있다.

형제끼리 싸움이 붙고 이를 달래는 사이 엄마는 슬퍼져서 언덕 위로 올라가 울고 있다, 엄마를 쫓아온 아들이 살짝 엄마 옆에 나란히 앉아 말없이 석양이 지는 광경을 함께 바라본다, 그런 따뜻한 이야기였다.

그 일화를 생각해보니 너무도 그녀다운 상냥함이 느껴졌다. 그런데 그녀가 일부러 나를 찾아와준 배경에는 단지 멀리 떨어져 있는 언니를 걱정하는 것만이 아니었다. 그녀가 하는 말의 구구절절에는 언니가 하는 일에 대한 희망에 자신의 바람도 걸고자 하는 순수한 젊음이 있어서 부러울 정도였다.

"아주 고생한 것 같아서 어떻게든 완성했으면 좋겠다고 생각했거든요."

그런 말도 들었다.

문학이라는 것은 세상의 상식에서 보면 위험하기도 하고 세상의 행복과 맞지 않는 예도 있다. 그것을 여자가 한다면 더더욱 그러해서 여자 혼자 문학의 길을 걷는 것이 얼마나 힘든지 주변 사람들은 알 수 없다.

그러나 내 친구는 혈육의 지원을 받고 있으니 부럽기 그지없다.

그럼 잘 부탁드립니다, 하고 같은 도쿄에 살면서 같은 일을 한다는 것만으로 나에게 그렇게 전했다. 돌아가는 사람의 뒷모습을 모크마오우 나무 아래에서 배웅하면서, 교사로 일하고 있다는 그녀의 생활에 생각이 빼앗겼다. 남편과 일찍 사별한 후 자기 일을 하면서 아들들을 키우는 힘든 일상이 오히려 이 사람에게 젊은 마음을 지속해서 갖게 했을지 모른다. 이 젊은 마음으로 언니의 일에 대한 일관된 꿈도 이해할 수 있음이 분명하다.

그러나 나는 이곳에 정착해서 사는 사람이 자신의 꿈을 도쿄 언니의 생활에 얹으려는 것은 아닐까 생각했다. 어쨌든 고향을 떠나온 사람들이다. 바다로 떨어져 있는 것만으로 여기에 사는 사람들의 가슴에는 어느 순간엔가 하나의 꿈이 누구의 가슴에도 안겨지는 것이 아닐까.

타이중台中은 조용한 마을이다. 완전히 일본풍이라고 말할 정도여서 역 앞이나 상점가에서는 일본 지방 마을을 걷고 있는 듯한 느낌이 들었다. 숙소까지 가는 짧은 길에서 이런 인상을 받으며 정해진 객실에서 쉬고 있으니, 복도에서 콩콩 작은 발소리가 나서 누군가가 방 앞에 서 있는 것 같았다.

살짝 내다보니 열 살가량의 소년이 가슴에 가득 꽃을 안고 이쪽을 보고 있었다.

"미야가와 씨입니까?"

"예, 그렇습니다."

하고 말하자, 이거, 하고 가슴에 안고 있는 한 다발의 꽃을 내밀고는,

"아버지가 드리는 겁니다."

라고 말했다.

꽃과 함께 내민 편지를 보고 나는 어디에든 친구가 있다는 생

각에 기쁘게 읽어 내려갔다.

이 사람은 소설을 쓰는 사람이다. 수년 전에 나는 이 사람의 작품을 읽은 적이 있다. 타이완 출신으로, 그 이름도 잘 기억하고 있다. 그는 프롤레타리아 문학 작가였다.

지금은 원예로 생계를 영위하면서 한편으로 붓에 대한 정열도 키우고 있다고 쓰여 있었다. 그러나 나는 그의 글에 언외의 의미가 포함된 것을 알고 있어서 마음이 편치 않았다. 여행으로 피곤할 거라 생각해서 우선 아이를 통해 꽃을 보낸다고 했다. 이 꽃은 우리 집 농원에서 재배한 꽃입니다, 라고 쓰여 있었다.

"아 고마워요. 아버지께 잘 받았다고 전해주세요. 나중에 다시 만나요."

"네."

하고 소년은 자세를 바로잡고 학교 선생 앞에 서 있는 것처럼 공손하게, 선생님에게 대답하는 것 같은 말투로 대답했다.

"이 꽃은 아버지가 재배했습니다."

부친이 가르쳐준 것은 모두 제대로 전해야 한다고 생각하는지 나를 올려다보며 말했다.

달리아, 카네이션, 프리지어 등 여러 색깔의 꽃이었다.

"예쁜 꽃이네요. 고맙다고 전해 주세요."

"예, 안녕히 계세요."

하고 공손하게 인사를 하고 뒤로 돌아서자, 콩콩하고 소년 발걸음으로 바뀌어 복도를 뛰어갔다.

방안으로 돌아오자, 아 참, 하고 나는 무릎을 치듯이 안타까운 느낌이 들었다. 방안 탁자 위에 과자가 그릇에 가득 담겨 있었다.

햇볕에 그을린 볼에 입술을 야무지게 다물고 있는, 우등생일 것 같은 소년의 영리한 얼굴이 사랑스러웠다. 안녕히 계세요, 하고 꾸벅 고개를 숙이고 돌아갈 때 그냥 돌려보내는 게 마음에 걸려서 나는 머뭇거리며 배웅했다.

타이완은 나를 행복감으로 미소 짓게 하는 사탕의 나라이건만, 유통이 엄격하게 통제되어 있어서 점두에서 더 이상 과자를 볼 수 없었다. 그러한 사정을 알고 있으므로 특별하게 전달된 과자를 그 소년에게 나누어주는 데까지 생각이 미치지 못한 게 안타까웠다.

친구가 호의로 보내준 꽃을 꽃병에 꽂으면서 정말 안타깝다고 몇 번이고 생각했다.

그날 밤 이곳에서 강연회를 열기로 되어 있었는데 공원 안에 있는 회장에서 나는 화원을 한다는 친구와 만났다. 검고 마른 작은 체구의 친구이다. 일견 온화해 보이지만, 완고함을 안으로 담아 두는 성격이다. 인사를 나누고 그 친구가 돌아간 청중석 쪽을 보니, 친구와 부인이 나란히 앉아 있고, 그다음으로 아이들이 일렬로 앉아 있었다. 작은 아이를 안고 있는 부인이 나와 눈이 마주치자 원래부터 알고 있는 것처럼 친근한 미소로 인사한다. 남편과 동년배처럼 보이는 탄탄한 몸을 한 부인은 반듯하게 빗어내려 바짝 묶은 머리에, 소매가 길고 푸른 타이완 옷을 입고 있었다. 나에게 꽃을 갖다 준 이마가 둥글게 튀어나온 장남은 모친과 닮았다. 나도 인사를 하면서 부인의 웃는 표정에 친근함을 느꼈다. 그리고 부인의 웃는 얼굴에서 친구 가정의 분위기를 다 알 것 같았다.

방금 그렇게 공손했던 소년이 나를 보자 모친과 똑같이 환한 친근함을 보이며 해죽 웃었다. 그 옆에 동생 두 명이 아직 어려서 무슨 일인지 알지 못하는 얼굴로 단지 부모 사이에서 점잖게 앉아 있다. 모친의 무릎에 또 한 명.

소년은 나와 눈이 마주치면 그때마다 언제나 생글생글 웃었다. 대장부 같은 검은 얼굴을 하고 영리한 눈을 쭉 나에게 보낸 채로 웃고 있었다. 타이중에서 가장 마음에 남아있는 것은 이 소년의 얼굴이다.

다음날 타이중 마을에서 큰 강을 건너 어떤 마을에 있는, 이 지역 유지라는 하야시 가를 방문했다. 튀어오르 듯이 빠르게 개울이 흐르는 예쁜 마을이다. 강에서는 물소가 머리만 들어 올리고 멱을 감고, 마을 소년이 그물을 잡고 다리 끝에 앉아 발을 첨벙거리고 있었다.

하야시 가의 고풍스러운 문으로 들어서자, 중국풍으로 돌이 몇 겹이나 안쪽까지 깔려있고 입구 가까이 있는 작은 방 기둥에는 보험회사 대리점 간판이 걸려 있었다. 일본 지방의 부잣집에서 자주 볼 수 있는 풍경 같았다.

그 옆에 빛바랜 붉은 칠을 한 담을 둘러싸고 커다란 문이 있어서 원래 여기가 정문이었구나 생각되었다.

그 문 안으로 무대가 있었다. 신사 경내에 있는 가구라덴神樂殿

(신사 안에 설치된 무대)과 같은 것으로, 바닥에 돌이 깔린 터 주변에 회랑이 있었다. 무대의 차양과 처마에 무슨 이야기를 그린 것인지 나무에 조각된 그림이 있었다.

이 집 주인인 하야시 씨는, 옛날에 이곳에서 연극을 올려서 마을 사람들이 모여서 함께 보기도 했다고 설명하고, 지금은 연극이 금지되어서 마을 사람들에게 충효의 길을 가르칠만한 것이 없다고, 이 마을의 장로답게 부드럽게 이야기했다. 마을 사람들은 항상 이 무대에 올린 연극으로 충효의 길과 효행의 마음을 알게 되었다고도 했다.

이 장로가 선량한 마음으로 옛날을 회상하는 것을 잘 알 수 있었다. 그러나 옛날을 그리워하는 마음에는 분명 항상 채우지 못하는 것에 대한 쓸쓸함도 있을 것이다. 키가 크고 어딘가 시골 선비 느낌이 나는 하야시 씨는 장남이 지금 도쿄에 살면서 철학을 연구하고 있다고 했다. 차남은 여기 가까운 곳에 살고 있으니 안내하겠다고 먼저 일어서서 문을 나섰다.

하야시 가의 토담을 따라 나 있는 이쪽저쪽 고갯길은 정취가 있고, 농가에서 할머니와 며느리가 웅크리고 앉아 빨래하는 모습은 평화로웠다. 넓은 길로 나온 곳에 있는 차남 집은 장미 덩굴이 흐드러지게 피어있는 앞마당이 있는 양식 건물이었다. 이 집 주인은 집에 없었다. 타이중 마을 자체는 일본 지방 마을과 비슷하지만, 여기에서 마을의 장로와 만나 옛날을 그리워하는 마음을 접하고 또 발랄한 소년과 만나기도 해서 즐거웠다. 그것은 단지 우연이었을지도 모른다. 아마 타이중이라는 곳이 고즈넉하면서 정돈되어 있기 때문일 것이다.

전체적으로 말하면, 이 섬에 사는 사람은 일본에서 와서 영구히 정착한 사람, 업무상 이삼 년 여기에서 생활하는 사람, 그리고 타이완 사람이겠지만, 이들 모두 멀리서 온 손님을 진심으로 반갑게 맞아 주었다. 여행을 하면 긴장해서 날카로워지기 쉬운 나의 마음도 이번에는 차분해지는 대접을 받았다. 단지 불쾌했던 것은 타이동에서 팡랴오로 가는 자동차 여행으로 어롼비鵝鑾鼻(타이완 최남단의 곶) 가까이 가자 똑바로 내리쬐는 햇볕과 앉아있는 다리 사이로 올라오는 흙먼지에 신경이 날카로워졌을 때뿐이었다. 나만 그런 것이 아니었다. 자동차는 덜컹덜컹 흔들려서 선반 위의 짐이 몇 번이나 떨어졌고, 그중 두세 번은 피곤과 더위로 지친 승객 머리에 떨어졌다. 간사이 사투리로 말하는 남자의 말소리도 신경을 건드렸다. 선반에서 떨어진 짐은 이 소란스러운 남자의 물건이었지만, 그것이 다른 승객 머리에 떨어졌는데도 무신경하게 히죽거렸고 나중에는 자기 짐이 다른 사람 머리에 떨어지는 것을 전쟁 났다고 생각하라면서 농담으로 넘겼다. 참을 수 없던 상대가 화를 내고 거기에 다른 사람까지 끼어들어 일시에 삼중 사중으로 승객의 신경이 얽혀서 성내는 소리가 날아다녔다. 햇볕이 내리쬐는 더위와 흔들리는 차로 인한 피곤함과 흙먼지에 질려서 짜증난 나는 뚱해져서 그 화내는 소리를 듣고 흘려버렸다.

이 자동차 여행길은 산길을 갈 때와 전혀 분위기가 달랐다. 마을을 거치는 경우가 많아서 때때로 차를 세워서 타이완 마을 찻집 같은 가게에서 시골스러운 주스를 빨기도 하고 수박을 먹으면서 기분이 좋았는데, 그 사이로 마을 소학교에는 국기가 게양되어 있고 타이완 학동이 부르는 기미가요(일본 국가) 노랫소리가 들렸다.

 그것은 전쟁 일변도로 확대되어 가는 시절의 분위기를 느끼게 했다. 타이베이의 어떤 강연회에도 일본에서 손님이 왔을 때는 언제나 사람이 가득 모인다는 이야기도 들었는데, 사람을 그리워하는 이 섬에 있는 사람들의 성격을 듣는 것 같았다. 조선이나 만주와 다른 기풍이 이 부분에서 느껴지지만, 문외한인 나의 눈에 비친 이 섬의 산업적인 방면에서도 온화한 성격이, 사람을 그리워하는 차분한 마음을 만들지 않았을까 생각했다. 그리고 이 지역에도 프롤레타리아 소설을 쓰는 원예사와 영리한 눈빛을 가진 소년이 있었다.

시간에 멈춰 서서

1화

고속도로 몇 번 선이었던가, 니혼바시 주변 빌딩 사이를 빠져 나와 어디선가 큰 강을 건너자, 도로는 강을 따라 곧바로 위쪽으로 향하고 있었다. 높은 도로 위를 달리기 때문에 강과 강가에 늘어선 집들 위로 하늘이 넓게 펼쳐져 보였다. 나는 차창에 얼굴을 기대고 그 풍경을 보고 있었다. 강을 사이에 두고 아사쿠사 쪽을 보는 것 이 처음도 아니고, 내게는 오히려 익숙한 풍경이다. 하지만 이 높 이에서 내려다보는 일은 없었던 것 같다. 12월 중순의 하늘은 옅게 흐려 있었지만, 때마침 한낮의 밝게 빛나는 강 위로 작은 증기선이 너벅선을 끌면서 올라간다. 그 모습이 옛날 그대로인 것 같아 여유 로워 보였다.

드디어 아즈마바시 다리에 도달해서 센소지 절 지붕이 보이자, 스미다가와 강 수면이 갑자기 멀리까지 펼쳐져 눈에 들어왔다. 나 는 무심코 소리를 내서 희미한 은빛 수면을 더듬어갔다. 넉넉한 강 폭은, 고토토이바시 다리를 거쳐, 시라히게바시 다리를 지나 저 멀 리 왼쪽으로 꺾어지는 부근에서는 좁아 보일 정도로 끝까지 이어 져 있었다. 거기서는 양쪽 강기슭은 시야에서 벗어나고 하얀 흐름만이 하늘과의 사이에 남아 있다. 이러한 스미다가와 강 풍경은, 이 높은 도로를 달려 처음으로 볼 수 있는 것이었다. 아주 옛날 스미다 둑길에서, 그리고 그 후 스미다 공원 강기슭에서 바라봤을 때, 제방은 똑바로 쭉 뻗어서 시라히게바시 다리까지 아니, 시라히게바시 다리조차도 좀 멀게 느껴졌다. 지금은 스미다 공원에서 강기슭을 걸어도 제방 콘크리트 벽에 막혀서 강의 경치는 보이지도 않는다. 스미다 제방에서 강의 수면이 보이지 않는다니 도대체 어찌 된 일인가 하여 화가 났다. 하지만 니혼바시의 청동 기둥이, 고가도로 사이에 끼여서 무참하게 머리 부분만 남겨진 것을 보면 이것도 인정하지 않을 수 없다. 단지 도카이도 53역참東海道五十三次[14]의 출발점을 바로 아래 두고 질주하면서 다시 그런 생각이 드는 것이다. 그러던 기분이 이곳에 와서 스미다가와 강의 생각지도 못한 광경을 보니 다시 좋아졌다. 스미다가와 강이 굽어서 흘러오는 것을 본 것은 처음이고, 게다가 높은 곳에서 멀리 도쿄 외곽까지 바라본 것이라 마치 넓은 지도를 보는 것 같았다. 그러나 풍경은 일시적으로 사라지고 우리들의 차는 고속도로에서 무코지마 방향으로 내려갔다. 이날 나는 일 관계로 무코지마의 마키 타쿠야[15]의 옛

---

14 에도시대 정비된 5개의 가도(五街道) 중 하나로 53개의 역참이 설치되어 있었고, 그 기점이 니혼바시다.

15 이 소설에서 마키 다쿠야는 소설가 호리 다쓰오(掘辰雄)라고 생각할 수 있다. 사타 이네코가 실제로 호리 다쓰오에게서 프랑스어를 배웠다는 점, 호리 다쓰오가 무코지마에 살았다는 점, 호리 다쓰오의 가족 관계가 복잡했다는 것을 그 근거로 들 수 있다.

집을 방문할 예정이었다. 이 작가는 내 젊은 시절 친구이기도 하다. 그는 나와 나이가 같지만, 전쟁의 황폐로부터 아직 완전히 복구되지 않던 시절, 오랜 병치레 끝에 죽었다. 내가 그의 친구였다고 말했지만 젊은 시절의 나에게는 그럴만한 자격이 없어서, 정말은 그가 나에게 보였던 친절한 배려와 이해를 나는 깊은 우정으로 받아들이는 관계였다. 그때 나는 그의 젊었을 때의 문학 동료들 속에 섞여 있었고, 그들의 신선한 호흡에 영향받았다. 그 무렵 마키는 무코지마의 부친 집에서 살았다. 나도 그에게 프랑스어를 읽어달라기 위해 몇 번이나 가 본 적이 있는 집이다. 오늘의 용건은 지금도 남아있는 그 집을 방문하는 것이다. 나의 젊은 시절에 대한 그리움과 함께 옛날에 한동네에 산 적이 있다는 인연으로, 나는 옛 보금자리로 간다는 기분도 들었다. 그러나 나는 고지마 고우메초가 지금은 고지마 몇 번지가 되었고, 동네 모습도 완전히 바뀌어 버린 것을 알고 있었다. 2년 정도 전에 이 주변을 걸었던 적이 있다. 내가 살았던 집의 위치는 대충 짐작으로 알겠는데, 마키의 집은 결국 찾지 못했다. 오늘은 같이 작업하는 편집인이 안내해 주고 있다.

차는, 길을 끼고 있는 블록 벽 2층집의 창과 입구가 나란히 이어져 있는 좁은 길로 들어가 한쪽 모퉁이에서 멈추었다. 다른 한쪽은 나무가 심어져 있는 스미다 공원이고, 그 그늘 때문에 길은 싸늘할 정도로 조용했다.

"여기입니까?"

라고 물으며, 나는 멈춰 서서 고개를 갸웃거렸다.

"그럴 텐데요."

하고 동행인이 말했다.

"아닌데요."

하고 나는 더욱 확실하게 말하고, 옛날에 온 적이 있는 마키 집을 떠올렸다. 그 집은 길 폭도 더 넓고 활기찬 동네 분위기가 전달되는 듯, 밝은 길이었다. 그러나 그것은 오랜 세월 동안 어느새인가 기억 속에서 바뀌어서 내가 그대로 형상화해 버린 것인지도 모른다. 그렇다고 해도 내 안에 떠오르는 집과 동네 분위기는 선명하게 완성되어 있었다. 그것은 아주 오랫동안 내가 품고 있었던 마음속의 사진이다. 그런데 그런 나의 고집에도 불구하고 마키 집은 역시 여기 있는 집 중 하나라고 한다. 나는 그 집 앞에 서서 망설이고 있었다. 그때 집은 지금과 창문이 같지 않았다. 지금은 창문을 가리듯이 팔손이나무가 심어져 있지만, 옛날에는 길에 면해서 밝은 장지문이 서 있었고, 그 앞에 조릿대 여러 그루가 있었다. 집 입구도 지금처럼 닫힌 느낌이 없었고, 왼쪽에 있지도 않았다. 입구는 집 정중앙에서 외부를 향해서 친근하게 있었다. 전면에 조릿대가 서 있던 객실은 오른쪽에, 그리고 왼쪽에는 마키 아버지의 작업실이 있었다. 그 때문에 집 외관은 지금보다 넓었다.

내 기억은 눈앞의 집을 완강하게 거부하고 있지만, 그러나 이곳이 과거 마키 집이라는 사실은 틀림없는 듯했다. 여기에는 분명한 증언도 있었다. 무엇보다 문패에 적힌 거주자 이름이 그것을 가르쳐 주었다. 지금도 이 집에는 마키와 인연이 있는 사람이 살고 있어, 나는 이 집 주인을 만나러 온 것이다. 미리 연락해 두었기 때문인지 주인 부부는 집에서 우리를 기다리고 있었다. 부부 모두 나와 동년배 정도로, 남편은 깔끔하게 손질한 백발에 온화하면서 꼼꼼한 인상이었고, 부인은 요즘에도 앞치마를 두르고 청소하는 친근함까지 보였다. 내가 방문한 목적은 마키에 관한 이야기를 듣는 것이었다. 그러나 창밖으로 팔손이나무가 보이는 방을 지나자, 나는 얼른 집의 구조가 어디가 어떻게 바뀌었는지 등을 물었다. 그것은 벌써 사십 수년 전의 과거를 끄집어내는 일이다. 그러나 분명히 이 창 앞에는 조릿대가 있었다. 그렇다면 내가 앉아 있는 여기가 마키가 나에게 메리메[16] 의 단편을 읽어 주고, 내가 그 뒤를 따라했던 그 시절의 방이란 말인가. 그렇게 생각할 수밖에 없지만, 실감을 일으킬만한 근거는 어디에도 없다. 나는 더 이상 내가 품고 있는 그 시절의 방을 가슴으로 치워 두었다. 그것은 더 이상 현존하지 않는 것이다. 그렇다면 한층 기억은 귀중해진다. 누군가에게 귀중한 것이 아니라, 나 자신에게 그렇다. 그 시절 나는, 마키의 문학 동료 중 한 사람의 아내였다. 그리고 그다지 말수가 많지 않았다. 마키네 집 객실에서, 즉 조릿대 잎이 장지문에 부딪히고 있을지도 모르는 객실에서, 책상을 사이에 두고 그와 마주 앉아 메리메를 읽을 때도 또 그 전후에도 나는 거의 아무 말도 하지 않았다. 그리고

---

16 프로스페르 메리메(Prosper Merimee: 1803~1870) 프랑스의 작가, 역사가.

그 역시 그다지 말이 없었다. 객실에서 두 사람이 뭔가 이야기를 나누었다는 것은 단편적인 기억에조차도 없다. 나는 겸허하게 그의 앞에 앉았고, 그는 흐릿한 어조로 때로 뭔가 말하고 싶어 하는 것 같았다. 나는 그가 프랑스 작가를 원서로 읽는 것에 눈이 부셔 몸이 굳어 있었다. 나는 그때까지 가르침다운 가르침을 한 번도 받아 본 적이 없었다. 친구의 아내인 여자에게 외국어를 읽히려는 마키가 어떤 생각을 했는지 나는 알지 못한다. 그것은 감히 말한다면 그의 〈문학〉이었을 것이다. 어떤 날은 왼쪽에 있는 금세공 작업장에서 이쪽으로 나오는 마키 부친의 모습이 보이기도 했다. 마키 부친은 우리 옆을 아무렇지 않게 지나갔고, 거기에는 마키와 내가 조신하게 책상에 마주하고 있는 것을 방해하지 않겠다는 마음 씀씀이가 있었다. 나는 발음도 어설펐고 외국 말보다도 마키가 번역하는 작품 자체에 매료되어 있었지만, 두 사람 사이에는 진지한 공기가 있었음이 틀림없다. 그것은 나에게 하나의 아름다운 시간이었다.

그러나 내가 마키 집에 다녔던 것은 거의 수차례에 불과했다. 그것은 마키 쪽 상황 때문이었을까, 아니면 내가 외국어를 배울 시간이 없어졌기 때문일까. 나는 요즘 친구에게 이끌려서 글을 쓰고 있지만, 당시는 생활 대부분이 사상의 경향성을 띠고 있을 때이기도 했다. 남편인 요시노스케는, 추구하는 사상적 입장과 그의 젊은 의욕으로 노동운동에 적극적으로 가담하기 시작했다. 그리고 이러한 생활의 변화는 우리에게만 있는 것이 아니었다. 사회의 조류

속에서 요시노스케가 추구한 문학 자체가 좌익적인 경향으로 옮겨가고 있었다. 그들의 동인지는 자칫 중단될 위기에 놓였다가 다시 발간되었지만, 한두 해 전의 집중적인 분위기는 이미 잃어버렸다. 동인 중 한 사람을 중심으로 하는 프롤레타리아 예술운동이 조직되고, 다른 동인도 거기에 가담하였다.

마키는 동인들의 이러한 변화와 나의 상황을 충분히 알고 있었다. 그 때문에 나에게 베풀어준 마키의 배려는 우리들의 어수선한 생활에 대한 배려기도 했다. 그러나 나는 그 어수선함으로 인해 그의 배려를 받아들일 수 없게 되었다. 프랑스어 공부는, 프랑스 작가의 작품을 원서로 읽고 싶다는 크고 엉뚱한 나의 희망과 외국어 하나 정도 알고 있으면 다음에 무슨 일이 있을 때 도움이 된다는 요시노스케의 지원으로 시작되었다. 그리고 아, 베, 쎄 A, B, C 처음부터 모두 마키의 도움을 받았다. 마키는 우리들의 이러한 생각에 자신의 기대까지 걸고 있는 것 같았다. 그러나 나에게 그것은 결국 한마디 말도 남김없이 끝나 버렸다. 나와, 내 주위의 필사적인 공기 속에서 그것은 사라졌다. 그 때문에 객실에서 마키가 메리메를 읽어주었다는 생각만이 응결凝結되어 있다. 그것은 나 자신에게 소중한 시간이었다.

내가 지금 무코지마 집에 앉아 있는 곳은 그때의 객실인 것 같다. 젊었을 때부터 마키 부친 밑에서 일해서 지금은 금세공 공장을 경영한다는 이 집 주인은, 점심시간을 쪼개서 우리에게 마키 이야기를 들려주었다. 마키가 모친에 대해 쓴 작품이 있는데, 주인 이야기와 그 작품이 내 속에서 합쳐져서 소년 시절의 마키 모습으로 떠올랐다. 마키 모친이 특별한 생각으로 마키를 소중하게 여기고 존중했다는 것은 이 집 주인에게도 가장 인상에 남는 듯했다. 마키 모친은 주위 사람이 마키에게 도련님이라고 부르지 않으면 성이 차지 않는 사람이었다고, 주인은 반복해서 말했다. 거기에 담겨있는 사정을 나는 마키와 왕래할 때부터 알고 있었다. 금세공 작업장에서 나와 객실에서 책상을 마주한 마키와 내 옆을 무심한 듯 지나가는 마키 부친의 배려에서 나는 그것을 느꼈다. 그리고 나는 그의 행동에서 운명적인 상냥함을 짐작할 수 있었다. 마키라는 성姓은 부친의 성이 아니었다. 그것은 마키 혼자의 성[17]이었다.

거기에 내재하는 마키의 사정을 나는 처음부터 알고 있었다고 생각한다. 그 시절 그들 친구는 서로 자신의 상황을 솔직하게 털어놓았을 것이다. 마키뿐 만이 아니다. 나도 다른 동인들의 상황이나 과거를 대충은 들어서 알고 있었다. 그것은 나 자신의 경력을 모두가 알고 있는 것이나 마찬가지였다. 서로 자신의 사정을 분명하게 말함으로써 자신의 인생을 객관화시키고, 혹은 그것을 나눔으로써 뭔가를 조직하려고 했음이 틀림없다. 서로 간에 존중하며 아껴

---

17 호리 다쓰오는 호리 하마노스케(堀浜之助)와 시키(志気) 사이에서 태어났다. 하마노스케에게는 정처가 있었으나 병들어 아이를 낳을 수 없어 다쓰오는 호리 가의 적자를 잇는다. 시키는 두 살 된 다쓰오를 데리고 무코지마에 정착, 금세공사와 결혼한다. 다쓰오는 양부가 죽을 때까지도 그가 양부인지 모를 정도였고, 친부가 죽었을 때는 친부의 연금을 성인이 될 때까지 받았다.

주었고, 게다가 어떤 사사로운 일에서도 의미를 발견해서 그것을 서로에게 공통하는 기준을 통해 미美와 추醜로 나누기도 했다. 나의 특수한 변화의 상황과 그러한 과정에서의 평범하지 않은 행위도 세상의 판단과는 다른 관점에서 이해받을 수 있었다. 하지만 내 경우는, 내가 직접 내 신상에 관해 이야기한 것이 아니고, 남편인 요시노스케를 통해서 모두에게 전달되었다. 이때 동료들은 내 과거를 소재로 해서 자신의 견해를 말하거나, 쳇, 하면서 뭔가 한 마디 덧붙였을지도 모른다. 그것도 또한 나중에 요시노스케에게 듣기도 하고, 혹은 그들로부터 내가 받은 느낌에서 읽어낸 것이기도 했다. 때문에 마키가 나의 신상을 알고 있듯이 나도 마키의 사정을 알고 있었다. 나에게 마키가 부드럽고 안정된 표정 속에 숨겨진 뭔가 강하게 주장하는 인상으로 남아있는 것은, 그의 출생의 진실을 내 안에 정착시켜서 느꼈기 때문일 것이다.

지금 이 집 주인에게서 마키의 소년 시절 이야기를 들으면서 나는 내가 알던 시절의 마키를 생각해냈다. 앞에서 쓴 것처럼, 내 생활이 변해서 한층 선명해져 감에 따라 마키와의 왕래도 멀어진 것은 마키 자신의 세계가 강고해졌기 때문이기도 하지만, 무엇보다도 내 생활이 분주해졌기 때문이기도 하다. 나는 이미 몇 년이나 마키와 만나지 않았다. 만나지 않은 채로 언제부터인가 나는 나의 당시 생활 속에서 마키를 잊어버렸다고 생각했다.

우리는 주인 부부에게 인사하고 그 집을 나왔다. 내 기분으로 그곳은 처음 온 집일뿐이다. 분명 그런 집에서 내가 추구하던 것은 무엇 하나 발견할 수 없었다. 그것은 이제 지나간 시간의 길이 때문일까. 나는 더욱 나에게 남겨진 과거 집을 쫓아 마음속에서 서성거렸다. 그러나 분명 그것은 존재했다. 나에게 아름답게 기억된 그때는 분명 존재했다.

2화

젊은 시절이 아름다웠다고만 생각한다면, 그것은 달콤한 추억에 빠져있기 때문일 것이다. 그것은 우선 자신을, 그리고 자신과 관련된 과거 모두를 무조건 용인하는 것이다. 그러나 그것만이 아니다. 젊은 시절이 아름다웠다고 생각하는 것은, 현재를 한탄하는 기분이 포함되어 있어서 실제는 자족이라는 체념 상태에 있기 때문일 것이다. 그 자체가 지금 이완된 것을 보여준다. 그러나 어느 정도 알고 있겠지만, 아름답다는 회상에는 비애도 섞여 있다. 회상하는 동안에는 이 사람이 죽었다, 저 사람도 이제 세상에 없다고 그리워하는 경우도 많아서, 함께 했던 시절의 자신도 추모하게 된다.

재작년 초반 무렵이었을 것이다. 젊은 N 방송국 직원이 집으로 와서 나와 업무 상 조율을 했다. 이야기를 끝내고 일어나려던 청년은 업무와는 상관없는 표정으로 별안간 나를 바라보았다.

"저기, 요시모토 쓰네코라는 이름을 기억하고 계시는지요. 알고 계실 거라고 들었습니다만."

"아아, 예."

하고 나는 상대를 바라보고, 갑자기 들은 요시모토 쓰네코라는 이름을 얼른 생각해냈다.

"알고 있지요. 젊었을 때. 아주 잘 알고 있어요."

라고 말했지만, 나의 시선은 분명 그다음이 궁금했을 것이다. 요시모토 쓰네코, 아주 지난날의 그 사람 이름을 갑자기 들은 것이다. 그러나 나는 그 사람을 기억 밖으로 제외한 것이 아니라, 뭔가 계속 섬세하게 가슴속에서 쫓고 있었다. 요시모토 쓰네코가 죽었다나 봐, 하는 소식을 들은 것은 전후戰後 어느 시기였다. 어떻게 죽었을까. 이후의 일이 좀 더 알고 싶다고 쭉 생각하고 있었다. 그것은 요시모토 쓰네코와 관련된 하나의 일화가 아름답다고 느껴서, 이와 관련된 나의 경솔한 행동에 관한 글을 썼을 때, 그 안에 삽화로 넣었기 때문이다. 요시모토 쓰네코와 관련된 일화가 아름답다고 생각하는 것은, 그녀 자신이 아름답다고 생각하는 것이어서 그것이 나의 기억을 되살렸다. 그러나 이미 사십 년 전의 옛날 일이라 그녀가 죽은 것도 희미한 소문으로밖에 알 수 없었다.

알고 있습니다, 하고 말하자, 그는 가볍게 고개를 숙였다.

"요시모토 쓰네코는 저의 어머니입니다……."

그 말을 듣는 순간, 눈앞에 있는 그가 다른 사람이 된 것 같았다. 방금까지 사무적인 논의로 접했던 청년이 요시모토 쓰네코의 아들이라고 하자, 그것은 뭔가 증언을 들은 것 같았고 그는 증인 자체로 느껴졌다. 분명 그는 요시모토 쓰네코의 그 이후를 보여주는 증인임이 틀림없다. 아직 청년으로 보이는 그를 나는 찬찬히 바라보았다.

"요시모토 쓰네코 씨가 돌아가셨다는 소식은 들은 적이 있는데요."

"네, 제가 어렸을 때 돌아가셨어요."

"역시 그랬군요. 좋은 분이셨는데."

하고 나는 말끝에 감정을 끌면서 말했다.

"다음에 요시모토 쓰네코 씨에 관해 이야기를 듣고 싶습니다."

"네, 저도 언젠가 다시 천천히 모친 이야기를 듣고 싶습니다."

청년이 요시모토 쓰네코가 자신의 모친이라고 밝힌 후 우리는 이 정도의 말밖에 하지 않았다. 얼른 계속해서 이것저것 물어보기엔 내 머리가 돌아가지 않았다. 나는 업무상으로 만난 청년과 그런 인연이 있다는 것만을 반추하고 있을 뿐이었다.

청년이 돌아가고 난 후 그가 두고 간 명함에서 마쓰이라는 성을 다시 보고, '아, 그랬었지' 하며 요시모토의 본명을 생각해냈다. 요시모토 쓰네코의 본명은 마쓰이였을 것이다. 생각은 났지만 요시모토 쓰네코는 역시 마쓰이라는 이름과 연결되지 않고, 쓰네코의 남편 이름으로만 떠올랐다. 쓰네코의 남편을 마쓰이라는 이름으로 기억하는 것이다. 그러나 남편 성이 마쓰이였지만, 당시 우리들의 활동 속에서 쓰네코의 본명은 비밀로 해야 했다. 때문에 그녀는 어디까지나 요시모토 쓰네코였다. 게다가 쓰네코의 남편은 당시 어느 대학의 강사였다. 쓰네코는 경찰 눈을 피해서 지하에 숨어 있는 공산당원과 연락하면서 잡지 편집일을 맡고 있었다. 이는 부인 당사자뿐 아니라 남편의 각오를 전제로 한 것이었다. 나도 마쓰이라는 사람과 한 번 만난 적이 있어서, 쓰네코가 남편에게 자신의 활동을 숨기지 않는 것을 알고 있었다. 마쓰이라는 사람의 사상도 쓰네코의 역할을 용인했을 것이다. 그러나 그것은 자신의 각오도 필요하므로 용인이라기보다 협력이라고 해야 하는 게 맞다. 그러나 그런 식으로 조금씩 알게 된 것이라, 처음 얼마간은 요시모토 쓰네코가 독신이 아니라는 정도만 알고 있을 뿐이었다.

그날 만난 청년 얼굴이 마쓰이와 쓰네코 중 누구와 닮았는지 살펴보니, 그는 부친과 닮은 것 같았다. 남자와 여자의 차이도 있겠지만, 그의 얼굴에는 쓰네코의 방금 물로 씻은 것 같은 연한 피부와 긴장한 듯한 얼굴은 보이지 않았다. 진지한 청년의 인상은 쓰네코와 통하지만, 쓰네코처럼 신체의 쭉 뻗은 늘씬한 선도 없었다. 언제나 견직 기모노를 입고 머리는 짧게 해서 뒤로 묶어 내린 모습에는 어딘가 아직 학생 같은 이지적인 분위기가 있었다. 그 모습은 결코 경직되지 않고 청결하고 산뜻해 보였다. 한 번밖에 만난 적이 없는 마쓰이가 대학에서 무엇을 전공했는지는 모르겠지만, 아마 소장 학자 중 한 사람이었을 것이다. 꾸미지 않은 풍모 속에 진중함이 있어, 그것이 따뜻한 느낌을 주었다. 그와 그녀 아들이 완전히 닮았다고 느낀 것은 아니지만, 굳이 말한다면 아들은 부친 쪽과 닮았다.

요시모토 쓰네코의 아들이라는 청년과 만나고 나서 나는 전보다 더한층 자주 쓰네코를 생각하게 되었다. 그녀의 죽음은 확실해졌고, 아들 한 명을 남긴 것도 알게 되었다. 마쓰이와의 생활이 계속 이어지고 있었다. 그녀의 요절이 내 생각 속에서 왠지 모르게, '아, 역시' 하는 식으로 반응하는 것은, 젊은 시절 쓰네코의 어딘지 날카롭고 가느다란 선이 갖는 인상 때문일 것이다. 여자다운 목소리였지만 살짝 쉬어 있었다. 밖에서 나에게 연락해 올 때나 함께 잡지 편집을 할 때, 그녀는 일 처리가 아주 능숙했다. 그녀 표정이 결코 어두운 건 아니었지만, 이상하게 그녀가 웃는 얼굴을 본 기억은 없다. 애교 있는 미소도 혹은 뭔가 품어내는 웃음도 본 적이 없다. 그러나 그것은 그녀의 인상이 나의 기억 속에서 하나로 고정되었기 때문일지 모른다. 웃지 않았다고 생각되지만, 그녀가 차갑거나 오만하다고 느낀 적은 없었다. 그녀가 거의 웃지 않았던 것은 그녀 자신도 알지 못했던 병약함 때문이 아니었을까. 요시모토 쓰네코가 요절한 것을 알게 된 지금, 그런 생각이 들었다.

그녀를 종종 생각하는 것은, 그녀의 명이 짧았기 때문만은 아니다. 앞서 말했듯이 요시모토 쓰네코라는 젊은 여자의 그 시절, 의연하고 아름다운 태도가 지금도 내 마음에 남아있기 때문이다. 게다가 그녀는, 천박하고 익살적인 내 모습과 대조적으로 보여서, 나는 한층 그녀가 아름다웠다고 생각하는 것임이 틀림없다.

정신을 집중해야 하는 비합법적인 활동을 함께 하는 과정에서, 한 남자가 요시모토 쓰네코를 좋아하게 되었다. 그는 그 일을 친구들에게 감추지 않았다. 긴밀한 조직 내의 일이기 때문에 당연했을 것이다. 내가 그에게서 그런 심정을 들은 것은, 그를 포함한 세 명의 남자들과 시바다이몬 가까이에 있는 단팥죽 집에 같이 있을 때였다. 잡지 편집 일로 회의를 하고 그날의 만남 목적이 끝난 후, 그는 쓰네코의 성실한 태도를 칭찬하면서 그녀를 좋아하게 되었다고 말했다.

"나, 그 사람에게 반했거든."

일부러 그런 표현을 사용한 것은 부끄럽기 때문이겠지만, 그러나 말투에는 사랑하는 상대를 소중하게 대하려는 진중함이 포함되어 있었다. 나는 잠시 마음을 안정시키고 다시 물었다. 그는 내가 망설이는 것을 눈치챘는지, 또 망설이는 게 당연하다는 듯이 혼자서 웃었다. 다른 두 명은 이미 이야기를 알고 있는 듯했다. 그러나 그가 좋아하게 된 요시모토 쓰네코를 인정하면서도, 그녀에게 이미 남편이 있다는 점에서 두 친구가 훈수 드는 의견도 진지해졌다. 내가 주저하는 이유도 당연히 그것 때문이었다. 하지만, 하고 나는 말해야만 했다.

쓰네코를 좋아하게 된 그의 괴로움도 거기에 있었다. 그런데 그는, 쓰네코가 혹시 자기를 좋아한다면 자기가 쓰네코의 남편과 만나 이야기할 각오가 서 있다고 말했다. 그는 K 대학을 나와서 지방 명문가라는 생가로부터 아직도 충분한 돈을 받는 상황이었다. 정중한 말투에 절대 경박하지 않고, 말이 없을 때는 거의 신경질적으로까지 보이는 표정이 그의 이런 형편을 보여주는 듯했다. 그는 현재 경시청에 직접 쫓기는 몸은 아니지만, 지금 같이 있는 다른 두 사람은 그해 봄, 문화 활동 조직의 중심 인물이 일제히 검거되었을 때 몸을 피해 도망친 사람들이다. 당연히 경시청은 두 사람을 쫓고 있었다. 단팥죽 집에서 네 명이 만나는 것은 어디까지나 비밀이었다. 그런 장소에서 우리는 그가 꺼낸 사랑의 어려움을 함께 생각했다. 나는 그런 사랑이 전혀 신기하다고 생각하지 않았다. 주변 다른 사람 기색에도 민감하게 신경 쓰고 있었지만, 그렇다고 그런 상황에서 그의 사랑 이야기를 듣는 것도 결코 이상할 만한 일도 아니었다. 다른 두 명도 그의 사랑이 어려운 조건 속에 있는 걸 알아서 그녀의 기분은 어떤지 묻기도 했다. 쓰네코는 이미 그의 고백을 듣고, 그의 말대로라면 그녀도 고민하고 있을 거라고 했다. 그는 나에게 쓰네코와 만난다면 그녀 이야기를 들어 주라고도 했다.

나는 이야기가 거기까지 가는 동안 처음의 망설임에서 벗어나서 그의 생각을 지지해 주는 쪽으로 이미 방향을 돌렸다. 쓰네코가 결심하기만 하면 된다. 내가 이때 생각한 쓰네코의 결심이라는 것은 그의 주관에 내 생각을 딱 갖다 맞춘 내용이었다. 나도 요시모토 쓰네코를 좋아했기 때문에, 그가 쓰네코에게 반한 것이 당연하다고 생각했다. 그렇다면 쓰네코만 결심하면 된다. 이렇게 생각하는 나의 사고에 비약이 있다는 것을 나는 깨닫지 못했다. 붉은 다이몬 옆에 있는 상점가 골목길 단팥죽 집은 밖으로 개방되어 있었지만, 우리에게는 밀폐된 장소였다. 그 때문에 나는 수일 후 쓰네코와 만나서 그 말을 꺼내기까지, 내가 비약하고 있다고는 생각도 못 했다.

나는 단팥죽 집에서 생각했던 말을 쓰네코에게 했다. 이야기 서두에 내가 쓰네코에게 품은 그의 마음을 들었다고 했을 때, 그녀는 표정을 거의 바꾸지 않았다. 쓰네코에게는 그런 식의 냉정한 면이 있어서 나는 전혀 주저하지 않고 쓰네코에게 말할 수 있을 것 같았다. 그러나 내가 태연하게 혹은 여유롭게 '그와 결혼하지'라고 쓰네코를 부추겼을 때, 쓰네코는 굳은 시선으로 나를 바라보았다. 그리고 꺼낸 그녀의 말이 당당하게 울렸다. '하지만' 하고 감정을 안정시키고 나서 그녀는 말했다.

나는 남편을 사랑하고 있는걸.

앗, 하고 나는 그 자리에서 사라져 버리고 싶을 정도로 당황했다. 나는 자신의 꼴 좋게 무너진 황당함을 견디면서 있을 수밖에 없었다. 쓰네코에게 남편이 있는 것을 말하면서도 나의 관념에는 실체가 쑥 빠져 있었다. 그것은 당시 우리들의 무언가를 상징하는 것 같았다. 내가 쓰네코의 남편인 마쓰이와 만난 것은 이 이야기가 있고 난 뒤의 일이다. 평소와 마찬가지로 그녀의 집에서 잡지 편집을 하고 있을 때, 쓰네코는 곧 대학으로 외출하는 남편을 응접실로 불러서 나에게 인사시켰다. 아무렇지 않게 인사하는 그녀의 남편 앞에서 나는 또 몸이 움츠러들었다.

쓰네코를 좋아하게 된 그도 그 후 쓰네코의 주선으로 마쓰이와 만났다고 했다. 자연스러운 기회였다고 하니 그것도 쓰네코의 영리한 판단에 의한 일이었을 것이다. 그때 그도 또한 이른바 〈실체〉와 접촉해서 드디어 현실감을 갖게 되었음이 틀림없다. 그는 자신의 사랑 감정에 종지부를 찍었다고 나에게 보고하면서, 마쓰이 부부의 훌륭함을 되풀이해서 말했다. 그것을 들으면서 나는 그에게는 알려줄 수 없는 그때의 쓰네코 말을 가슴속에 떠올렸다.

나는 남편을 사랑하고 있는걸.

이 말을 입으로만 한다면 연극을 하는 것 같아서 듣는 사람이 부끄러워진다. 결코 드문 말은 아니지만, 무슨 소설 같은 데서 가끔 읽을 법한, 어떤 유형으로 굳어져서 현실 대화에서는 결코 할 수 없는 표현이다. 거기에는 내 낡은 관념도 작용해서 만약 내가 그렇게 말해야 하는 상황이라면 분명 다른 표현을 택했을 것이다. 쓰네코를 좋아하게 된 그도 '좋아하게 되었어요'라든가, '반했어요'라고 말하는 것처럼 말이다.

나는 남편을 사랑하고 있는걸.

이것을 다른 사람이 하는 말로서 직접 들은 것은 처음이란 생각이 든다. 그러나 쓰네코에게 들었을 때는 말 그대로의 내용에 나를 책망하는 듯한 엄숙함까지 느껴졌다. 피부가 얇고 거의 웃지 않았던 그 시절 쓰네코의 깔끔한 처리방식은 이 말과 딱 들어맞아서 흔들림이 없었다. 요시모토 쓰네코의 이런 추억을 나는 마음의 앨범에 보관하고 있었다.

그녀와 나의 인연이 끝난 것은 구체적으로 언제였을까. 다이몬 근처 단팥죽 집에서 네 명이 함께 있었을 때 친구의 연애 이야기를 들어 주던 친구인 고이즈미 다카시가 쓰키지 경찰서에 체포되어 그날 밤 고문으로 죽게 된 것은 그해 가을부터 반년도 지나지 않았을 때였다. 그는 작가였다. 경찰의 눈을 피해 다니는 생활 속에서 쓴 그의 작품은, 종합잡지에 게재되어 우리를 기쁘게 했고, 정부를 화나게 했다. 그러한 고이즈미 다카시의 고문에 의한 죽음은 일본의 파시즘화 되어가는 정세를 그대로 보여주는 것이었다. 그러한 정세 속에서 계급적인 입장에서 진행된 문화 운동도 점차 어려워지고, 내가 편집하는 잡지 간행도 부정기적으로 되어버렸다. 요시모토 쓰네코와 나의 인연이 끊어진 것도 그즈음이었을 것이다. 그런데 그것에 각별한 기억이 없는 것으로 보아 뭔가 자연스러운 이유가 있었을지도 모른다.

요시모토 쓰네코의 아들이라는 청년과 만난 이후 그 청년과 한 번 이야기하고 싶다는 생각이 들었다. 그의 명함을 얼른 알 수 있는 서랍으로 옮겨 놓았다. N 방송국 교양부라고 적혀있는 그의 명함 옆에 요시모토 쓰네코 씨,라고 메모한 것은 그녀 아들의 명함이라는 것을 확실히 해두기 위해서였다. 그러면서 매일 정신없이 또 일 년이 지났다.

3월 말, 흐린 날씨가 이어지는 쌀쌀한 일요일 정오가 지났을 무렵이었다. 전화가 걸려 와서 수화기를 들었다. 익숙하지 않은 노인 목소리였지만, '마쓰이입니다'라고 상대편이 이름을 말하자 나는 왠지 얼른 알아차렸다. 마쓰이라는 이름의 지인이 달리 없었기 때문이다.

"아아, 요시모토 쓰네코 씨의……."

하고 내가 목소리를 높였다.

"그렇습니다. 저 지금, 당신의 작품을 읽고 있습니다. 아주 옛날 일이군요. 그 후 저도 재혼했습니다. 딸이 하나 있습니다만 지금은 노부부 둘이서만 삽니다."

그의 말을 수화기로 들으면서 나는, 지금 읽고 있다는 내 작품이 요시모토 쓰네코의 일화를 끼워 넣은 장편 작품임이 틀림없다고 가슴속으로 수긍했다. 그 말에 이어서 재혼했다고 알리며 지금 생활을 이야기하는 것이 미묘하게 들렸다. 그러나 나는 내 쪽의 기분대로 대답했다.

"얼마 전, 생각지 않게 아드님과 만났습니다. 반가웠지요. 요시모토 씨에 대해 아드님과 한번 만난서 이야기하고 싶었던 참입니다."

"그 아들, 죽었습니다."

의외의 말이 감정을 뺀 듯한 어투로 대응해 와서 한층 기이하게 울렸다.

"그 N 방송국에서 일했던 아드님이요?"

그렇게 다시 묻는 나의 말투는 분명 서두르고 있었을 것이다. 그런데 상대의 대응은 지금과 마찬가지로 침착한 말투였다.

"그렇습니다. 아들은 그 애 하나입니다."

"어째서, 또다시……"

"위암이었습니다. 서른여덟이었지요."

그는 그렇게만 말하고 그럼 건강히 지내세요, 하고 전화를 끊었다. 그와 나의 통화는 거의 그게 전부였다.

나는 멍해져서 이유도 없이 벽시계를 올려보았다. 두 시를 지나고 있었다. 그것은 한낮의 전화였다. 게다가 일요일 오후 두 시라는 시간은 따분한 시간일지도 모른다. 마쓰이는 어떤 심정에서 갑자기 나에게 전화할 마음이 생겼을까. 내 작품도 읽고 있다고 하는데, 만약 그것이 내가 생각한 것처럼 요시모토 쓰네코의 일화를 넣은 작품이라면 지금 나와 있는 책도 아니다. 그걸 읽은 게 계기가 되어서? 하는 것도 아니었다. 아들이 죽은 쓸쓸함을 전하기 위해서라면 자기가 더 말을 해도 좋았을 것이다. 그러나 아주 갑작스럽게 전화해서 전혀 생각지 못한 아들의 죽음을 묘한 말투로 말하는 것을 듣고 나는 정신을 차릴 수 없었다. 그의 아들의 죽음은 언제였을까. 요 일 년 사이라는 것은 다른 인연을 통해서도 확인할 수 있겠지만, 어쨌든 확실하게 묻지 못했다. 마쓰이의 주소도 묻지 못했다.

흐린 일요일 오후, 홀로 쓸쓸히 있는 노인의 모습은 지금의 전화 분위기로 알 수 있었다. 3월 말이라는데도 쌀쌀하다. 지금 마쓰이의 가슴속에 사십여 년 전 옛날 일이 떠올랐던 게 분명하다.

나는 남편을 사랑하고 있는걸.

마쓰이는 분명 그 부분을 읽고 있었다.

3화

　스와 신사와 공원으로 향하는 길로 들어서자 그곳은 대로와 나란히 있는 길이고, 8월 중순의 태양이 음지와 양지를 분명하게 나누는 시간이기도 해서, 왕래하는 사람이 드물어 막힘없이 멀리까지 바라볼 수 있었다. 끊임없이 미풍이 불어오고 더위도 괴로울 정도는 아니었다. 이 길로 들어서서 곧 목적지 집 앞에 조금 떨어져서 서 있었다. 나는 우선 이곳 나가사키의 햇살과 바람에 감각적으로 사로잡혀 무엇인가를 불러내려 했다. 이 햇살과 바람은 내 것이라는 느낌이 내 어딘가에 있다. 그러나 그 느낌이 이제는 더 이상 확실하지 않는 것은 세월의 거리가 너무나 멀기 때문일 것이다. 어렸을 때 이 주변을 뛰어다니며 마음껏 빨아들였을 햇살이 희미하게 그리울 뿐이다. 이 주변은 나가사키에서 피폭의 소실을 피했던 지역으로 길 모습도 옛날 그대로였다. 그것보다 훨씬 이전의 내가 살던 시절부터 보아도 커다란 변화는 없다. 그 때문에 내가 향하는 집도 어쨌든 원래 위치에서 원형을 유지하고 있었다. 담장과 실내가 보이지 않게 격자를 붙인 집들이 늘어선 길에 그 집만이 지금은 약국으로 담배도 팔았다. 2층 창문 아래 약국 간판이 걸려 있는데, 가게 입구는 좁고 좌우는 유리문을 끼운 허리 높이의 창으로 되어 그 유리문 너머로 가게 안이 조금 보일 뿐, 덤덤한 가게이다. 가게 왼쪽의 담배 파는 곳도 유리로 둘러싸여 있고 안으로 역 승차권 창구처럼 손을 넣고 빼는 공간이 있을 뿐이다. 5년 정도 전에 보았을 때는 거기에 노인이 앉아 있었지만, 오늘은 흔적도 보이지 않는다. 간판은 나와 있지만, 휴업인 것처럼 썰렁하다. 그 때문에 나는 건너편 집 쪽에 서서 찬찬히 그곳을 바라볼 수 있었다. 그 가게는 격자문이 끼워진 옛날 집을 간단하게 개조해서 만든 점포라는 것을 아주 확실하게 보여주었다. 게다가 지금은 약국 오른쪽 콘크리트 벽으로 된 이층집이 바깥문도 알루미늄 창틀로 된 별개의 집이지만, 전후 10년 정도까지는 그 두 칸이 한 채의 집이었던 것을 알 수 있을 정도로 같은 색조를 띠고 있었다. 콘크리트 벽 집만은 그 시절 아직 단층으로 감물을 바른 격자문 앞에 같은 색의 담장이 있었는데, 지금은 물어볼 필요도 없이 외관도 확실히 두 칸으로 나뉘어져 있었다. 그런데 약국 2층과 가게 주변 어딘가에는 검은색 창틀이 많은 구조가 그대로 남아 과거를 보여주었고, 지어진 연대치고는 처마도 튼튼했다.

나는 전후가 되고 나서 가끔 나가사키에 왔는데, 그때마다 이 집 앞에 서서 2층을 올려다보았다. 지금 내가 서 있는 것처럼 길모퉁이에서 2층을 올려볼 뿐이다. 내가 이 집 2층에서 태어났다고 들었기 때문에 고향으로 돌아왔다는 마음에서 2층을 바라보지만, 내 발로는 한 걸음도 그 집 안으로 들어간 적은 없다. 내가 고향에서 자랐을 무렵 이미 거기는 다른 사람이 살고 있었다. 이 집에 대한 내 기억은 모두 할머니에게서 들은 이야기로, 만들어진 것에 불과했다. 어렸을 때 우리 집도 이 근처였기 때문에 나와 관련된 이 집을 그 시절에도 시종 의식했던 듯, 돗자리와 주먹밥을 가지고 공원으로 놀러 가면서 이 앞을 지날 때면, 이 집의 흙 마당과 2층을 엿보듯이 상상했던 기억이 난다. 이 집은 할머니의 생가로 내가 여기 2층에서 태어날 때까지 할머니 남동생 다나카 우메타로가 집안을 이어 살고 있었다. 따라서 이 집에 대한 할머니 다카의 이야기는 조모 자신의 어린 시절 추억을 이야기하는 것이기도 해서, 소녀 다카가 배웠다는 월금(중국의 현악기)의 노래도 섞여 있었다. 그때 들었던 규렌칸(일본에서 유행한 중국 가곡) 노래를 지금도 내가 얼추 부를 수 있으니, 다카가 얼마나 자주 생가 이야기를 했는지 알 수 있다. 흙 마당에 가마가 매달려 있어서 어떤 때는 나가사키 부교소(정무를 담당하는 부교가 집무를 보던 관청)의 관리였던 다카 아버지가 그 가마를 타고 부교소로 출사했다는 등의 이야기는, 이미 생가를 잃어버린 다카가 묘사하는 아름다운 그림이기도 했다. 그러나 소녀인 나는 그 집 앞을 지나면서 흙 마당에 매달려 있었다는 가마를 역시 상상했다. 나가사키 부교소 터는 여기에서 가까운 거리에 있는데, 내가 어렸을 때는 나가사키 현 지사의 관사가 되어 있었다. 이른바 이 집은 부교소 바로 근처에 있고, 늘어선 집들도 고즈넉한 느낌이었다. 다카 아버지가 부교소 관리였던 것은 사실인 것 같다. 다카 남동생인 다나카 우메타로도 내가 알고 있었을 때 현청에서 일했다. 하지만 이미 다카와 우메타로 아버지가 가마를 탔다는 등의 이야기와 맞지 않는 하급 관리라는 것은, 아이인 내 눈으로도 알 수 있었다.

내가 이런 오래된 일을 기억하는 데는 이유가 있다. 나는 지금 내가 거기서 태어났다는 2층을 올려다보고 있지만, 언제나 여기에 서 있을 때의 추억에 올해는 또 하나의 기억이 더해져서 나의 상상력을 확장시켰다. 이제까지의 나라면 여기에 서는 것은 오로지 어머니에 대한 그리움 때문이었다. 2층을 올려다보면서 내 눈에 떠오르는 것은 열다섯 살 여학생이 필사적으로 출산하는 모습이기도 하고, 그일 전후에 겪었을 소녀의 마음이기도 하다. 태어난 갓난아기는 어찌 되든 상관없다. 사가현립 여학교 학생이었던 다카야나기 유키는 불장난의 처리를 위해 어른들의 계획대로 나가사키로 옮겨와서 불안과 수치 속에서 여자아이를 낳았다. 이때의 그녀 마음이 사랑스럽다. 언제가 할머니 다카에게서 들은 이야기까지 생각난다. 다카는 나의 아빠 쪽 할머니였기 때문에 유키에게는 시어머니인 셈이지만, 유키가 살아 있을 동안에는 통상적인 고부간이었을 것이다. 죽은 사람에 대한 할머니의 감정은 상냥해서 예를 들어 나에게 내 어머니 유키에 대해 말할 때는,

"유키는 얼굴이 하얬지. 너보다 훨씬 예뻤어. 축자년 생이라 점잖고 야무졌지."

하는 식으로 칭찬하는 말을 했다. 또 어떤 때는 이웃집 딸이었을 시절의 유키 이야기를 한 적도 있다.

"유키 엄마는 유키와 같은 또래의 데려온 아이가 있었어. 유키에게는 계모였던 거지. 가엾게도 울면서 유키는 자기가 더럽힌 속옷을 숨어서 몰래 빨았지. 그래서 아버지도 그렇게 된 거야. 계모 쪽이 이쪽만 심하다고, 나쁘다고, 몰아대서……."

다카로서는 중학생이었던 아들의 책임을 떠맡고 과부라는 약점까지 더해져서 다카야나기 집안의 평판에 머리를 숙일 수밖에 없었던 수모가 분한 듯했다. 그 결과로 생을 얻은 소녀인 나는 말없이 듣고 있었지만, '자기가 더럽혔다'는 게 무슨 의미인지도 어렴풋이 이해가 되었다. 이것이 돌아가신 어머니 추억으로서 그려지는 첫 번째 모습이었다. 여자의 부끄러움을 울면서 숨어서 빨래하는 어린 소녀 모습이 내 상상 속에서 언제부터인가 완성되었다. 그것은 나를 배기 이전 어머니의 모습이고, 그 어린 소녀는 자신이 개화開花에 전율하며 울었을 것이다. 그런데 열네 살의 다카야나기 유키가 열일곱 살의 옆집 중학생과 비밀의 시간을 가졌다는 것은 사랑스러운 첫사랑의 불꽃에 의한 것이었다.

"유키 씨는……,"

하고 아버지 다지마 마사부미는 아내를 부를 때마다 언제나 어렸을 당시 그대로 불렀고 결코 '씨' 자를 뺀 적이 없었다.

"유키 씨는 …사랑의 승리자였지. 나를 좋아한 여자가 있었는데, 유키 씨는 그녀와의 경쟁해서 이겼으니까."

아버지는 취해서 나에게 그런 말을 한 적이 있었다. 그것은 어머니가 돌아가시고 한참 후의 일이었다. 젊었던 아버지는 결코 의지할만한 부친은 아니었지만, 취해서 어머니를 그렇게 말할 때면, 딸인 나는 아버지에 대해 관대해졌다.

이렇게 해서 다카야나기 유키는 첫사랑의 결과로 나를 낳았지만, 주위 어른들의 비난은 당연해서 그들은 유키를 일단 나가사키에 있는 남자 쪽 숙부 집으로 보내서 불장난 친 젊은이들을 떨어뜨려 놓으려 했다. 지금 내가 올려다보는 약국 2층에서 출생한 여자아이가 이 집 주인인 다나카 우메타로의 장녀로서 호적에 기재된 것은 젊은이의 불장난에 대한 어른들의 혐오와 증오 때문이었음이 틀림없다. 나베시마번의 부인을 모시는 시녀로 일하다 번의 의사 부인이 된 마사부미 숙모는, 그런 부정한 불장난의 자식은 처단해 버려야 한다고 공공연히 말했다. 그것도 할머니 다카를 통해 결국 나에게까지 들려오게 된 이야기였다. 나는 내 출생이 불가사의하게 느껴졌지만, 그럴 때면 어린 마음에도 어머니가 애처롭게 생각되었다. 내가 일곱 살 때 이미 어머니가 죽었기 때문일 것이다. 또한 아버지와 어머니가 주변의 만류를 뿌리치고 나를 낳음과 동시에 사실상의 부부생활을 시작해서 나를 버려두지 않았기 때문이기도 하다. 순진한 친부모 밑에서 자랐다는 것에 만족해서 부모를 비난하는 주위의 목소리도, 그러한 혐오감 속에서 내가 출생한 것도, 나에게는 아무런 아픔도 되지 않았다. 내가 어른이 되어가면서 한층 어린 어머니에 대한 가여운 마음만 들 뿐이었다. 이 때문에 나가사키로 돌아가서 내가 태어난 이곳 2층을 올려다보며 그려보는 것은 어머니의 얼굴이다. 업신여김을 당하는 가운데 나를 낳은 어머니의 가여운 얼굴뿐이다. 그 외의 것을 생각한 적은 없다. 어른들의 숭고한 의도도 어머니 주변으로 밀려날 뿐이었다.

언제까지나 거기에 서 있을 수는 없었다. 의심스러운 눈초리로 곁눈질할 동네 사람이나 가게에 담배를 사러 오는 손님은 없었지만, 이번에는 가게 주인 모습도 결국 보지 못한 채, 나는 스와 공원 쪽을 향해 천천히 걷기 시작했다. 올해 나는, 저 집을 볼 때마다 거기에 다나카 우메타로 부부가 살았던 사실을 생각한 적이 없었던 것을 처음으로 깨달았다. 그 집은 할머니 다카의 친정으로 다카의 남동생, 즉 나의 종조부인 다나카 우메타로가 살던 곳이다. 또 우메타로는 호적상 나의 친부이기도 하다. 이런 사실을 충분히 잘 알면서도 기억에서 완전히 사라졌던 것은, 이와 같은 관계가 나와 아무 상관이 없다고 생각했기 때문일 것이다. 유키가 병사한 후 수년이 지나 우리는 나가사키를 떠났고, 그 길로 할머니의 친정과도 관계가 끊어졌다. 단지 다나카 우메타로의 이름은 내 호적상 부친으로, 또 그 집에서 태어났다는 것으로, 내 책 맨 끝에 게재되는 연보 맨 첫 줄에 반드시 기재되었다. 그러나 그것도 나에게는 단지 활자에 불과하다는 감정으로 살아왔다. 내가 쓰는 것이 활자가 되어 사람들에게 읽히는 그런 일을 해왔지만, 연보를 자기소개로서밖에 생각하지 않았다.

5월의 어느 날 광고가 많은 우편물에 섞여서 먹으로 주소를 쓴 두툼한 봉투가 배달되었다. 야마모토라는 모르는 사람이 보낸 것이다. 주소는 지바현의 어느 동네인데 그것도 기억에 없다. 그러나 모르는 사람에게 편지를 받는 일도 있으니까, 하는 마음으로 봉투를 열었다. 큰판 원고용지 크기에 글이 빼곡하게 적힌 종이가 여러 장 들어 있었는데, 그것은 기계로 복사한 것 같았다. 보통 편지지에 쓴 편지도 함께 들어 있었다. 나는 우선 그 편지를 읽었다. 삼가 올립니다, 하고 갑자기 편지를 보내게 된 것을 사과하는 인사말 후에, '저희 집안의 과거 장부가 완비되지 못한 관계로 이를 조사하던 중에 귀하와 관련된 것이 발견되었기에 혹시 이미 알고 계실지도 모르지만, 별지와 같이 알려드립니다'라고 쓰여 있었다. 또 폐를 끼치는 일을 하는 것은 아닌지 하며 사과하는 말도 있었다. 나는 친척 중에서 야마모토라는 이름을 가진 사람을 전혀 알지 못한다. 복사한 것을 펼치자 편지와는 별도로 다나카 우메타로 호적부 복사본이 마지막에 겹쳐져 있고, 계보처럼 직접 작성한 것도 있었다. 어쨌든 다나카 우메타로의 호적부가 있는 것으로 보아 연결의 일단은 알 수 있어서, 편지를 우선 읽기 시작했다. 그것은 편지라기보다 조금 객관적인 문장으로, 야마모토 가家에 있어 사타 이네코가 갑자기 가까운 관계로 떠오르게 된 과정을 말하겠다,는 서두로 시작하고 있었다. 나에게도 아주 흥미가 느껴졌다. 나는 빠르게 읽어 내려갔다. 그 편지를 쓴 야마모토라는 사람이 어떤 풍모인지 알 수는 없지만, 문체 느낌으로 보아 나보다 훨씬 어릴 것 같았다. 편지는, 고향을 떠난 지 21년이 된다, 고향을 떠나와서 야마모토 가계도의 작성에 힘쓰고 있다, 계보를 조사하는 것이 자신의 성격, 혹은 취미일지도 모르겠다고 하면서, '아마 나이 탓일까'라고도 적혀 있었다.

　이러한 연보 작성이 완성되기 직전인 3월, 어쩌다 서점에서 그는 내 책을 펼쳐보았다고 한다. 내가 그와 동향 사람이라는 것을 알고 있었나 보다. 그의 손에 들린 문고본 권말에 연보가 게재되어 있었는데, 맨 앞부분에 다나카 우메타로에게서 태어났다는 것을 보고 그는 '깜짝 놀라 기겁(아마 과장일 것이다)'할만한 발견을 했다고 생각했단다. 내 쪽에서 말하자면, 지바현 어느 마을 역 앞 서점에서 한 중년 남자가 갑자기 나와 연결된 것이다. 그러나 그 시점에서는 내가 알 리가 없었다. 내가 모르는 채로 야마모토라는 사람의 나를 찾아내는 작업은 그날부터 시작되었다. 그는, 야마모토가의 제적등본에 그의 숙모인 마사가 있고 그 마사 옆에 사생자, 이네라는 이름이 있다, 마사는 사생자 이네가 출생한 후 다나카 우메타로와 혼인, 다나카 우메타로의 사생자 인정 신고에 의해, 이네는 우메타로와 마사의 친자가 된다, 하는 곳까지 판명했다. 마사는 혼인 후 장남 출생. 이 장남 다나카 모 씨는 마사를 통해 야마모토의 종형에 해당한다며 현재에도 친척 교류가 있다고도 했다. 이네가 이 종형의 누이라면 야마모토에게 있어 종매가 된다. 그러나 야마모토는 내 연보에 '부친, 다지마 마사부미, 모친, 유키'라고 쓰여 있어서 여기서 헷갈리지 않을 수 없었다. 여기 적힌 이네는 야마모토의 숙모인 마사의 자식인 이네와는 별개의 인물인가 아니면 동일 인물인가? 다나카 우메타로에게서 태어남, 이라고 되어 있고 생년월일로 보아 동일 인물이라고 생각된다. 그렇다면 연보에 기재된 부모의 이름은? 하고 편지는 의문으로 끝나고 있었다.

야마모토 문장에 쓰인 이 부분은 그의 추적과 혼란의 숨결을 느낄 수 있을 정도로 긴박했다. 그러나 야마모토뿐만이 아니다. 나 자신 이 안에서 새로운 발견을 한 것이다. 내가 다나카 우메타로의 호적을 본 것은 이번이 처음이었다. 호적에 의하면 나는 출생하자마자 야마모토 가의 호적에 기재되었고, 게다가 야마모토 마사의 사생자로서 신고되었다. 할머니 다카는 이에 대해 나에게 일체 함구했었다. 지금에 와서 내가 태어날 때의 복잡했던 상황을 또 하나 알게 된 사실이 야마모토의 문장 속으로 나를 끌어당겼다.

야마모토는 나가사키 시청에 천 엔을 동봉해서 다나카 우메타로의 제적등본을 청구했다. 이와 동시에 나의 다른 책을 찾아서 거기의 게재된 연보에 의해 새로운 사항을 알게 되었다. 이네 양친이 마사부미와 유키라는 것은 같지만, '다나카 우메타로의 장녀로서 입적'이라는 사실이 추가되었다. 따라서 나는 친부모인 마사부미와 유키의 호적상 양녀로 되어 있었다. 야마모토는 3월 한 달 동안 거의 매일의 날짜로 작업의 경과를 기록했는데, 종형인 다나카 모 씨에게 연락해서 계도를 그리고 나의 연보에서 옮겨 적어 그것을 반복해서 읽고 있는 동안 드디어 월말이 되어 일단의 결론에 도달했다고 했다. 명백한 호적을 다시 추리하면서 그도 흥미로웠음이 틀림없고 나 역시 흥미로웠다. 1. 마사의 사생자 이네와, 마사부미와 유키의 양녀 이네는 동일 인물이다,라고 우선 쓰여 있었다. 2. 야마모토 마사는 다나카 댁에서 예의범절 견습을 위해 봉공하고 있었다. 3. 마사와 우메타로의 결혼은 이른바 육체관계에 원인이 있다고 이제까지 들어왔다,고 되어 있었다. 세 항목에서 야마모토 가의 오래된 내력이 여러 행에 걸쳐 쓰여 있고, 이러한 야마모토 가는 나가사키 시의 호가豪家인 다나카 가와 반드시 불균형한 것은 아니었다고 쓰여 있었다. 여기에서 다나카 가가 나가사키 시의 호가라는 것은 사실과 거리가 있지만, 마사가 다나카 가에 봉공하고 있었다는 것은 나도 들어서 알고 있었다. 그리고 4.에서 드디어 이네의 출생에 대한 야마모토의 추적은 내가 아는 것과 상당히 근접해 있었다. 내 연보에서 다카가 외조모로 되어 있는 오류로 인해, 야먀모토가 나의 어머니 다카야나기 유키를 우메타로와 혈연관계로 오해했던 것은 무리도 아니다. 사실은 부친인 마사부미는 미야케 탄광 병원장인 다지마 모 씨와 다카의 장남이었다. 그러나 어쨌든 야마모토는 이네의 출생에 의해 다지마 가와 다카야나기가 양측이 곤란해 하는 것을 알아채고 '해결책으로서 관계자 일동은 야마모토 마사에게 설명해서 사생자로 처리해줄 것을 이해시켰다. 어느 쪽에서 그런 조건을 제시했는지는 명확하지 않으나, 마사에게 정부인으로 만들어 주겠다고 약속했으리라는 것은 충분히 상상할 수 있다'라고 쓰여 있는 점이 야마모토 가의 입장으로서 나에게 다가왔다. 야마모토 가의 이러한 입장은 계속해서 강조되서 '옛 무사의 품격을 가졌다고 알려진 마사의 부친이 (즉 야마모토의 조부에 해당) 그냥 사생자로서 호적을 더럽히는 것을 인정했다고 생각할 수 있지만, 마사의 오빠(야마모토의 아버지)가 어쩌다 러일전쟁 출정 중이라 연락할 방법이 없었던 것이 다행이었을지도 모르겠다'고 적혀 있었다. 또 '다나카 우메타로의 사생자 인정 신고에 의해 마사부미와 유키 두 사람의 사생자는 훌륭하게 다나카 가의 장녀가 되었다. 반면 야마모토 가의 호적은 사생자를 낳은 풍기 문란한 여자, 마사로 인해 더럽혀진 기록을 남기게 되었다'고 확실하게 지적하고 있었다.

어릴 적, 내 출생에 대해 어른들이 떠들어대는 모욕의 말을 들었을 때 조용하게 있을 수밖에 없었던 것이 생각났다. 이 때문에 야마모토 가의 입장에서 보아 호적을 더럽혔다는 지적에 나는 대항할 수 없었다. 그 묘한 기분 속에서 희미하게 떠오르는 것은 우메타로와 그리고 특히 마사이다. 야마모토가 우메타로와 마사의 장남인 다나카 모 씨 앞으로 이네 문제에 대해 보고한 편지도 동봉되어 있었는데, 그 안에 다음과 같이 쓰여 있어 마사에게 강한 빛을 비추고 있었다. '귀 형의 모친(소생의 숙모)이 연기하신 인생극장의 한 막을 자손인 우리가 보고, 그 역할에 깊은 감개를 느낀다. 마사 숙모의 명복을 빌며.' 야마모토의 이러한 마지막이 마사에 대한 나의 오래된 기억을 불러일으켰다.

할머니 다카는 올케인 마사를 좋게 이야기하지 않았다. 시누이의 눈으로 보아 그랬겠지만 원래 자기 집 가정부였던 것이 용서할 수 없었을 것이다. 열여섯에 의사 부인이 되어 남편이 살아있는 동안 유복하게 살았던 다카는 천박하고 거만했다. 남편이 일찍 죽고 그 후 고생과 빈곤이 계속되는 가운데 억척스러우면서도 부지런했지만, 아들의 행위를 등에 지고 당황했던 다카는 깊은 배려도 없이 이기적으로 되었을 것이다. '마사가 연기한 인생극장의 한 막'이라는 야마모토의 지적을 보자, 다카에게 좋은 소리 듣지 못한 마사가 갑자기 다른 모습으로 떠올라서 이번에는 내 추리를 시작해야겠다는 생각했다. 태어난 집 2층을 올려다보며 친엄마 유키 이외에 이번에 하나 더 떠오른 것은, 불만을 참으며 고개 숙인 마사의 모습이다. 유키가 낳은 아이를 마사의 호적에 사생자로서 올리는 것을 강요한 것은 다카였음이 틀림없다. 그리고 그 후에 마사를 우메타로와 짝지어준 것도 다카였을 것이다. 다카는 마사뿐 아니라, 동생인 우메타로도 업신여겼다. 낮은 목소리로 나직하게 말하는 우메타로는 사람 좋고 까다롭지 않은 성격이었던 듯하다. 거의 만난 적은 없지만 그래도 나는 종조부를 알고 있었고, 마사도 본 기억이 난다. 다카는 내게 마사가 남편인 우메타로에 대해 자기중심적이고 고집 센 여자라고 했지만, 큰 소리 내지 않는 종조부 모습은 어린 아이인 나에게도 왠지 동정하는 마음을 일으켰다.

혹은, 마사는 다나카 집안과의 관계에서 시종 불만이지 않았을까. 남편인 우메타로도 그녀가 보기에는 답답했을지 모른다. 그렇다면 우메타로와 짝을 맺은 것에도 불만이 있었을까. '육체관계에 의해'라고 야마모토가 쓴 것은 시대에 뒤처진 느낌이지만, 그런 다나카 가도 아니었다. 그러나 마사에게 사생자 출생의 낙인을 무리하게 찍은 것은 다나카 집안의 숭고한 태도임에 틀림없다. 그러한 책략과 마사의 순종이 내가 방금 올려다본 그 집에서 연기되었다. 나는 나의 출생의 파문이 당시 스물한 살이었던 마사에게 씌워진 것을 잘 알게 되었다. 내가 태어났을 때 마사가 아직 우메타로의 처가 아니었다는 것을 나는 알지 못했고 내가 마사의 사생자로서 신고된 것도 전혀 몰랐다. 그것은 나 자신의 이력 상 이렇다 할 만한 것이 아니지만, 마사에게 부과된 이 역할은 분명 그녀의 생애를 결정해 버렸을 것이다. 메이지(1868~1912) 후반이라고 하지만, 사생자를 낳은 것은 여자의 수치이고 일가의 호적을 더럽힌다는 것은 말할 필요도 없어서, 그것은 야마모토의 지적대로이다. 그러나 마사는 그것을 강요당하고, 그리고 그 거짓을 되돌리기 위해 우메타로의 처가 되었다. 혹은 처가 될 수밖에 없었다. 1864년에 태어난 우메타로와 마사는 스무 살 정도 나이 차이가 있었다. 마사가 자기중심적으로 심술부렸다는 것은 자기에게 억지로 부여된 역할에 대해 의식하지 않은 채로 드러난 그녀의 복수였을 지도 모른다. 다카가 마사에 대해 좋게 말하지 않았던 것은, 다카에 대한 마사의 정당한 반발이 행동으로 드러났기 때문일 것이다.

나의 이러한 추리는, 새롭게 알게 된 사정으로 인해 내가 기억의 단편에 넣어둔 마사의 상을 수정하게 만들었다. 나는 장롱 안쪽에서 꾸러미를 꺼내서 그 안에서 사진 한 장을 찾아냈다. 나가사키 모토하카타초의 마쓰가와 사진관에서 촬영한 작고 낡은 사진이다. 우메타로와 마사 부부의 사진이 있던 게 생각났다. 정 가운데 인품 좋고 갸름한 얼굴의 노인이 세 살 정도의 여자아이를 무릎에 안고 있고, 왼쪽에 목을 여민 양복에 사냥 모자를 쓴 우메타로와 오른쪽에 올림머리를 한 마사가 목면 줄무늬 하오리의 한쪽 소매를 가슴으로 올리고 서 있다. 가운데 노인은 근처 알고 지내던 사람이라고 들은 것 같은데, 무릎에 안겨 있는 것은 우메타로의 아이

일까. 물론 나는 아니다. 사진에서 우메타로와 마사는 매우 어울려 보였다. 시선을 아래로 둔 마사의 표정도 소박하게 신묘해서, 다카에게서 들은 것처럼 심술 궂은 아내로도 보이지 않았다. 이 사진에서 내가 조합해 낸 마사의 심정도 나의 지나친 생각은 아닌가 하고 되돌아보게 되었다.

그러나 시선을 내리고 있는 마사가 가슴속에 어떤 생각을 품었던 것은 당연해서, 기억에도 없는 사생아 출산의 수치심에 몰린 분함도 그녀 표정의 그늘에 담겨 있을지도 모른다. 보상으로서의 올림머리 모습도 그다지 부유해 보이지 않는다. 다카는 나를 어른 취급해서 자기 자랑 이야기나 넋두리를 들려주며 울분을 토했지만, 내가 마사의 사생아로서 먼저 야마모토 집안 호적에 입적한 것만은 말하지 않았다. 다카는 자신도 그 정도로 사생자의 신분을 멸시하고 있었다. 나를 그쪽으로 넘겨버린 자신의 처리방법에 떨고 있었을 것이다. 마사를 우메타로와 짝 짖게 한 것은 마사의 치욕을 지우기 위해서라기보다, 분명 사생자 이네를 구하는 것에 더 무게감을 두었을 것이다. 그렇지 않다면 마사에게 사생자를 떠맡기기 이전에 우메타로와 마사의 혼인 신고가 제출돼도 좋았을 것이다. 야마모토가 말하는 것처럼 그것에 따라 '이네는 적출자로서 신분 취득'이 되었지만, 마사의, 그리고 야마모토 가의 호적에는 사실무근의 오점이 남겨졌다. 내가 본 복사 등본에는 분명히 마사의 수치가 그대로 남아 있다. 다나카 우메타로 호적의 이네 란에도 경과로써 그것은 기재되어 있다. 그러나 내가 이를 말하는 이유는 내 이력에 신경을 쓰기 때문이 아니다. 2층을 올려보았을 때 생모 유키를 감싸기만 했었다. 그러나 거기에 더욱더 깊은 상처를 받은 마사의 존재를 알게 된 지금, 그녀의 눈을 내리뜬 얼굴을 그 집 안쪽에서 찾아야 했다.

우메타로와 마사의 장남 다나카 모씨가 사촌동생 야마모토의 조사로 알게 되었다며 지금 사는 오사카에서 나에게 전화한 것은 그로부터 얼마 지나지 않아서였다. 수화기로 전해지는 말투로 보아 그는 나와의 관련을 제대로 파악하고 있지 못한 것 같았다.

"아니에요. 사촌이 아니라 사촌 반이 됩니다."

라고 나는 목소리를 높여 말했다. 호적을 보면 장녀 이네의 다음에 이녀二女가 한 살 차이로 기재되고, 그다음에 장남인 그가 나란히 있다. 나보다 네 살 아래이다. 우메타로는 1924년 나가사키 야하사초에서 사망했지만, 그 등본에 마사의 사망신고는 올라있지 않다.

4화

조작한다는 것이 어떤 의미가 있을까. 어느 날 갑자기 과거가 연결되어 온다면 나는 역시 과거를 규명해야만 한다. 갑자기 찾아온 과거는 그 나름 추이를 가지고 있고 그 추이 때문에 새로운 모양을 하고 있다. 또 현재 찾아온 과거에 나만 있는 것은 아니다. 그 안에 있는 것들이 나를 끌어당긴다. 지나간 세월이라는 것은, 어떤 정황에서는 정말로 지나간 것일까?

　정월 중순의 일요일이었다. 손님 이름을 듣고 나는 총총걸음으로 현관까지 나갔다. 흰 수염의 노인이 아들 정도 되는 사람과 함께 와 있었다. 나는 때마침 이 노인의 주소를 몰라 걱정하고 있던 참이었다. 작년 가을 후쿠시마현의 이 사람에게서 배를 받았을 때 나는 왜 이 사람이 나에게 배를 보냈는지 알 수 없었다. 이름만은 기억했다. 그해 연하장 중에 이 사람 이름으로 온 것이 있었다. 그해 초에 받은 연하장이다. 그러나 왜 일부러 배까지 보냈을까. 아무 교분도 없는데 선물을 보내는 것이 아무래도 납득이 가지 않은 채 어쨌든 답장을 쓰고, 새로운 책이 나오면 그것을 답례로 하겠다는 말까지 덧붙였다. 그런데 책이 나오고 보니 그 사람이 주소를 쓰지 않았다는 것을 알게 되어 올해의 연하장을 기다릴 수밖에 없었다. 올해도 그 사람에게서 연하장이 왔다. 여든여덟 살이 되었다는 것만 크게 쓰여 있어서 그 사람이 어느 정도 구체화 되었다. 그러나 안타깝게도 주소가 적혀 있지 않았다. 여든여덟 살의 노인에게 결례를 계속해야 한다고 생각하니, 나는 한층 마음이 놓이지 않아서, 배를 보냈던 상자라도 남아 있지 않을까 하고 창고를 뒤졌던 것이 바로 어제 일이다. 그 때문에 나는 그 사람의 이름을 듣고 서둘러 마중 나간 것이다.

　그 노인의 방문은, 곧 삼십 년 전의 나 자신의 과거와 연결되는 것이었다.

　"전쟁 중에 하이라얼에 오셨을 때 거기서 만났던 특무사관을 기억하시는지요. 오로촌족으로 변장했었지요. 저는 그 아이의 부친입니다."

　노인은 여든여덟의 나이라고는 믿기지 않을 정도로 확실한 어조로 말하면서, 후쿠시마에서 상경했다는 것과 동행한 사람은 사위라는 것을 인사로 덧붙였다. 성실해 보이는 사위는 말 없이 고개를 숙였다.

　"기억하고 있습니다."

　노인의 말을 듣는 동안, 나는 갑자기 떠오는 특무사관의 변장 모습을 가슴에 두고 대답했다. 나에게는 정말 갑자기 떠오른 모습이었다. 1941년 가을, 나는 신문사가 조직한 전지 위문을 위해 다른 두 명의 작가와 한 명의 화가, 모두 넷이서 '만주'를 돌아 하이라얼까지 갔다. 전시 중의 나의 행동에서 초기에 해당하는 때이다. 당시 그 후의 나의 방향은, 그때 정착되었다고 말해도 좋을 것이다. 전지에 있는 병사와 가깝게 접한 경험은, 자신의 행동 의미를 감정으로 녹이는 것이었다. 패전으로 전쟁이 끝난 직후에, 명백해진 진흙탕 같았던 내 행동에 대한 기억에 비틀거리며, 그러나 그때를 반추하는 마음은 역시 정으로 흘러 나를 한층 고통스럽게 했다. 그러나 이 과정에서 나는 하이라얼에서 만난 변장한 그 특무사관이 거의 생각나지 않았다. 노인의 물음에 기억하고 있다고 대답하면서, 한순간에 그를 상기시킨 게 오히려 놀랍기까지 했다. 나는 변장한 특무사관을 그 특무사관을 위해 숨기고 있었음에 틀림없다. 그것은 일본으로 돌아가서도 말하면 안 된다는 현명한 판단 때문일 것이다. 아니면 그러한 지시를 받았을지도 모른다. 그러나 한편에서 그것은, 나의 정으로 흐르는 기억들과 같은 성격이 아니었음이 분명하다. 즉석에서 되살아나는 인상이 강하다. 나는 분명 마음 구석에 묻어 두었을 것이다.

그 부대에서 처음에 오로촌족이라고 소개했던 변발에 몽골 복장을 한 젊은이는, 일본에서 방문 온 두 여자를 포함한 네 명에 대해서도 무표정했다. 젊은이는, 사관이 말해서 변장이라는 게 밝혀진 다음에도 한 번 떠오른 미소를 지우며, 거의 아무 말도 없이 자신의 외모에 규제받고 있는 것처럼 변화 없는 표정을 계속 유지했다. 정수리만 원형으로 남긴 머리카락을 땋아 늘어뜨리고, 그 주위를 파랗게 깎아 올린 모습이었다. 그 때문인지 둥근 얼굴이 젊었고, 그런데도 무표정해서 어딘가 정한한 느낌까지 들었다. 산 깊은 곳에서 현지 사람들에 섞여 특별한 임무를 담당하고 있는 그를, 험악한 모습으로 상상하기도 했다. 마침 그날은 그가 하이라얼의 원대로 복귀한 참이라고 했다. 우리들은 이야기로 들었던 군 기밀을 뜻하지 않게 건드린 것 같아 살짝 몸을 비켜섰다. 그러나 그의 인상은 복잡하기도 하고 강렬했다. 때문에 나는 노인이 질문하는 그 순간에 그의 모습과 인상이 떠올랐다. 동시에 그 특무사관의 죽음도 예상되었다. 부친이라는 노인이 일부러 나를 방문한 것은 그때뿐이었다.

노인도 곧이어 말하기 시작했다. 장남이었던 그 특무사관은 전쟁이 끝나기 직전 죽었다고 한다. 그때 그에게 처자가 있었는데,

아내도 자식도 모두 죽었다. 자식은 두 살배기 남자아이였다. 노인은 지금도 산 근처 마을 촌장을 맡고 있어서인지 감정적이지도 주관적이지도 않은 어투로 말했지만, 두 살배기 손자의 죽음을 이야기할 때는 조금 고개를 숙였다. 노인이 나를 방문한 용건은 훌륭하게 죽은 아들을 위해 회고집을 내고 싶다는 것이었고, 이를 말할 때는 진심을 담은 부모 말투가 되어 있었다. 특무사관은 우리들과 만난 후 고향에서 아내를 맞이하여 마지막까지 싱안링興安嶺(중국 동북부지역) 산속의 오로촌족 마을에서 선무 공작의 임무를 맡고 있었다. 패전 직전 그곳이 어떠한 정황이었을지는 상상이 간다.

"처음부터 군인은 아니었습니다. 상해에서 활동한 경험이 있기 때문에 그런 임무를 맡게 되었을 겁니다. 군인이 전쟁터에서 죽는 것은 당연하니까 그 점에서는 훌륭하게 죽었다고 생각합니다. 하지만 어린아이가 불쌍해서요."

노인의 마음이 자식의 전사만이 아니라, 손자의 죽음 때문에 한층 절실해지는 것이 납득되었다. 나는 그 회고집에 글을 써주겠다고 허락했다. 특무사관과 한 번이라도 만났기 때문에 나는 글을 써야만 한다. 이미 회고집 한 권은 완성되어 있었다. 내가 쓰겠다고 약속하자, 동행한 사위가 옆에서 조용히 얇은 소책자를 내밀었다. 〈추억〉이라는 제목의 표지에 그려진 풍경은 아마 싱안링일 것이다. 고향에 세워져 있는지 지장보살 사진이 있고, 부자父子 지장보살이라고 쓰여 있었다. 군복 입은 본인과 양장 입은 젊은 아내, 털실로 짠 스웨터에 턱받이를 한 사랑스러운 아기의 독사진이 각각 있고, 그리고 오로촌 모습의 사진도 들어있었다. 본문 권두에는 하이라얼에서 특무사관과 만났을 때 동행했던 작가 글도 게재되어 있었다. 노인은 이때 옆에서 우리 네 명의 일행 중에 있었던 화가의 주소를 찾고 있는데 모르겠다고 말했다. 나는 책자에서 고개를 들었다. 그 화가는 찾아서 모르겠는, 그런 사람이 아니다. 그러나 그것은 이쪽에서 할 수 있는 말이고 부친의 일상에서 보면 멀리 있는 사람일 것이다. 노인은 내 주소도 요즘에 와서 알게 되었다고 했다. 작년부터 연하장이 오고, 배도 받게 된 것도 그 때문이었다. 노인의 방문이 예사롭지 않은 결심으로 다시금 전달되었다. 그러나 노인은 용건이 끝나자 아무 말 없이 일어났다.

나는 올해 연하장을 보면서 이제 요 몇 년은 생각지 못한 사람에게 오는 연하장은 없겠다고 생각했다. 생각지 못했다는 것은 전쟁에서 무사히 돌아온 사람의 것을 말한다. 그것은 전쟁이 끝난지 삼십 년이라는 세월이 지났다는 것을 생각하게 했다. 노인을 떠올리자 세월이 지나간다는 의미가 떠오른다. 노인이 두고 간 책자는 17년 전에 만들어졌다. 여든여덟 노인 나이에서 계산한다면 일흔한 살 때의 일이다. 전쟁이 끝났을 때는 아직 쉰 살 중반이었다. 그리고 여든여덟이 된 올해 아직도 아들과의 인연을 더듬고 있다. 세월이 지났다는 것은 무엇일까. 그것은 내가 이 나이가 되어 이런저런 것으로 짐작이 가는 현상이기도 하다. 노년의 의식에 세월의 경과라는 감각은 어느새인가 결사라져 버린 것일까. 몸이 쇠약해졌다는 것을 실감하면서도 반면에 다른 지점에서 세월의 감각은 희박해진다. 깊이 침투한 생각이 그대로 지속하는 것은 노년의 고집 때문이 아니라, 시간의 성급함 때문이다. 그리고 다시 삼십 수년 전의 일이 별안간 오늘과 연결되는 상황이 내게 일어나는 것도, 내 나이가 되어 만나는 일이기도 하다. 지나간 것은 의외로 가깝다. 노년의 이러한 감각은 오늘에 대한 마비가 아니다. 오늘은 오늘로써 있으면서 이른바 노년은 자신의 생애를 계속 반사하는 것이다. 그것은 회고가 아니라 노년의 현재이기도 하다. 각각의 사람에 따라 지속하는 사정의 내용이 다를 뿐인 것이다. 그 여든여덟의 부친에게 삼십 년의 세월은 일상의 중심을 더듬어가는 영원한 것은 아니었을까.

그렇다면 변질도 또한 시간 탓은 아니다. 당사자인 인간 탓이다. 나는 시간이라는 것을 쫓는 동안 갑자기 오늘이 지점으로 되돌려졌다. 나는 아마 이때 매서운 얼굴이 되었음이 틀림없다.

삼복더위에 문안인사 드립니다. 어떻게 지내셨는지요. 갑자기 실례되는 편지를 쓰게 되었습니다. 저는 전시 중(1942년 5월 3일) 중지中支로 종군하여 이창宜昌에서 전사한 고 육군중위 혼마 시게노부의 친동생입니다……

이 편지를 받은 것은 작년 여름 때의 일이다. 가나가와현 어느 시에서 온 편지로, 봉투의 발신인 이름으로는 알 수 없는 인연이 편지 내용으로 단숨에 분명해졌다. 편지는, 앞에 쓰인 사람이 전사한지 올해로 딱 삼십오 년에 해당해서, 고향인 사도가시마의 형님 집에서 제사를 지내며 고인을 추도하던 중, 내 이야기까지 나왔다면서 그 인연을 더듬고 있었다.

그것은 역시 인연일 것이다. 나는 전사한 고 육군 중위와 직접 만난 적은 없다. 그가 죽은 장소인 양쯔강 상류 건너편 기슭에 있던 산속 진지에서 전날 거행되었다는 장례식 이후에 맞닥뜨린 인연이다. 편지를 쓴 사람은 다른 뜻 없이 이런 인연을 그리워하겠지만, 나는 나 자신을 힘껏 끌어와 그곳에 앉혀야 했다. 전사한 사람의 가족에게는 형이나 동생이 죽은 장소가 머릿속으로만 그려질 뿐이라, 화장의 연기도 보지 못한 그들은 삼십오 주기 법요에 당시의 연결고리를 끌어와서 추억의 실마리로 했을 것이다. 나도 그의 편지로 인해 당시의 나를 상기시킨다.

지금 내가 하이라얼이라고 쓰고, 또 이창이라고 쓸 때의 감각은 단순히 외국 어딘가의 지명을 쓰는 것과 같을 리 없다. 나는 거기에 굴복할 수밖에 없는 것이다. 이창 건너편 산속에서의 경험은 전쟁에 가담한 나의 행위 중에서 처음으로 가장 직접 전쟁터를 접한 것이었다. 당양에서 이창까지 자동차로 네 시간, 도중에 볼 수 있는 일본군 점령 과정은 생생해서 도회지도 시골도 모두 폐허가 되어 있었다. 하지만 그곳에서도 맨몸으로 전선 수리나 목공 작업을 하는 병사를 보고 있으니 장면만 눈에 들어올 뿐, 그 이상의 것은 상상할 수 없었다. 병사의 호쿠리쿠(일본 중서부의 동해와 면한 지역) 사투리를 가슴에 담고 처와 자식을 생각하고 있을 중년 병사의 얼굴에서 심중을 살피기도 했지만, 그 이외의 것으로 시선이 확대되지 않았다. 그때의 나로서는 당연한 노정일 것이다. 이창 읍내도 텅 비어 있었다. 형태만 남아 있는 큰길은 아담한 목조 서양식 집이 늘어서 있는 것으로 보아 아름다운 마을이었을 것이다. 마을 앞 양쯔강이 자그마한 부두 정도의 넓이로 흐르고 있었다. 그런데 거기에는 주민의 흔적이 전혀 없고 허무하게 석양이 퍼지고 있을 뿐이다. 마을 형태만 있고 인적이 전혀 있는 그 공허함은, 혼자서는 한순간도 머물고 싶지 않을 정도로 깊었다. 여기에 주둔했던 일본군 부대는 강 건너편 서양관을 점령하고 있었다. 우리들 일행은 여기에서 다시 강 건너편 산 쪽으로 향했다. 그 산에 있는 진지는 이쪽 방면에 있는 일본군 진지로서는 최전선이라서, 사령관은 위문차 오는 두 여성 작가를 이곳까지 오게 하는 데 필사적이었다. 나와 동행한 또 한 명은 군에 판단을 맡겼다. 그 결과 여자 둘과 잡지사에서 동행한 기자 한 명 이렇게 셋은, 장교 여섯 명의 호위를 받는 거대한 일행이 되어 진지를 방문하게 되었다. 일행은 드디어 준비된 발동기선으로 양쯔강을 건넜다. 강을 건너는 것은 이 배뿐이었다. 해 저물 무렵의 고요 속에서 강 위로 발동기가 소리를 울리며 지나갔다. 진흙탕 속에 배 한 척이 찌그러져 잠겨있었다. 강 위에서 바라보는 이창은 회색빛 속에 묘한 석양빛이 드리워져 인상파 그림이 생각날 정도로 아름다웠다. 강기슭에서 한 병사가 빨래하고 있었다. 소리 나는 것은 발동기의 울림뿐이다. 정적 자체가 널리 퍼지는 느낌 속에서 나도 아무 말 없이 빨려 들어갔다. 양쯔강 바로 앞에 있는 이창 협곡은 바위산으로 둘러싸여 급하게 좁아졌다. 멀리 상류까지 왔구나, 하고 생각했다.

멀리 강기슭에는 산수화에서 봤음직 한 사원이 군 숙사로 사용되고 있었다. 고즈넉한 사원 외에 다른 인가는 없었다. 우리 일행을 산으로 데려갈 말들이 이미 준비되어 있었다. 나도 말을 타는 것이다. 말의 고삐를 잡아주는 병사도 기다리고 있었다. 드디어 일행은 사원 앞을 출발했다. 장교 여섯 명을 선두로 우리들 세 명이 뒤를 잇는 사이를, 고삐를 잡은 병사가 걸어간다. 그리고 그 뒤를 따라오는 몇 명의 병사들. 산으로 올라가는 길은 좁아서 한 줄로 나아갔다. 벌써 여덟 시였다. 대륙의 해는 길지만, 주변은 점차 해가 지고 있었다. 고삐를 잡아 준 병사가 말에 대해 이야기를 했다. 상해 상륙 초기부터 여기저기 전장에서 큰 역할을 했던 말이기 때문에 지금은 소중하게 다루고 있다고 한다. 잡고 있던 고삐를 놓고 병사가 앞으로 걸어가자 말은 맘대로 길가의 풀을 먹고 있다가, 병사가 부르니 급하게 달려왔다. 그래도 오르막 내리막의 산길을, 계곡이 보이는 벼랑과 도중에 흐르는 개울을 지나는데도 이탈하지 않고 잘도 나아갔다. 병사가 이야기했다. 스가모(도쿄 도요시마구)를 알고 있냐고. 스가모 우체국에서 일했다고 하는데, 그 말투에 섞인 시골 사투리가 마음에 남는다. 뻐꾸기가 자꾸 울었던 것으로 기억한다. 산속 저물어가는 저녁 무렵에 뻐꾸기의 울음소리를 들으니 기분이 가라앉았다. 그 즈음해서 앞쪽에서 이야기 소리에 주의하라고 전령이 왔다. 목소리가 산으로 울려서 '적군' 소리로 들린다는 것이다. 땅거미는 점차 깊어지고 일렬 선두가 산 위로 올라가자 저물어가는 하늘에 그 모습이 그림자처럼 선명하게 떠올라 보였다. 이미 그 무렵 묵묵하게 들리는 것은 말발굽 소리뿐이었다. 무서울 정도로 굵은 소리로 개구리가 울기 시작하고, 완전히 해가 진 어둠 속에 반딧불이가 날아다녔다. 이제까지 진짜 전쟁터를 경험한 적이 없어서 그때 그렇게 둔감했었다고 나중에 깨달았지만, 어둠에 묻혀서 올라가는 것이 위험에 대응하기 위한 최우선의 방법이었기 때문에 나 나름의 긴장으로 가슴을 졸이고 있었다. 목적지인 만터우饅頭山 산까지는 두 시간 정도의 여정이었다. 도착했다고는 하지만, 어둠 속에서 주변은 아무것도 보이지 않았다. 칸델라르 빛 속에서 병사들의 움직임이 언뜻언뜻 보이고 물을 끓이고 있는지 창문으로 불이 보일 뿐이었다. 위험하게 서 있는 나에게 언뜻 파악할 수 없는 말이 들렸다.

"영령이 계십니다. 향을 올리시지요."

일행을 맞이한 산상의 병사가 맨 먼저 그렇게 말했다. 나는 아직 왠지 멍해서 안내받는 대로 빠져나가 어떤 방 안으로 들어갔다. 그 방을 참호라고 부른다는 것을 나중에 알았다. 그곳에 들어가서 드디어 상황 파악이 되었다. 정면에는 단을 만들고 그 위에 흰 천으로 싼 상자가 안치되어 있었다. 촛불도 켜져 있었다. 산속의 진지로 올라와서 처음으로 제단을 접하고 나는 당혹감을 감출 수 없었다. 유골 앞 위패에 쓰인 글자를 촛불에 비춰 읽었다. 혼마 시게노부 중위. 위패 양쪽에 흙이 붙은 채로 파 올린 들국화가 깡통에

넣어 바쳐져 있었다. '그저께 장교 척후로 나가 전사했습니다.'

하고 옆에 있던 병사가 말했다. 더 이상 다른 병사는 말하지 않았다. 위패를 응시하는 나의 감정은 떨렸다. 위패는 이 진지에서 죽은 사람의 것으로, 이곳에서의 첫 번째 제단이었다. 전사자의 육친도 아직 이 사람의 죽음을 모르고 있다. 그런 생각과 전사자와 그를 애도하는 진지의 병사들 마음도 떠올리며 나는 고개를 숙였다. '고 혼마 시게노부 중위'와의 인연은 이처럼 뜻하지 않은 만남이었다. 모두 긴박한 정황 속에서 한 사람의 죽음을 눈앞에 두었었다는 생각도 들었다. 거의 밤을 새우다시피하고 나왔을 때 밖은 희미하게 밝아오고, 제단이 있던 참호 앞에 나무다리에 세워진 세 개의 붉고 푸른 조화 화환 장식이 보였다. 그것은 도쿄의 장례식에서 흔히 볼 수 있는 화환 같았다. 이 산에 어째서? 누가? 하고 묻자, 병사들이 모두 직접 만들었다고 한다. 이 조화를 만들 때의 병사들를 상상하니, 어제부터 오늘 아침에 걸쳐 우리들의 무겁고 습한 기분이 한층 복잡해졌다.

만터우 산의 이 진지에는 니가타 출신 병사가 많았다. 가장 혹독한 진지로 니가타 사람을 보낸다고 언젠가 들었던 게 생각났다. 참을성이 강하다는 이유에서였다. 이 진지의 책임자는 중대장이었다. 갸름한 얼굴의 젊은 중위였다. 다른 참호 안에 네다섯 명의 소대장도 가세해서, 준비된 식탁에 둘러앉았다. 여러 자루의 양초불이 비추이고 있는 참호 안은 동굴을 생각나게 했다. 병사가 바위산을 파내어 만든 것으로 실내는 감색 모포로 둘러져 있었다. 손으로 만지자 모포 밑으로 딱딱한 바위의 느낌이 전달되었다. 촛불 밑에서 식사를 시작했다. 말린 오징어와 미나리가 튀겨져 나왔다. 달게 절인 콩도 있었다. 외부에서 병사들이 모두 운반해 온 것이라 했다. 식사를 시작한지 얼마 지나지 않았을 때였다. 총성이 들린 것 같았다. 누군가 그렇게 말함과 동시에 중대장은 긴장된 표정을 지었다. 중대장은 매일 밤 있는 일입니다, 하고 말하면서 젓가락을 놓고 담배에 불을 붙였다.

"오늘 밤, 특별한 일은 없을 겁니다. 오늘 밤 없을 거라는 것은 감으로 알 수 있습니다."

라고 이어지는 말투가 군인이라기보다 학생처럼 들렸다. 그렇게 말하면서 뭔가 감지하려는 듯이 곧추세운 신경이, 날카롭게 이쪽까지 전달되었다. 사흘 전에는 상대가 쏜 서른 발의 박격포 중 한발이 참호에 떨어졌다고 한 소대장이 말했다. 나는 아직 공포를 느끼지 않고 있었다. 총성도 그 후 잠잠해졌지만, 산의 어딘가에서는 대치가 계속되고 있는 듯 소대장 중 하나가 자리에서 일어나 밖으로 나갔다. 그때부터 몇 번이나 병사들이 보고하기 위해 참호 입구에 서 있었다. 상대가 소총을 쏘았기 때문에 이쪽도 응대해 주었다는 보고를 시작으로, 철조망이 절단된 것을 발견했다는 보고, 상대 병사와 총에 대한 판단, 조명탄을 이쪽이 사용했다는 보고 등이 이어졌다. 우리들도 그때마다 젓가락을 놓았다. 일이 일어난 지점은 전부 오른쪽 봉우리, 앞쪽 봉우리, 중간 민둥부, 왼쪽 민둥부 등, 산의 특징으로 만든 이름을 사용하였고, 기립 자세의 보고 속에 이런 표현들이 섞여 있었지만, 우리들은 이상하다고 생각하지도 않았다. 이곳 만터우 산에 대해 샤오만터우라는 산도 있다고 한다. 지금 샤오만터우의 상황이 나빠져서, 그곳 중대장은 이번 좌담회에 출석할 수 없다는 보고도 왔다. 이때 다시 총성이 들렸다. 어느 쪽이 쏜 것일까. 이번에는 나에게도 들렸다. 바깥 멀리서 울리는 한 발의 총성이 묘하게 고독하게 들렸다.

중대장은 보고받을 때마다 머릿속으로 뭔가 판단하는 표정이 되면서 질문도 하고 주의를 주기도 했다. 탄환은 너무 쓸데없이 쓰지 말라고 한 적도 있다. 그러나 그날 밤 같은 긴장은 매일 있는 일이라, 오늘 밤은 아주 평온한 편이라고 중년의 통통한 소대장이 말했다. 또, 여기에서 대치하고 있는 상대 병력은 충칭重慶에서도 우수하다고 하면서, 낮에는 상대 병사 모습이 산 위에서도 보인다고 했다.

참호 속에서는 시종 작은 벌레가 나무를 갉고 있는 듯 계속 긁는 소리가 났다. 참호 지붕과 기둥의 낙엽과 소나무 껍질이 튀는 소리라고 한다. 열두 시가 지나서 드디어 참호 안에 병사들이 모였다. 좁은 실내 안에 우리와 동행한 장교를 포함해서 서른 명 정도 모였을 것이다. 처음에는 발언하는 사람이 적어서, 중대장은 우리 병사들이 부끄럼을 타기 때문이라고 말했지만, 두 시가 가까워지자 중대장의 유도로 결국 한 사람씩 이야기를 꺼내기 시작했다. 이야기 내용은, 이 진지가 자신의 무덤이라고 생각하기 때문에 참호도 깨끗하게 관리한다든지, 행군이 가장 힘들다는 등, 기쁜 것도 슬픈 것도 군대 이야기였다. 하지만 점차 우리에게 질문이 시작되면서 분위기는 일본 정황에 대한 질문으로 바뀌어 갔다. 호쿠리쿠 사투리를 쓰는 어떤 병사는 이야기하는 과정에서 앞에 말한 것과 완전히 상반되는 모순을 보여주었다. 이곳이 자신의 무덤이 되기 때문이라고 말한 이 병사는, 고향으로 돌아갔을 때의 직업을 걱정하고 있었다. 그것은 본인도 깨닫지 못하고 자연스럽게 나온 이야기여서 모순을 찾아낸 나야말로, 진실과 거리를 두고 있었음이 틀림없다. 병사들의 심정은 절실하게 삶과 죽음이고, 각오 혹은 포기와 희망이 동거하고 있었다. 이곳 상황에 놓인 병사의 인간적인 본심이 드러나서 결국 그 밤의 이야기를 표리일체로 만들어 갔다.

중대장 자신의 이야기도 같은 과정을 거쳤다. 간부로서의 어려움은 울고 싶을 때 울 수 없는 것이라고 하면서, 척후로 나간 병사가 울면서 돌아왔을 때의 안타까움, 소대장을 전사시켰을 때의 괴로움 등을 화제로 이야기하기 시작했다. 하지만 점차 분위기가 바뀌어서 이쪽에서 가장 슬펐던 일이 무엇이었냐고 유도하자, '일본'에 대해 하고 싶은 말을 하겠다며 도발적으로 되어, 마지막에는 고향 아가씨의 변심이 병사의 사기에 크게 영향을 끼친다고 이야기하고,

"자네들 중에도 두세 명은 있을걸."

하고 털어놓아 봐, 하는 분위기로 목소리를 높였다. 그때는 긍정도 부정도 표현하지 않고 조용했지만, 무거운 공기가 그것이 사실이라는 것을 보여주었다. 나무껍질이 벗겨지는 소리는 끊임없

이 계속되고, 양초는 작아지고 있었다. 병사들은 여자의 변심을 털어놓지는 않았지만, '일본'에 있는 사람들에 대한 불만을 토로했다. 그것은 여기 있는 자신들의 괴로움에 더욱 공감하길 바라는 것으로 끝나고 있었다.

우리들은 아침 여섯 시에는 여기에서 돌아가야 하는 신분이었다. 돌아갈 수 있다는 것이 여기 있는 병사와 결정적으로 다른 점이었다. 그것이 나를 미안하게 만들었다. 출발까지 좀 쉬기로 해서 다른 참호로 우리 여자 둘은 안내받았다. 회중전등으로 발끝을 비추면서 둘은 산길 도중에서 용변을 보았다. 안내해준 작은 체구의 사람 좋아 보이는 병사는 여자 둘이 웅크리고 있는 것에 개의치 않고, 전날은 이 산 건너편 부근에서 총포를 쏘아 왔다고 이야기하기 시작했다. 우리는 배당된 참호에 누웠지만, 오늘 밤의 이야기가 마음에 남아서 잠을 잘 수 없었다. 밖이 드디어 밝아지기 시작했을 때 총성이 두 발 들렸다. 새벽녘에 자주 들린다고 말한 게 생각나서 그때 나의 복부가 움찔했다. 그것은 공포의 감각이었다. 벌써 다섯 시 반, 밖에서는 병사가 식사 준비를 하는 듯했다. 나도 밖으로 나갔다. 이때 혼마 중위의 조화 화환을 보았다.

일행은 왔을 때와 마찬가지로 말에 탔다. 중대장을 시작으로 소대장도 나란히 서 있고 병사들도 배웅하기 위해 모여 있었다. 어젯 밤의 이야기가 있고 난 뒤다. 돌아가는 것이 주선된 냉혹한 현실에 나는 감정을 수습할 수 없었다. 도열이 움직이기 시작했다. 내가 탄 말도 이어서 나를 옮겼다. 몇 번인가 뒤를 돌아보는 사이 이제 병사들은 흩어졌고 중대장 혼자만이 원래의 위치에 기립하고 있었다. 조금 더 내려가서 더 이상 만터우 산이 보이지 않는 곳에 이르자 어디선가 멀리 부르짖는 소리가 들렸다. 그 소리는 완전히 밝아지지 않은 산 쪽 계곡에 울려 퍼졌다. 우리들 일행을 불렀는지 어떤지는 모르겠다. 그러나 그 부르는 소리를 듣는 순간 나는 더 이상 참을 수 없이 눈물이 용솟음쳐서 소리내어 울었다. 잡아끌며 부르는 그 목소리는 돌아가는 우리들을 부르는 게 아니라, 자신의 고향으로 외치는 소리로 들렸다. 나는 등을 세운 채로 새어나오는 울음소리를 손수건으로 누르며 말발굽의 움직임에 흔들렸다. 일행 중 누구도 말 한마디 하지 않고 말발굽 소리만이 일정한 리듬으로 계속되었다.

벌써 십수 년 전이 일일 것이다. 니가타에서 온 편지는 만터우 산에서 만났던 병사 중 한 명의 것이었다. 이름도 몰랐고, 어떤 사람이었는지 도통 알 수도 없었다. 편지에는 자신의 그 후와 오늘이 자세하게 쓰여 있었다. 어떤 노동조합에서 일하고 있고, 결혼해서 아이도 있다고 했다. 게다가 그때 만난 사람 중 여러 사람이 무사했다는 소식도 덧붙여서 적혀 있었다. 그 사람들이 무사했다는 것은 나의 기분에 기쁨과 안도, 이중의 감동을 가져다주었다. 전후, 나 자신을 추궁해야만 하는 전쟁협력에 대한 책임은, 나의 사상성의 박약과 이념으로서의 인간에 대한 배신으로서 짊어지지 않으면 안 되는 것이었다. 동시에 나는 전지에서 만난 사람들과 나의 관계에서 부채를 느끼고 있었다. 특히 이창에서의 경험은 나의 부채 한 가운데 있었다. 그 사람들이 무사하다고 한다. 그것은 앞서 말한 이중의 안도를 나에게 느끼게 했다. 니가타의 그 사람과 편지 왕래가 시작되었다. 그는 행동력 있는 사람인지, 조합 대표로서 소련에 간 적이 있다는 것도 알려왔다.

이러한 왕래가 니가타의 그와 계속될 무렵이다. 어떤 텔레비전 방송국에서 내가 걸어온 길에 대한 내용으로 방송을 만든다고 한다. 텔레비전 방송국 직원들이 내 과거를 조사하기 시작했다. 오늘날까지의 나의 여정에서 관련 있는 사람들에게도 출연을 의뢰해야 했는데, 이에 대한 회의에 나도 함께했다. 그것은 뭐가 계기가 되었을까. 만터우 산에서 만난 사람들을 텔레비전 프로에 여덟 명이나 부르겠다고 한다. 방송국으로서는 그 특별한 관계를 보여주고 싶었을 것이다. 나는 이 기회에 그 사람들과 재회할 수 있을 것 같아 허락했다. 방송 준비를 위해 회의하러 온 방송국 직원이 불현듯 나에게 물었다.

"전지로 가는 것을 당시 나쁜 일로 생각하셨나요?"

"나쁜 일이라고요? 아니요, 그렇게 생각하지 않았습니다."

하고 나는 그를 올려보며 대답했다.

"아, 그렇습니까."

하고 그는 웃지도 않고 "그렇다면 됐습니다."

하고 깍듯한 말투로 대답했다.

그 말을 듣고 나는 마음속에서 '뭐라고' 하고 외치고 있었다.

표면적으로는 어떤 얼굴을 하고 있었는지 모르겠지만, 어쨌든 나는 아무 말도 하지 않았다. 나중에 다시 생각해 보았다. 상대는 어떤 의미로 그런 질문을 했을까. '뭐라고' 하며 외친 내 반응은 주관적인 오해였을까, 그것이 애매했다. 나의 당시의 맹렬한 반발은 '그렇다면 됐습니다' 하고 간단하게 심판을 내리는 그런 취급에 대한 대항 같은 것이었다. 나에게 그것은 그렇게 가벼운 것이 아니었기 때문이다.

생방송 당일 텔레비전 출현을 위해 니가타에서 아홉 명이 상경했다. 편지 왕래를 했던 그가 보내준 사진으로 얼굴은 알고 있었지만, 나머지 사람 중에 확실히 기억하는 얼굴은 없었다. 만터우 산은 밤이었고 참호 안은 양초 불빛뿐이었다. 작은 몸집에 지금도 내성적일 것 같은 사람만이 우리를 회중전등으로 참호까지 안내해준 사람인가 생각했지만, 그날 그 사람은 한층 말이 없었다. 내가 산에서 얼굴을 제대로 본 것은 중대장이었던 소년 한 사람뿐이었다. 그런데 이십 수년 만에 재회한 사람들의 인상은 만터우 산에서와 그다지 변하지 않은 것 같았다.

"중대장이었던 분은 어떻게 지내시나요? 소식은 알고 계십니까?"

하고 내가 물었다. 그와도 만나고 싶었다. 그러자 그들 사이에서 어떤 망설임이 흘렀다. 순간의 공기에서 뭔가 숨기려는 게 느껴졌다. 한 사람이 좀 당황한 듯이 말을 꺼냈다.

"저, 지금 간사이 쪽에 계십니다만, 좀 병환 중이어서……."

"어디가 아프십니까?"

내가 그렇게 다시 물은 것은 솔직한 심정에서였다. 상대는 이번에도 주저하듯이 대답했다.

"좀 머리에 병을 앓고 있습니다."

나는 더 이상 다음을 묻지 않았다. 단지 고개를 끄덕이고 주소만을 물었다.

방송은 짧은 시간에 끝났다. 게다가 니가타에서 올라온 아홉 명 외에도 프로그램에 나와 준 친구들이 있어서, 아홉 명 모두가 발언하지 못하고 줄지어 화면에 나와 악수를 하는 정도로 끝났다. 아홉 명은 오늘 밤 돌아간다고 했다. 각자의 일터에서 바쁠 것이다. 나는 아홉 명에게 아쉬움을 남기며 방송국에서 헤어질 수밖에 없었다.

중대장이었던 그가, 머리에 병을 조금 앓고 있다고 한다. 조금이라니, 어느 정도일까. 그리고 언제부터일까? 알 수 없는 질문을 나는 내 속에서 반복했다. 만터우 산의 밤중 참호 속에서 그를 상기할 수밖에 없었다. 머리에 병을 앓고 있는 것이 전제가 되어 그때의 그의 긴장되고 신경이 날카로워진 모습이 떠올랐다. 알려준 주소로 편지를 썼다. 하지만 답장은 결국 오지 않았다.

5화

노부인 두 명이 긴자를 산책하고 있다. 이때의 나도, 동행인 요시코와 같은 나이대인 육십 대 중반. 때문에 아무래도 긴자 산책이라는 표현이 맞다. 내가 요시코와 동행한 이 날, 우리는 서로의 옛 날을 재현하려고 했다. 나에게 긴자는 그렇게 오랜만이 아니다. 하지만 요시코와 둘이서 이곳을 걷는 것은 사십 수년 만의 일이다. 요시코가 이곳을 걸은 것은 몇 년 전일까. 그러나 나는 그것을 물으려 하지 않았다. 그녀가 사는 신슈信州(일본 중앙 내륙에 위치한 산악지대)의 우에다에서 도쿄는 멀다 할 정도는 아니기에, 상경했을 때 긴자를 걸었을지도 모른다. 그러나 내가 요시코와 만난 지 5년이 지났다. 이 5년 동안 요시코는 한 번도 도쿄에 오지 않았다. 적어도 요시코 자신이 긴자를 걷는 것은 수년 만일 것이다. 그러나 긴자를 걷는 게 몇 년 만이냐고 굳이 물으려 하지 않는 것은, 이런저런 배려 때문이었다. 원래 긴자는 요시코의 것이었다. 요시코의 것이라는 표현이 이상하겠지만, 요시코는 니혼바시의, 그것도 교바시 쪽의 대로와 가까운 동네에서 태어나 전쟁 때까지 거기에서 살았기 때문에, 긴자는 그녀 동네의 연장이었다. 긴자는 오랜만이지, 하는 말은 이쪽에서는 할 수가 없다. 게다가 나는, 그녀가 우에다로 옮겨 살게 된 사정을 5년 전 만났을 때 이미 들었기 때문에 그것이 나의 가슴에 따뜻한 촉촉함을 남기며 내 질문을 잡아끌었다.

방금 우리들은 가부키 극장에서 쇼로쿠松緑[18] 의 〈도카이야渡海屋〉[19] 을 보고 긴자 안쪽 골목에서 저녁 식사를 끝냈다. 가부키 좌

---

18 가부키 배우인 오노에 쇼로쿠(尾上松緑, 1913~1989)를 가리킴.
19 가부키『요시쓰네 천만 송이 벚꽃(善経千本桜)』의 두 번째 단.

를 나왔을 때 내리던 가랑비가 식사하는 동안 그쳤지만, 지나가는 사람은 적었다. 2월 중순이라 바람도 차가웠다. 그러나 요시코는 옛날 장소에 그대로 있는 가방 가게를 발견하고는,

"아, 백목단."

하고 가게 상호를 입 밖으로 소리냈다. 사십 년 전 요시코와 나는 니혼바시에 있는 큰 서점에서 같이 일했다. 일을 마치고 돌아오는 길에는, 저녁의 긴자로 진출해서 단지 걷는 것이 목적이라는 듯 빠른 걸음으로 이곳을 지나갔다. 그것은 가슴속에서는 보이는 듯하지만, 감각적으로는 더 이상 돌아오지 않는 일이다. 지금의 요시코도 마른 체형으로 옛날부터 등을 똑바로 세우던 자세는 남아 있지만, 수수한 우비를 입고 꾸러미를 들고 있는 모습은 지금 나이에 걸맞아 보인다. 옛날의 무심한 듯 귀를 가려서 머리를 모아 올린, 당시로 말하자면 이지적인 면모를 뽐냈던 처녀 모습은 더 이상 있을 리 없다. 그것은 내 모습도 마찬가지여서, 같은 스타일로 머리를 묶고 부드러운 어깨였던 내가, 펑퍼짐한 모습이 되어 보폭도 좁게 발걸음을 옮기고 있다. 과거 요시코와 내가 이곳을 걸었던 모습은 서로의 기억에 머물고 있음이 틀림없다. 긴자가 요시코 집과 동네의 연장이기 때문에 여기에 오면 주도권은 언제나 그녀에게 있었다. 앞에 가는 젊은 남자를 따라잡아, 하는 등의 지령을 내리는 것은 요시코였다. 이것이 촉매가 되어 더한층 빠른 걸음으로 목표의 남자 옆을 얼른 따라잡아서는 절대 뒤돌아보지 않는다. 이렇게 스쳐 지나가지만 결코 돌아보지 않는 게 중요했다. 처녀의 장난기

있는 이성에 대한 도전이었겠지만, 그것은 단지 자신이 의도한 은밀한 행위에 만족할만한 범위에서였다. 교바시 길에서 긴자로 나와 큰 시계와 카페 라이온이 있는 사거리를 지나 신바시까지 오면 요시코는 머리를 살짝 흔들고 호령하듯이 '백' 하는 말투로 자신도 몸의 방향을 휙 바꿔서 한 걸음도 멈추지 않고 같은 보조로 되돌아갔다. 때로는 단팥죽 집인 와카마쓰 2층에 앉아 쉴 뿐. 그것은 당시의 나 같은 처녀들이 할 수 있는 한 장면이었다.

그 시절 동행했던 요시코와 지금 긴자를 함께 걷고 있고, 게다가 요시코에게 오늘의 긴자가 분명 오랜만이겠지만, 둘 사이에 떠들썩한 기분은 돌아오지 않았다. 기분에서만 거리감을 느끼는 것은 아니었다. 말투는 사십 수년 전 당시 그대로인데, 나에게는 아까 말한 그녀에 대한 배려가 분명히 있었다. 요시코는 백목단이라는 상호 정도를 말하며 긴자 산책을 반겼지만, 그 외에는 별다른 표정도 보이지 않았다. 가부키 좌의 무대가 오랜만이라고 말하지만, 그것이 마음에 남아있는 것 같지도 않았다. 그런 요시코에 대해 그녀가 니혼바시에서 우에다로 이사할 때 가졌을 각오가 나의 마음에 스쳤다. 그것을 들은 것은 헤어진 지 사십 년이 지나 다시 만났을 때였는데, 언제나 주변 뭔가에 도전적인 듯했던 요시코의 이런저런 행동이 한층 이해되어 마음이 아팠다. 지금 긴자를 걷고 있는 요시코도 의식해서 움츠러드는 기분은 아닐 것이다. '백' 하고 말하며 뒤돌아갈 때의 깔끔한 익살스러움이 지금도 숨어있는 듯한 느낌도 들었다. 그런 그녀를 존중하려는 듯, 나도 이 거리의 추억 같은 것은 끌어내지 않았다. 그녀답게 지금도 자신 안으로 상대를 들이지 않겠다는 분위기가 남아 있어서, 그것 때문에 점차 옛날의 요시코와 가까워지는 느낌이 들었다.

5년 전에 생각지 않게 그녀가 내 앞에 나타났을 때, 상대가 이름을 말하기까지 나는 그녀는 알아보지 못했다. 나는 사람 얼굴을 비교적 잘 기억하는 편이다. 어떤 잡지 강연회가 신슈에서 기획되어 강연자 한 명과 함께 외출했을 때였다. 우에다시 한 여관에 도착하자 현관 옆 객실에 마중하듯이 그녀가 서 있었다.

"기다리고 있었어. 나, 알지?"

약간 높은 톤으로 꾸밈없이 말해서 살짝 당황한 채로 나는 상대를 말끄러미 쳐다보았다. 상대가 친근하게 대해 와서 이쪽도 말투만은 같은 식이 되어,

"모르겠는데."

하고 머뭇거리며 다시 쳐다보았다.

"그렇지? 나 요시코야. 니혼바시의 그 가게에서 같이 일했던 미야사키 요시코."

"요시코 짱"

나는 거의 뛰는 듯이 말하고 그녀 어깨에 손을 얹었다.

"너였구나. 뭐야. 갑작스럽게."

그때 나는 울다시피 말했을 것이다. 특히 그녀에게만은 요시코 짱이라는 애칭으로 부르는 친한 사이였는데, 얼굴을 알아보지 못하는 것이 나 자신도 의심스러울 정도였다. 그렇게 알아본 순간,

말투로 과거의 요시코가 떠올랐다. 그런데 그렇다고 얼굴에서 옛날 그녀를 불러 일으킬만한 뭔가가 떠오른 것은 아니었다. 그녀가 변한 것일까. 그러나 나이를 먹어서 변한 것과는 다르다. 그 정도의 나이 듦이 요시코를 덮어버리지는 않는다. 기모노 띠를 단단히 매고 아직 다부진 몸을 하고 있고 고생한 흔적이 보이는 것도 아니었다. 야무진 얼굴에 애교스러운 미소를 띠지 않는 것은 요시코다워 보였지만, 지적이면서 약간 오만하게 보이는 표정이 사라져서 그것이 나는 당황하게 했다.

이때 요시코는 혼자가 아니었다. 장녀와 서너 살 되는 손녀를 데리고 있었다.

"여기는 내 딸, 그리고 손녀딸"

요시코의 소개로 인사하는 그녀 딸은 젊은 엄마의 부드러운 표정으로 온화해 보였고, 사랑스러운 아이는 모르는 어른 앞에서 수줍어했다.

"언제부터 여기로 왔어?"

우선 나는 그것을 물어야만 했다. 니혼바시에서 태어나서 거기서 살아온 것이 과거 요시코 기질에 드러난다고 생각해서, 이 지방에서 만난 것만으로 커다란 변화가 느껴졌기 때문이다. 요시코는 이에 대해 오기 어린 표정으로 대답했다.

"전쟁 중이었으니까."

요시코의 그런 말투는 이어지는 말 사이에서도 마찬가지였다. 그러나 그것은 그녀의 이야기 내용을 감출 만한 것이 아니었다. 오히려 나에게는 말하는 행위가 심리적인 계기로서 울리듯이 들렸다. 그것은 과거 요시코의 선명한 재현이기도 했다.

"위로 아들 둘을 학동 소개學童疏開[20]해야만 한다고 해서 이 지방으로 오게 되었어. 아래로는 이 아이가 네 살이었고 나는 혼자였거든. 남편은 삼 년 동안 앓다가 죽었지. 그 직후였어. 아이들이랑 떨어져서 사는 것은 생각할 수 없어서 무리하게 학교에 부탁했지. 급사같은 걸로 써달라고. 막내를 등에 업고 같이 이곳으로 오게 되었어. 그때부터 그대로 쭉 살고 있는 거야."

짤막한 인생사 속에서 요시코 기백이 구체적으로 느껴졌던 것은 내가 그녀 과거를 조금이라도 알고 있기 때문일 것이다. 하지만 요시코가 데려온 사람들을 나는 알지 못했고 그 후의 일도 처음 듣는 것이었다. 요시코에게 덮친 불행 속에서 그녀가 마음속에서 어떤 형상을 하고 있었는지는, 그녀의 처녀 시절 생활과 그녀 특유의 성격을 생각하면 자연스럽게 떠오르는 것이었다. 물론 표면적으로 그녀는 타인의 동정을 튕기는 얼굴이었을 것이다. 아이 학교에 급사 일을 시켜달라고 부탁할 때도 분명 당당하게 처리했을 것이다.

"큰 결심을 했겠구나."

나는 내 기분을 능숙하게 표현하지 못한 채로 한숨을 쉬듯이 말했다.

---

20 제2차 세계대전 말기 대도시의 아동을 전화(戰火)에 대비해서 시골로 피난시켰던 일.

"뭐가? 학교 급사가 된 거?"

"도쿄를 떠난 거."

"그렇지. 나도 태어나서 처음이었어. 시골에서 사는 거. 그렇지만 나에게는 아이들밖에 없었거든."

"학교에서도 편의를 봐 주었으니까."

"그 시절 어수선한 때였으니까 가능했을 거야."

그렇게 말하고 요시코는 조금 웃었다. 자신이 필사적이었다고는 말하지 않았다.

이때 나는 시간이 없어서 그대로 이야기를 계속 할 수 없었다. 요시코도 얼굴을 보았으니 이제 됐다며 돌아가겠다고 일어났다. 지금은 우리가 이야기하는 동안 조신하게 말없이 있던 딸네 집에서 함께 산다고 했다. 위 두 아들도 각자 독립해서 같은 현에 살고 있다고도 했다.

"한번 도쿄에 올라오지. 가부키 정도는 보여줄 수 있어. 숙소도 준비할게. 여자만 사는 집이니까 맘 편히 와."

"그렇다면서? 어딘가에서 읽어서 알고 있지. 한번 불러줘."

재회했던 때를 다시 되짚어 보았다. 그동안에 사십 년이 흘렀고, 글을 쓰는 직업상 내 이름이 활자화된다고는 하지만, 요시코 쪽에서 찾아주어 처음으로 연결되었다. 내가 거기에 행복감을 느끼는 것은 당연했다. 하지만 재회의 여운은 도쿄를 떠난 요시코의 사정 그 자체로 이어졌다. 학동 소개로 줄지어 가는 학생들 뒤에 붙어 어린 여자아이를 등에 업고 묵묵히 걸어가는 요시코의 모습을, 나는 그 뒷모습을 가끔 그려보았다. 감상적으로 보인다면 그것은 잘못 생각한 것이다. 그녀가 전쟁 중에 했던 그러한 행동은 뭔가로 나는 압박했다. 그것을 받아들이는 방법은 내 주관이라고 하더라도, 그녀 행동은 그녀 자아를 관통하고 있어 당당했다.

요시코가 처음 동료로서 서점에 등장하게 된 시점을 떠올렸다. 요시코는 영문 타이피스트로 일하던 큰 회사를 그만두고 서점으로 왔다. 당시 영문 타이피스트는 그다지 많지 않아 여자 직업으로서는 비교적 높은 위치에 있었다.

"왜 지난번 회사를 그만두었어?"

나는 당연한 질문을 했다. 요시코는 이때도 잠시의 여유도 두지 않고 대답했다.

"그 회사, 이래저래 집안까지 물어보고 시끄러워서, 에잇 그만두자 했지. 맘 편해져서 좋아."

내가 일하는 서점 한 블록 뒷길에, 그 시절에도 이미 희귀했던 인력거 집이 있었다. 흙 마당에 인력거가 두세 대 세워져 있어서, 서점 일로 운반을 부탁받기도 하고 가까운 화류계로 드나들기도 했다. 나는 요시코가 인력거 집 딸이라는 것을 알고 있었기 때문에, '이래저래' 하는 시끄러운 내용도 얼른 알 수 있었다.

"그럼 너는 한 단계 내려앉은 거네."

나의 그러한 물음은 그녀의 말에 대한 어느 정도의 반발을 드러내서 짓궂었다. 그러나 요시코는 나의 반발을 달래려 하지 않고 어둡게 빛나는 시선을 옆으로 향한 채, 고자세로 수긍했다.

"그래, 그런 셈이지."

이것도 분명, 에잇 그만두자 했던 기분이었을 것이다.

요시코 부친은 주인이었기 때문에 인력거를 끌지는 않았다. 풍채가 좋아 그런 일의 사장다워 보였다. 내가 알았을 때의 요시코는 부친과 둘이 살면서 밥 짓는 할머니를 두고 있었다. 인력거 끄는 젊은이들은 출퇴근을 했다. 요시코의 모친은 일찍 죽었는지, 모친에 대해 요시코가 말하는 것을 들어본 적이 없었다. 그러나 청년이 되어 병으로 죽은 오빠는 요시코의 마음속에 아름다운 울림으로 남아있는 것 같았다. 남매는 둘만의 방을 가지고 있어서 아래층 상황과는 별세계였다. 오빠는 서양음악 레코드를 모았고 바이올린을 켜기도 했다. 병약한 아들과 영리한 딸, 둘이서 만드는 별세계는 부친에게 있어 복잡한 자부심이었을지 모른다. 그러나 니혼바시의 무슨 상가라면 특별한 것도 아니었을 것이다. 내가 일하는 서점에서 목면 줄무늬 통소매에 앞치마를 두른 김 군으로 불렸던 소년 점원도 바흐를 말하고 슈베르트를 논하였다.

그러나 세상은 아직 직업의 귀천에 얽매여 있었다. 어느 날 요시코가 서양 영화 대사 뭔가를 줄줄 말하는 것을 보여 주었다. 그것은 재기발랄하게 그 장소 분위기에 맞춘 세련된 태도였다. 그러나 자신도 역겨워서 얼굴을 찌푸리고, 얼른 혼자만의 표정이 되어 시선을 고정했다. 그녀가 감정의 기복을 보일 때면 뭔가 싸늘해져서 나도 입을 닫아 버렸다. 요시코의 마음속에서는 뭔가가 착종하고 있었다. 내가 싸늘하게 느끼는 것은 요시코의 고독감 때문이었다. 부친에게는 밖에 달리 여자가 있고 밤에는 그쪽으로 가는 것 같았지만, 요시코의 고독감은 그것 때문만이 아니었을 것이다. 부친 직업을 모든 사람이 아는 장소에서 일하면서, 그것이 그녀 자신에게 하나의 도전이 되는 복잡한 사정이 그녀 안에서 소용돌이칠 수밖에 없었던 것이다.

요시코가 어린아이를 업고 학동 소개 하는 아이들의 뒤를 따랐던 것은 처녀 시절의 그러한 복잡한 사정에 대한 생각의 반증이었을 것이다. 남편을 잃은 후에 아이밖에 없었던 요시코는 그것만이 자신의 세계라고 파악한, 자아의 주장일 뿐이었다. 그녀는 무언의 자부심으로 품고 있던 니혼바시도 과감하게 버렸다. 그것이 나를 머뭇거리게 만든다. 둘이서 긴자를 걸으면서 내가 조심하게 되는 것은 그런 이유 때문이었다.

그날 밤 집에서 전등을 끄고 이불에 나란히 누워 있을 때였다.

"살아 있으니까 좋은 것도 있구나."

하고 드디어 편안해진 말투로 요시코가 말했다.

"남편과는 십 년 같이 살았지만 마지막 삼 년은 누어 있기만 했어. 그가 죽었을 때 아래 애가 아직 네 살이었거든. 세 아이를 키우느라 정말 고생했지. 계속 일만 했어."

스스로 그렇게 말을 꺼내는 요시코 목소리에는 의외로 상냥한 솔직함이 묻어 있었다.

"힘들었지."

하고 그 말에만 동감을 담아 받아들이고 나는 다른 말은 하지 않았다. 요시코는 감개무량한 듯이 말했다.

"드디어 신슈 사람이 되었어."

"도쿄 토박이가 말이야⋯. "

"도쿄에 달리 친척도 한 명 없거든."

그런 대화가 잠시 이어지고, 요시코는 분위기를 바꾸어 말했다.

"너, 그때 내가 병문안 갔던 거 알아?"

그 물음에 나는 갑자기 한 기억을 끄집어냈다. 요시코가 말하는 '그때'라면 나의 그때가 당연하지만, 요시코가 병문안 왔다는 것은 지금 처음 듣는 일이다.

"몰랐어. 네가 와 주었구나?"

"네가 위험하다니까 내가 갔지."

"고마워, 이제 겨우 인사를 하는 거네."

정말 몰랐다고 생각했다.

즉, 그때 부부가 약을 먹은 행위는 발견이 빨라서 미수로 그쳤다. 주변에서 사람들이 달려온 후, 부부 중 한쪽은 다른 방에 눕혔을 것이다. 그때도 아직 완전하게 목숨을 건졌다고 할 수 있는 상태는 아니었다고 들었다. 더욱이 이 부부의 정사 행위는 내용에서 보면 정사의 정의에서 벗어나 있다. 서로 사랑하기 때문이 아니라, 불신과 절망에 근거하여 함께 죽으려 했다. 그 가여운 부부의 부인 쪽이 바로 나이다.

요시코는 그때 나의 어떤 모습을 보았을까. 의식이 혼미해서

명한 시선을 하고 있었을 것이다. 나는 요시코가 온 것은 보지 못했다.

"경솔한 결혼을 했으니까 바로 벌을 받았던 거야."

하고 나는 이 일에 대해서도 이미 몇 번이나 자신을 폭로해 왔기 때문에 깊이 생각하지 않고 말했다. 요시코 쪽이 오히려 감정을 담았다.

"나는 너의 그 결혼을 아무래도 축하할 수 없었어. 할 마음이 나지 않았어."

요시코는 사십오 년 전의 나에게서 나를 끌어냈다. 그러나 사십오 년 전의 나였다면, 그 충고에 일부러 대항해서 자학적인 말조차 농담으로 상대를 침묵시켰을 것이다. 사실 그랬다.

"어차피 상관없어. 결혼이라는 것이 뭐가 그리 특별하겠어. 그렇다면 마음 편한 쪽으로 결정하는 편이 낫지. 나, 왠지 나를 내던지는 기분이야."

〈신〉과 인간을 모독하고 큰소리쳤던 나도 또한 깜찍한 착종 속에 있었다. 천박하게 지껄인 후에 그때 나를 붙잡았던 상대와의 도피를 충동적으로 상상하기도 했다.

요시코는 지금 사십오 년 전의 나를 다시 끄집어내어 꿇어 앉히고, 나는 그녀의 말에 순종해서 풀이 죽어 버렸다.

"너희들의 그런 기분을 모르는 것도 아니었어."

그리고 나는 지금의 풀이 죽은 상태로 천천히 말했다.

"미안해."

"미안해, 하는 말로 될 일이 아닐 텐데."

둘은 먼 과거를 현재로 바꾸어 놓아 버렸다. 몇십 년만이었지만 그 몇십 년의 기간이 서로에게 결여되어 있기 때문일 것이다. 게다가 그 긴 세월에도 나에 대해 지적하려고 계속 생각하고 있던 요시코 앞에서, 나는 당당하지 못한 자신을 발견했다.

그날 밤부터 다시 오 년이 지났다. 연하장에 다리가 조금 불편해졌다고 해서 나는 병문안을 겸해 과자를 조금 보냈다. 그랬더니 과자에 대한 답례의 말미에 "받은 선물은 이번에는 잘 받아 두겠습니다" 하는 한 줄이 덧붙여 있었다. 그런 것에도 답례하지 않으면 성이 차지 않는 그런 그녀 성격이 드러나는 한 줄이었다.

6화

전후戰後의 세월은 시간 감각을 애매하게 만들어서, 지나간 날들도 어제오늘인 것처럼 느끼게 한다. 내가 해야 할 일이 끊임없이 연속되어 조급하기도 했지만, 이 시기 자체가 가진 어수선함 때문이기도 하다. 그 때문에 옛날 일이 불쑥 날아들면 그동안의 기간이 갑자기 압축되어 눈앞에 새로운 것으로 나타나기도 한다. 그러나 현재가 전후 삼십 년이 지났다는 사실 역시 확실해서, 전후 얼마 지나지 않아서의 일은 아주 옛날 같은 느낌이 들기도 한다. 당시 전쟁이 끝났다는 것을 받아들이는 방식은, 일단 매듭을 짓는다는 면에서 여러 가지가 있었겠지만, 세상의 혼란 이상으로 사람의 감정이 소용돌이쳤던 시기이기도 했다. 패전敗戰에 의한 역사의 전환은 새로운 기운으로 진행되고 있었다. 전시 중 실시된 사상탄압 법률이 폐지되고, 긴 옥살이를 했던 사람들이 돌아왔다. 전국의 정치범 석방은 연표에 의하면 삼천 명에 달했다. 패전 직후 드는 여러 가지 생각 중에서 용솟음치는 기쁨은 그것이어서, 내 주변은 집집마다 문을 열어젖혀서 환영하는 분위기가 되어 있었다. 내 주변이 그렇다는 것은, 친구 대부분이 좌익운동과 관련되어 전시 중에 정부의 감시하에 있었다는 것이다. 아바시리 감옥에서 돌아온 공산당 중앙위원 중 한 사람은 과거 우리 운동에서 지도자 역할을 했었고, 또 친한 친구의 남편이기도 하다. 내 주변이 활기를 띤 것은 내 앞에 역사의 문이 열렸다는 실감에 근거하고 있었다. "노랫소리여, 일어나라" 하는 소리 높은 울림은, 은둔을 강요받았던 혼에 스며들었다. 이 안에 있으면서 나 혼자 오싹해져서 더러워진 얼굴을 드러내면서 더욱 필사적으로 매달렸던 것은, 나의 전시 중의 행동에 대한 책임 때문이기도 했지만, 내가 서 있을 장소가 거기밖에 없기 때문이기도 했다. 나는 비틀거리는 다리로 새로운 움직임의 뒤를 걷고 있었다. 그것은 나 자신에게 자기 검토를 집요하게 추궁하는 것이고, 차제에 사라질 것도 아니었다. 때문에 지금 내가 전후 얼마 되지 않았던 그때를 아득하게 느끼는 것은 그것과 별개의 일이다.

그것은 종전 다음 해의 일이었을 것이다. 이즈한토 어느 마을 여성 모임에 초대되었다. 여성도 처음으로 정치에 참여하는 자격을 얻어 시야를 넓히려던 시기였기 때문에 그런 모임이 여기저기서 만들어졌다. 나는 내심 부끄러움을 안고 있었지만, 거기에 가야만 했다. 커다란 온천 마을이고 어촌이기도 한 그 마을도 전쟁 중의 쇠락이 그대로 남아 있어서. 모임 장소가 된 곳은 큰길에 있는 커다란 여관방이었다. 가서 보니 스무 명 정도가 모여 있었는데, 이 모임의 기획자인 어느 부인은 그야말로 아주 옛날에 내가 알고 지내던 사람이었다. 이래저래 이십 년 가까이 만나지 못했지만, 이 사람이 이 마을에서 건재하다는 소문은 전시 중에도 들었다. 이날 좌담회를 기획한 그녀도 자신의 본래 모습으로 돌아와 있었다. 오랜만에 만나는 그녀는 머리 스타일은 다른 사람들과 같아 눈에 띄지 않았지만, 야무지고 정돈된 용모는 이지적으로 보였던 과거의 인상을 남기고 있었다. 특히 내 눈이 머리 스타일에 멈추는 것은, 옛날 알고 지내던 무렵 그녀의 단발머리가 당시 내게 강한 인상을 남겼기 때문일 것이다. 그녀를 처음 알게 된 것은 내가 처음으로 프롤레타리아 예술운동 조직에 가담했던 스물세 살 때이다. 여자라면 프롤레타리아 연극 배우가 되어야 하고, 그것이 계급적 의무다, 라고 한 친구에게 설득당해서, 지금으로 말하면 신주쿠 서쪽 입구에 있던 그 단체 건물에 나는 연극 연습을 위해 다니기 시작했다. 요도바시 정수장의 긴 흙담을 따라 집들이 늘어선 동네에 넓은 정원을 가진 2층 양식 목조 건물은 이전에는 누군가의 주거지였을 것이다. 길과의 경계에는 철문도 있었다. 그때 건물의 초록색 페인트는 벗겨지고 건물 내부는 판자가 깔린 채 빈집과 마찬가지로 황폐해 있었다. 프롤레타리아 예술의 젊은 기예가 임의로 그곳을 사용해서, 〈인터내셔널〉이나 〈미움의 도가니〉 같은 공산주의 운동가를 연습하고 독일 연극 대사를 소리 높이 외치기도 했다. 2층 방은 단원 몇 명의 주거지이기도 했다. 그녀는 2층 방 하나에서 남편과 둘이서 생활하고 있었다. 내 기억에 그녀는 연극연습을 하지 않았지만, 기관지 발행 등, 남편과 함께 조직의 중요한 역할을 담당했다. 그녀의 풍부한 머리칼은 목덜미 부근에 맞추어 둥글게 자른 단발이었는데, 당시 말로 하자면 모던인 그 스타일은 내 눈에 범접할 수 없을 정도로 새롭게 보였다. 여자라면, 하는 이유로 강요받아 건물에 모인 여자는 일고여덟 명에 불과했다. 예술 활동도 프롤레타리아 사상 측에 서 있는 한 항상 경찰과 대치하던 시기였다. 그 때문에 모던한 그 여자들도 모두 뭔가로 긴장한 표정을 얼굴에 드러냈고 동료 남자들과도 대등하게 섞여 있었다. 나는 처음으로 가까이 접한 그 여자들에 놀랐고, 나 자신 잘못 와 있다는 느낌에 당황해서 그다지 말을 하지 않았다. 나는 분명 눈에 띄지 않았다. 나는 그녀들의 새로움을 마음속으로 동경하고 있었다.

그 단체에서 기획한 강연회였을 것이다. 유라쿠바시 앞에 있던 요미우리 신문사 강당이었다고 생각되는데, 그건 분명하지 않다. 단발머리의 그녀가 강단에 선 것만은 확실히 기억하고 있다. 나는 청중석에서 그녀를 올려다보고 있었다. 얼굴에 붙은 머리카락을 떼려고 가볍게 머리를 흔들 때, 정돈된 머리카락이 찰랑거려 그것이 예민하지만 당당해 보였다. 이처럼 그녀는 프롤레타리아적인 입장에서 의견을 명확하게 발표했고, 나는 눈부신 그녀에게 경의를 품었다. 단상 한쪽에는 장도를 무릎 앞에 세우고 있는 경찰관도 있었다. 그녀의 단발머리에 대한 내 인상은 이때의 경의에 의해 강하게 남아 있다. 그녀는 나에게 프롤레타리아 예술 운동 조직 안에서 동성의 선배라고 할 수 있었다. 그러나 나는 거의 말을 하지 않았기 때문에 그녀와 어떤 개인적인 대화를 나눈 기억은 없다. 내가 연극 연습을 다녔던 것도 짧은 기간이었다. 그러나 이십 년 만에 다시 만나서 우리는 서로에게 옛날 친분으로 이야기했다. 그녀의 남편 집안은 이 마을 유지였고, 전후의 새로운 움직임은 이 집을 중심으로 시작되는 것 같았다. 이제는 더 이상 단발머리가 아니었지만, 그녀는 그때의 당당함을 지금의 안정감으로 대치한 듯이 보였다. 모임에서 돌아올 때 그녀에게 안내받아 둘만이 해가 지는 조용한 모래사장을 걸었다. 그즈음 잡지에 게재된 내 소설에 대해 이야기를 꺼내면서 그녀는 조약돌을 주워 던져 파문을 일으켰다. 그녀의 동작에 나는 문득 내가 기억하는 그때의, 머리를 흔들어 단발이 찰랑거렸던 젊은 시절의 그녀가 겹쳐 보였다. 그것은 방금까지 그녀에게서 볼 수 없던 동작이었기 때문일 것이다.

내가 지금 그때의 이즈 행을 회상하는 것은 경의를 품은 단발머리 기억 때문만은 아니다. 나는 거기서 그녀 외에 한 남자와 나로서는 그야말로 갑작스럽게 생각지 않은 재회를 해서 그 시절의 나 자신을 떠올렸기 때문이다. 가끔 생각 났지만, 그를 알던 시절의 이런저런 일들이 어느새인가 사라져 있었다. 그 후 한 번 더 만나지 못하고 세월이 흘러, 재회 때는 그와의 기억이 오래된 영화 한 장면처럼 도막도막으로 되어 버렸다. 나보다 대여섯 살 어렸으니까 이즈에서 그는 삼십 대 중반이었을 것이다. 이즈에서 다시 만났을 때, 그가 '도쓰카 경찰서에서…' 하고 먼저 말을 꺼냈을까. 1935년 5월부터 7월까지 60일 간 도쓰카 경찰서에 구치되어 2층의 특고실(특별고등경찰실)[21]에서 가끔 그와 함께 있었기 때문에 내쪽에서 낯익은 얼굴임을 알아차렸을까. 그는 말이 없었지만, 역시 그가 먼저 말을 걸어왔을 것이다. 굳이 말한다면 그는 작은 체구의 마른 체형으로 노동자 풍의 눈에 띄지 않는 소박한 인물이었다. 내가 먼저 발견했다고는 생각하지 않는다. 나는 다음날 스케줄로 도카이 해안에 있는 마을에서 열리는 좌담회에 참석하기로 되어 있었는데, 그는 그 모임의 준비 작업으로 참석해 있었던 것으로 생각한다. 어쨌든 그는 이미 도쓰카 경찰서에서의 일을 염두에 두고 있었음이 틀림없다. 도카이 해안에 있는 마을이 그의 고향이었을가. 지금부터 걸어가겠다는 말에 밤길을 걱정했던 것을 생각하면, 이미 해 질 무렵이었을 것이다. 내가 묵고 있던 숙소에 방문했을 것이다. 나는 십 년 전 특고실에서 나만 깊게 가지고 있던 그에 대한 기억을 얼른 생각해냈다.

"그때는 미안했어요. 당신만 차를 끓이게 하고…."

---

21 반체제운동 단속을 위해 설치된 비밀경찰조직을 말한다. 사상경찰, 정치경찰로서 무정부주의자, 공산주의자, 사회주의자를 사찰, 단속했다.

내가 그렇게 말했지만 거기에 포함된 의미 내용까지 그가 알아들었을지 어떨지는 모르겠다. 그는 특유의 소박한 표정으로,

"아아, 아닙니다."

하고 간단하게 대답할 뿐이었다.

서로가 구치인으로 경찰서에서 알게 되고 전쟁이 끝나고 십 년 만에 다시 얼굴을 마주한 것은 이 시기다운 일이지만, 함께 있었던 장소가 장소인 만큼 그리운 이야기는 있을 리 없다. 그때는 미안했어요,라고 했던 나의 말에 나만의 의미가 있는 것도 당시 나에게는 말할 자격이 없었다. 지금의 그가 그때의 인상인 채로 나타난 것이, 그의 경찰서 이후의 행적은 알지 못하지만 성격의 일관됨을 느끼게 했다. 그도 내심 전쟁 중에 했던 나의 행위를 비판하고 있을지도 모른다. 인사와 사과를 함께 말하고 나는 그것으로 끝냈다. 그도 십 년 전에도 그랬던 것처럼 잡담도 하지 않고 용건만을 마치고 얼른 일어났다. 그에 대해서 한 가지 생각나는 것이 있었지만, 그것을 가볍게 얘기할 정도로 친근하지도 않다. 나는 그를 현관까지 배웅했다. 버스가 없어서 먼 길을 걸어갈 수밖에 없는 것 같았지만, 밤길을 신경 쓰는 것 같지도 않았다. 왠지 그것이 그답다고 생각되었다. 그런 그는 내가 젊었을 때 알고 있던 좌익노동조합의 활동가들과 닮아 있었다. 비라나 신문 같은 꾸러미를 옆구리에 찬 청년들이 찢어진 신발로 뛰어다니며 랭크 앤 파일rank and file 하고 영어로 외치던 그런 타입이었다. 원래 나는 그가 어떤 활동을 하다가 도쓰카 경찰서에 체포되어 왔는지 알지 못했다.

지금 생각해보면, 1935년이라는 해에 내가 체포될 이유는 없었다. 나는 정당도 문화단체도 어떠한 조직과도 관계하지 않았다. 비합법하에 있었던 정당은 중앙위원이 체포되면서 이전 해에 사실상 조직을 잃었고, 프롤레타리아 작가 조직도 같은 해에 해산 성명을 냈다. 내가 조직상의 활동에 가담했던 문화연맹은 그보다 이전에 이미 기능이 정지되어 이른바 소멸하였다. 여기까지 이르는 과정에는 비합법 생활로 들어가서 작가조직이나 문화연맹의 지도적인 활동을 한 작가인 고이즈미 다키지[22] 가 쓰키지 경찰서에서 죽음에 이르는 커다란 희생이 있었고, 당 중앙위원이 체포되는 일도 있어서, 이러한 상황 속에서 지도방침은 정치와 문화, 당 조직과 대중단체의 관계에 관한 검토와 같은 엄격한 내용을 통과한 것이었다.

　　1932년부터 시작된 일관된 활동이 조직을 잃고 끝나버린 1935년이라는 해에 나는, 생활에 초조감을 느끼며 우울한 정신 상태에 있었다. 기분상으로는 당 활동에서의 흥분이 남아 있었지만, 실제 일상에서는 글을 쓰는 직업에 대한 자신의 박약함에 초조해서 어두운 시선을 응시하고 있었다. 때문에 국가권력과의 관계에서 말한다면 이것은 어디까지나 개인 내부의 문제이고, 내가 체포된 이유는 있을 리 없었다. 그런데 당시 나는 그런 이치를 깨닫지 못했다. 깨닫지 못하는 게 당연했을 것이다. 이전 해 만주국에 황제를

---

22 일본의 대표적인 프롤레타리아 작가 고바야시 다키지(小林多喜二:1903~1933)를 가리킴.

두고 제정을 실시한 일본군과 정부는 국내 체제로서 파시즘을 강화해서 사상탄압을 한층 격화시켰다. 오월 어느 날 아침 세 명의 형사가 나는 체포하러 왔을 때 나는 왜? 라고도 생각하지 못했다. 원래 전날 다키이 기시코가 체포되었다는 것을 알고 있었기 때문이기도 하다. 과거 조직과 연결된 활동을 했을 때도, 또한 같은 일에 종사하는 동성으로서도, 가장 가까운 관계에 있는 그녀가 체포되고 내가 연행된다면 두 사람의 공통된 사정이 있음이 분명했다. 나는 남편인 히로스케에게도 그렇게 속삭였다. 그것도 이제 와서 체포된 것이라 두 사람 모두 합법화된 활동 범위에 머물렀을 때의 일이었다. 나에게 비합법적인 당 조직과 관계했다는 혐의가 있다고 느낀 적은 한 번도 없었다. 나는 프롤레타리아 작가라는 선에 머물러 있었다. 나는 숨어 살지도 않았고 어린 두 아이의 엄마이기도 했다. 그날 아침 히로스케의 시선을 받으며 형사에게 연행되어 갈 때, 길에서 놀고 있던 다섯 살 남자아이와 세 살 여자아이가,

"어디 가는 거야?"

하고 동시에 말하며 불렀다.

나는 아이를 두고 영화 보러 갈 때 어디에 가는 거야 하는 물음에 언제나 대답하는 것처럼,

"잠깐 심부름."

하고 말하고 미소로 뒤돌아보며 손을 흔들어 주었다. 아이들은 엄마가 자신들을 속이려 인사하는 것을 알고 있었다. 그러나 그날 아침의 엄마 미소가 조금 굳어 있는 것까지는 알아채지 못했을 것

이다.

　나의 취조는 경찰청에서 나온 형사가 했다. 예상한 대로 문화연맹 활동에 대한 것이었고, 그것도 당 지도와의 관계는 나오지 않았다. 그것은 당연했다. 나와 그 연결 관계가 상부에서 흘러나왔다면, 다키이 기시코에게 먼저 미쳤을 것이다. 기시코는 작년 당 중앙위원이었던 남편이 검거되자 마치 심술이라도 부리듯이 곧바로 잡혀가서 반년 가깝게 구류되었었다. 그때의 취조에 당 조직과의 관계에 대한 이야기가 나왔다는 것을 기시코에게서 들은 적은 없다. 나는 합법적 범위에 머물러 있었다. 경시청 형사는 내가 편집한 부인잡지가 다른 출판물 중에서 가장 첨예하다는 점을 추궁했다. 그 잡지는 당 외곽 단체인 문화연맹이 발행한 것이기 때문에, 당의 목적 수행과 확대를 도모한 것이라는 점이 취조 측의 주장이었다. 나는 합법성으로 대응했다.

　조직도 활동도 이미 없어진 시기에 가장 마지막에 검거된 나로서는 더 이상 새롭게 추구할 것도 없었다. 이미 완성된 다른 1, 2 조서에 말을 맞춰야 할 것이 생기면, 뭔가 시말서라도 작성하는 느낌이었다. 나는 당연 석방될 것이라고 믿고 있어서, 취조하는 형사에게 나의 이런 태도를 계속 보여 주었다. 도쓰카 경찰서 측은 내가 경시청에서 의뢰받은 사람이기 때문에 내 조사와 아무 관계가 없었다. 그 때문에 나는 여기 형사와 대립하지 않고 끝났다. 도쓰카 경찰서는 내가 수기라는 것을 쓸 때 감시하는 정도였다. 나와 당은 처음부터 관계가 없기 때문에, 이 수기에 그것을 그만두겠다고 쓸 필요도 없었다. 집에서 차입해 주러 도시락을 가지고 면회 오는 경우도 있고, 때때로 구치장에서 나와서 2층 특고실로 올라가기도 했다. 게다가 나는 구치장 식사도 첫날부터 아주 잘 먹어서 감시관이 철창 사이로 나를 보고 칭찬하기도 했다. 나의 신경은 종일 감방에 앉아서 초조해하며 서성거리지도 않았다. 그런 성격이 나를 도왔다. 매춘으로 검거되어 온 여자가 소곤거리며 하는 말을 듣고 있으니 재미있기까지 했다. 그것도 취조로 고민할 게 없기 때문일 것이다. 이른바 나에게는 편안한 구치소 생활이었다. 취조 중에 뺨을 한 대 맞은 정도이다.

특고실에 가면 차를 끓여야 하는 경우가 있었다. 대개 구치인이 자기가 차를 끓여서 우선 주임부터, 하는 순서로 형사들에게 나눠주고 그리고나서 자기도 마셨다. 나는 그럴 마음이 없었다. 나는 특고실에서 일부러 외부에서 온 사람처럼 공손히 있었다. 형사들에게 차를 끓여주지 않아서 나도 마실 수 없다면, 그냥 마시지 말자는 식이었다. 집에서 가져온 도시락을 특고실에서 먹을 때도 차를 따르지 않았다. 그리고 나는 형사가 따라준 차에 고맙다고 말하고 마셨다. 나의 그런 태도는 은근히 무례했을 것이다. 나는 일부러 그렇게 했다. 그것은 나의 조용한 반항이었다.

이즈에서의 그날, 재회한 그에게 감사도 사과도 아닌 인사를 한 것은 이 일을 가리키는 것이다. 특고실에서 그와 함께 있을 때, 나는 그가 직접 나눠준 차를 마셨다. 그가 차를 끓일 때 나는 결코 도우려 하지 않았다. 나는 손님인 것처럼 앉은 채로 내 앞에 차가

놓이기를 기다렸다. 그런데 그에게서 차를 받을 때 나는 좀 주춤했다. 작은 체구로 내성적일 것 같은 청년이지만, 특고실로 온 것을 보면 구치된 지 오래되었다는 의미여서 어떤 활동을 했을까, 하고 친근감도 느꼈다. 그러나 역시 나는 그가 끓여준 차를 받고 가슴속으로 변명했다.

'당신은 남자니까 차를 따르지만, 나는 여자니까 형사들에게 차를 따르지 않습니다.'

상식을 거스른 이 말은 나의 실제적인 감정이었다. 반항적임과 동시에 감각 상으로 치닫는 혐오이기도 했다.

그와 특고실에서 만나지 않는 날이 이어졌다. 차를 끓여준 형사에게 당시 알았던 그의 이름을 대며 물어보았다.

"그 사람 출소했나요?"

형사는 아니, 하고 일단 떨떠름하게 대답했다.

"다른 곳으로 갔어."

순환인가 하고 나는 가슴속으로 중얼거렸다. 구치 기간이 끝날 때마다 한 경찰서에서 다른 경찰서로 옮겨가는 것을 그렇게 말했다. 그의 이름을 듣자 생각이 났는지 다른 형사가 이야기를 이어갔다.

"그 사람 도주 벽이 있대. 두 번 정도 했다나 봐. 쓸데없는 짓을 한다니까."

형사는 분수도 모르고 달려든다고 비웃는 투로 말했지만, 나는 재미있는 발견을 한 듯한 느낌이 들었다. 두 번이나 도주했다는데

도중에 실패했으니까 어딘 가에서 잡혀서 이곳에 와 있었겠지만, 말없이 차를 끓이고 있을 때 그의 그 버릇이 꿈틀대지는 않았을까. 그렇게 상상하자 그의 작은 체구가 갑자기 민첩할 것처럼 생각되었다. 경찰 권력 속에서 수행하는 도주 벽은, 내성적으로 보였던 그 청년과 오히려 어울렸다.

이즈에서 다시 만났을 때 그에 대한 이 이야기가 얼른 떠올랐지만, 그러나 입 밖으로 꺼낼 수 없었다. 그날 밤 나는 마을에서 한 번 더 그를 발견했다. 식사 후 담당자의 권유로 상점가로 외출했을 때, 그곳 서점 서가 앞에서 책 한 권을 손에 들고 열심히 읽고 있는 사람이 그였다. 벌써 아홉 시였기 때문에 두 시간여 걸린다는 자기 마을에 도착하면 한밤중일 텐데, 그는 서서 열심히 책을 읽었다. 방해하지 않으려고 나는 더 이상 그에게 말을 걸지 않았다.

도쓰카 경찰서에서 나는 5월에 연행되어 7월에 석방되었다. 그 동안에도 나는 결국 차를 끓이지 않았다. 형사들도 나의 이런 행동을 집요한 뭔가로 느끼는 듯했다. 그러나 형사들은 나의 태도를 인정할 수밖에 없었을 것이다. 차 좀 끓여 봐,라고 한 번도 말하지 않았다.

나는 석방되었지만, 다키이 기시코는 아직 요도바시 경찰서에 그대로 있었다. 나는 나의 취조 내용을 기시코에게 전해야 한다고 생각했다. 요도바시 경찰서로 향하던 날, 기시코는 마침 특고실에 와 있어서 담당자의 심사 없이 면회할 수 있었다. 이곳 형사는 기시코와 내가 나란히 있는 것이 신기하다고 생각하는 것 같았다. 기시코는 평상시의 그녀답게 형사를 달래기도 하고 윽박지르기도 했다. 나는 상당 시간 기시코의 옆에 있었다. 내가 전해야 하는 합법성의 범위라는 것이 기시코에게 전해졌다. 그러나 결과로서 기시코와 나는 같은 내용의 문화 활동 범위 안에서 기소되었다. 그때의 권력은 아무래도 제멋대로였다. 그러나 내가 무너져간 것은 그 때문이 아니었다.

이즈 도카이 해안에서의 좌담회에 도주 벽을 가진 그 남자는 다른 일이 있다고 나타나지 않았다. 나는 동행인 한 사람과 마을로 가기 위해 도로 한쪽 길을 터벅터벅 걸었다. 점심시간에도 버스는 없었던 듯했다. 겨우 높아진 바닷가는 햇볕을 받아 밝았지만, 지나가는 사람도 드물고 한쪽의 관목림에서는 꿩이 날아올랐다. 그것을 눈으로 쫓으면서 나는 같은 보조로 더욱 터벅터벅 걸었다. 그것은 그때 내 마음의 괴로움을 스스로 쫓는 모습이기도 했다. 이즈해안 길은 전쟁 중 황폐해진 채로 아직 썰렁했지만, 사람들은, 그는 그대로, 그리고 나는 내 모습대로 걷고 있다. 그때 그는 지금 어떻게 지내고 있을까.

7화

지금은 도쿄로 통근도 할 수 있는 거리일 것이다. 전혀 와 본 적 없는, 아니 처음일지 모르는 전철 안에서 나는 차창에 얼굴을 기대고 밖을 바라보았다. 그러나 창밖의 모습은 의외로 빨라서 도회를

벗어나자, 얼른 다음으로 이어지듯이 수전水田이 펼쳐진 시골 풍경
으로 변했다. 수전에서는 벌써 모내기가 시작되었다. 이제 겨우 새
롭게 조성된 황톳빛 부지가 남아있는 도회에 인접한 마을을 통과
하자, 마치 화면이 바뀐 것처럼 모내기하는 모습이 펼쳐졌다. 이를
보고 있으니 나에게 생각지 않은 그리움이 밀려왔다. 어제 비가 그
치고 농가 정원에 세운 5월 노보리(5월 단오에 남자아이의 성장을 기
원해서 세워놓는 장대)가 전원풍경의 정취를 더하고 있었지만, 차창
가까운 수전에서 허리까지 굽혀서 모내기하는 여자의 모습과 만
나니 그리운 마음으로만 보는 것이 미안하면서도, 역시 멀어진 것
과 만나는 안도감도 느꼈다. 도쿄에서 약간 벗어났다는 것에서 뜻
밖의 느낌도 들었지만, 그러나 이런 정경과 멀어졌다고 느끼는 것
은 도회에 푹 잠겨있기 때문일 것이다. 평일 한낮이 지나간 차 안
은 텅 비어 있고, 창밖을 쭉 바라보는 승객은 달리 없었다. 평소 익
숙한 이 연선의 주민 같은 모습뿐이었다. 나와 동행하는 두 사람
중 한 사람은 간사이에서 왔고, 또 한 사람은 방금 지나간 마을로
매달 한 번씩 부인 그룹에게 그림을 가르치러 와서 이 전철 노선에
익숙했다. 그 때문에 오늘도 안내 역할을 맡아, 키 작은 나무숲으
로 둘러싸인 호수가 펼쳐졌을 때는,

"저기 보이는 저곳이 인바쿠누마 늪이예요."

하고 맞은편 자리에서 그렇게 말을 걸었다. 구사카베 아쓰코
의 그 말에서 그녀와 마주하는 자리에 있는 구쥬 마사코가 일어나
서 내 창 쪽을 보았다. 나는 아, 그렇구나. 인바쿠누마라는 게 여기

였구나, 하고 뭔가 생각해낸 초등학생처럼 말했다. 그러나 나는 초등학생과 같이 신나는 기분은 아니었다. 요전부터 나는 나만의 어떤 생각으로 울적해서, 흔들리는 기분으로 이 작은 여행에 가담한 것이었다. 오늘 햇살은, 통과하는 역에 한창 피어있는 벚꽃이 너무 무겁게 늘어져서 있어 갑갑해 보일 정도로 밝았다. 그러나 나는 어제와 마찬가지로 비 올 때의 나막신을 신고 자루가 긴 우산을 들고 있었다. 어젯밤 세 명이 신주쿠에서 만났을 때는 비가 많이 내렸다. 어제 마사코는 신발이 젖은 상태로 걸었다. 항아리나 찻잔을 구워 오사카에서 개인전도 갖는 마사코는, 이번에 도쿄 어떤 백화점에서 자신의 작품을 전시하는 모임이 있어, 그 준비로 상경했다. 마사코는 상경하면 우리 집에 묵고 내가 오사카로 가면 숙소를 제공해주는 관계이지만, 이번에는 아쓰코가 마사코를 초대하고 싶다고 했고, 우선 그 전에 같이 식사를 하자 해서 신주쿠에서 만났다. 서로 마음 편한 세 명이었다. 나와 아쓰코는, 마사코와 이십 년 정도 사귀어서 친한 관계이지만, 아쓰코와 나의 교분은 사십 년이 넘었다. 1930년대 초반 무렵, 서로 좌익사상 운동에 진지하게 참가했던 당시부터이다. 처음 만났을 때 아쓰코는 아직 스물 전이었다. 그때는 나도 젊었기 때문에 아쓰코의 스물 전이라는 나이를 의식한 적은 없었다. 단지 내가 그녀보다 나이가 많다는 것에서 자연스러운 관계가 되어, 그 감정이 서로 간에 지금도 지속되고 있다.

어제 세 명은 역 가까이 있는 작은 가게에서 식사했다. 나는 식사만을 같이 하고 그녀들과 거기에서 헤어지기로 되어 있었다.

"남편 분도 안 계신데 집으로 가서 묵어도 괜찮을까요? 미안하네."

하고 마사코가, 지금부터 가려는 아쓰코의 집에 아쓰코의 남편 구사카베가 없다는 것을 듣고 말했다.

"괜찮아요. 구사카베 여행은 전부터 정해져 있었으니까. 그래도 구사카베가 있었으면 좋았을 텐데. 그 사람도 오늘 아침 나가면서 아쉬워했어요. 같이 한잔하자 했는데, 하면서. 그러니까 이삼일 편히 지내세요. 그러는 동안 구사카베도 돌아올 거예요."

구사카베는 어떤 경제잡지의 편집 일을 하다가 정년이 되어 그만두고 프리로 잡지 일을 도와주고 있었다. 오늘 아침부터 사오 일 간사이 여행을 갔다고 한다.

"나는 혼자예요. 그러니까 편하게 시켜도 괜찮아요. 마사코는 간토를 잘 모른다고 했지요. 그러니까 어디든 안내해 줄 수도 있어요."

"간토를요?"

마사코는 간토라는 것이 재미있다는 듯 반문했다.

"네, 닛코日光의 도쇼구東照宮같은 곳은 아직 가본 적이 없어요."

"그래요? 닛코라, 나는 스이고水郷를 한 바퀴 돌거나, 이누보사키犬吠岬가 어떨까 생각하는데."

그쪽이라면 자기는 잘 안다고 아쓰코가 덧붙여서 말했다.

"이누보사키?"

하고 그때 내가 끼어들어 말했다.

"이누보사키라면 나도 같이 가고 싶은 마음이 생기는데."

"올래요? 괜찮지 않을까요. 같이 가요."

하고 권유하는 아쓰코의 말에 목적지가 정해지고 나의 마음도 정해졌다. 평소에는 없는 일, 나는 집으로 전화해 양해를 구하고 그길로 다바타의 아쓰코의 집에 가서 하루를 묵고, 오늘은 조시銚 子로 가는 길에 동행했다.

나리타에서 갈아탄 국철도 마찬가지로 비어 있어서, 한눈에 펼쳐진 수전의 풍경을 바라보며 흘러가는 도네가와利根川를 내려다봤다. 나는 바깥 풍경을 바라보면서도 한편으로 왜, 이누보사키에 다시 가고 싶어졌을까, 하고 자신을 들여다봤다. 내게 있는 이누보사키의 어두운 기억이 분명 나를 끌어들였을 것이다. 그런데 왜, 그런 어둠에 끌렸을까. 요즘 내가 과거와의 만남에 타인과 내 생각을 거듭해서 흔들리고 있기 때문일까. 요즘 나는 과거와 오늘의 관계에 묘하게 집착하고 있었다. 그것도 왜일까. 내 심정은 나만이 알고 있는 맹렬함이고, 그 안쪽에는 어느새인가 슬픔도 스며있다.

당시 나의 이누보사키 행도 내친김에 한 갑작스러운 결정이었다. 구주구리 해안의 여자들을 취재하고 돌아오는 길에, 나는 업무와 상관없이 삭막해진 나의 마음을 던지듯이 이누보사키를 선택했다. 이미 밤이 된 조시역에서 이누보사키로 가는 길을 사람들에게 묻고, 도카와外川(지바현 가마쿠라시)행 마지막 버스 시간에 겨우 맞춰서 혼자만 이방인이 되어 마을 사람들에 섞여 어두운 길을 흔들리며 갔다. 역 앞을 출발해서 곧 다음 정류장에서 버스를 덮치듯이 둘러싼 어두운 모습은, 고기 잡고 돌아오는 배가 파도 때문에 도카와에 도착하지 못해서 즈시 항을 통해 뭍에 오른 어부들이었다. 버스는 곧 검은 띠를 머리에 두른 남자들로 부풀어지듯 빵빵해져서 비린내 나는 생선 냄새를 풍기며 달렸다. 버스의 어두운 불빛에 남자들 각자가 들고 있는 그물 속에서 정어리가 푸른빛을 내고 있었던 것이 생각난다. 도카와에 도착한 남자들이 선주와 자기 이름을 요금 대신으로 말하며 내린 후, 버스 바닥에는 정어리 기름이 끈적끈적하게 괴어 있었다.

"여관에 들어가기 전, 먼저 도카와까지 가보자."

조시역에서 내가 그렇게 말한 것은 그날 밤 버스에 대한 기억과 함께 이누보사키 끝의 작은 어촌에서 비틀거렸던 내가 생각났기 때문이다. 아쓰코의 제안으로 세 명을 태운 택시는 우선 조시 항으로 돌았다. 반도타로라고 부르는 흐름이 여기로 와서 드디어 태평양과 합쳐지는 넓은 광경은, 마리코에게 간토를 보여주기에는 더없이 좋은 장소였다.

그날 밤 세 명의 숙소는 옛날 그때 내가 묵었던 곳으로, 아쓰코도 과거 묵은 적이 있다는 오래된 이름의 여관이었다. 나는 오늘 관광지가 된 이 여관에 옛날 그대로를 요구할 마음은 없었다. 방금 돌아온 도카와에 대해서도 마찬가지였다. 도카와는 태평양으로 튀어나온 좁고 가파른 언덕길을 따라 층층이 늘어선 집들이 겹쳐져 있었고, 언덕을 끼고 있는 집들도 요즘 식으로 다시 지어져서 이미 어촌이라기보다 관광지에 온 듯하여, 해안 길에서는 특산품 가게가 즐비했다. 평일인 오늘도 바닷가에 하얀 번호판 차가 주차되어 있고 바위에는 사람들이 무리 지어 있었다. 그런데 여기에 오니 나는 역시 그때 일이 가슴속에 다시 살아났다. 나는 다시 한번 그 일을 더듬었다.

겨울이었던 그 날 해안 길을 걷고 있는 외부인은 검은 코트를 입고 베레모를 쓴 나 혼자뿐이었다. 햇볕은 따뜻했지만, 쓸쓸하게도 마을 사람과는 거의 만나지 않았다. 해변으로 끌어올린 배를 둘러싸고 아이들이 몇 명 놀고 있을 뿐이고, 지난밤 버스에서의 왕성한 냄새를 일으켰던 남자들은 오늘도 고기 잡으러 나갔을 것이다. 강아지 두 마리가 사람을 잘 따라서 대굴대굴 구르며 장난치면서 나를 따라왔다. 나는 그것을 보면서도 암울한 얼굴을 그대로 드러내고 있었다. 감정의 소용돌이를 응시하는 듯한 그런 내 얼굴은, 집안의 냉기에 묶여있던 여자의 어두움을 보여주었음이 틀림없다. 세상은 전쟁이 확대되는 무거운 공기로 덮여 있었지만, 나를 까맣게 태우는 직접적인 아픔은 우리 부부의 황폐함이었다. 내가 이누보사키로 별안간 발걸음을 옮긴 것도 주체할 수 없는 나의 어두움을 누구도 의식하지 않고 마음껏 드러내고 싶었기 때문이다. 두 마리 강아지는 아직도 나를 따라오면서 장난쳤다. 배를 둘러싸고 노는 아이들 앞으로 왔을 때 거기에 있던 다른 붉은 털 개가 길을 올려다보고 어깨를 세우고 으르렁거렸다. 그것은 낯선 나의, 음울한 분위기에 대한 방어태세였을 것이다. 강아지 한 마리가 으르렁거리는 개에게 쫄랑쫄랑 나아갔다. 강아지는 거기서도 장난치려고 했을 것이다. 그런데 붉은 털은 그것을 보자 사지를 바짝 세우고 날카로워져서 다시 으르렁거리며 달려들었다. 그것은 순식간에 일어난 일이었다. 붉은 털은 으르렁거리며 강아지를 덥석 물었다. 강아지가 비명을 지르자 아이들이 달려왔다. 소란스러워지자 붉은 털은 한층 맹렬해져서 강아지를 입에 문 채로 땅바닥에 내리쳤다. 아이들이 죽겠어, 죽겠어, 소리치며 작은 돌을 던졌다. 또 다른 한 마리는 꼬리를 내리고 슬금슬금 움츠러들어 있었다. 붉은 털은 강아지를 입에 문 채로 머리를 흔들었다. 그때 길 위 조그만 집 창문이 열렸다. 몸을 빼고 바깥을 내다본 것은 머리를 풀어헤친 화가 난 중년 여자였다. 그리고 여자는 그 참사를 보고 순간 입을 크게 벌리고 이상하게 크게 웃었다. 입에 물린 채로 바닥에 내리쳐진 강아지는, 비명조차 지를 수 없게 되었다. 여자는 아직도 웃고 있었다.

그때 내가 느낀 공포도 또한 정상이 아니었다. 머리를 풀어헤친 여자의 상황에 맞지 않는 큰 웃음은 쇠약해진 내 신경을 찌르듯이 자극했다. 순간, 나는 공포에 사로잡혀 비틀거리며 도망쳤다. 밝은 햇살 속에서 생각지 못한 전개는 악몽과 같았다. 단지 그 장소에서 갑자기 만났던 참상은, 나에게 원인이 있었던 것은 아닐까.

게다가 그때 내 마음의 상태를 상징하고 있지는 않을까. 때문에 나는 그렇게 두려움에 떨었다.

오늘의 도카와에 그때의 뭔가가 있을 리 없다. 나는 마음속에서 과거의 나를 본 것뿐이다. 그러나 이미 과거의 나 자신에게 각별한 기억이 더해지지는 않았다. 이른바 그것을 확인하는 것에 불과했다.

여관은 오늘은 비어있는 듯했다. 바다 옆 등대 가까이에 있는 여관은 방에 앉아서 수평선 저 멀리까지 보였다.

"일전에 여기에 묵었을 때는 지배인이 아침 일찍 깨워주었지. 방마다 일출입니다, 하고 깨우면서 창문을 열어주고 갔어. 일출이 이곳 구경거리니까. 내일 아침 맑으면 볼 수 있을 텐데. 태평양에 떠오르는 태양을 봅시다."

나는 평상시처럼 말했지만, 그날 밤 이 여관에서 자살하겠다는 생각에 사로잡혔던 것은 떠오르지 않았다. 그러나 원래 여기로 온 목적이 그것이었기 때문에 나는 지금 회고적으로 되었다. 동행이 아쓰코이기 때문이기도 할 것이다. 평소 왕래는 하지만, 아쓰코와 한 방에서 묵은 적은 없었다. 마사코는 옆에서 동조해 주었다. 저녁 밥상에서 나는 아무 맥락 없는 말을 하기 시작했다.

"하우스키퍼[23] 라는 것을 너한테서 들으라고 히사야스 씨가 얘

---

23 일본 공산당에서 남성 당원과 함께 동거한 여성 당원을 가리킴.

기하던데……."

"하우스키퍼라니요, 비합법 시대의?"

"그래"

"어째서 히사야스 씨가 저한테 들으라고 했을까요?"

하면서 아쓰코는 살짝 표정을 바꾸며 말했다.

"나도 모르겠어."

"글쎄요."

하며 아쓰코가 같은 표정으로 말하자,

"제가 가이쓰카 씨와 잠시 동거했기 때문일까요? 그러나 그것
은 이른바 하우스키퍼는 아니지요."

하고 강하게 말했다.

아, 그런 일이 있었지, 하며 내 가슴 안쪽에서 희미한 기억이 일
어났다. 의외라는 것은 아니다. 그런데 그것은 내 안에서 완전히
잊혀 있었다. 여자 친구로서는 가장 오래된 히사야스 게이코에게
서 지금 아쓰코에게 전달한 것을 들었을 때도 이유를 몰랐던 것은
그 때문이었다. 그래서 나는 어떠한 거리낌 없이 아쓰코에게 물어
본 것이기도 했다.

"미안해, 그런 일이 있었지. 완전히 잊고 있었어."

"당신에게도 말했었지요. 그것은요. 기시코 씨가 말한 거예요.
가이쓰카 씨가 나를 좋아한다고 했다고. 그리고 만약 가능하다면
그의 업무를 좀 도와주지 않겠냐고요."

이 이야기에서 다키이 기시코 이름을 듣는 것은 처음이었다.

기시코는 이십 년 전에 죽었다. 그러나 작가로서, 또한 우리 활동에서도 필사적인 시기와 그 후 전후까지 이어서 큰 존재였다. 그리고 아쓰코는 그동안 개인적으로도 가장 기시코와 가까이 지냈다.

"그것은요. 기시코 씨가 말한 거예요."

그렇게 하는 아쓰코의 말에서 원래부터 기시코와 밀접한 관계였던 게 느껴졌다. 아쓰코는 이 말을 시작으로 계속해서 말했다.

"나 자신, 열심이었으니까요. 비합법적인 일에 가담한 사람들을 도울 수 있다면, 하고 생각했지요. 아니, 돕지 않으면 안 된다고 생각했어요. 비합법적인 그런 생활에서는 주위 눈도 있어서 혼자 살지 않는 편이 좋으니까요. 기시코 씨의 그 말로 저는 지하활동에 발을 들여놓게 되었어요. 하지만, 저는 당시 제가 하우스키퍼였다고 생각하지 않아요."

아쓰코는 등을 세우고 나서, 빠른 어투로 계속해서 말했다.

"그런 오해는, 가이쓰카 씨가 저를 좋아한다고 말한 것이 전제가 되어 나왔고, 그런 정황 속에서 젊은 제가 연결될 수밖에 없었을 거예요. 그래도 하우스키퍼는 아니에요."

다시 한번 중복된 말의 끝맺음에 아쓰코의 준비한 듯한 부정이 있었다.

나에게 아쓰코의 말이 구체적으로 전달되었다. 나는 아쓰코가 지금 언급하는 가이쓰카를, 그가 합법적인 방면에서 활동할 때부터 알고 있었고 비합법적인 활동을 한 후에도 조직에서의 연결로 시종 만났었다. 아쓰코 이야기는 아쓰코와 내가 알고 있는 당시를 불러냈다.

"마사코 씨, 미안해요. 우리만 아는 이야기를 해서…….”

하고 내가 도중에 마사코에게 말하자, 마사코도 진지한 얼굴로 대답했다.

"상관없어요. 중요한 이야기인 것 같은데, 나는 들어도 모르니까요.”

아쓰코는 마사코의 말이 끝나기도 전에 계속해서 말했다.

"물론 이 이야기는 남편도 알고 있어요. 내가 말했거든요. 남편도 활동했던 사람이니까, 이해해 주었지요.”

"그럼, 아쓰코, 네가 체포된 것은 가이쓰카 씨와 함께 있었을 때였니?”

"아니요. 그 사람은 다른 장소에 있었을 때에요. 하지만 저도 비합법적인 생활을 했지요. 청년조직 방면의 활동을…. 근데, 가이쓰카라는 사람은 이상한 사람이에요. 나와 가이쓰카가 경찰서에서 풀려난 후에 그의 모친이 저를 찾아왔어요. 제가 가이쓰카의 재산을 노리고 그랬다면서, 그래서 저는 더 이상 …. 그 사람 집이 자산가잖아요.”

조리 없는 아쓰코의 말이지만, 가이쓰카라는 남자의 어딘가 차가운 면을 알고 있기 때문에 나도 어땠을지 짐작이 갔다. 그는 아쓰코를 어떻게 생각했을까. 나는 당시 신문 등에 게재된 하우스키퍼라는 것을, 이렇다 할 문제로 다룬 소설에서 읽은 것을 제외하고는 알지 못했다. 하지만 쌍방이 조직적인 활동을 하는 상태에서 합의하에 비합법적인 생활을 함께한 것이라면 하우스키퍼라고 부른다고도 생각하지 않는다. 그것은 아쓰코가 주장하는 대로 일 것이다. 그러나 가이쓰카 쪽은 어땠을까.

"나는 하우스키퍼라는 것이 정말로 얼마나 있었는지 모르겠지만, 당시 나도 반대했지."

"저도 싫었어요."

하고 아쓰코는 얼른 대응했다.

나는 전후에도 쭉 아쓰코와 가족 단위로 서로 친밀하게 교류하면서, 그녀에게서 가이쓰카를 완전히 제외시키는 게 당연하다는 느낌이 들었다. 아쓰코의 남편 구사카베와 아쓰코의 가정에 그런 것이 껴드는 것을 나는 상상할 수 없었다. 네 명의 아들을 잘 성장시키고, 아쓰코 자신도 그림을 그리며 어떤 회화전에 작품을 출품하기도 했다. 게다가 아들들이 성장하는 수년 동안 아쓰코는 단벌 코트와 몇 벌의 같은 옷으로 지냈다. 그리고 어떤 자리에서는 라 마르세이에즈(프랑스 혁명 당시의 혁명가, 이후 프랑스 국가)를 제대로 노래하는 아쓰코였다.

아쓰코는 갑자기 나 때문에 이끌려진 그녀 자신의 과거에서 아직 벗어나지 못하고 있었다. 다음 이야기가 그것을 보여주었다.

"나는 붙잡혀서 요쓰야 경찰서에 구치되어 있었어요. 그때 히사야스 씨도 요쓰야 경찰서에 있었지요. 다른 일로 잡혀 왔어요. 그 사람이 검은 스웨터를 입고 있었던 게 기억나요. 히사야스 씨도 나를 기억하고 있겠지요. 내가 그때 2주 동안 단식한 것을 히사야스 씨도 알고 있었을 거예요."

그렇게 말하는 아쓰코는 맥주의 취기가 스며들어 눈을 크게 뜨고 입을 다물었다. 나는 아무 말 없이 고개를 끄덕였다. 아쓰코의 단식투쟁과 그것을 해야만 하는 이유가 지금 내 가슴속에 연결되기 때문이다. 두 가지 이유 모두 이전에 아쓰코에게 들은 것인데, 그녀는 그것을 각각 다른 때에 이야기했고, 두 이유를 연결 지어 말한 적도 없었기 때문에 아쓰코가 단식투쟁한 이유는 내 가슴속에서 처음으로 조합되어 갔다. 내가 지금 아쓰코의 단식투쟁 이유로서 조합한 이야기는 전후도 아마 상당히 지났을 무렵 그녀가 문득 단편적으로 말한 것이었다. 그녀의 말은 단편적이고 추상적이었지만, 나는 강렬하게 받아들였다. 그 강렬함 때문에 되묻지 못하고, 마찬가지로 추상적으로 대답해서 흘러버렸다. 아쓰코가 비합법조직 활동으로 체포된 것은 불과 스무 살이 되던 때였다. 홋카이도 어느 마을에서 혼자 상경해서 모 미술연구소에 적을 두면서 비합법활동을 하는 아가씨. 경찰은 그러한 젊은 여자에 대해 자백을 강요하기 위해 아주 참혹한 고문을 했다. 아쓰코가 증오를 품은 말투로 고문 내용을 나에게 말했을 때, 말은 단편적이었지만, 어투와 표정에 보이는 증오가 명확하게 내용을 전달했다. 그것은 추상적이지 않으면 안 되는 것이었다. 그러나 관념에 머무르는 것에 불과하지만, 나는 그것을 직접 들음으로써 공감이 되었고 그 후 아쓰코에게 더욱 두터운 감정이 더해졌다.

나는 아쓰코에게 단식투쟁 이야기를 들었지만, 2주일 동안의 단식이 어떠한 상태로 진행되어 어떻게 그녀 몸을 약하게 했는지 구체적으로 다시 물어볼 수 없었다. 나는 아쓰코가 음식을 거부했던 저항에 그렇게 해야만 했던 자부심의 표현 같은 것이 느껴져서 단지 고개를 끄덕이며 받아들였다. 그러나 동감하려는 나의 기분이 그녀에게 전해졌다고 생각하지 않는다. 아쓰코가 동감을 요구하는 것도 아니었다. 그녀는 지금까지도 자신의 저항을 고독하게 안고 왔을 것이다. 그녀는 자기 생각을 쫓는 표정이 되어 있었다. 비공을 여는 듯한 그 표정에서 파란 불빛을 본 것처럼 생각되는 것은 나의 주관일까. 나는 변명하듯 부드럽게 말했다.

"네가 그때 형무소까지 갔었던가?"

이런 말을 부드럽게 하는 게 더 이상했다. 아쓰코는 굳은 어투로 대답했다.

"병에 걸렸어요. 저는 고향으로 돌아갔지요."

그렇게 말하며, '그때' 하고 자신이 가담한 조직에 대한 취조를 언급하면서 누구는 훌륭했지만, 누구는 약했지 하고 평소와 달리 엄격해졌다.

"그 사람은 별로였어요."

라고 나도 알고 있는 이름을 들어서 지적했다. 아쓰코에게는 아쓰코로서의 역사형성이 있을 것이다. 그녀는 그것을 계속 자신의 가슴에 두고 걷고 있다. 아쓰코가 이런 이야기를 하는 것은 가끔임에 불과하다.

"고이즈미 다키지가, 가이쓰카 씨와 내가 사는 집에 온 적이 있었어요. 고이즈미 씨는 정말 갈 곳이 없었나 봐요. 자기가 있던 집이 뭔가 위험해졌지요. 아주 곤란해져서 우리 집에 왔다고 생각해요. 그런 생활에서는 다른 누군가의 집을 방문할 수 없잖아요. 그날 밤, 고이즈미 씨가 감기에 걸려 있더라고요. 열도 조금 나고요. 제가 머리를 식혀 주었지요. 그랬더니 그 사람, 내가 간병을 잘한다고 하면서……. 내게도 특별한 밤이었지요. 친구와 함께 있는 밤 같은 것은 없었으니까요……."

아쓰코는 경찰청 형사의 고문으로 죽은 고이즈미 다키치를 그리워하듯 말하며 자신의 기억도 되살아나서 말을 이었다.

"저는 기시코 씨와 당신을 얼마나 만나고 싶었는지 몰라요. 그래서 활동 차 간 곳에 당신이 와 계셨을 때 정말 기뻐서 깜짝 놀랐어요. 거기가 아자부의 요쓰노하시 부근의 국수집이었을 거예요."

"그런 일도 있었지. 여러 가지 일이 있었군."

이렇게 말하면서 나는 아쓰코가 다시 상경해서 어느 작은 출판사에서 일하기 시작한 것이 생각났다. 이미 좌익 조직은 합법도 비합법도 파멸해서 각자는 개인적인 곳으로 틀어박혀 있어야만 하던 시대였다. 나는 앞에서 말한 것처럼 우왕좌왕하며 어두운 얼굴을 드러내면서도, 기분 한편에서는 자신의 자세를 필사적으로 지탱하려고 했던 시기였다. 아쓰코를 출판사에 소개한 것은 나였다. 진보초 뒷길에 있는 출판사에 아쓰코와 같이 갔을 때, 그녀는 견직으로 된 큰 꽃무늬 옷을 입고 있었다. 그러나 나는 그때 아직 아쓰코와 가이쓰카의 비합법적인 동거 생활을 몰랐을 터였고, 더욱이 젊은 그녀가 그렇게 무참한 고문을 경험하고 2주간의 단식투쟁으로 분노를 표출했다는 것도 몰랐을 때였다. 때문에 아쓰코의 번롱당했다는 심정을 알 리가 없었다는 것이 지금 생각으로 떠오른다. 아쓰코는 내 말만을 받아들여서.

"그렇지요."

하고 다시 확인하듯이 어미를 강하게 하며 웃었다. 지금까지의 이야기를 듣고 있던 마사코가 한숨을 쉬듯이 말했다.

"서로 오래 알던 사이니까."

오랜 교분에서 이제 겨우 알게 된 것도 있었다. 그것은 나의 미덥지 못함을 보여주었다. 어딘가 달관한 것 같은 쓸쓸함도 함께 하고 있었다.

다음 날 새벽, 세 사람은 일출을 기다리려고 어둠 속에서 복도로 나왔다. 유리문을 여니 파도 소리가 갑자기 크게 들렸다. 등댓불이 돌아가면서 이 여관 지붕 위도 통과해서 지나갔다. 처음에는 별도 보였지만, 점차 환해지는 하늘은 안개가 자욱했다. 정원 앞 파도가 바위에 부딪혀서 물보라가 일어났다. 주변이 밝아짐과 동시에 동쪽 하늘 수평선에 띠 모양으로 길게 뻗어있는 구름층도 눈에 들어왔다. 태양이 지금 구름 아래에 있다면 구름 위로 올라온 태양을 보는 수밖에 없다. 그러나 갑자기 섬광이 검은 구름 아래 펼쳐진 수평선에 나타났다. 강하게 빛나는 선형이 원형이 되기에는 아직 이르다. 검은 구름 밑으로 떠오르는 태양은 복숭아를 생각나게 하는 부드러운 홍색을 띠고 있었다. 수평선과 떨어져서 떠오른 완전한 원형 테두리는 부드러워 보였다. 그러나 동시에 하늘과 바다는 완전히 날이 밝았다. 동쪽 바다에 어선의 출동도 동시에 시작되었다. 조시 항에 대기하고 있던 선단은 모선을 선두로 열 척, 스무 척이 이어서 먼 바다로 향했다. 크레인을 세운 작은 배는 긴 다리를 굽힌 귀뚜라미 모양으로 보였지만, 크레인이 앞쪽에 서 있기 때문에 나아가는 방향에서 귀뚜라미는 반대로 보였다. 발동기 소리가 멀리 바다로 퍼져서 세 사람이 서 있는 곳까지 울렸다. 맨 처음 선단이 멀리 바다로 나아가 작아지고, 나중 선단이 이어지고 있었다. 일단 검은 구름 속에 숨었다가 구름을 뚫고 다시 올라온 태양은 이미 진주색이 되어 있었다. 선단의 출동은 아직도 계속되고, 시야에 잡히는 것만도 백 척이 넘었다. 그러는 사이 발동기 소리가 멀리 고동으로 주변에 울려 퍼졌다. 등대 불빛은 어느새인가 꺼져있고, 하늘과 바다는 새하얀 아침 햇살에 고즈넉했다.

아쓰코는 지난 밤 이야기가 없었던 것처럼 기분 좋아한다. 아쓰코의 과거는 그녀 속에 다시 저장되었다.

8화

배 주위에 줄지어 걸어놓은 문장이 쓰인 긴 제등에 불이 켜지자, 드디어 영차, 하는 함성으로 그 작은 정령선精靈船이 지면에서 떠올랐다. 흰색 상하의에 흰색 머리끈을 묶은 네 남자의 어깨 위에서, 불상을 그린 돛과 종이학의 장식, 가문 이름을 크게 쓴 긴 뱃머리와 긴 제등, 작은 제등 모두가 출렁, 하고 흔들렸다. 마치 오늘 신령新靈으로 떠나가는, 생전 여시인의 모습이 배 위에서 출렁하고 흔들리는 것 같았다. 정령선을 메고 있는 사람과 교체할 사람을 포함해서 십여 명의 청년들은 모두 〈나가사키 증언 모임〉의 회원이다. 상주인 언니와 함께 남녀 합하여 서른 명 정도의 친구들은 분명 어깨에 멘 정령선 위에서 살아 있을 때의 여시인을 느꼈을 것이다. 나가사키 평화공원의 〈원폭순난사자 납골당原爆殉難死者納骨堂〉 옆에서 출발하는 정령선이 그녀의 것이기 때문이다.

정령선 옆에서 누군가가 쏘아 올린 폭죽이 큰 소리를 내며 터졌다. 이를 신호로 배는 출발하기 시작했고 에워싸던 모든 사람이 뒤를 따랐다. 6시 반의 하늘은 석양으로 빛났다. 어어이, 어이, 하는 정령을 보내는 장단이 누가 먼저랄 것 없이 시작되고, 어깨에 멘 뱃머리가 흔들리며 앞으로 나아갔다. 불상이 그려진 돛 한쪽 끝에 신불新佛의 계명이 쓰여 있는데, 그 계명에도 가장 위에 핵核이라는 글자가 있었다. 핵산화원 뭐, 뭐라고. 배가 선도하는 만등의 네 면에 쓰인 글씨도 모두 원폭 반대의 글이고, 정령선에 수없이 달린 종이에도 신불이 된 여시인의 생애와 추모의 기원을 담아 원폭 반대에 대해 쓰여 있었다. 나는 친구들과 함께 정령선 뒤를 따라가면서, 마음가짐이 도쿄에서 뭔가의 데모에 참가했던 때와 비슷하다고 느꼈다. 이러한 감정은 당연하다고 할 수 있다. 배에 걸린 종이 중 하나에는 〈핵무기 금지를 외치면서, 지금 서방西方으로 간다〉라는 것도 있었다. 불상을 그린 돛을 달고, 꽹과리는 두드리지 않지만 억 누른 목소리로 어어이, 어이 하고 부르면서 가는 이 혼령 보내기 는, 확실하게 주장을 내세운 데모 행진과 다르지 않았다.

8월 15일 아침, 나는 밤 기차로 나가사키에 도착했다. 그런데 그때까지 나는 친구이기도 한 이 여시인의 정령선이, 오늘 떠날지 확실하게 알지 못했다. 그녀의 정령선이 떠나든 떠나지 않든 고향 의 정령 보내기를 한 번 더 보고 싶다, 그것만으로 충분했다. 그런 데 올해라고 확실하게 결정하는 데는 여시인의 우란분이 계기가 되었다. 올봄 자신의 몸에 나가사키의 상흔이 깊게 나타나는 증상 속에서, 계속 원폭 반대를 주장했던 여시인은 결국 말라 썩어 버린 수목처럼 죽었다. 그때 장례식 밤샘 자리에서 우란분 때에 그녀의 정령선을 띄우자는 얘기가 나왔다. 그것을 전달받았을 때 나는, 요 수년 동안 품고 있던 생각을 올해야 말로 실행할 수 있게 되었다고 생각했다. 나가사키의 정령 보내기를 다시 한번 보고 싶다는 요즘 의 생각은, 고향 친구를 잃고 난 후에 나왔음이 틀림없다. 어렸을 때 나가사키를 떠난 후, 전후戰後에 가끔 태어났던 곳을 방문해서 내가 자란 집이나 마을을 둘러본 적은 있지만, 이 거리의 행사를 직접 본 적은 없다. 그런데 정령 보내기를 한 번 더 보고 싶어 하는 내 마음은 행사 자체가 보고 싶기 때문만은 아니었다. 다시 내 고 향의 오봉마쓰리(여름에 일본 선조의 영혼을 기리는 연중행사)를 상기 하는 마음 근저에, 어린 시절의 기억이 떠오르는 것은 자연의 움직 임이다. 거리의 오봉마쓰리는 이른바 활기차기는 하지만, 마쓰리

자체는 영혼 보내기이다. 마을을 에워싼 주변 산에 펼쳐진 묘지에, 충충이 장대에 매단 제등으로 그날 밤은 일제히 밝아지지만, 그 등불은 둔한 황색으로 껌벅거리고, 묘석 앞에 깔린 붉은 깔게 밑은 차가웠다. 거기에 도시락 상자가 열려있지만 어두움 속이라 먹을 수도 없고, 여기저기 묘지에서 쏘아올린 폭죽이 하늘에서 터져서 화약과 선향 냄새로 뭔가 정신이 없었다.

내 기억에 남아 있는 아주 옛날 무덤 앞에서 본 마쓰리가 그대로 남아있지도 않을 것이다. 그러나 오늘 아침 나가사키에 도착해서 점심 무렵 친구 둘과 성묘를 하러 갔을 때, 사찰 지역 위로 몇 곳의 묘지에 장대 제등을 걸어둔 후에 장대만 남아 있는 것이 보였다. 생가 묘지가 나가사키에 없기 때문에 그때 묘 앞 붉은 깔게에 앉았던 것도 친척 묘지에서의 경험뿐이고, 오봉마쓰리 마지막 부분의 정령 보내기도 한 번의 기억에 고정되어 있다. 소녀인 나는 혼자서 마을 모퉁이에 서 있었다. 항구로 향하는 방향에 우마마치에서 가쓰야마 초등학교 앞으로 크고 작은 정령선이 이어졌다. 길 양쪽에 서 있는 구경꾼들 사이를 수십 명의 남자들이 들러멘, 커다란 배의 긴 뱃머리가 독특한 형태로 휘어져서 거대한 뭔가의 머리처럼 엉클어져 흔들리고, 서방호, 극락호라고 쓰인 돛과 불상을 그린 돛이 무수한 제등 빛에 비쳐 흔들거리며 나아갔다. 그것은 남자들의 왕성한 기세를 동반한, 불과 색채의 흐름이었다. 꽹과리 소리가 창창하고 계속해서 울리고 거기에 섞여 어어이, 어이 하는 남자들의 보내는 소리도 끊임없이 흘러갔다. 그런데 보내는 소리의 굵게 억눌린 울림과 단조로운 꽹과리 소리, 흔들리며 가는 거대한 뱃머리의 위태로움은, 아이 마음을 왠지 두렵게 해서 긴장하게 했다. 커다란 배가 이어지는 사이를 작은 배를 옆구리에 끼고 혼자서 총총걸음으로 걸어가는 남자를 보았을 때 슬픈 느낌이 들었던 것을 나는 아직도 기억한다. 어린아이 나름의 혼령 보내기 감정을 이미 알고 있었을 것이다.

내가 요 수년 나가사키의 정령 보내기에 끌렸던 것은 그 왕성한 불의 행렬 속에 음산하게 흐르는 슬픔을 기억하기 때문이다. 죽은 자들의 영혼이 오봉에 돌아오는지, 돌아오지 않는지는 모르겠지만, 어쨌든 죽은 자를 맞이하는 오봉마쓰리를 거행하는 그 날, 친구들이 죽은 이곳에 와 있고 싶었다. 이곳이 내 고향이고 나가사키이기 때문에, 나에게는 즉흥적인 생각도 아니었다.

여시인의 정령선은 언덕을 천천히 올라가서 우라가미의 노면전차 길로 나아갔다. 거기에서 이미 와있는 다른 커다란 정령선과 만났다. 그 정령선은 운동선수였을 젊은이를 크게 그린 표치를 선두로 하고 있었다. 럭비 시합 중에 갑자기 죽은 학생의 정령선이라는 속삭임이 들려왔다. 배를 짊어진 것은 친구인 학생들인 것 같았다. 그 배 뒤를 이어서 가는 동안 어디서인지 배는 점차 늘어나서 부두로 향하는 전방은 자주 막히고 폭죽이 터지는 소리가 앞뒤에서 들렸다. 길바닥에 부딪히는 폭죽은 날카로운 울림으로 주변에 흩어지고, 이미 밤이 된 거리에 정령선의 제등 불빛이 떠오르는 가운데, 사람들도 많아져서 웅성거리는 소리가 점차 퍼져갔다. 그 사이를 가르며 달리는 작은 전차도 사람을 가득 태우고 있었다.

우라가미 주변, 당시 야스이 사다코가 다녔던 군수공장이 있었던 곳은 이 주변일 것이다. 그녀의 유해가 결국 어떻게 되었는지 나는 알 수 없다. 그녀의 죽음 직전은 어땠을까. 군수공장이 불탄 후의 사진은 새까맣게 휘어진 철골 잔해만을 담고 있었다. 나가사키에 와서 이곳을 지날 때 나는 야스이 사다코가 생각났지만, 볼일을 급하게 보느라 그냥 잊어버리기도 했다. 또, 그녀의 죽음 직전은 어땠을까 하는 것도, 그렇게 생각하는 순간에 그걸로 끝났다. 그녀의 죽음 직전을 그려보는 작업은 할 수 없었다. 지금도 나는 우라가미와 야스이 사다코, 단지 그것만을 염두에 떠올리는 것에 불과했다. 폭죽 소리가 기세를 일으켜서 정령선이 갈지자로 나아가는 사이, 나의 관심도 도박도막 잘렸다. 그러나 내가 이곳 우라가미에 와서 야스이 사다코의 죽은 장소가 이 주변이겠거니 깨달은 것은, 오늘이 혼령 보내기 날이기 때문이기도 하다.

야스이 사다코는 그때 서른에 몇 살 더한 정도였을 것이다. 남편과 어린 딸 아이를 남기고 죽었다. 남편은 치안유지법으로 이사하야 형무소에 구치되어 있는 동안 몸이 약해져서 출소한 후 쭉 요양하고 있었다. 남편과 딸 하나를 남기고 그녀는 군수공장에서 죽었다. 그녀를 생각하니, 하얗고 동그란 얼굴을 정면으로 향하면서 뭔가를 묻고 싶어서 지그시 응시하는 큰 눈이 우선 떠오른다. 뭔가 슬픔을 담고 있으면서 우직함으로 빛나는 독특한 눈이었다. 그것은 분명 그녀를 처음 만났을 때 느꼈던 시선에 대한 인상이지만, 그녀가 원래 가지고 있던 시선이기도 하고, 성격이 드러나는 그녀의 매력이었을 것이다. 나도 또한 그녀의 눈을 생각할 때 그녀의 모든 것이 거기로 상징된다고 생각했다. 그녀의 생전은 그렇게 기억됐고, 그녀의 사후 또한 야스이 사다코라는 한 여자가 그 시선에 응결된 것처럼 생각됐다.

"나가사키에서 왔습니다."

내뿜듯이 말하며 일단 숙인 고개를 들어서 나를 보았을 때, 그녀는 그런 눈을 하고 있었다. 그것은 사다코가 도쿄에 있는 우리 집을 방문했을 때의 일이다. 많은 것을 깨달은 듯한 그 눈은 필사적으로 뭔가를 호소하는 모습을 드러내고 있었다.

야스이가 치안유지법으로 체포되고 아직 정식으로 결혼하지 않은 사다코에 대해 흥미 위주의 기사가 지방 신문에 나오자, 사다코는 간호사로 일하던 병원에도 또 나가사키에도 그대로 있을 수 없어서 상경했다고 했다. 파견 간호사로서 일하고 있지만, 그 수입으로 생활을 지탱할 수 없다는 등의 이야기도 알게 되어, 그녀의 시선이 납득되었다. 이렇게 그녀는 우리 집에서 일 년 정도 같이 지냈다.

"오늘 저녁 반찬 뭐로 할까?"

하고 물으면,

"아, 어쩌지, 잊어버렸어요."

하고 웃을 때조차 그녀는 마찬가지로 눈을 크게 떴다. 웃음을 띠고 있는데도 한 겹의 막이 낀 것처럼 순수한 빛은 사라지지 않았다.

야스이가 형무소에서 나왔다고 알려 와서 나가사키로 돌아갈 때였다.

"야스이는 나를 떠나지 않겠지요. 전에도 그런 말을 했었는데요, 마치 미친 듯이 나를 붙잡고는 '잡았다, 잡았다' 하고 말했어요. '놓치지 않을 거야' 하면서요."

그것은 야스이가 출소한다는 기쁨에 흥분해서 새어 나온 두 사람의 사랑의 장면이었을 것이다. 그때의 눈에도 기쁨과 함께 비애가 섞여 있었다. 그 비애에는 야스이를 감싸려는 진지함이 보였다.

3년 정도 지나, 나는 나가사키로 가서 예고 없이 야스다 부부의 집을 방문했다.

"아아, 꿈같아요."

하고 눈을 크게 떴을 때의 사다코의 눈, 그 집에서 병든 남편을 걱정하며 "여보, 밤에 밖에 나가도 괜찮을까요?"하고 올려다봤을 때의 시선도 나에게는 같은 눈으로 보였다.

그녀의 마지막은, 하고 혼잣말로 묻지만, 그것은 거기에서 끊길 수밖에 없고, 그리는 사다코의 시선만이 떠올랐다. 뭔가 묻고 싶은 듯이 크게 뜬 눈, 슬픔에 순수한 빛을 담은 눈. 그러나 나는 사다코의 시선을 오랫동안은 바라볼 수 없었다. 그 시선이 그녀의 마지막과 연결되는 것이 참을 수 없는 것이다.

그녀의 남편 야스다는 전후에 합법적으로 활동을 개시한 정당의, 나가사키 조직의 최초 책임자였다. 어딘가 서생 풍이 남아있는 성실한 풍모였지만, 전후가 되어 재회했을 때 그는 한층 안으로 고집스럽게 침잠하려는 것을 스스로 부끄러워하는 듯이 보였다. 그것은 비합법 시대의 그늘을 드리우고 있는 듯이 보였지만, 그 고집스러움과 그늘은 사다코의 죽음이 그에게서 드러난 것이기도 했다. 그는 나에게 사다코의 죽음에 대해 아무 말도 하지 않았다. 그가 말하지 않는 이상 이쪽에서도 말을 꺼낼 수 없었다. 당시 잠시 동안은 누구도 나가사키의 희생에 대해 말하는 것을 피했을 것이다. 야스이는 아이를 가까운 친척에게 맡기고 정당 사무소에서 혼자서 숙식하고 있었다.

같은 정당의 당원이었던 내가 어떤 활동을 이유로 제명 처분을 당했을 때, 야스이가 했다며 전해진 말이 있었다.

"안타깝네. 어떻게든 복귀시켜 주지 않을까. 같은 전열에 서야 하는데."

나에게 전하려고 한 말은 아니라, 제 삼자적인 말이라서 활동의 구체적인 내용에서 벗어난 의견이기도 했지만, 나에 대한 그의 친근함을 느끼게 해 주었다. 그에 대한 나의 호의도 이전 그대로 지속하고 있었다. 그러나 요즘은 그의 활동 소문을 듣는 일도 없어져서 이쪽도 살짝 피하고 있다. 그는 지금도 혼자일까. 내가 아는 한 최근까지 야스다는 혼자였다. 그것은 야스이가 보여준 나가사키의 상흔일까. 사다코가 남긴 딸의 인상도 함께 떠올랐다. 딸이 나를 찾아온 것은 4년 정도 전의 여름이다. 그녀는 내가 처음 사다코를 만났을 때와 비슷한 나이가 되어 있었다. 도쿄에 있는 어느 병원에서 숙식하면서 일했는데, 옛날 그때의 사다코의 격렬함과는 전혀 다르지만, 안으로 침잠하는 어두움으로 역시 격렬했다. 얼굴은 모친과 닮아 부드럽게 둥근 얼굴이었지만,

"나는 부친의 정치 활동에 반대합니다."

라고 말했을 때의 표정은, 부친에 대한 반감이 보여서 어두웠다. 부녀 사이의 뭔가 모를 파탄에서 나가사키의 그늘을 보는 것은 너무 주관적일까. 야스이도, 그리고 딸인 그녀도 마음에 나가사키의 재를 입지는 않았을까. 그녀는 그 후 어떻게 지내고 있을까, 전혀 소식이 없다.

항구 부두 주변은 어느 쪽 길도 사람들로 가득 차 있었다. 큰길에서 시작된 정령선은 이곳 부두로 왔다가 그리고 나서 바다로 나아간다. 바닷가에 늘어선 여관이나 호텔 때문에 큰길에서는 시야가 가려 바다가 보이지 않지만, 해안 두 곳에 대기한 화물선이 도착하는 크고 작은 정령선을 맞이하고 있을 것이다. 나는 배 뒤를 따르다가 도중에 이탈해서 전차로 먼저 부두에 도착했다. 정령선은 벌써 끊임없이 이어지고 있었다. 이들 정령선이 거리 어딘가에 있었나 보다. 낮 동안 거리를 걸으며 발견한 정령선은 작은 배 두세 척에 불과했다. 나는 해안 벽으로 굽어 있는 모퉁이에 서 있었는데, 거기까지 온 배는 잠시 도로 폭을 꽉 매울 정도로 격렬하게 회전해서 최후의 마무리를 하려고 기세를 올렸다. 정령선을 메고 있는 남자들이 발을 옆으로 흔들면서 돌아서, 배 옆에 즐비하게 늘

어진 문장이 써진 제등이 흩어져 날아가는 것처럼 보였다. 그것은 신여 메는 것과 같은 거친 기세였다. 폭죽은 끊임없이 사방에서 터지고 있었다.

드디어 도착한 여시인의 정령선도 마찬가지로 모퉁이를 둥글게 돌았다. 뱃머리의 표치에 쓰인 반원폭이라는 글자를 누군가는 눈에 담았을까. 표치에 쓰인 문자를 아는 것은 우리뿐일까. 구경하는 사람들의 탄성은, 수십 명으로 이어져서 다음에 도착하는 배의 호세를 올렸다. 배가 돌 때 배의 길이가 길 폭을 가득 채웠다.

어딘가 슬픔을 부르는 옛날 꽹과리 소리와 혼령 보내는 소리는, 이 왕성한 기세 속에서 사라져 갔다. 멀리서도 구경하는 사람들이 많다고 하니 나가사키의 정령 보내기는 관광의 역할로 바뀌고 있나 보다. 이런 사정을 받아들여만 한다. 진정한 슬픔은, 죽은 사람들이 안고 갔다. 내가 아는 범위지만, 오늘 우라분의 여시인이 말했었다.

"이게 원폭 수첩인가 봐."

하며 중병에 걸려 결국 낙담하여 중얼거리던 화가.

화교華僑의 고독을 모국에 대한 관심으로 메우고 항상 불편한 몸을 견디면서 씩씩하게 일했던 한 중국인 여자. 그도 그녀도 이미 없다. 진정한 슬픔은 그들이 짊어지고 갔다. 죽은 사람들의 슬픔을 나누어 가지겠다는 마음에서 말한다면, 진정한 슬픔은 죽은 사람들이 가져가 버렸다.

9화

　　하마마쓰초역에서 내려서 걸어가는 것은 대개는 별로 없는 일
이다. 요 십 년 정도 매년 정해진 일로 여름이 시작될 무렵에 한 번
씩 이 근처까지 오지만, 대회장은 오나리몬 근처라 하마마쓰초 역
에서 내 걸음으로 걷기에는 좀 멀다. 하지만 그날은 도중까지 동행
이 있어서 국철로 왔다. 아직 장마가 한창이라 우산을 가지고 있었
지만, 역을 나와 보니 내리지 않았다. 점심이 지난 이 시간에 주변
을 걷고 있는 것은 용무가 있는 사람뿐인 것 같았다. 나는 약속 시
간까지 시간이 충분해서 걷기 시작했다. 익숙하지 않지만 모르는
길은 아니다. 나는 총총걸음으로 걸었다. 큰길로 나가 그 길을 건
너 왼쪽으로 향하면 곧 다이몬大門이다. 그런데 다이몬이 여기였
지, 하고 하마마쓰초역을 기점으로 방향을 살짝 잘못 잡은 것이 실
수였다. 목적지로 향한 것은 분명했지만, 다이몬은 큰 길 모퉁이에
서 왼쪽 시나가와 근처라는 느낌이 들었다. 아주 옛날, 기억의 장
소로서 시바다이몬芝大門은 내 마음에 고정되어 있지만, 그 후 전
혀 여기에 온 적이 없는 것은 아니다. 한두 번은 근처까지 용무로
와서 다이몬으로 빠져나갔다. 그런데 그럴 때는 서둘러 가야만 해
서 마음속에 다른 것을 생각할 여유도 없이 주변만 얼른 보고 갈
뿐이었다. 하지만 기억을 펼쳐서 시바다이몬을 바라보는 경우가
많아서, 그 기억을 한 층, 한 장의 판에 넣어둔 것처럼 느껴졌다. 가
는 길에 다이몬이 있는 것을 알게 되자, 나는 곧 마음속에 그 한 장

의 판을 떠올렸다. 그러나 각별하게 감정이 요동칠 만한 것은 아니다. 오랜만에 다이몬을 걷는 것이 생각지도 못할 만큼 신기하다는 것에 불과하다. 큰길 쪽으로 향해서 돌면 붉은 다이몬이 정면에 있고, 적당하게 연극무대처럼 한 구역을 이루고 있다. 추억을 더듬는다면, 다이몬 앞 왼쪽 골목길로 들어가야겠지만, 그럴 여유도 없었다. 나는 목적지를 향해 오른쪽 길로 들어갔다. 이 길도 옛날에 걸었다. 길 양쪽에 정육점, 채소 가게, 빵집 등 일상품을 파는 가게가 이어지고 잡화점과 작은 옷가게, 게다가 아담한 찻집도 같이 섞여 있다. 이번 골목길은 생업을 주로 하는 곳이기 때문인지, 수십 년 전의 인상 그대로 겹쳐져 보인다. 길 분위기가 거의 옛날과 같아서 나는 느낌상으로 이 길을 걸었던 과거 사십 년 전을 떠올렸다. 나는 시간을 생각하면서 이 길을 걸었지만, 내 앞과 뒤에 신경을 집중하고 있었다. 지금부터 가는 단팥죽 집에서 만나는 상대는 경시청에 쫓기는 인물이라 혹시라도 내 얼굴을 아는 형사가 이 주변에서 나를 미행하는 일이 있어서는 절대 안 되기 때문이다. 내 얼굴을 혹여 형사가 알지 못한다고 하더라도 내 행동을 눈여겨보는 사람이 있다면 그것도 유인이 된다. 나는 걸음과 시선에 아무렇지 않은 것을 가장해야 했다. 그런데 내 생각으로는 나는 어디서나 평균적으로 볼 수 있는 여자이기 때문에 이런 골목길에 얼른 섞여버렸을 것이다. 그런 나를 곁눈질해서 볼 거라고는 생각도 못 했다. 하지만 내 행동이 살기를 띤 것 같다고 지적받은 적도 있어서, 그 이후는 한층 어깨에 힘을 빼고 걸어야만 했다.

그런 과거의 내 모습이 한순간, 내 가슴에 스쳐 지나갔다. 나는 지금 내가 지나가는 국숫집을 살짝 들여다보고, 가는 길을 서둘렀다. 나의 오늘 용무는 어떤 노동조합 문화부 활동에 관한 것이었다.

시바다이몬에서 만났던 그녀는 그 후 어떻게 지내고 있을까, 그날 밤이 되어 낮에 떠올렸던 기억을 다시 펼쳐 보았다. 불과 1개월 정도 전, 친구인 스에나가 미키가 전화로 물어왔던 적이 있어서, 지금 여기에 그녀라고 할 수밖에 없는 그 사람을 가슴속에 불러들였기 때문이기도 하다. 이름을 모르기 때문에 그녀라고밖에 할 수 없다. 당시 이름을 들었겠지만 이미 잊어버렸고, 그때 들은 이름이 반드시 본명이라고도 할 수 없다. 스에나가 미키도 그녀 이름을 몰랐다. 기록영화 시나리오 작가인 스에나가 미키는, 1931년 노동절을 처음으로 35밀리로 찍은 영화가 어떤 사람의 손에 보존되고 있어서, 최근 그것을 보았다고 일단 먼저 말을 꺼냈다.

"1931년 노동절 강단에서 여성 노동자가 연설하고 있었지요. 커다란 손을 흔들며 연설하는데, 그녀의 모습이 쇼와(1926~1989) 초기에 프로핀테룬(1921년 설립된 적색노동조합의 국제적 조직) 회의에 출석했던 그 사람이 아닌가 생각했어요. 당신, 그 사람과 만났었지요. 뭐 들은 거 없으세요?"

하고 말을 이었다. 스에나가 미키는 내가 쓴 책에서 지하활동 연락책으로 등장하는 여성 노동자에 관한 것을 읽었는데, 거기에 묘사된 모습이 영화 인물과 닮았다고 했다.

"조금 통통한 모습이 바로 그런 분위기였어요. 게다가 1931년 즈음 노동절 연단에서 연설할 만한 여자가 그렇게 많지 않았으니까요. 안타깝지만, 무성 영상이라서 무슨 말을 하는지 모르겠어요. 무엇을 말하든 그 시절이기 때문에 얼른 중지되었지만요. 기록영화 촬영 도중에 카메라맨이 검거되어 나중에는 조수가 촬영하는 일도 있었으니까요."

그런 시절의 노동절이다. 노동절 자체가 정부의 압박 아래서 〈시위자에게 일어나는 발자취와 미래를 보고한다, 함성〉의 가사대로, 노동자의 자각적인 의지의 시위로서 행해졌던 시절이었다. 강단에서 여성 노동자가 손을 휘두르고 있다고 했다. 그것은 스에나가가 미키가 혹시, 라고 말하듯이 그녀일지도 모른다. 그러나 나에게는 알 수 없는 일이다.

나에게 시바다이몬 밖의 골목길 단팥죽 집에서 만난 그녀는 분명, 어깨가 넓고 단단한 체구였다. 나와 동년배 정도거나, 두세 살 젊어 스물 대여섯으로 보였다. 털털하고 배짱 세서 그대로 노동자 출신이라는 게 증명되는 듯했다. 언제나 지하 연락 장소에서 만나는 조직상의 상부 두 사람이 그날 나에게 그녀를 소개해 주었다. 여기에는 그녀가 노동자 출신이라는 것에 의미가 담겨 있었다. 그녀는 처음 만나는 동성인 나에게 소개받았다는 인사만 할 뿐으로, 나는 그녀가 동석한 두 사람과 대등하게 웃으며 이야기하는 것을 옆에서 말없이 보고 있었다. 그날 그녀가 여기에 온 것은 활동상 뭔가 연락할 게 있어서가 아니었다. 잡지 편집자인 나와 만나기 위해서 그녀를 일부러 불러낸 것 같았다. 그 때문에 서로의 소개가 끝나자 그녀는 오로지 두 남자와 편하게 웃으며 이야기했다. 원래 나도 이런 연락 장소에서 항상 웃음소리를 냈다. 그러나 그녀의 이른바 여성스러운 분위기가 전혀 느껴지지 않고 호기로도 보이는 태도는, 문화면 활동 범위에서는 찾아보기 힘든 성격같았다. 나는 자주 노동자 출신이라는 것을 염두에 두고 그녀를 바라보았다. 그녀는 문화 방면의 일을 하는 나에게 관심을 보이지 않았지만, 나는 무시당하고 있다는 약간의 반발을 노동자 출신이라는 말 앞에서 눌렀다. 동석한 두 남자의 그녀를 존중하는 태도가 그들의 응대 속에 엿보였다. 그들도 또한 그녀가 노동자 출신이라는 점을 인정하는 듯이 보였다. 그즈음 상대가 노동자 출신이라는 것은 나에게 결정적인 무게감으로 다가왔다. 혁명의 주력은 노동자 계급이고, 강인한 투쟁성이 계급의 필연적인 요소인 이상, 한 노동자가 그것을 자각해서 구현했다고 생각했기 때문이다. 나는 자신의 쁘띠 브르주아적인 면을 항상 약점으로 생각했다. 그것은 나의 윤리이기도 했다. 나는 늘 이러한 기분 위에서 어딘가 거칠게도 느껴지는 그녀를 승인했다. 비합법조직에 연결되어 있다고는 하지만, 나의 활동은 문화방면의 범위 안에 있었다. 하지만 그녀가 노동자 출신이라는 것은 별개 선상의 활동임이 틀림없다. 나는 이러한 감상을 가지고 그녀를 쳐다보고 있었다.

게다가 그녀는 이전에 프로핀테른 국제회의에 일본 노동자로서 출석했던 사람이라고 했다. 그녀와 만난 직후 그 사실을 알게 되었을 때, 그녀의 강인한 인상이 한층 확실해졌지만, 그러나 나는 이른바 좁은 이해력의 범위로 인해 그녀의 행동이 얼마나 경탄할 만한 일인지 상상해 보지도 않았다. 그것은 오늘날처럼 외국행이 자유롭지도 않은 시절에, 일본 정부의 경계망을 넘는 밀행이었다. 게다가 좌익노동조합의 국제회의는 본부가 있는 모스크바에서 개최되었다. 소련 연방이 〈붉은 나라〉였을 때이다. 그녀는 거기에 가서, 거기에서 돌아왔다. 당시 나는 단지 우리들의 진영이 이런 어려움을 헤치며 감히 임무를 완수했다는 저력에 대해서만 머릿속에서 감탄할 뿐이었다. 그것은 앞서 말했듯이 국제 감각이 전혀 없는, 무지에 의한 안이한 개가였다. 그녀 행동의 구체성을 상상하지 않았다.

스에나가 미키가 말한 대로, 1931년 노동절 기록 영화가 이제서 발견되었다는 것이 뉴스가 되어 NHK에서 방송된 것은, 스에나가 미키와 전화를 끊은 직후였다. 달리 예고도 없었던 것으로 기억한다. 때문에 나는 보고 있던 뉴스에 이어지는 뭔가의 프로그램에서 별안간 그 오래된 영상과 만났다. 깃발을 펼친 노동복을 입은 남자들의 행렬이 화면에 이어지고, 행진해 오는 기모노 모습의 젊은 여자가 크게 비쳤다. 그것은 분명 작은 체구의 노동자 여성이었다. 나는 몸을 앞으로 내밀며 살펴보았다. 한 여성이 연단에서 손을 휘두르며 연설하고 있지만, 한순간 지나가는 화면으로는 확인할 길이 없었다. 원래 나는 사십 년 전에 그녀를 한 번 만났을 뿐이라 그녀의 얼굴을 기억하고 있을 자신은 없었다. 체구는 비슷하다.

만일 그것이 그녀라면 프로핀테른에서 귀국한 다음이고, 내가 만나기 이전 해가 된다. 하지만 1931년 무렵 비합법 하의 당은 '대중 앞으로'라는 방침으로 활동을 전개하고 있었지만, 비합법적인 당원이 경시청이 포위한 노동절에 얼굴을 내놓을 수 있었을까. 그녀는 당연히 비합법하의 당원이었다고 생각한다. 그녀의 체구는 내가 알고 있던 아카바네赤羽 공장 여성 노동자나, 비합법 연락을 한 버스 안내양과 마찬가지 타입이기도 했다. 그 시절 방직 노동자도 이미 커다란 쟁의를 경험하고 있었다. 그러나 나는 여기서도 노동절 화면에 크게 비친 여성 노동자가 그녀이지 않을까 하는 판정을 내릴 수 없었다. 역사의 한 막이 화면을 통과해 지나간 후 다시 돌아간 과거에 나는 한순간 기억을 멈추었다.

전후에 합법 정당이 된 조직 활동 속에서 그녀다운 모습을 발견할 수 없었다. 이것은 내가 알아보지 못한 것에 불과한 것일까. 일본 여성 노동자가 모스크바에서 개최된 프로핀테른의 국제회의에 출석한 기록은 뭔가의 운동사에 오를 일이다. 나는 지금 그것을 찾아낼 수 없지만, 스에나가 미키도 어디서 읽었던 기억이 있다고 했다. 그것은 서로의 역사라고 인정할만한 성격의 것이다. 역사를 결행했던 그녀의 그 후를 알지 못하는 것은 어디까지나 내 탓일지 모른다. 당 중앙 조직에서 그럴만한 모습을 본 적은 없지만, 지방 활동을 했을 수도 있다. 내가 요전에 이누보사키에 같이 갔던 아쓰코는 비합법활동 중인 1932년에 그녀와 만난 적이 있다고 했다. 게다가 아쓰코는 전후에 합법 정당이 된 당 조직에서 초반 무렵 여성 활동가 회의가 열렸을 때 그녀 같은 모습을 보았다고 했다. 그 회의에서 그녀 같은 여성은 활발하게 주도적으로 발언했다고 아쓰코는 말했다. 그것이 분명 그녀라면 그녀로서의 자연스러운 출현일 것이다.

나는 때로 생각한다. 쇼와 초기에 씩씩한 투쟁을 했던 방적 공장의 젊은 여성들은 그 후 그리고 지금 어떻게 지내고 있을까. 방적 자본은 당시 불황대책으로서 노동자에게 귀향을 강요했다. 지방 출신의 그녀들에게 고향으로 돌아가 일할 수 있는 일터가 있을 리 없었다. 내가 쟁의에서 만난 그녀들은 좌익노동조합과 연결되어 활동했기 때문에 결국에는 경찰에 체포되고, 형사가 우에노 역까지 따라붙어서 기차에 태웠을 것이다. 우에노 역에서 형사의 손에서 도망쳐서 주조에 있는 우리집까지 연락하러 달려온 두 명의 여자. 그들은 아직 소녀라 해도 될 정도로 내성적인 여자들이었다. 그들은 형사의 눈을 피해서 도망쳐 와서 우리집 현관에 서서는,

"일단, 고향으로 돌아가야 해요. 그렇게 전해 주세요. 우에노 역에서 도망쳐 왔어요. 알려야겠다고 생각해서요."

라고 말하고 그길로 떠났다. 그렇게 말할 때의 한 여자의 순수한 표정이 생각났다. 맑고 갸름한 얼굴에 시선을 고정하고 있는 게 울음을 참는 듯이 보였다. 나도 그녀들이 다시 뛰어가는 모습을 바라보며 감정이 흔들렸다.

그녀들과는 그 이후 만난 적이 없다. 여자의 생활은 행동 범위가 좁기 때문에 전후 넓어진 활동 속에서도 그녀들과 다시 만날 일

이 없었다. 그녀들은 아내가 되고 엄마가 되었을 것이다. 전쟁의 파도도 뒤집어썼을 것이다. 그러나 그녀들은 도호쿠 어딘가에서 전후의 오늘을 살아가고 있음이 틀림없다. 나의 눈에 그려진 엄마가 된 그녀들은, 젊은 날의 경험을 안고 어딘가 강인해 보인다. 그렇게 다시 만난 적이 없는 그녀들을 나는 눈 속에서 그릴 수밖에 없지만, 그려진 오늘의 모습이 내가 안이하게 더듬은 것이라고는 생각하고 싶지 않다.

시바다이몬에서 한번 만났을 뿐인 노동자 출신의 그녀가, 아쓰코가 말하듯이 당의 여성 활동가 회의에서 지도자적인 발언을 했던 그 사람이라면, 그녀의 그 후를 알지 못하는 것은 내 탓이 아닐까. 그리고 그녀의 오늘이 그 연장선상에 있어서 만일 나의 이러한 관심을 안다면, 그녀는 풋, 하고 비웃을 것이다. 그것은 내 현재 사정에서 보아도 확실히 예상되는 것이다. 그녀 입장에서 보면, 나는 조직을 배반한 인간이기 때문이다. 이 예상에 대해 나는 내 생각을 정리할 수밖에 없다.

10화

1966년 7월 말, 나는 모스크바에 있었다. 있었다기보다 벌써 내일이면 이곳을 떠난다. 소비에트 작가연맹의 초대로 2주 동안의 여행을 끝내고, 다음은 내가 계획한 여정으로 프라하로 향한다. 마지막 날 아침 나는 혼자 손님을 기다리고 있었다. 나를 찾아오는 그 사람을 기다리는 기분이, 내가 지금 모스크바에 있다는 생각을 강하게 느끼게 했다. 내가 지금 모스크바에 있으면서 이곳에서 그 사람과 만나는 것은, 삼십 년 가까운 세월이 지난 오늘의 정세가 옛날과 많이 바뀌었다는 것을 여실히 보여준다. 삼십 년 전 옛날 그때는 말할 것도 없이, 패전된 이후까지도 모스크바에서 그 사람과 만나는 것은 생각도 못 했고, 내가 모스크바에 가는 것도 거의 예상한 적이 없었다. 지금 내가 이곳에 와서 그 사람과 만나는 것이다. 이 만남은 오랜만의 해후라는 느낌이 들었지만, 실은 그 사람과 만나는 것은 이번이 처음이다. 미야타 요시코라는 이름은 삼십 년 이전에 일본에서 무대나 영화의 여배우로서 알려졌고, 그녀가 일본을 떠났을 때의 사정이 소련 영내로의 월경이라는 커다란 사건이었기 때문에, 많은 사람의 기억에 지금도 지워지지 않고 남아 있다. 그러나 내가 그 사람을 실제로는 처음 만나면서 생각지 못한 재회라고 느끼는 것은, 미야타 요시코가 눈에 띄는 존재였기 때문만은 아니다. 그녀와 만나는 것은 사쿠라이 료키치의 배후를 본다는 의미에서 나는 재회의 기분이 들었다. 신극 연출가인 사쿠라이 료키치와 미야타 요시코가 가라후토(사할린)에서 소련 영내로 월경한 사건은 사회 전체를 크게 경악시켰다. 그러나 그 이상으로 좌익운동에 관계해 온 사람에게는 한층 복잡한 충격이었고, 나도 그 한사람이었다. 그해 설날 아침, 신문에 실린 보도를 보았을 때, 나는 잠시 응결된 것처럼 거기에 생각이 고정되어 움직일 수 없었다. 사쿠라이 료키치가, 하고 생각했다. 이 년 정도 전에 비합법조직에서 사쿠라이 료키치와 가끔 함께 활동했던 친근함이, 그에 대한 나의 기분을 한층 특별하게 했음이 틀림없다. 사쿠라이 료키치가 소련으로 탈출했다. 당시 일본을 지배하는 전쟁 확대의 침울한 공기 속에서 그는 소련으로 탈출을 결행했다. 사쿠라이 료키치의 행위에 대한 나의 기분은 경악이 안정되면서, 동시에 감동으로 기울었다. 당시 나 자신, 조직으로서의 활동의 장을 잃고 생활 속에서도 심리적으로 무너져 간다고 느끼던 때라 그의 탈출은 번쩍이는 섬광처럼 보였다. 그러나 동시에 내가 본 섬광 아래에 료키치의 아내인 게이코의 존재가 슬픈 그림자로 떠올랐다. 게이코는 사쿠라이가 비합법 생활에 들어간 당시부터 지금까지 병상에 누워있었다. 사쿠라이가 비합법으로 숨어 다녀서 게이코와의 생활이 단절되었을 때 나는 몇 번이나 사쿠라이의 전언을 가지고 병상에 있는 그녀를 찾아갔다. 게이코가 사쿠라이와 팔짱을 끼고 걷던 무렵부터 나는 그녀를 알고 있었다. 게이코는 갸름하면서 아무진 아름다운 얼굴로 누워서, 지금이야말로 사쿠라이를 위해 역할을 해야 함에도 아무런 버팀목도 될 수 없다고 빛나는 시선으로 안타까움을 호소했다. 그런 게이코의 건강을 나는 알고 있었다. 그녀는 현재도 그때 상태 그대로일 것이다. 때문에 게이코 쪽으로 생각이 미치자, 그녀의 얼굴이 결렬하게 소용돌이쳤다. 사쿠라이의 월경에 동행한 미야타 요시코가 한편에서 선명해지고 게이코의 비통한 목소리가 들리는 것 같았다. 그러나 이른바 나는 사쿠라이의 월경을 인정하는 입장이었기 때문에 사쿠라이에게서 미야타 요시코를 배제해서 보지 않았다. 당시 나의 판단 근거는, 사쿠라이 료키치와 미야타 요시코가 향한 곳이 소비에트라는 것에 있었다. 사쿠라이는 러시아어를 전공으로 배웠을 테지만, 어떻게 해서든 소련으로 가고 싶었던 것은 그의 사상 때문일 것이다. 나는 나름의 생각으로 사쿠라이가 소비에트에 건 기대를 비애와 섞어서 조합하려고 했다.

사쿠라이 료키치의 죽음이 내 주위에서 들리기 시작한 것은 어느 무렵이었을까. 전시 중에 이미 소문은 들려왔지만, 소문 그 자체가 확실성을 가질 수 없기 때문에 시기도 애매하다. 그렇다면 사쿠라이의 죽음을 역시 사실로서 받아들이게 된 것은 언제였을까. 패전하고 얼마 되지 않아 사쿠라이 모친과 남동생이 사는 집이 우리 집과 가깝기도 해서 정월에 모친이 우리 집에 찾아온 적이 있었다. 작은 체구의 노인은 어딘가 아이처럼 되어 있었지만, 사쿠라이가 죽었다는 이야기만은 어머니 앞에서 하지 말아 달라고 동생에게 부탁받아 아무 말도 하지 않았다. 료키치의 죽음을 거부하는 노모를 그는 감싸 안는 듯했다. 그러나 미야타 요시코가 모스크바에 건재하고 또다시 결혼했다는 소문도 들려왔다. 그러나 사쿠라이의 죽음이 확실히 어딘가에 발표된 기억은 없고, 주변에서도 확실하게 들은 적이 없었지만 어떤 이유를 감추면서도 납득하는 분위기였다.

사쿠라이와 요시코가 월경한 사실을 신문을 보고 알았을 때, 내가 그것을 격렬한 열정으로 느낀 것은 분명 나 자신 굴절된 심리의 반영이었을 것이다. 왜 소련으로 가야만 했을까, 하는 비판적인 견해도 충분히 있을 수 있었다. 이러한 의견을 한편에서는 나도 부정하지 못하면서도 사쿠라이가 행동으로 보여준 부득이한 희망을 인정했다. 그러나 그 후에 그의 죽음이 확실해졌을 때, 이른바 그가 걸었던 희망 때문에 사쿠라이 류키치의 비극으로서 마음이 저렸다. 사쿠라이가 소련에 걸었던 희망은 처음에든지, 도중에든지, 무너졌기 때문이다.

지금 모스크바에서 미야타 요시코와 만나면서 사쿠라이의 비극이 다시 생각났다. 지금 모스크바에 있는 나는 말할 필요도 없이 이곳 작가 동맹에 초대된 단순한 여행자에 불과하다. 2주간 예정으로 모스크바를 시작으로 레닌그라드, 체코, 그리고 아르메니아의 예레반을 돌아서 어제 북경 호텔로 돌아와 앞서 말한 대로 내일은 이곳을 떠난다. 이번 여행은, 친한 친구인 구니요시 이치로도 나와 함께 초대되었고 내 아들도 동행하고 있어 세 사람이 함께하는 여행이었다. 게다가 모스크바에는 구니요시의 큰딸이 어느 대학에 유학 중이라 그녀도 부친의 여행에 더해져서, 우리들은 부녀, 모자 두 쌍의 편안한 여행을 즐겼다. 사쿠라이 류키치가 옛날 소비에트로 목숨을 걸고 월경한 것과 초대받아 온 우리 여행의 질적 차이는 비교할 수 없다. 이유는 다시 내가 말할 필요도 없을 것이다. 우리에게 잡아준 북경 호텔은 마야코프스키 광장이라는 이름대로 마야코프스키 동상이 세워진 광장의 한편에 있었다. 1102실의 내방은 고급으로 보여 천정이 높고 모든 조도도 중후해서 어두울 정도였다. 화장실 벽에 끼워진 거울에, 까치발을 하지 않으면 내 얼굴이 보이지 않았다. 방이 높은 곳에 있어서 두꺼운 창으로는 거리를 내다 볼 수 없었다. 침대 높이도 내 다리가 겨우 닿는 정도라서, 뭘 해도 내 조건과 맞지 않는 이 장중한 방은 제정 러시아를 느끼게 했다. 건물이 어느 시대에 지어졌는지 묻지도 않으면서 특별히 역사의 과거를 느끼는 것은, 붉은 광장에서 보았던 자고 있는 레닌의 혁명을 투어로 느꼈던 때문이고 또, 그 시대에 쓰인 작품 세계를 떠올렸기 때문일 것이다.

게다가 이곳에 와서 우선 인상에 남는 것도 제정 러시아에서 소비에트로 역사의 페이지를 넘긴 혁명이라기보다, 2차 세계대전의 상흔 쪽이 강했다. 레닌그라드에서 페트로파블롭스크 요새는 그 자체가 역사였다. 요새에 남겨진 혁명가들의 희생의 일화는 나의 마음에 남아서, 백야가 남아 있는 네바강 멀리 건너편에서 다시 요새를 바라보았을 때의 인상이 강했다. 그러나 나 역시 시민 묘지의 무수히 많은 비석과 벽면에 새겨진 2차 세계대전 당시 시의 의미에 감동해서, 이 시를 지은 여시인이 지금 정신병을 앓고 있다는 이야기에 깊은 아픔도 느꼈다. 레닌그라드에서 사람들의 마음에 지금도 침통하게 남아있는 것은, 세계대전 당시 이 도시에서 수백일에 걸쳐 겪은 굶주림이고, 그것을 견뎌낸 경험이었다. 모스크바는 굶주리지 않았다고 여기 사람이 말하는데, 그것은 네프스키 거리를 지나가는 사람의 표정에도 보이는 것 같았다. 또한 우크라이나에서 만난 사람은, 전장이 된 지점을 눈앞에 가리키며 초원의 격전에 참여했던 경험을 이야기하면서 자기의 부상 입은 다리를 보여주었다. 혁명은 이미 역사가 되고, 나치 독일과의 전쟁 경험은 생생했다.

지금 내가 소비에트 여행을 할 수 있는 것도 역사가 일본의 패전이라는 결과와 통하고 있고, 그 후 이십 년이 지났기 때문이다. 그리고 소비에트에 대한 나의 관심이 삼십 년 전과 미묘하게 변한 것도 사실이다. 이런 세월 속에서는 이제는 명확해진 소비에트 내부의 오류도 알게 되어, 젊었을 때 동경했던 나의 기대도 나 나름의 경험으로 현실적이 되었다. 그러나 내가 지금 미야타 요시코를 기다리면서 사쿠라이 료키치를 가슴에 두는 것은 위의 변화 탓만은 아니다. 나이를 먹은 지금 심경도 분명 나에게 작용하고 있어, 사쿠라이의 모습을 떠올리는 눈은 연장자가 청년을 보는 것처럼 되었다. 그것은 나 자신의 젊었을 때를 돌아보는 것이지만, 그때 나의 행동이 젊은 혈기의 소치라고는 생각하지 않는다. 소비에트로 와서 나는 우선 야스나야폴랴나에 가기를 희망했다. 안나 카레니나를 썼다는 방에서는 마음이 흔들리고 거기에 걸린 흰 가운에 톨스토이의 모습을 본 것처럼 가슴이 두근거리기도 했다. 모스크바의 모보제비치 수도원 묘지에 있는 체홉의 묘지 앞에서는 잠시 서서 자리를 뜨지 않았고, 레닌그라드 거리의 골목길에서는 도스토예프스키를 느끼는 식으로 나의 관심은 경도되어 있었다. 하지만 모스크바에서 나는 크렘린 궁전의 첨탑에 걸린 붉은 별을 올려다보면서 사진기를 가진 아들에게 주문했다.

"저 별을 넣어서 나를 찍어줄래?"

아들은 어려운 주문이라고 대답하고 뛰어다니며 카메라의 각도를 조절하기 시작했다. 건물 첨탑에 걸려있는 소비에트 심벌은 멀리서 올려다봐야 할 정도로 하늘 위에 떠 있었다. 지상에 있는 나를 별과 함께 한 장에 넣는 것은 어려운 듯했다. 아들은 카메라에 무지한 나의 주문에 이리저리 움직이면서 겨우 하나의 각도를 찾아내어 나를 거기에 세우고 자기는 엎드린 자세로 셔터를 눌렀다.

"아마, 됐을 거예요."

하고 아들은 자신 있게 말하고 나는 고맙다고 하면서 어깨를 움츠렸다. 이러한 것에 보통 같으면 부끄러워할 내가, 거기에서 갑자기 붉은 별에 대한 집착을 보이며 기념 촬영해달라는 것이 스스로도 이상했다. 게다가 나는 부끄러워하면서 더욱이 그 과시욕을 스스로에게 허락하고 있었다. 나중 일이지만, 사진에는 내 주문대로 공중의 소비에트 연방의 심벌과, 그 아래에서 위를 보는 내 얼굴이 담겼다.

처음 소비에트를 걷고 있기 때문에 이곳에서의 모습을 오늘의 시점에서 살펴보고 싶은 기분은 당연했다. 광고 같은 것이 영화관 앞 간판 이외에는 전혀 보이지 않는 거리가, 일본에서 온 사람에게는 특별한 인상을 주었다. 길에서 아이스크림을 파는 노인도 공무원이라고 한다. 호텔 청소 담당인 뚱뚱한 중년 부인이나, 식당의 젊은 웨이트리스의 느긋하며 사람 좋아 보이는 모습이 내 속에서 의미를 갖는다. 그러나 손자를 일반 탁아소에 보내고 싶지 않다는 할머니가 오늘날 이 나라에도 있고, 여자는 아이를 키워야 한다는 등의 의견을 젊은 작가에게 듣기도 했다. 학생 결혼의 이기적인 생활의 악영향이 노인에게 끼친 모순과, 누구나 우주비행사나 발레리나가 될 수 없음에도 그런 젊은이의 꿈을 현실적인 상식에서 비판하는 의견 등, 내가 듣는 한에 있어 세상은 어딘가 일본과 닮아 있었다. 1966년 이때 소련과 중국의 대립은 여전하거나, 아니 오히려 격화되고 있었다. 내가 있는 호텔에 북경이라는 이름이 그대로 남아 있는 것이 내 관심을 끄는 것은 이러한 사정 때문이기도 하다. 내가 느끼는 모순도 분명 존재했다. 하지만 나는 초대를 받은 사람으로서 나의 시선이 호의적으로 기우는 것을 느끼고 있었다. 나는 내가 젊었을 때의 소비에트에 걸었던 열정을 여기에서 다시 보려고도 했다.

우크라이나에서 다뉴브강을 앞에 두었을 때 천천히 흘러가는 그 흐름에 나는 과거에 일관됐던 나의 모습이 이끌려 나오는 것을 느꼈다. 과거 여기에서 대발전소가 완성된 것을 우리 측의 승리라고 쓴 것이 생각났기 때문이다. 그것은 회고에 불과하지만, 붉은 별에 대한 집착과 같은 성격의 것임이 틀림없다. 다뉴브 건설이라는 말이 반갑다. 넓게 흐르는 다뉴브강에 떠 있는 배를 보면서 이것이 그 시절의 강이구나 하고 생각했다. 그것은 나 자신과 연결되어 있었다. 그 시절 '소비에트 동맹을 지키자!'는 표현은 우리들의 슬로건과 같은 것이었다. 이와 관련해서 취조한 검사의 말까지 떠올랐다. 아직 중년이라고도 할 수 없는 연배의 키 큰 검사는 관료의 전형적인 태도로 모멸적으로 말했다.

"너희들의 조국은 소비에트 러시아지. 그런 너희들은 지금 출정하는 일본 병사를 우습게 보는 거야."

"아닙니다."

하고 나는 상대의 시선을 뚫어져라 보면서 대답했다.

"우습게 볼 리가 있겠습니까. 병사를 보내는 행렬을 보고 나는 항상 눈물을 흘립니다."

너희들의 조국은 소비에트 러시아지, 일본인이 아닌 네 놈들에게는 어떤 것을 가해도 상관없어, 하는 망언은 특별경찰 형사가 계급투쟁을 하는 젊은 활동가들에게 자주 퍼붓는 표현이었다. 나를 취조한 검사도 마찬가지 말을 했다. 내가 출정병사를 보고 눈물을 흘린다고 대답한 것은, 내가 할 수 있는 마음 깊은 곳에서의 반박이었다. 나에게 그것은 조국 소비에트를 지키자는 이념에 대립하는 것은 아니었다. 사쿠라이 료키치는, 하고 나는 지금 생각한다. 그의 행위는 그러한 이념을 직접 살리려고 한 것이었을까.

나는 돌아갈 준비를 하면서 점심 전에 온다는 미야타 요시코를 기다리고 있다. 사쿠라이 료키치가 거기에 겹쳐지고, 그것은 나 자신의 이번 여행을 돌아보게도 한다.

미야타 요시코를 나는 엘리베이터 앞에서 맞이하였다. 사진으로 잘 기억하고 있는 미야타 요시코는 둥글면서 부드럽고 아름다운 옛날 얼굴 그대로에 약간 나이 든, 그리고 수수한 표정이 되어 있었다. 요시코 쪽은 나를 처음 보았을 것이다. 그러나 두 사람은 처음 만나는 표정을 하지 않았다. 요시코의 뭔가 마음의 준비를 하고 온 시선이 서로 간에 어떤 것을 느끼게 했다. 나는 그 순간 내 안에 사쿠라이 아내인 게이코를 떠올리며, 그것이 미야타 요시코의 시선 때문이기도 하다고 느꼈다. 오늘 아침부터 생겨난 나의 심리 작용이기도 하다.

역시 처음 만나서인지, 아니면 서로 간에 어떤 것이 있기 때문인지, 방에서 마주한 두 사람은 모두 격식을 차렸다.

"만나 뵙게 되어…….".

하고 나는 말했다. 얼마 전에 미야타 요시코가 연출한 일본 희곡이 상연되었다는 것을 알고 있었기 때문에 그 기쁨도 말했다.

"그때는 일본에 계신 여러분의 도움을 정말 많이 받았습니다."

그렇게 말하는 미야타 요시코는 연배에서 오는 것만이 아닌 안정감이 배어 있었다.

"성공적이었지요. 축하드립니다."

"고맙습니다."

"일본 연극계 여러분들 사이에서 요시코 씨를 일본에 초대하려는 움직임이 있는 것 같던데요…….".

"들었습니다. 귀중한 호의를 보여주셔서 감사 말씀을 올리고 싶습니다."

"여러 일을 겪으셨겠지만,……"

그렇게 말하는 순간, 나는 가슴이 먹먹해지는 것을 느꼈다. 눈에 맺힌 눈물은 여러 일이라는 한마디에 담았던 나 자신의 생각 때문이다. 그러나 미야타 요시코는 내 표정에서 두 사람 사이의 어떤 것을 들을 수 있는 계기를 발견한 듯했다. 그녀는 온화하게 말을 꺼냈다.

"지난번 사쿠라이 료키치 씨의 무덤을 일본으로 이장해서, 이제 저도 안심이 되었습니다."

"그렇군요."

나는 숨을 들이마시듯이 대답하고, 그대로 잠시 아들과 함께 침묵했다. 아들은 아까부터 구석으로 물러나서 지금도 전혀 끼어들지 않고 있었다. 사쿠라이 료키치의 묘가 일본에 이장되었다는 것을 나는 처음 들었다. 그러나 이어서 뭔가를 물으려던 것을 그만두었다. 미야타 요시코는 틀림없이 그것만 말하려고 왔을 것이다. 그런 느낌 속에서 요시코도 분명 사쿠라이에게 나에 대한 것을 들었으리라 추측되었다. 그녀가 나에 대한 것을 사쿠라이에게 들었다면 그것은 분명 아내 게이코와 연결되는 것이다. 그러나 나의 이러한 추측은 나 자신이 게이코를 의식하고 있기 때문일 것이다. 이런 생각으로 나는 미야타 요시코에 대해 조심스러워졌다.

사쿠라이 료키치의 죽음은 요시코의 말에 의해 나에게 처음으로 확실해졌다. 그러나 내가 방금 눈물을 보인 것은 사쿠라이의 죽음을 알게 되었기 때문이기도 해서 지금은 요시코가 했던, 이제 안심이 되었다는 말의 여운을 쫓았다. 미야타 요시코가 걸어온 흔치 않은 여정도 가슴에 스치지만, 사쿠라이의 묘지를 이야기하는 그녀의 심정이 내 생각을 끌어냈다. 드디어 나는 이를 계기로 사쿠라이에 관한 이야기를 꺼냈다.

"사쿠라이 씨와는 옛날 비합법 활동에서 연락하곤 했습니다."

요시코는 고개를 끄덕일 뿐 그것도 왠지 처음 듣는 것처럼 보이지 않았다. 그러나 지금 그런 옛날이야기를 요시코에게 계속할 수는 없다. 요시코의 입장과 심정은 그냥 놔두어야 한다. 내가 지금 한 말도 사쿠라이와 나의 연결을 한마디 밝혔을 뿐이다.

신주쿠 큰길에서 혼잡한 사람 속으로 걸어오는 젊은 사쿠라이 료키치는 깜짝 놀랄 정도도 눈에 띄는 모습이었다. 검은 옷차림의 사람들 흐름 속에서 그는 얼굴이 쑥 올라와 있으면서 주변을 무시하듯이 당당했다. 그는 루파시카를 입고 있었을 것이다. 그것이 내가 멀리서나마 처음 본 사쿠라이의 모습이었다. 그 후 서로의 활동속에서 알게 된 그도 앞서 말한 대로 게이코와 팔짱을 끼고 걸어가기도 해서, 스스로 풍기는 화려한 분위기는 그의 몸에 배어 있었다. 비합법적인 연락을 위해 저쪽에서 걸어오는 사쿠라이가 평소와는 달리 문장이 늘어간 하오리를 입고 있는 게 생각났다. 문장이 들어간 하오리를 그는 보호색으로 입었을 것이다. 그러나 낡은 문장이 들어간 하오리는 어딘지 조화롭지 못해서 큰 키의 그가 오히려 사람 눈에 띌 것 같았다. 정돈된 얼굴에 피로의 기색도 보였다. 나는 함께 걸으면서 목소리는 낮추어 말했다.

"문장 들어간 하오리는 입지 마세요. 오히려 눈에 띄어요."

"안됩니다."

하고 그는 쓴웃음을 지으며 대답했다.

그가 체포된 것은 그로부터 얼마 되지 않아서였다. 그런데 내가 생각한 것보다 그는 짧은 시간에 석방되어 다시 연출 일로 돌아갔다. 그때는 다시 이전의 사쿠라이 료키치가 되어 있었다. 그때 이미 미야타 요시코를 알았을 것이다. 그즈음 쓰키치 소극장에서 상연된 사쿠라이 연출의 안나 카레리나 무대는 어딘지 섬세하지 않았다. 프롤레타이아적인 내용은 물론이고, 신극 전체의 상연이 더 이상 곤란해진 시기이기도 했다. 그 즈음에 료키치는 미야타 요시코의 무대도 연출했을 것이다. 그런 것이 드문드문 나에게 떠오른다. 미야타 요시코는 분명 나의 이런 조각조각의 회상을 느꼈을 것이다. 그녀의 시선은 아래를 향하고 있었다. 그녀는 사쿠라이의 묘를 일본으로 옮긴 자신의 심정을 이야기할 뿐이었고, 나도 그의 죽음의 사정을 묻지 않았다. 두 사람은 사쿠라이에 대해 아주 압축해서 이야기했을 뿐이었다. 그 무게감으로 이후에 더 이상 다른 화제를 발견할 수 없었다. 나는 친구에서 부탁받은 손수 만든 인형을 요시코에게 전달하고, 그것으로 약간의 대화를 이었다. 이제 그 날 예정된 방송을 위해 방송국으로 가야 할 시간도 다가왔다. 요시코는 자기가 가는 방향과 같다며 동행하겠다고 했다. 그녀는 방송국에 자기 일을 가지고 있는 듯했다.

방송국에서 나를 기다리는 사람은, 요시코의 남편인 가와사키

렌타로였다. 일본에서 영화배우였다는 가와사키가 소련에 머물게 된 것은 전쟁 때문이었겠지만, 나는 자세한 사정은 잘 알지 못한다. 그는 아직 젊어 보였고 온화한 성품을 가진 인상이었다. 가와사키와 만났을 때 요시코는 더 이상 거기에 없었다. 그것은 요시코의 세세한 배려였으리라 생각되어 내 마음에 남는다. 그곳에서 한 번 더 미야타 요시코와 만나는 일은 없었다.

그날은 때마침 가랑비가 내렸다. 2주간의 여행 동안 비를 만난 일은 거의 없었기 때문에 모스크바의 가랑비도 또 하나의 경험이 되었다. 나는 그날 밤, 우산을 쓰고 마야코프스키 동상 아래 서서 10월 혁명에서 싸운 시인의 동상을 올려다보았다. 자살로 생을 마감했던 마야코프스키의 동상은 당연히 젊은 모습이었다. 10월 혁명이 젊은 우리에게 절대적인 신뢰와 정열의 대상이었던 게 생각났다.

삼십 년 전 그때, 사쿠라이 료키치는 과연 모스크바를 보았을까. 그가 월경한 후 얼마 안 있어 게이코를 문병했을 때, 그녀는 사쿠라이의 그러한 정열에 대해 자신도 견디려 하고 있었다. 이른바 아직 와중이었던 그녀는, 일어나 기모노를 갖춰 입고 신경이 예민해진 표정을 하고 있었다. 게이코는 처음부터 사쿠라이와 이별한 사정 이야기를 시작했다. 사쿠라이에게 자기가 전별로서 손수건을 가져가라 했더니, 사쿠라이가 손수건은 마지막 이별이 되니까 싫다고 해서 정표로 백동 하나를 주었다고 했다. 일부러 묻지 않았는데 하는 그녀의 말은 사쿠라이의 결심을 그녀도 알고 있었다는 것을 보여주었다. 그녀는 자신의 병든 몸을 말하고, 그것을 포기의 근거로 자신을 지탱하는 것처럼 보였다. 그러나 성급하게 말을 이어가는 어조는 당연히 흥분해 있었다.

"료키치 씨는 나에게 기다려 달라고 말했어요. 그것을 요구하는 것은 남자의 이기심이겠지만, 다음에 다시 만날 때까지 기다려 달라고요."

그렇게 말할 때만 게이코는 억누를 수 없는 듯 작게 흔들리는 울음소리를 냈다.

그러나 이때 게이코는 사쿠라이의 행동을 의심하는 듯이 이야기하면서도 그것과 관련 있을 미야타 요시코의 이름은 결코 꺼내지 않았다. 그것이 오히려 게이코의 마음속의 격렬함을 보여주었다. 그녀가 말하지 않는 이상, 내 쪽에서 그녀의 이름을 꺼낼 필요는 없다. 나는 그것에 대해서는 말없이 고개만 끄덕이며 게이코의 자존심을 받아들였다.

게이코가 죽은 것은 그로부터 1년 정도 지났을 때이다. 전별인 손수건 대신에 사쿠라이가 백동을 받았다는 것도, 그리고 사쿠라이가 게이코에게 절박한 속삭임으로 남긴 말들도 하늘로 사라졌다. 기다려야 하는 게이코와 그것을 요구한 사쿠라이 중 누가 먼저 죽었을까.

돌아온 호텔 1층의 북경 반점에서는 이날 밤도 음악이 흘러서 어둑한 빛 속에 손님들이 춤추는 모습이 보였다. 춤추는 것은 숙박객이라기보다 이곳 주민이라고 들었다. 젊은 여자들의 복장이 평소 복장 그대로이다. 호텔 입구를 지키던 뚱뚱한 노인은 이미 나를 알고 있어서 사람 좋은 웃음으로 나에게 고개를 끄덕였다.

미야타 요시코의 일시 귀국이 실현된 것은 그로부터 수년 후의 일이다. 그녀는 성대한 환영을 받았고 저널리즘 어디에나 대대적으로 다루어졌다. 그러나 돌아온 미야타 요시코와 나와의 연결은 더 이상 없었다. 하는 일이 다르다는 이유도 있겠지만, 요시코의 일시 귀국에는 정치가 관련되어 있어 그 힘이 그녀를 둘러싸고 있었기 때문이다. 정치세력에서 제외되어 있는 나는 미야타 요시코를 멀리서 보고 있을 뿐이었다. 일본의 사정은 모스크바의 인상도 복잡하게 만들었다. 그러나 나는 어떤 극장에서 한번 요시코와 함께 있었다. 서로는 짧게 형식적으로 인사를 나눌 뿐이었다. 요시코는 화려함으로 돌아간 듯이 보였고, 그것은 일본의 정황을 반영한 것이기도 했다.

미야타 요시코의 귀국을 기회로 사쿠라이 료키치의 이름도 어딘가에 보이기도 했다. 나는 사쿠라이가 떠오를 때마다 게이코가 겹쳐져서, 미야타 요시코조차 게이코와 이중으로 겹쳐 보인다. 게이코의 병세가 악화한 것은, 장대비가 억수로 내리던 밤, 비가 새서 2층에서 아래층으로 피난하려고 내려오다가 비에 젖은 계단에 발이 미끄러져 떨어진 것이 원인이었다. 내가 아는 아름다운 게이코가 비명을 지르며 미끄러져 떨어진 모습이, 내 눈에 고정되었다. 그것이 그녀의 그때 심정을 상징하듯이.

11 화

나는 이미 가키무라 씨가 죽은 날을 기억하고 있지 않아, 하고 가슴속에서 중얼거렸다. 날짜뿐이 아니라, 죽은 시기 그 자체가 희미하다. 바로 요전 일인 것은 분명한데, 가키무라 히로스케가 죽었을 때가 얼른 기억나지 않는다. 그러자 가키무라가 죽었을 때를 기억해내려고 애쓰기 전에, 나의 애매한 태도를 먼저 정리해야겠다는 생각이 들었다. 뭐든 쉽게 잊어버리는 나이가 되었지만, 단지 나이 탓만으로 끝낼 수 있는 일도 아니다. 과거 부부였던 상대의 죽음이 나에게 더 이상 선명하게 남을 만한 일도 아니었나 하고 자신을 돌아보게도 된다. 그것은 내가 가진 여러 가지 사정 때문일 것이다. 부부였던 이십 년 동안의 세월이 내 생애를 결정한 삶의 방식이었다는 것은 확실하지만, 헤어지고 나서 벌써 삼십 년이 지났고, 가키무라에 대한 기억도 헤어진 후 요 삼십 년이 부분 부분으로 남아있어 그 이전 것은 이러한 과정에서 좋든 나쁘든 이른바 무뎌졌다. 글을 쓴다는 공통의 일을 하고 있고, 같은 입장에서 정치에도 관여하고 있어서, 우리는 헤어진 후에도 같은 활동 영역에서 계속 만나야 하는 특수한 사정에 있었다. 내 입장에서는, 친구들과 함께 만나는 장소에서 가키무라와 한자리에 있는 것을 특별히 거부할 마음도 생기지 않았다. 내가 무슨 의견을 말하면,

"당신은 그렇게 말하겠지만, 그 점이 어려운 거예요."

하고 부정하는 가키무라의 익숙한 웃음 속에서, 나에 대해서는

뭐든지 안다는 듯한 표정을 본 적도 있다. 그것도 가키무라답다고 생각하며, 나도 다 간파하고 있다는 시선을 보냈다. 간파했다고 생각하는 것에는, 선과 악이 모두 포함되어 있다. 상대의 표정도 분명 같았을 것이다. 둘만 알고 있는 그런 부분도 있지만, 여러 사람이 함께 모이는 회합 자리에서라면 평소처럼 대화도 나누고 아무렇지 않게 지냈다. 아무렇지 않다는 것을 특별하게 의식한 적도 있다. 그러나 그때 동시에 한편에서 떠오르는 감정은, 둘만 만나는 자리는 절대로 싫어, 하는 것이었다. 그것은 우리들이 이별했다는 실상을 확인하는 것과도 같았다. 그러한 거부는 감각적으로 치달렸다. 그것은 나의 고지식함이기도 했다. 나 자신도 알고 있었다. 상대를 책망하는 고지식함이 아니라, 나 자신이 갖고 있는 냉정함이다. 나중에 생각해보니, 나 자신 흥미를 잃기도 했지만, 그러나 사람들 앞에서 아무렇지 않게 교류할 수 있었던 것은 나의 이런 냉정함 때문에 가능했을 것이다.

"왠지 지금은 먼 친척 같아."

하고 그즈음 나는 누군가에게 그렇게 말했다. 사람들 앞에서는 아무렇지도 않았지만, 당연히 친구라고 부르는 관계도 될 수 없었다. 그리고 좀 이상하게 들리겠지만, 어딘가에서 친구보다 더 가까운 느낌도 들었다. 가키무라도 마찬가지였겠지, 하는 것은 나의 느낌이다.

같이 속해 있는 문학단체에서 내가 어떤 문제에 대한 결정에 반대하며 임원직을 사퇴하고 자리를 뜬 적이 있었다. 그때 가키무라 히로스케가 일어선 나를 제지하면서 말했다.

"상임을 받아들이지 않더라도, 자리를 뜰 필요까지는 없지 않아. 방청하고 가도록 하지."

"방청할 의사가 없습니다."

결정 그 자체에 항의하던 나는, 할 말만 하고 그대로 나와 버렸지만, 가키무라에 제지당하며 부부였던 게 느껴졌다. 그리고 이번에는 가키무라가 한 문학단체에서 동료로부터 제외되어 분한 표정이 되었을 때, 나는 외부자의 입장에 있으면서 가키무라에게 아무 말도 하지 않았지만 내심으로 몰래 동정을 보내기도 했다. 나의 이러한 심리에도 부부였던 감정이 있었다. 이것도 또한 서로의 냉정함에서 오는 마음의 움직임이었을 것이다.

실제의 관계에서도 나에게는 변칙적이기는 하지만, 친척 같았다. 헤어진 후 삼십 년 동안 두 아이는 내 옆에서 성장했지만, 그들과 가키무라의 인연이 끊어진 것은 아니었다. 아들과 딸이 결혼할 때는 가키무라도 아버지로서 예식에 참석했고, 발레를 추고 안무를 하는 딸의 공연에는 가키무라도 초대되고 기꺼이 딸이 하는 일을 보려고 했다. 또한 아들과 딸은 평소 교류는 없었지만, 아버지의 딸 결혼식에도 초대되었다.

요 수년 가키무라의 뇌가 노쇠해졌다는 것은 나도 알고 있었다. 벌써 십 년 가까운 옛날 일이지만, 가키무라가 어떤 대학의 문학부에서 강의하고 있을 때, 교단에서 같은 말을 반복한다는 소문이 나서 나는 내가 들은 소문을 아들에게 전했다. 아들은 그다지

실감이 나지 않는다는 듯 귀찮은 표정을 지었다. 그러나 그 후 가키무라의 증상이 점차 진행되어 가는 것을 나는 몇 번의 기회를 통해 보았다. 어떤 방송국의 이제껏 〈걸어온 길〉이라는 내용의 프로그램에 내가 출연하게 되었다. 나는 여러 명의 친구와 함께 가키무라도 불렀다. 나를 위한 텔레비전에 나와 달라고 부탁하는 내 기분은, 나 자신이 걸어온 길을 말한다면 가키무라를 빼고서는 말할 수 없다는 당연함 때문이었다. 그때 가키무라는 그다지 발언하지 않고 계속 어쩐지 사양하는 듯한 미소만 띠고 있었다. 확실히 노화를 느끼게 할 만한 것은 아니지만, 나이가 들어 약해진 것 같은 무의미한 미소로도 보였다. 그러나 그때 나를 위해 따라왔던 아들에게 가키무라는, 가족에 대해 물어보면서 계속 같은 말을 반복했다고 했다.

"지금 얘기했잖아요, 하고 결국 말해버릴 수밖에 없었어요."

아들의 이 말에 나는 수긍하는 표정으로 고개를 흔들고 어쩔 수 없다는 뜻을 거기에 담았다. 헤어진 후에 가로놓인 긴 세월이 떠오르는 것 같았다.

딸의 공연에 오랜만에 가키무라가 온 것은, 그 일이 있은 지 삼년 정도 지났을 무렵이었다. 이때 이미 가키무라가 쇠약해졌다는 것은 한눈에 봐도 알 수 있었다. 혼자 걷는 것도 불편해서 부인의 부축을 받으며 왔다. 희고 둥근 얼굴의 '그 사람'을 나는 어딘가에서 한 번 만난 적이 있는 것 같아서, 처음 보는 느낌이 들지 않았다. 그러나 그것은 아주 옛날 일이었던 듯 나도 확실한 기억을 잃어버렸다.

　딸의 공연이기 때문에 나는 접수대 옆에서 이 공연에 와 준 친구와 지인에게 감사 말을 하면서 인사를 하기도 했다. 나는 그런 인사의 하나로서 가키무라 부부를 응대했다. 서로의 관계를 알지 못하는 사람은 아무렇지 않게 지나갔지만, 과정을 알고 있는 친구에게는 이상하게 보였던 모양이다.

　"옆에서 보면서 내 가슴이 콩닥콩닥했어."

　그 일이 있은 지 얼마 지나지 않아 한 친구가, 네 태도는 정말 모르겠어,라고 해서 나는 뭔가 내가 나쁜 사람이 된 느낌도 들었다. 아니면 나는 진짜 그럴지도 모른다. 나에게는 가키무라가 그 사람과 재혼한 당초부터 그 사람에 대해 어떠한 감정도 없다. 아무 감정이 없다면 의식적인 오만으로도 들리겠지만, 그런 대항적인 것이 아니라, 즉 내 안에서 그 사람에 대해 악감정을 품을 요소가 이미 없다는 의미이다. 요전의 나의 심리를 감히 말한다면, 나는 분명 나쁘다. 가키무라를 밖으로 쫓아낸 것이 결국 나였다는 의미에서 말이다. 그런 내가 어떻게 가키무라 부인이 된 사람에게 악감정을 품을 수 있단 말인가. 당시 가키무라를 증오하지도 않고, 되어가는 상황에 슬퍼하지도 않은 것은, 여기에 오기까지 둘의 관계에 태워버릴 만한 것은 다 타 버려 사랑도 증오도 이미 재가 되어 버린 다음이기 때문일 것이다. 탈 만한 것을 다 태워버린 이상 나는 나를 아주 소중히 다루고 싶은 마음이 생겼고, 이른바 그러한 여유로 서 있었다. 옆에서 보면서 가슴이 콩닥콩닥했다는 친구의,

그때까지 몰랐다는 말은 당연해서 나는 단지 웃으면서 들었다. 그러나 가키무라 부인의 아무렇지 않음도 이른바 이러한 분위기를 구해주고 있었다. 그녀는 남편의 시중드는 형태로 와서, 아무렇지 않게 언제나 딸의 공연을 알려준 것에 감사 인사를 했다. 가키무라가 언어를 잃어버린 듯 단지 소리 없이 웃는 얼굴을 하고 있기 때문에, 먼 옛날의 생생함이 이제 그림자가 되어 버렸다는 것이 현장의 실상이었을 것이다. 가키무라는 이전부터 마른 체형이었지만, 한층 광대가 두드러져 얼굴이 변한 것처럼 보였다. 입을 다물고 힘없이 웃고 있는데 현실 감각이 보이지 않는 그의 표정에 노쇠함이 뚜렷했다. 그런 가키무라 옆에, 딸 공연으로 약간은 긴장해서 분주해 하고 있었을 내가 나란히 서는 것이 뭔가 주변이 신경쓰여 꺼려지기도 했다. 가키무라는 딸의 공연이기 때문에 그런 상태라도 오히려 꼭 가야겠다는 의지로 왔음이 틀림없다. 그렇게 생각하자 가키무라에 대한 쓸쓸함이 느껴졌다. 가키무라 부부는 분장실에도 들렀다고 한다. 오랜만에 부친을 만난 딸은, 나와 마찬가지 느낌을 받은 듯했다. 아주 당황했다고 일부러 흘리는 듯한 어조로 말했다.

"도대체, 어떻게 된 거야. 이쪽이 말하는 것은 전혀 알아듣지 못하더라고."

작년 6월이었다. 가키무라의 처남에게서 걸려온 전화를 내가 받았다.

"저기, 가키무라가….."

하는 상대의 말을 도중에서 자르고,

"아, 그거요. 이미 들었습니다."

하고 대답했다. 그렇지 않아도 마음에 남아 있는데, 이를 반복해서 들으면 마음이 더 무거워질 것 같아서였다.

"네? 벌써 들었습니까?"

상대방은 조심스럽게, 그러면, 하고 말을 이어갔다.

"그러면 고별식을 ⋯⋯."

하고 들렸다. 나의 어조가 분명 변했을 것이다.

"고별식이요? 고별식이라니요. 가키무라 씨가 돌아가셨나요? 입원했다는 말 아니에요?"

"돌아가셨습니다. 오늘 저녁 5시 45분에, 심부전으로."

"어째서요? 그렇게 금방 죽을 병도 아니잖아요."

별안간 이런 말이 튀어나온 것은 가키무라의 죽음의 통지가 어딘가 납득이 가지 않는 불안을 동반하고 있었기 때문일 것이다. 그러나 그것은 분명 가키무라의 죽음을 알린 것이다. 이웃에 사는 아들은 부재중이었다. 딸과 친한 친구들에게 전화로 알리면서 나는 그때마다 내 느낌을 덧붙였다.

바로 일주일 전이었다.

"이치카와의 그 사람한테 전화 왔었어요."

하고 툇마루에서 올라온 아들이 지금까지 들어본 적이 없는 말투를 했다.

"이치카와의 그 사람이라니?"

"이치가와 있잖아요. 저기"

"아아."

이치카와가 가키무라가 살고 있는 동네라는 것을 깨닫고 나는 한순간 쓴웃음을 지으면서 아들을 보았다.

"아버지 상태가 요즘 심각해져서 집에서는 손을 쓸 수가 없대요. 그래서 어쩔 수 없이 입원시킨다고요."

아들의 표정은 역시 그늘져 있었다.

"아, 그래."

"요 반년 정도 그랬대요. 특히 심각해진 것은."

하고 아들은, 지금 알게 된 부친의 요즘 상태를 구체적으로 두세 개 들어 이야기를 이어갔다. 이치카와의 그 사람이 가키무라를 입원시켜야만 하는 사정으로 그 이유를 말했나 보다. 상대의 이야기는 충분하게 아들에게 해명의 의미를 담고 있었다. 그러나 이미 의식이 불분명하게 된 가키무라의, 여자 힘에 부치는 행동을 구체적으로 듣자, 병원에 입원한 것에 수긍할 수밖에 없었다.

"어쩔 수 없었나 봐요, 분명히. 그런데 병원이 아주 멀리 있어요."

가키무라가 입원한 병원은 야마나시 현 근처로, 도쿄 외곽이었다. 지금은 시市가 된 그 지역을 알지 못하기 때문에 한층 멀리 구석진 곳에 있는 느낌이었다.

"낫는 병이 아니니까. 일종의 격리겠지요."

하고 아들도 파악하고 있었다.

"가족 면회도 한 달에 한 번이래요."

"왠지 불쌍하다."

하고 나는 문득 그런 말이 입 밖에서 나왔다. 가족이 취한 조치를 비난해서가 아니라 거기까지 이른 가키무라의 상태를 가리키는 것이었다. 그것은 나와 함께 했던 젊은 시절을 한순간 불러일으켰고, 그리고 좋든 싫든 현실의 낭떠러지의 끝을 보는 느낌이기도 했다.

아들이 마지막에 꺼낸 말은, 내가 한 말에 이끌려진 것인지도 모르겠다.

"최근에는 시종, 집에 갈래, 집에 가고 싶어, 하면서 난리를 쳤나 봐요."

아들은 거기에서 말을 끊고 서둘러 어조를 바꾸며 덧붙였다.

"아니, 돌아가고 싶다는 것은, 어린 시절 고향인 것 같대요. 그쪽도 얼른 그렇게 이해하더라고요."

그렇다면 특별히 이쪽에 전하지 않아도 됐을 것이다. 나는 순간적으로 가슴속으로 반문하면서 지금 아들이 어조를 바꾼 것이 그대로 이치가와 그 사람의 어조라는 것을 알 것 같았다. 거기에 숨겨진 미소를 아들도 느끼고 있었다. 때문에 그도 그사람과 같은 어조가 되었다.

"그래."

하고 나는 아들을 보지 않고 대답했다. 더 이상 말을 하지 않았고, 말할 필요도 없었다. 뭔가와 얽혀있다고 생각한다면, 그것은 내가 우쭐해 하는 것이 된다. 일부러 그것을 전달하는 그쪽 심리도 복잡하겠구나 생각할 뿐, 깊게 생각하지 않으려 했다. 아들도 그것을 따지려고 하지 않았다. 둘은 잠시 자신의 가슴속을 응시하듯이 침묵하고 있었다. 하지만 가키무라가 어딘가의 병원에서 혼자 있는 것을 상상하는 것은, 그에 대해 뭔가 죄를 짓는 느낌이 들었다. 월권인가, 비정인가, 그런 느낌이 드는 것이다. 나는 오히려 부수적인 일에 신경을 집중했다. 젊었을 때부터 같이 걸어온, 친한 친구의 이름을 말하면서 아들에게 지시했다.

"네가 전화해서 알려드려."

"그렇게 할게요."

하고 아들은 옆에 있는 전화기를 들었다.

그 친구에게도 가키무라에게 엄습한 상황은, 서로의 과거를 함께해 왔기에 생각을 동요시켰을 것이다. 괴로워하는 반응이었어요, 하고 아들이 전화를 끊고 말했다.

일주일이 금방 지나갔다. 매일의 용무 속에서 가키무라의 오늘의 모습이 시종 가슴에 있었지만, 나의 그러한 생각이 가키무라에 대해 어떤 거리를 두고 있었다는 것은 부정할 수 없다. 가키무라가 현실의 분별능력을 잃어버렸다는 것은, 그와 내가 함께했던 시절에서 시간이 많이 지났다는 것을 느끼게 해서, 나는 운명적인 생각으로 기울게 되었다. 가키무라의 현재가 부득이한 하나의 종결이라면 나 또한 늙은 것이다. 나이 들었다는 생각은 대조적으로 빛났던 젊은 시절을 떠오르게 한다. 언제나 큰 목소리로 말하기 좋아했던 가키무라를 생각하는 것이, 현재를 생생하게 하는 것보다 오히려 중화 작용을 일으켰다. 나의 어딘가에 현재의 가키무라를 감싸려는 마음이 있기 때문일 것이다. 둘 사이에 거리가 있어서 그런 것임이 틀림없다. 전달받은 것은 들었다는 사실에만 머물러서 변화를 예상할 틈이 없다. 고쳐질 병은 아니지만, 때문에 오늘 내일 하는 목숨도 아니었다.

그런 식으로 받아들였기 때문에 나는 가키무라의 죽음에 납득할 수 없다는 생각을 품고 있었다. 그러나 그것이 달리 통용되는 것은 아니다. 나는 혼자서 뭔가를 응시하듯이 두려움과 슬픔이 섞인 감정으로 움츠러들었다. 게다가 나는 뭔가에 대항하고 있었다. 생전의 가키무라를 감싸는 감정으로 대항하고 있었다. 그에게 평안한 죽음을 바라는 것은 당연했다. 내가 아는 한 가키무라의 생애는 온화한 종언이어도 좋았을 것이다. 그렇게 생각하는 나는 가키무라의 늙음의 형태가 운명에 거슬렀다고밖에 말할 방법이 없다. 운명이라고밖에 말할 수 없다면, 그것은 가키무라에게 부당하다고 생각된다. 가키무라의 생애가 아름다웠다고 생각하지는 않지만, 그렇다고 그렇게 악하지도 않은 사람이었다. 젊은 시절 막무가내에 무엇이든 드러내며 걸었을 때 함께 했기 때문에, 순수한 패기도 심약한 발걸음도 알고 있다. 이런 생각 때문에, 상상되는 가키무라의 마지막의 모습에 나는 격앙될 수밖에 없었다. 가키무라의 가족이 가키무라를 입원시켰다는 것을 납득할 수 없는 게 아니라, 그렇게 되어 죽음을 맞이한 가키무라의 불운이 가혹하게 생각되는 것이다.

그런 나의 감정은 가키무라의 죽음에 의해 불러일으킨 친밀함이기도 할 것이다. 그러나 그것은 헤어진 후 서로에게 생겨난 미묘한 허용이기도 하다. 상대도 그리고 나도 자신을 돌아본 후에 서로를 용서했는지도 모른다. 가키무라는 새로운 생활에 의해 관대해졌을 것이고, 나는 상대에게 심할 정도로 상처 입힌 것을 알고 있었다.

가키무라 료스케는 어디엔가 나에 대해 다음과 같이 썼다. '그녀는 언제나 외부에 대해서 자신을 억누르고 있다. 그것을 깨닫지 못한 상대가 부당한 태도로 나오면 그녀는 심하게 반발한다.' 이 짧은 문장을 읽었을 때 나는, 과거 같이 살았기 때문에 발견할 수 있는, 나에 대한 정확한 파악이라고 생각해서 쓴웃음을 지었다. 심하게 반발한다, 하는 것이 이상하다. 이렇게 반발하는 나를 알고 있는 것은 부부밖에 없을 것이다. 나는 내가 반발하는 모습을 바깥으로 드러내는 일이 드물었기 때문이다. 그는 나를 제대로 파악하고 있구나, 하고 쓴웃음을 지은 뒤 몰래 안도감을 느꼈다. 가키무라가 지적한 나의 태도가 좋다고는 할 수 없으나, 그러나 나쁘다고도 할 수 없다. 가키무라도 그것을 인정했다. 가키무라의 적확한 파악이, 그것을 인정한다고 느끼게 했다. 가키무라와 내가 함께한 이십 년에 적어도 나의 이러한 요소도 개재되어 있었다. 그러나 그 부분을 되돌아보면 더 이상 연결되어 있지 않다. 두 사람의 거리는 명료하지만, 나를 단적으로 파악하는 한 사람이 있다는 것에 나는 안도감을 느낀 것 같다.

가키무라의 이 짧은 문장을 읽은 앞뒤 상황도 나는 기억이 난다. 어느 모임에서 한 남자 친구가 옷차림을 보면서 말했다.

"요즘 볼 때마다 기모노가 바뀌네. 힘들지 않아."

옆에서 가키무라가 듣고 있었다. 그는 웃으며 한마디 껴들었다.

"그렇지 않아. 언제나 같은 기모노를 입고 있지. 언제 봐도 내가 아는 기모노인걸."

그렇게 말하고 나서 그는 나에게도 웃으며 말했다.

"이제 슬슬 내가 모르는 기모노를 입어 보지, 살 수 없는 것도 아니잖아."

가키무라의 말은 사실이었다. 그런가 하고 고개를 갸우뚱하는 친구에게서 타인의 눈이 부정확하다고 느끼면서, 반면 가키무라가 잘 아는 것은 당연한 일일까, 하고 그때도 쓴웃음을 지었다. 사사로운 이런 일들도 그의 미소와 함께 기억하고 있다.

사랑도 증오도 다 사라진 후, 좋은 거 나쁜 거 다 담아 가장 나를 잘 아는 상대라는 것을 발견한 것은 나만이 아니었다. 가키무라의 죽음에 대해 내가 반항하는 것은 이러한 기묘한 친밀함에 이끌려서일 것이다.

내가 알고 있는 가키무라는 사람들에게 둘러싸여 있는 것을 좋아했는데, 그것은 기가 약하기 때문이라고 스스로 말했다. 그런 가키무라가 처음 간 병원에서 자신의 가족이 아무도 없다는 것을 알아차렸을 때를 상상하는 것이 두려웠다.

"가키무라 씨는 홀로 된 공포 때문에 악화되었을 거야. 병원에
들어가 금방 죽다니, 이상하지 않아."

나는 아들에게 비상식적인 생각을 털어놓았다. 아들은 침통해
하며 아무 말도 하지 않았다.

가키무라가 죽은 당일 밤샘에 아들과 딸은 가지 않았다. 삼십
년의 세월로 가키무라 가家가 이미 형성되어 있었고, 그리고 같은
세월을 떨어져서 생활한 아들과 딸이 거기에 섞이는 것을 꺼려했
기 때문이다. 아들과 딸도 부친의 죽음에 얼른 달려가서 매달려서
울기 보다는 어른스럽게 이성적인 감정으로 대처했다. 그러나 하
루가 지나 이치가와에 있는 자택에서 치른 장례식에서 아들은 이
치가와의 그 사람이라고 불렀던 상주 옆에 자리를 잡아, 부자父子
의 연이 형식상으로 만들어졌다. 그는 그 나름의 역할도 했다. 아
들은 집에 돌아와서 장례식 상황들을 자세하게 이야기하고, 조문
온 친구들이나 조전에 생각지 못한 이름이 있었다는 등의 이야기
를 전했다. 또한 조문객과 조전에 가키무라가 공산당과 연결되어
있었다는 것을 보여주는 것도 있었다. 아들은 고인의 얼굴도 보았
다고 했다. 나는 거의 되묻지 않고 듣고 있었다. 아들이 고인을 대
면했을 때 가키무라는 어떤 얼굴을 하고 있었을까. 또 가키무라와
연결되어 있던 당 관계도 나는 더 이상 되묻지 않았다. 한편으로
아들이 처음 만나는 남편의 사촌형제들이 시종 아들에게 친근하

게 대했다고 하는 등의 이야기를 듣고, 아들 자신의 혈연이 떠오르기도 했다.

"나중에 온 데쓰코가요⋯."

하고 아들은 여동생의 이름을 말하면서,

"장례식장으로 들어오자, 갑자기 울기 시작해서⋯⋯"

하고 거기에서 말을 끊었다. 아들 자신, 동생의 울음소리에 감정이 복받쳤을 것이다. 나는 갑자기 울기 시작했다는 딸이 그녀답다고 생각하면서 그녀의 어린 시절을 문득 떠올렸다. 계기는 이미 잊어버렸다. 어느 날 저녁 식사 시간에 가키무라가 큰소리를 치며 식탁을 뒤집었다. 동시에 딸이 내뿜듯이 울음을 터뜨리며 부친에게 안겼다. 하지 마, 하지 마, 하고 외치며 딸은, 감싸듯이 가키무라를 안았다. 가키무라가 흥분해서 고함치게 한 것은 입을 꾹 다물고 있던 나였다. 딸의 행동을 보며 우리 집의 황폐함이 비통하게 느껴졌다.

장례식 날 밤, 딸도 전화로 보고해 왔다. 전화 건너편에서 그녀는 또 울고 있었다.

"조금만 더, 죽은 사람의 생애에 대한 말이 있었으면 했어⋯. 초등학교 5학년까지의 추억은 역시 그리워."

딸은 다시 가느다란 울음소리를 냈다. 그 울음소리는 나를 온화하게 해주어, 가키무라에 대한 진혼가처럼 들렸다.

딸의 출생은 가키무라의 조언에 의한 것이었다. 나는 당시 둘째 아이를 갖는 것에 대한 부담감 때문에 당혹스러웠다.

"한 명이라면 등에 업고 움직일 수 있지만, 두 명이 되면 하나는 업고 하나는 손을 잡고, 힘들 것 같아요."

"그렇게 절박한 정세는 아직 되지 않을 거야. 둘 정도, 어떻게 되겠지."

가키무라와 나는 이런 대화를 나누었다. 둘째 출생을 곤란해한 했던 것은 내가 젊었기 때문이지만, 가키무라는 정세에 대해서도 또 나에 대해서도 나보다 현실적이었다.

그러나 둘째가 태어났을 때 가키무라는 경찰서 구치장에 있어서 당분간 출소할 조짐이 없었다. 문화 활동 내에서 공산당의 비합법조직을 목표로 한 탄압은, 중심적인 활동가 다수를 일제히 검거했다. 나는 몸조리 기간에도 내가 맡은 임무를 계속하였고, 몸조리가 끝나는 첫날에 갓난아기를 안고 경찰서에 있는 가키무라에게 보이러 갔다. 그것은 가키무라에 대한 나의 애정이었고, 당국에 대한 항의의 의미이기도 했다. 가키무라는 짧은 끈 하나로 묶은 기모노 무릎에 갓난아기를 놓았다. 주위에서 형사들이 그것을 보고 있었다.

집에 돌아와 보니, 자고 있는 아기의 분홍빛 배냇저고리 깃에 슬금슬금 통통한 이가 붙어 있었다. 나는 흥분한 기분이 되어, 그것을 아기의 뭔가 기념처럼 생각되어 오히려 우쭐대는 목소리로 잡아 올렸다.

"크면 이야기해 줄게."

딸이 집 밖으로 나간 첫 번째 외출이 경찰서 특고실이었다는 것은 그 내용 때문에 기억해도 좋을 일이라고 나는 생각했다.

가키무라의 의식에는 둘째의 출산이 자신이 주장한 일이라는 기억이 있을까. 그가 처음 말을 꺼낸 이후 나는 그것을 가키무라에게서 들은 적이 없다. 딸이 태어난 후, 가키무라는 이년 가깝게 형무소 생활을 했다.

내가 딸에게 이 이야기를 밝힌 것도 그녀가 성인이 되고 나서다.

"네가 태어난 것은 가키무라 씨의 의견이 컸지. 나는 낳지 않겠다고 생각했거든."

나는 죄를 고백하듯이 딸에게 말했다. 딸은 이때 이미 따로 사는 부친에 대해서는 제외시켜 버리듯이 언급하지 않고, 어른끼리 대화하는 시선으로 나에게 웃으며 솔직하게 대답했다.

"낳아주어 고마워요."

나는 이 말을 가슴으로 받고, 조용히 가키무라의 그때 조언에 나도 감사 인사를 했다.

전화 건너편에서 들리는 딸의 울음소리를 가키무라에 대한 진혼가처럼 듣는 것은 나의 이런 생각 때문일 것이다.

가키무라 히로스케의 사십구제, 일주기. 아들은 이치카와의 집으로 가서 아카사카에 있는 가키무라 가의 오래된 위패를 모신 절도 알게 되었다. 절에 남아있는 가키무라 가의 대대로 내려오는 무덤이 겐로쿠 시대(1688~1704)에 세운 것이라는 데에 아들은 흥미가 끌리는 듯 이야기했다.

"그 절이 TBS 방송국 바로 옆에 있더라고요. 내가 업무로 자주 걸어 다니는 주변인데. 묘비에 겐로쿠 몇 년이라고 새겨 있었어요.
잘도 남아 있던데요."

"가키무라 씨에게서 아카사카에 오래된 묘지가 있다는 말을
들은 적은 있는데, 가 본 적은 없어."

"도쿠가와의 주방 관리였다고 아버지가 말했었어."

"고케닌(하급 무사) 이었다는 게 뭔가 가키무라 씨랑 딱 맞지
요."

아들은 나의 말에 동감해서.

"선조의 이름이 뭐라고 했는데, 주방 쪽 이름 같았는데."

하고 생각나는 그 이름을 말하고 웃었다.

가키무라가 자기 집안에 대해 말할 때 고케닌이라는 것이 마음
에 드는 눈치였고, 아들도 그것을 기억하고 있었다. 가키무라는 자
기 집이 도쿠가와 가가 붕괴할 때까지 고케닌이었다고 농담처럼
친구들에게 말하면서 기분 좋아했다. 고케닌이라는 것이 어떤 점
에서 가키무라와 딱 맞는지에 대해 설명은 하지 않은 채 고케닌을
마음에 들어 하는 그 점에 가키무라다움이 있었다. 고케닌 선조들
의 묘지에 가키무라는 안치되었다.

가키무라의 일주기는 지금부터 수개월 전이었나 보다. 그렇게
가까운 일이 까맣게 생각나지 않는다. 나에게는 더 이상 가키무라
의 죽음과 어떤 직접적인 관계도 없었기 때문일 것이다. 모든 것이
간접적이었다. 이러한 당연한 관계 속에서 나는 기억을 거슬러 올
라가기만 해서, 그래서 현재를 애매하게 만들기도 했을 것이다.

아들 집에 부친의 유품으로 받은 재떨이가 있다. 일주기가 끝난 후에 도착했다고 아들에게서 들었다. 들었을 때부터 뭔가 무거운 것을 덮어쓴 느낌도 들었다. 그것을 본 것은 바로 요전이다. 앗, 이거구나, 생각함과 동시에 나는 잠시 시선을 피했다. 재떨이는 검은 유약으로 빛나는 도기에 바닥이 넓고 큼지막한 것이었다. 시선을 피한 나의 느낌은 이때도 뭔가와 얽힌, 음울한 당혹감이었다. 나는 이 재떨이의 한쪽 짝인 붉은색 재떨이를 현재 사용하고 있다. 적과 흑으로 색을 나누어 붉은 쪽은 약간 작게 만들어져 이른바 부부 찻잔의 형태로 세트로 된 재떨이이다. 내가 이것을 직접 발견해서 산 것은 말할 필요도 없이 세트를 가키무라와 함께 사용하기 위해서였다. 그래서 아주 오래된 것이다. 그리고 우리가 헤어질 때 가키무라는 재떨이를 자기 짐 속에 넣었다.

아들 집의 텔레비전 앞에 있는 식탁 위에 그 재떨이가 새롭게 놓였다. 유품이라는 의미를 이 정도로 확실하게 느낀 적은 없다. 재떨이는 여러 가지로 가키무라를 전해준다. 재떨이에 가키무라가 있고, 그리고 나 자신조차 거기에 보인다. 나의 감각이 그것으로 저린다. 나의 의식을 통해 여과된 기억을 이 감각이 두드린다.

12 화

책상 위의 공기는 내가 쉬는 한숨으로 탁해졌다. 벌써 점심때가 가까워진 것 같다. 나는 부어오른 눈을 깜박거리며 넝마로 채워진 듯한 자리에서 일어나 창가로 갔다. 방금 열어둔 손잡이 달린 넓은 창으로 가을 햇살이 다다미 위를 비추고 있다. 나는 밝은 햇살 속으로 폭 빠지듯이 다시 몸을 옆으로 기울였다. 쭉 뻗은 다리에 닿는 햇볕이 따뜻하다. 마음이 누그러져서 아아, 햇볕이 따뜻해, 하며 하늘을 향한 얼굴 위로 양손을 모아 손가락을 젖혔다. 손등은, 정맥과 굵은 주름으로 두꺼워진 피부에 고목 껍질 색을 하고 있다. 일흔이 된 사람의 손인가, 하고 나는 가슴속에서 중얼거리며 친구인 어떤 화가의 말을 떠올렸다. 화가는, 손은 가장 솔직하게 나이를 보여준다고 했다. 그 말이 내 손을 보고 하는 말인가 하여 나는 다시 손등을 쳐다보았다. 노동해온 사람의 손이라고는 할 수 없다. 그러나 손가락이 굵고, 열 가락의 관절은 주름이 소용돌이치고 있다. 분명 부드러운 손은 아니다. 나이만이 손에 남겨졌을까 하여 슬쩍 손등을 뒤집었다. 두툼한 손바닥은 전제적으로 좋은 색을 하고 있다. 그러나 내 신경에 즉각 반응해서, 시종 땀에 젖어 있다. 나는 일하는 동안에도 몇 번이나 일어나서 비누로 손을 씻는다. 이런 손바닥은 역시 가만히 멈춰 있지 않다.

나는 양 손바닥을 붙여서 물을 푸듯이 손가락을 구부려서 태양을 가렸다. 딱 맞춰진 손가락 사이로 혈색이 비춰서, 일순 선명해졌다. 손가락과 손가락 사이에 선을 이루는 홍색은 곱게 빛나고, 정맥이 점차 손가락 중간까지 보이며 붉게 관통하고 있다. 태양 빛에 비치며 떠오른 핏빛은 순수하게 화려하다. 이게 나의 혈액인가 하여 그 붉은빛이 사랑스럽다. 나는 손바닥 가득 빛나는 붉은빛을 퍼올리듯이 잠시 착각을 즐겼다.

피를 뽑아서 나눠주는 것은 이제 옛날 일이다. 패전敗戰하고 두 번의 정월이 지난 후의 일이다. 구 지배계급의 권위 실추 속에서 민주화 세력이 부활하면서 새로운 파도가 물보라 치고 있었지만, 세상은 암시장에서 식료와 물자를 구하려는 서민과 찌든 군청색 옷을 입고 귀환한 병사도 쉽게 볼 수 있는 때였다. 전쟁 말기에 공습의 불똥을 입은 나는, 도심에서 멀리 떨어진 장소로 몸을 피해 집을 빌려 살다가 집주인이 전지에서 귀환하여 오자 임시 거처로 집을 옮기는 등, 잡다한 일을 반복하고 있었다. 잡다한 일 속에서 나는 전쟁 중의 행위에 대한 자기부정의 고통에 전전하면서, 이것 역시 겨우 자신을 되찾는 방향으로 걷기 시작했다.

그럴 때, 아라카와의 건너편 마을에 사는 동생이 병이 났다. 그렇게 어려운 병은 아니었지만, 수혈이 필요한 상태였다. 동생의 아내는, 자기는 혈액형이 부적합하기 때문에 수혈할 수 없고 아이들은 아직 어리다고 주저주저하며 남편의 의향을 전했다.

"남편이 다른 사람 피는 받기 싫다고 하네요."

동생은 나나 내 아이의 피를 필요로 하는 것 같았다. 그러나 우리 집의 당시 사정으로 보아 혈액을 뽑을 수 있는 사람은 나밖에 없었다. 그것은 나의 판단이기도 했다. 큰딸은 수일 후에 결혼할 예정이고 큰아들은 대학 수험을 앞두고 있었다. 게다가 둘째 딸은 아직 어렸다

"그럼 나밖에 없는 거네."

남매 둘 뿐인 관계에서 내가 알고 있는 동생의 응석이 과거의 기억과 함께 지금 다시 눈앞에 씌워진 느낌이 들었다.

　하지만 나는 동생이 사는 읍내 병원으로 가서 팔에서 피가 뽑히는 역할을 감당했다. 내 피가 전염병실에 격리된 동생 몸으로 보내지는 것을 상상하면서, 그것만으로 육친의 끈끈함이 강해졌다고 생각하니 나는 오히려 언짢아졌다. 이런 거로 혈육의 정을 느끼고 싶지 않았다. 그러나 그때 나는, 동생에게 나누어준 내 피의 질에 조금의 의심도 하지 않았다. 내 피는 동생이 회복하는데 충분한 역할을 할 것이다. 나는 내 피의 활력을 그렇게 믿었고 내가 아직 나이가 젊다는 것으로 평정심을 유지했다. 그러나 그날 우유 한 병 정도의 피가 뽑힌 후, 나는 동생이 사는 읍내 역 앞 암시장을 휘청거리며 걸어가서 뽑힌 피의 보충을 위해서 닭의 간 한 꾸러미를 샀다. 나는 내 피를 묽게 하면 안 된다는 부담감에 서둘러 보충하려 했다. 닭 간은 내 피가 되었을 것이다. 그리고 내 피는 동생에게 도움이 되었다. 평소 빈혈 증상이 있었지만, 내가 채혈한 당일부터 아무 문제 없이 동생은 순조롭게 회복되었다. 동생은 지금은 이미 없다. 그는 그 후 이십 년 가깝게 건강하게 살다가 뇌출혈로 죽었다.

　내가 손바닥에 통과되는 선명한 내 피의 색깔에 맘이 빼앗겼다고는 하지만, 그것은 잠시 나를 위로하는 것에 불과하다. 요즘 나에게 일정한 양상으로 붙어 다니는 〈시간〉에 대한 생각은 혈색을 끌어내는 기억과도 겹쳐진다. 내가 주저하지 않고 피를 나눴던 때는 나만을 믿었던 게 아니었다는 느낌이 든다. 동생에게 피를 나누어준 지 십칠 년이 지났을 때, 내 어리고 사랑스러운 가족의 생명에 대량의 피가 필요했다. 그때 나의 굴절은 내가 나이를 먹었기 때문이었을까.

둘째 딸이 낳은 아들이 드디어 여섯 살이 되어 심장의 구멍을 봉해야 하는 수술을 해야 했다. 수술에 필요한 혈액의 양은 동생 때처럼 우유병 정도로 끝날 일이 아니었다. 심장 그 자체의 수술이다. 한 사람의 채혈 양을 우유 한 병으로 했을 때, 열일곱 병이 확보되어야만 했다. 열일곱 명의 피를 받아야 하는 것이다. 돈 때문에 어쩔 수 없이 피를 팔았다고 했을 때, 그것이 복잡한 인상을 주는 이유는 피가 생명이라고 파악되기 때문일 것이다. 피를 파는 것이 생명을 파는 것과 직결되는 것을 보면, 인식의 흐름으로서도 피는 귀중한 것임이 틀림없다. 인간의 이러한 감정은 당연하지만, 그러나 여섯 살 아이의 육친은 피를 나누어 주어야만 한다. 부모는 자신의 피를 당연히 필요한 혈액 숫자에 포함했다. 다음으로는 혈연 중에 가능한 사람부터 나머지 열다섯 명의 피가 확보되어 간다.

"교타에게……."

하고 수술을 앞둔 손자의 이름을 말하고,

"교타에게 내 피를 주지 않을 거야."

하고 나는 거리낌 없이 말했다.

"그래, 물론 어머니는, ……"

하고 딸은, 요즘 들어 계속 미간을 찌푸리는 강한 표정으로 당연하다는 듯이 대답했다. 그것은 내 나이로 봐서 당연하다는 말투였다. 그러나 나는 내 나이 때문에 피를 뽑는 것이 부적격하다고 생각하는 것은 아니었다. 내가 지금, 피를 뽑아서 며칠 정도 비틀거린다 한들 무슨 대수겠는가. 나는 내 몸을 걱정하는 것이 아니었다. 만약 채혈할 수 있다면 나는 내 피를 손자가 흐르는 피에 보충해주고 싶다. 이것은 손자와 그 엄마 양쪽에 보내는 직접적인 애정이다. 그러나 나의 감정은 이상한 방향으로 흘러가고 있었다. 그것은 역시 나이에 관한 것이다. 여섯 살 아이와 내가 서로 관련되어 의식되는 생물관 같은 것이 하나의 정情으로서 개재한다.

"내 피 같은 걸 교타에게 주는 건, 교타에게 미안해."

그렇게 말하는 내 의도를 어쩐지 알겠다는 듯 딸은 담담하게 웃었다. 나는 같은 의미로 반복했다.

"내 피 같은 건, 이미 지쳐있어. 그런 피를 교타에게 주다니, 어리석은 일이지."

어리석다는 묘한 표현은 그때 나의 진짜 감정이기도 했다. 나는 어린 소년과 나와의 대비를 생물적으로 파악하면서도 어딘가에서 윤리적이 되어 촉촉한 감정이 되었다. 자기 일을 갖고 있는 딸이 어렸을 때부터 손자를 우리 집에서 항상 맡겨서 나도 그의 성장 과정을 잘 알기 때문일 것이다. 아이는 심장에 결함을 가졌다는 조건 속에서 성장했다. 아기 때 울고 있어도 그것이 목소리가 되지 못했다. 심장에 구멍이 있는 아이 특유의 소아천식도 있어서, 발작을 일으켜서 기침할 때면 아이는 깊은 속이 보이는 어른과 같은 눈을 했다. 지쳤어, 라는 말은 보통 어린아이가 쓰는 표현이 아니다. 그러나 그는 그렇게 말하며, 밖에서 돌아오면 수줍어하는 사랑스러운 웃음을 보이며 수건을 입에 물고 잠이 들었다. 아빠와 닮은 높은 코의 얼굴에, 혈색이 하얗게 되어 자는 모습은 나에게 백합처럼 보였다.

여섯 살이 된 그는 요즘에는 천식 발작이 시작될 것 같으면 공기가 찬 밤에도 밖으로 나가, 주변을 뛰고 돌아온다. 모친이 배워 온 대항요법이라고는 하지만, 자신의 고통이 이런 행동을 하게 된 이유일 것이다. 여기까지 온 남자아이의 생명 그 자체가 순수하고 신성하게까지 보인다. 내 피에 대한 나의 윤리적인 비하가 여기에서 나오고 있다.

나로서 말하자면, 당시 예순 살이었던 내가 내 피에 대해 노쇠해졌다고 느낀 것은 아니었다. 앞으로의 생애에도 나와 연결되어 있음에 의심할 여지가 없는 정당조직 활동에 대해, 나는 의문을 품고 항쟁하고 있었다. 그 항쟁은 나에게 개인적인 슬픔을 동반하는 것이었다. 나에게 〈시간〉에 대한 생각이 깊어지는 것은 요즈음부터이다.

수술하는 아이를 위한 피의 보충은, 부모의 친구와 지인의 호의로 다행히 정리되었다. 17명 중에서 5명의 피는 수술 직전에 채혈되어, 곧 수술대로 옮겨졌다. 아이 부모의 피도 당일 채취된 선혈 속에 포함되었다. 수술이 끝나고 수술실로 부모의 입실이 허용되었을 때 나도 그들을 따라 들어갔다. 남자아이가 고무관에 의지해서 혼수상태인 채로 신음을 내고 있고, 창백한 얼굴에는 수술 중에 흘린 피가 묻어 있었다. 몸에서는 그때도 피가 고무관을 통해 침대 좌우에 있는 커다란 병으로 계속해서 떨어졌다. 어떤 고무관이 외부의 피를 아이 몸 안으로 보내고 있었을까. 피와 피가 교환되는 동안에 여섯 살 아이는 생명의 불에 둘러싸여 신음하듯이 보였다.

그는 이렇게 그 후의 성장을 얻었다. 현재 고등학생인 그가 우리 집 복도를 걷는 발소리가 쿵쿵 울린다. 그의 몸에서 나는 때때로 17명의 피를 생각한다. 내 피를 그에게 주지 않길 역시 잘했다. 그의 푸르른 젊음이 나에게 이런 생각이 들게 한다. 그러나 이제 이상한 윤리 의식은 사라졌다. 생물학적으로 그렇게 생각한다.

오늘도 어딘가에서 피를 흘리고 있다. 혹은 죽어가고 있다.

■ 사타 이네코

사 타 이네코는 1904년 나가사키長崎에서 태어났다. 친부모가 십대의 학생이었던 관계로 호적상 조모의 남동생이 부친으로 되어 있으며, 5살이 되어 양녀로서 친부인 다지마田島 집안에 입적한다. 이러한 복잡한 사정은 이 책에 수록된「시간에 머물러 서서」〈3화〉의 소재가 되고 있다. 모친이 결핵으로 죽고 일가가 상경하여, 이네코는 소학교 5학년 때 학교를 그만두고 간다神田의 캐러멜 공장에서 일하게 된다. 이때의 경험이 이후 그녀의 출세작인「캐러멜 공장에서 キャラメル工場から」(1928)로 완성된다. 이후 우에노上野에 있는 요리점에서 일하면서 아쿠타가와 류노스케芥川竜之介와 기쿠치 간菊池寛 등 저명한 작가와도 알게 된다. 이네코는 자산가의 아들과 결혼하지만 남편 부친의 반대로 두 사람은 자살을 도모하게 되고, 자살이 미수로 끝나지만 둘 사이에서 낳은 아이를 이네코 혼자 키운다.

첫 번째 결혼에서 실패한 후, 도쿄에 있는 카페에서 일하면서 잡지 『로바驢馬』의 동인인 나카노 시게하루中野重治, 호리 다쓰오堀辰雄와 친분을 갖게 되고, 조선의 아동문학가인 마해송과도 교류한다. 이때의 문학 활동에서 알게 된 구보카와 쓰루지로窪川鶴次郎와 사실상 결혼하여 구보카와 이네코라는 이름으로 「캐러멜 공장에서」를 발표하여 프롤레타리아문학 작가로서 인정받는다.

이후 1931년 결성된 일본프롤레타리아문화연맹에 참가하고 일본프롤레타리아작가동맹 부인위원회, 문화연맹부인협회의 회원이 된다. 또한 연맹이 발행하는 「일하는 부인働く婦人」의 편집위원이 되고 이후 편집책임자까지 맡게 된다. 이 시기 프롤레타리아 문화운동 작가들이 검거되는 등 탄압을 받는데, 이들 탄압에 항의하는 활동을 전개하기도 한다. 또한 1932년에는 당시 비합법 조직이었던 일본공산당에 입당한다. 프롤레타리아 문학운동이 정부의 탄압으로 정체되던 시기에는 남편 구보카와의 불륜으로 고뇌하는데, 이러한 경위는 그녀 최초 장편 「잇꽃くれない」의 모티브가 되고 있다. 이 책 「시간에 멈춰 서서」〈7화〉에는 결혼생활이 위기를 맞으면서 겪게 되는 이네코의 괴로운 심정이 회상을 통해 그려져 있다.

처음 단행본으로 발표한 『맨발의 아가씨素足の娘』(1940)로 그녀는 일약 베스트셀러 작가의 반열에 오른다. 정가 1원 80전의 이 책은 초판으로 1만부가 인쇄되었는데, 국가총동원법이 시행되는 암울한 분위기 속에서 이 책은 순식간에 7만부가 팔려 당시 공전의

히트를 기록한다. 이 작품은 1957년 영화화되었다.

프롤레타리아 혁명의식이 희미해져 가는 가운데 처음 방문한 해외가 조선이다. 조선총독부 철도국의 초대로, 또한 만주일일신문사의 초대로 만주에서 돌아오는 길에, 두 차례에 걸쳐 조선을 방문한다. 또한 전쟁이 격화되면서 시류에 편승해서 1940년에는 총후문예봉사대의 일원으로 중국 동북지방을 방문, 1941년에는 만주, 조선, 타이완, 인도네시아, 싱가포르 등으로 전지 위문을 다니고, 「하늘을 정복하는 마음空を征く心」(1943) 등 전쟁에 협력하는 글을 발표한다.

전쟁이 끝나고 구보카와와 이혼하여 필명 사타 이네코로 활동하는데, 전쟁 시의 협력활동으로 인하여 신일본문학회 활동의 발기인으로 참여하지 못한다. 하지만 부인민주클럽의 창립에 힘썼으며 여성 문제를 다룬 다수의 작품을 발표하고 사회적인 활동에도 적극적으로 참가, 발언하기도 했다. 1988년 뇌일혈로 사망했다.

여류문학상(1962), 노마野間문예상(1972), 가와바타야스나리川端康成문학상(1976), 마이니치每日문예상(1983), 요미우리読売문학상(1986) 등 문학 관련 상을 수상했고, 현대문학에 공헌한 공로를 인정받아 아사히朝日상(1983)을 수상하였다.

　이 책 『사타 이네코 佐多稻子』는 사타 이네코(佐多稻子, 1904~1998) 작품을 선별하여 번역한 〈사타 이네코 문학 선집〉이다. 단편만을 모았으니 〈사타 이네코 단편집〉이라고 해도 좋겠다. 장기간의 작가 활동으로 현대문학에 대한 공헌을 인정받아 아사히상朝日賞을 수상(1983)할 정도로 그녀는 시, 에세이, 장단편의 소설 등 다양한 장르에 걸쳐서 수많은 작품을 남겼다. 여기에 번역된 작품도 1930년대에서 1970년대까지 발표된 에세이와 소설로, 발표 시기는 매우 광범위하다. 그러나 단지 관통하는 주제가 있다면 그것은 식민지 조선과 그 주변이다.

　사타 이네코는 1940년과 1941년 두 차례에 걸쳐서 조선을 방문한다. 그러나 조선을 직접 여행하기 전에도 시나 소설에서 이미 조선인을 등장시키고 있다. 그 첫 번째 소설이 「한 봉지의 막과자 ―袋の駄菓子」(1935)이다.

　「한 봉지의 막과자」는 『문예춘추文芸春秋』 6월에 실린 소설로, 작가가 직접 경험한 도쿄 공장지대 '나가야'에 사는 빈곤층의 생활을 스케치 풍으로 묘사한 것이다. '나가야'는 여러 세대가 한 동棟을 이루고 사는 서민 주거형태를 말하는데, 작품 속 '나가야'에

는 조선아이 진구네와 대구가 고향인 김 씨네, 두 세대의 조선인 가정이 묘사되어 있다. 작가는 이후 이 작품을 언급하며 조선 아이의 이름이 '찐구와ちんぐゎ'였고, 작품 등장인물 중에서 이 아이에게 애착이 크다고 했다. 프롤레타리아 작가로서 작품 활동을 시작한 작가가 일본 하층계급을 묘사하는 속에 조선인 가족을 등장시켜 연대의식과 동감을 표현하고 있다. 작가가 기억하는 찐구와는 아마 '진구야' 하는 부름이 그렇게 들렸을 것이라 생각된다.

또한 「신록의 계절樹々新緑」은 1938년 『문예文芸』에 발표된 소설로, 카페 여급인 무나요宗代가 새로 만나게 된 남자친구에 대한 애정과 전남편과의 관계에서 낳은 아기에 대한 모성 사이에서 갈등하는 과정을 그리고 있다. 이 작품 역시 작가 자신의 경험을 모티브로 하는데, 여기에도 조선 여자와 조선 소녀가 등장한다. 정류장과 전차 안에서 눈에 비친 그녀들의 복장과 성격이 스치듯 짧게 묘사되어 있다.

사타 이네코는 최초의 단행본으로 『맨발의 소녀素足の娘』(1940)를 발표한다. 장편소설이라 이 책에 실리지는 않았지만, 초판으로 1만 부 인쇄된 이 단행본은 순식간에 7만 부가 팔리는 공전의 히트를 기록하며 사타 이네코는 베스트셀러 작가의 반열에 오른다. 이 무렵부터 사타 이네코의 프롤레타리아 혁명 의식은 희미해져 가는데, '혁명운동에서 전쟁협력으로'라는 방향전환의 출발로서 조선을 여행하게 된다.

사타 이네코는 1940년 여름 조선총독부 철도국 초청으로 조선

을 여행한다. 경성, 개성, 평양, 금강산, 경주 불국사 등을 여행하면서 여기서 받은 인상을 「조선의 아이들과 그 외朝鮮の子供たちとその他」(1940), 「조선 인상기朝鮮印象記」(1940), 「금강산에서金剛山にて」(1941)에 에세이 형식으로 남기고 있다. 또한 이듬해 만주일일신문사에 초대되어 '만주'를 여행하고, 돌아가는 길에 재차 조선을 방문한다. 그 후 「조선 회고朝鮮でのあれこれ」(발표지 미상)을 썼는데 여기에는 수원이 추가되어 있으며, 언젠가 일본에 와있는 조선인 여성의 생활을 집필하고 싶다는 희망 또한 밝히고 있다.

이러한 희망의 실현이라고 할 수 있을까, 작가는 소설 「백색과 자색白と紫」에서 조선인 여성을 중심에 두고 작품을 전개시킨다. 1950년에 발표된 「백색과 자색」은 라디오 뉴스를 듣는 장면으로 시작하는데, 그 내용은 6·25전쟁이라고 짐작할 수 있다. 이 장면에서 주인공 오사와 요시코大沢芳子는 한국 관련 뉴스를 들으며 식민지 조선에서의 생활을 떠올린다. 그리고 그 중심에는 조선총독부 동료인 전정희가 있다. 작가 지망생인 전정희는 일본에서 고등교육을 받고 일본 문학에 경도되어 있지만, 인간의 미묘한 심리를 표현할 수 없는 중간자의 위치에 괴로워한다. 이러한 괴로움은 말과 이름을 잃으면서 더욱 격렬해지고 결국 스스로 파탄하는 상황까지 맞이한다. 재조일본인의 조선과 조선인에 대한 인식, 귀환 이후의 식민지 기억에 대한 반추, 언어의 문제 등이 주인공 요시코가 과거를 이야기하는 형식으로 전달되고 있다.

사타 이네코는 조선을 방문하고 나서 1942년 타이완, 중국, 싱가포르, 수마트라 등으로 전지 위문을 다닌다. 프롤레타리아 경향이 옅어지고 시국에 영합한 전쟁 협력의 의지가 정점에 달하는 시기이다. 「허위虛僞」(『인간人間』, 1948)는 1942년 8월부터 다음해 봄까지 싱가포르와 수마트라를 전시 위문하면서 겪었던 일들과 만난 사람, 전쟁을 바라보는 시각 등을 담고 있다. 작가는 자신을 모델로 한 주인공 도시에年枝를 통해서 자신의 전쟁 협력이 표면적으로만 복종한 〈허위〉였다고 고백한다.

사타 이네코는 1942년 3월에서 4월, 문예 강연을 하면서 타이완을 일주하는데, 이때 쓴 글이 「타이완 여행台湾の旅」이다. 작가는 타이완에서 파파야, 도마뱀, 야자나무 등 타이완적인 것을 발견하지만 식민화 된지 오래 지나서인지 타이완 사람들이 이제 일본인과 닮아 있다며 친근감을 느끼기도 한다. 또한 타이완 신사나 제당 공장을 방문하면서 제국 일본의 팽창 또한 경험한다. 작가는 타이완의 전체적인 인상으로 고즈넉하고 침잠한 분위기를 느낀다. 이러한 분위기가 그들의 농업적인 생산물에 기반하는 것 같다는 발상이나, 이를 조선을 방문했을 때 보았던 역동적인 평양과 비교하는 작가의 시선은 흥미롭다.

「시간에 멈춰 서서時に佇つ」는 1975년 1년 동안 『문예』에 연재된 12편의 단편을 모은 연작단편집이다. 이는 모두 71세가 된 작가가 현재의 무엇인가가 계기가 되어 과거의 한 장면을 불러일으키는 구성을 취하고 있다. 그중 〈4화〉는 중국 이창 산속에서 직접적으로 느꼈던 전쟁을 회상하는 내용이다. 작가는 1942년 군 당국

의 계획 하에 중국으로 건너가, 상하이, 난징, 항저우, 이창 등을 돌아다니며 전지 위문한다. 이 소설에서 작가는, 전쟁이 끝난 지 30년이 지났는데도 여전히 중국에서 전사한 아들을 기리는 노인을 만나면서, 전쟁 최전선 산속 참호에서 만난 병사들의 생과 사의 긴박감을 불러내고 있다.

「시간에 멈춰 서서」는 〈시간〉을 키워드로 하는 12편의 각각 다른 이야기로 구성되어 있다. 정치활동을 같이 했던 남편과의 이혼, 그 남편의 죽음을 그린 〈11화〉는 제3회 가와바타야스나리川端康成 문학상을 받았다.

1904년   6월 1일 나가사키현長崎県 나가사키시長崎市에서 출생.

1920년   우에노上野의 세이료테이清凌亭에서 조추女中 일하면서,
          손님으로 온 아쿠다가와 류노스케芥川龍之介,
          기쿠치 칸菊地寬 등을 알게 됨.

1924년   자산가의 아들이면서 게이오 대학 학생인
          고보리 엔주小堀槐와 결혼.

1925년   남편인 고보리와 수면제를 다량으로 마시고 자살을
          도모하나 미수로 끝남.

1926년   혼고本郷의 카페에서 여급으로 일하면서 잡지
          『로바驢馬』의 동인들과 알게 되고, 동인 중 한 사람인
          구보카와 쓰루지로窪川鶴次郎와 사실상 결혼, 동거생활 시작.

1928년   2월 처녀작「캬라멜 공장에서キャラメル工場から」를
          『프롤레타리아 문예』에 발표.
          5월「조선의 소녀1, 2朝鮮の少女一, 二」를 『로바』에 발표.

1929년   2월 일본 프롤레타리아 작가동맹(나프)에 소속.
          5월 구보카와에 입적

1931년   일본 프롤레타리아 문화연맹에 가입, 연맹 발행의
          「일하는 부인働く婦人」의 편집위원이 됨.

1932년   일본 공산당에 가입,

1940년   첫 장편소설 「맨발의 소녀素足の娘」를 발표,

당시 베스트셀러가 됨.

조선총독부 철도국의 초대로 쓰보이 사카에壺井栄와

조선여행.

1941년   만주일일신문사의 초청으로 만주여행, 돌아오는 길에 다시

조선에 들름.

아사히신문사에서 기획한 소설가 위문부대의 일원으로

만주 각지의 전지 위문.

1942년   3,4월 타이완 전역을 일주하면서 문예 강연.

5월 중국으로 건너가 전지 위문.

10월부터 이듬해 4월 5일까지 육군 보도부 알선에 의해

남방징용작가로서 싱가포르, 수마트라 전지 위문.

1945년   12월 신일본문학회가 창립되나 전쟁 중의 전지위문 등의

행위로 비판받아 창립 발기인에서 제외됨.

1946년   부인민주클럽 창립에 발기인으로 참가.

1962년   『여자의 집女の宿』으로 제2회 여류문학상 수상.

1972년   『나무그늘樹影』로 제25회 노마野間문예상 수상

1976년   『시간에 머물러서時に竹たつ』중 11화로 제3회 가와바타

야스나리川端康成문학상 수상

1983년   『여름의 책갈피夏の栞』로 제25회 마이니치每日 예술상 수상.

1986년   『달의 연회月の宴』로 제37회 요미우리문학상 수상

1998년   패혈증으로 사망

송혜경

방송통신대학교 통합인문학연구소 연구원

일본근대문학 전공, 식민지시기 재조일본인 여성 표상 연구.

번역에 『〈식민지〉 일본어 문학론』(공역, 도서출판 문, 2010), 『조선 속 일본인의 에로경성조감도(여성직업편)』(공역, 도서출판 문, 2012), 『완역 일본어잡지 〈조선〉 문예란(1909.3~1910.2)』(공역, 도서출판 문, 2012) 등이 있고, 논저에 『연애와 문명—메이지시대 일본의 연애표상』(도서출판 문, 2010), 『제국일본의 이동과 동아시아 식민지문학』(공저, 도서출판 문, 2011), 「일제강점기 재조일본인 여성의 위상과 식민지주의—조선 간행 일본어 잡지에서의 간사이韓妻 등장과 일본어 문학—」(『일본사상』, 2017), 「재조일본인의 가정담론 형성과 식민지주의」(『아시아문화연구』, 2018) 등이 있다.

일본 근현대 여성문학 선집 13

사타 이네코 佐多稲子

초판 1쇄 발행일 2019년 3월 31일

지은이 사타 이네코
옮긴이 송혜경
펴낸이 박영희
편집 박은지
디자인 박희경
표지디자인 원채현
마케팅 김유미
인쇄·제본 태광인쇄
펴낸곳 도서출판 어문학사
　　　서울특별시 도봉구 해등로 357 나너울카운티 1층
　　　대표전화: 02-998-0094 / 편집부1: 02-998-2267, 편집부2: 02-998-2269
　　　홈페이지: www.amhbook.com
　　　트위터: @with_amhbook
　　　페이스북: https://www.facebook.com/amhbook
　　　블로그: 네이버 http://blog.naver.com/amhbook
　　　　　　다음 http://blog.daum.net/amhbook
　　　e-mail: am@amhbook.com
　　　등록: 2004년 7월 26일 제2009-2호

ISBN 978-89-6184-916-6 04830
ISBN 978-89-6184-903-6(세트)
정가 18,000원

이 도서의 국립중앙도서관 출판예정도서목록(CIP)은 서지정보유통지원시스템 홈페이지(http://seoji.nl.go.kr)
와 국가자료공동목록시스템(http://www.nl.go.kr/kolisnet)에서 이용하실 수 있습니다.
(CIP제어번호: CIP2019014840)